Alina Bronsky

Die schärfsten Gerichte der tatarischen Küche

Das Buch

Jenseits des Urals herrscht das heimliche Matriarchat und die schöne Tatarin Rosalinda fühlt sich viel zu jung, um Großmutter zu werden. Doch als Aminat geboren wird, steht die despotische Rosalinda zum ersten Mal einem Geschöpf gegenüber, das sie mit Haut und Haaren liebt. Nach dem Zusammenbruch der Sowjetunion führt Rosalindas Überlebenswille die drei unzertrennlichen Frauen nach Deutschland. Da ist die Tatarin längst die leidenschaftlichste Großmutter aller Zeiten – und der Leser Zeuge haarsträubender Ereignisse und komischer Szenen. Ein Roman über das Aufwachsen eines Mädchens, das zwischen glückloser Mutter und selbstverliebter Großmutter zerrieben wird, über ein Leben zwischen drei Kulturen, über drei Jahrzehnte voller Schicksalsschläge und überraschender Wendungen, über die vergessenen Geheimnisse der tatarischen Küche – mit einer Heldin, die auch als Putzfrau in Deutschland alle Fäden in der Hand hält.

»Ihr rasanter Stil ist zwingend, die Geschichte unterhaltsam und fesselnd, die Sprache witzig und böse.« *NDR*

Die Autorin

Alina Bronsky, geboren 1978, lebt in Berlin. Ihr Debütroman »Scherbenpark« wurde zum Bestseller und fürs Kino verfilmt. »Baba Dunjas letzte Liebe« wurde für den Deutschen Buchpreis 2015 nominiert und ein großer Publikumserfolg. 2019 und 2021 erschienen ihre Bestseller »Der Zopf meiner Großmutter« und »Barbara stirbt nicht«.

Alina Bronsky

Die schärfsten Gerichte der tatarischen Küche

Roman

Kiepenheuer & Witsch

FSC
www.fsc.org
MIX
Papier | Fördert gute Waldnutzung
FSC® C083411

1. Auflage 2024

Covergestaltung: Barbara Thoben, Köln
Cover-Illustration: © Silke Schmidt
Satz PrintCSS
Druck und Bindung CPI books GmbH, Leck
ISBN 978-3-462-00756-5

Wie in jeder Sprache gibt es auch im Tatarischen ziemlich derbe Ausdrücke. Das Verständnis der Schimpfwörter erleichtert es, Situationen zu erkennen und zu meistern. Die folgenden Wörter sind deshalb nicht für den Eigengebrauch gedacht, sondern lediglich für das Verstehen einer Situation.

Kapitel »Schimpfen & Fluchen«, Tatarisch – Wort für Wort, Reise Know-How Verlag

Die Stricknadel

⚒ Als meine Tochter Sulfia mir sagte, sie sei schwanger, wisse aber nicht, von wem, habe ich verstärkt auf meine Haltung geachtet. Ich hielt meinen Rücken sehr gerade und die Hände würdevoll im Schoß gefaltet.

Sulfia saß auf einem Küchenhocker. Ihre Schultern waren hässlich hochgezogen und die Augen rot, weil sie die Tränen nicht einfach laufen ließ, sondern mit dem Handrücken im Gesicht verrieb. Und das, obwohl ich sie von klein auf gelehrt hatte, wie man weint, ohne hässlich zu werden, und wie man lächelt, ohne zu viel zu versprechen.

Aber Sulfia war nicht begabt. Ich muss sogar sagen, sie war ziemlich dumm. Dabei war sie meine Tochter, schlimmer noch, sie war meine einzige Tochter. Aber als ich sie so ansah, wie sie mit krummem Rücken und laufender Nase auf dem Sitz hockte wie ein Wellensittich auf der Stange, da hatte ich gemischte Gefühle. Am liebsten hätte ich sie angeschrien: »Halt den Rücken gerade! Schnief nicht! Guck nicht so blöd! Versuch doch mal, nicht zu schielen!«

Aber sie tat mir auch leid. Sie war ja irgendwie doch

meine Tochter. Eine andere habe ich nicht bekommen, auch keinen Sohn, denn mein Leib war seit vielen Jahren innen hohl und unfruchtbar wie der Sand in der Wüste. Und diese Tochter, die ich bekommen hatte, war verunstaltet und passte nicht so recht zu mir. Sie war klein und ging mir bis zur Schulter. Sie hatte überhaupt keine Figur und kleine Augen und einen schiefen Mund. Dumm war sie, wie gesagt, auch. Sie war schon siebzehn Jahre alt, und es bestand keine Hoffnung, dass sie noch mal klüger werden würde.

Ich hoffte nur noch darauf, dass ihre Dummheit irgendeinen Mann derart anzog, dass er ihre krummen Beine so lange übersah, bis er vor dem Standesbeamten stand.

Bis jetzt hatte sich diese Hoffnung nicht erfüllt. Sulfia hatte zwar zwei Freundinnen in unserem Wohnblock, aber mit einem Jungen hatte sie wohl das letzte Mal vor zehn Jahren gesprochen, irgendwann nach der Einschulung. Dann briet ich aber eines Tages Fisch in Öl (es war das Jahr 1978, und aus einem Großlabor in unserer Stadt waren gerade Milzbranderreger entwichen), und Sulfia hielt sich die Hand vor die Nase und übergab sich viermal auf der Toilette.

Das fiel sogar dieser Hexe Klavdia auf, die in unserer kommunalen Wohnung ein Zimmer hatte. Klavdia arbeitete in einer Entbindungsklinik, sie behauptete, als Hebamme, aber ich glaubte es ihr nicht. Sie war dort höchstens Putzfrau. Wir waren zwei Parteien in dieser Wohnung: zwei Zimmer für unsere Familie, eins für Klavdia, Bad und Küche zur gemeinsamen Nutzung, ein schöner Altbau und sehr zentral.

Und als Sulfia dann auf dem Küchenhocker saß, von mir befragt wurde und mir sagte, ihre plötzliche Schwangerschaft könne höchstens davon kommen, dass sie von einem Mann in der Nacht *geträumt* habe, da glaubte ich ihr sofort. Ein echter Mann würde sich Sulfia auch niemals nähern, außer er wäre sehschwach oder pervers. Die Straßen waren voll von hübschen Mädchen in kurzen Röcken.

Ich blickte Sulfia streng und sorgenvoll an, aber sie sah nur auf ihre kleinen Füße. Ich wusste, dass solche Fälle vorkamen. Eine Jungfrau träumte, und neun Monate später brachte sie ein Kind zur Welt. Ich kannte sogar einen noch schlimmeren Fall, meine Cousine Rafaella: Sie hatte ihre einzige Tochter in der Blüte einer großen, exotischen Zimmerpflanze unbekannter Art gefunden, deren Kern sie aus dem Süden mitgebracht hatte. Ich konnte mich noch genau daran erinnern, wie ratlos sie damals gewesen war.

Ich sah meine Tochter an und überlegte, was ich jetzt noch für ihre Zukunft und meinen Ruf tun konnte. Ideen hatte ich schon.

Ich ging in die Apotheke und kaufte Senfpulver. Dann schrubbte ich die Badewanne blitzblank sauber und füllte sie mit sehr heißem Wasser. Wir hatten Glück, dass wir gerade heißes Wasser in den Leitungen hatten, denn in den Wochen davor war es immer wieder abgeschaltet worden.

Ich ließ das Pulver einrieseln und verrührte es mit dem abgebrochenen Stiel einer Schneeschippe. Ich hatte ihn im vergangenen Winter auf der Straße gefunden und mitgenommen, weil er noch gut und robust aussah, und siehe da, schon hatte ich Verwendung für ihn.

Ich rührte, und Sulfia stand daneben, sah zu und zitterte.

»Zieh dich aus«, sagte ich.

Sie stieg hastig aus ihrem Kleid und aus der weißen Unterhose und sah mich an. Man musste ihr immer alles mehrmals erklären.

»Steig ein«, sagte ich.

Sie hob vorsichtig eines ihrer krummen dunklen Beine an und hielt sich an mir fest. Sie tunkte den großen Zeh ins Wasser und jammerte, es sei viel zu heiß.

»In der Hölle ist es noch heißer«, sagte ich geduldig.

Sie sah mich an, versuchte den Fuß ins Wasser zu tauchen und schreckte zurück.

Ich verlor die Geduld. Das Wasser musste heiß sein, nicht lauwarm, erklärte ich ihr. Sie sah mich mit ihrem waidwunden Blick an, dann ließ sie sich in die Badewanne fallen, dass es spritzte.

»Spinnst du!« schrie ich und ließ neues *sehr heißes* Wasser nachlaufen.

Während ich mit einem Bettlaken die Pfützen von den Fliesen aufwischte, wimmerte Sulfia in der Badewanne. Es sei viel zu heiß, sie werde sich zu Tode verbrühen.

»Das ist noch keiner passiert«, sagte ich, obwohl ich wusste, dass das nicht stimmte. Als das Gewimmer abbrach, sah ich nach. Sulfia lag in der Badewanne mit geschlossenen Augen und aufgerissenem Mund. Ich hievte sie hoch und duschte sie kalt ab. Besser eine schwangere Tochter als eine tote, dachte ich, und Sulfia kam sofort wieder zu sich. Ihre Haut war rot, und sie begann prompt wieder zu jammern.

Ich zog Sulfia an Klavdias neugierigem Gesicht vorbei in unser Zimmer, steckte sie ins Bett und gab ihr Preiselbeertee zu trinken. Sie schlief ein. Sie verschlief 22 Stunden, während derer sie sich immer wieder im Bett herumwarf und stöhnte. Ich überprüfte das Laken unter ihr, es war weiß.

Ich ging zum Markt, kaufte bei meinen Landsleuten einen großen Sack Lorbeerblätter und kochte daraus einen Sud. Den gab ich Sulfia zu trinken. Sulfias Haut begann sich nach dem Senfbad am ganzen Körper zu schälen, aber sonst passierte gar nichts. Sie trank den Sud gehorsam, wie eine gute Tochter. Dann schaffte sie es aber nicht bis zur Toilette und übergab sich vor Klavdias neugierigem Blick mehrmals hintereinander ins Waschbecken. Da sie nichts bei sich behielt, konnte auch nichts wirken.

Ich wurde langsam nervös. Ich wollte meine Tochter nicht zum Arzt schicken, ich wollte kein dummes Gerede an ihrer Berufsschule, wo sie seit diesem Jahr Krankenschwester lernte. Ich wollte keine Nachteile für Sulfia, sie war auch so schon nicht gerade beliebt. Und ich wusste, dass man in Krankenhäusern dumme junge Mädchen in ihrer Situation wie ein Stück Fleisch behandelte. Das wollte ich ihr ersparen.

Ich hätte nie gedacht, dass Gott mir ausgerechnet durch Klavdia, diese dumme Pute, Hilfe schicken würde. Aber nachdem Klavdia meine immer verzweifelter werdenden Versuche beobachtet hatte, zeigte sie Eigeninitiative. Sie legte in der gemeinsamen Küche ihre Hand auf meinen Ellbogen und flüsterte, sie habe schon einigen geholfen und wisse genau, wie das geht.

Ich hörte ihr zu, dann nickte ich. Ich hatte keine Wahl. Einen Tag später gingen wir in Klavdias Zimmer und schoben einen großen Tisch in die Mitte des Raums. Klavdia holte eine abwaschbare Tischdecke mit einem Muster aus Vergissmeinnicht und Kornblumen, und ich holte Sulfia, deren schwarze Augen panisch in die Gegend schielten.

Ich erklärte Sulfia erneut, dass man Probleme lösen muss. Sie lösen sich nicht von alleine. Von alleine entstehen sie nur. Sie zitterte in meinem Arm. Dann kletterte sie gehorsam auf den Tisch.

Klavdia sagte, so könne sie nicht arbeiten. Wenn Sulfia so zittere, finde sie die richtige Stelle nicht. Und ich müsse Sulfia jetzt festhalten, denn wenn sie sich mittendrin ruckartig bewege, würde Klavdia mit der Nadel noch den Darm treffen. Ich warf mich über den Bauch meiner Tochter.

»Halt ihr den Mund zu«, sagte Klavdia, und während ich Sulfias plötzlichen gellenden Schrei gerade noch rechtzeitig erstickte, zog Klavdia mit einer schnellen Bewegung eine blutige Stricknadel zwischen Sulfias Beinen hervor.

Vielleicht ist sie doch mehr als eine Putzfrau, dachte ich, beeindruckt von Klavdias sicherer Handführung. Dann nahm ich meine Hand von Sulfias zusammengebissenen Zähnen. Ihr Kopf fiel zur Seite. Das schwächliche Kind war schon wieder ohnmächtig geworden.

Ich trug Sulfia auf meinem Rücken in unser Zimmer. Ich legte eine wasserdichte Unterlage unter ihren blassen Po und deckte sie warm zu.

Sie kam wieder zu sich. Ihre Augen, dunkel und rund wie Rosinen, wanderten das Zimmer ab. Sie gab einen leisen, wimmernden Ton von sich.

Ihr Gesicht wurde langsam weißer. Mein Mann Kalganow kam von der Arbeit nach Hause. »Was hat die Sonja?« fragte er. Er nannte unsere Tochter nicht bei ihrem tatarischen Namen. Er nannte sie so, wie die Russen sie nannten, weil es außerhalb ihrer Möglichkeiten lag, sich einen tatarischen Namen zu merken, geschweige denn auszusprechen.

Mein Mann war sehr kategorisch. Er glaubte nicht an Gott, er glaubte nur daran, dass alle Menschen gleich waren, und dass jeder, der das Gegenteil behauptete, noch im Mittelalter lebte. Mein Mann mochte es nicht, wenn wir uns von anderen unterschieden.

Ich sagte ihm einfach, unsere dumme kleine Sulfia hätte die Grippe. Er kam an ihr Bett und legte ihr die Hand auf die Stirn. »Die ist aber kalt«, sagte er. »Kalt und feucht.«

Ich konnte es eben nicht allen recht machen. Sulfia stöhnte und warf sich herum.

Zwillinge halt

⚒ In dieser Nacht bekam ich plötzlich Angst, dass Sulfia mir sterben würde. Ich hatte seit Jahren nicht mehr Angst um sie gehabt, und das Gefühl gefiel mir nicht. Ich lüpfte Sulfias Decke. Es sah gut aus. Ich machte sie sauber, nahm das blutige Zeug, steckte es in eine Plastiktüte und wickelte alles in eine Zeitung. Ich verließ leise unsere Wohnung, hörte dabei, wie unsere Nachbarin Klavdia sich im Bett umdrehte, trug das Bündel durch die leeren dunklen Straßen und stopfte es in einen Müllcontainer ein paar Straßenzüge weiter.

Am Morgen bekam Sulfia Fieber. Sie blutete wie ein Schwein. Ich holte eine Dose Kaviar aus den Tiefen meines Kühlschranks, die ich für das Neujahrsfest aufbewahrte, machte vier dicke Brote und fütterte Sulfia damit. Kaviar war bekanntlich gut für die Blutbildung.

Sulfias Zähne klapperten, sie hatte Schüttelfrost. Die durchsichtigen orangefarbenen Kaviarkügelchen klebten an ihrem Kinn. Ich schüttete Sanddorntrunk in ihren schiefen Mund. Den Sanddorn hatte ich im Herbst in meinem Garten auf dem Land gepflückt, mir dabei die Hände blutig zerstochen und die Haut an den Fingerkuppen ruiniert. Danach die Beeren mit Zucker püriert, 10 Liter in Einmachgläsern, und so hielt der Sanddorn den ganzen Winter. Ich löste ihn löffelweise im heißen Wasser auf und gab den Trunk Sulfia, damit sie Vitamine bekam.

Sie schniefte und stöhnte, aber meine Mühen zahlten sich aus.

Nach wenigen Tagen hörte Sulfia auf zu bluten, stand auf und ging selbstständig zur Toilette. Nach einigen weiteren Tagen ging sie wieder in ihre Schwesternschule. Klavdia gab uns eine Bescheinigung darüber, dass Sulfia die Grippe gehabt hatte. Ich konnte sie immer besser leiden, mehrere Monate lang, bis ich merkte, dass Sulfias Bauch sich zu runden begann. Irgendwann wurde es überdeutlich. Selbst ich merkte es ziemlich spät, ich hatte einfach nicht damit gerechnet. Dann fiel es sogar Kalganow auf, der sonst grundsätzlich alles übersah.

»Was hat die Sonja da?« fragte er und deutete mit dem Finger. »Wie kommt das dahin?«

»Sie wächst eben noch«, sagte ich eilig, legte meine Hand auf Sulfias Bauch und erstarrte. Die Tritte gegen meine Hand kündigten Schwierigkeiten an.

Gott hatte sich über mich lustig gemacht. Gott oder Klavdia.

»Zwillinge halt«, sagte sie und zuckte mit den Schultern. Sie sagte, sie habe von uns Geld für *ein* Kind bekommen, und das habe sie auch sauber beseitigt. Da sie nichts von einem Zwilling wusste, konnte sie das zweite Kind auch nicht berücksichtigen. Sie hatte nur den getroffen, der dem Ausgang am nächsten war.

Eigentlich, sagte Klavdia, war das Überleben des zweiten Zwillings der beste Beweis ihrer eigenen Kunstfertigkeit. Wo bei anderen nicht einmal das Überleben der Mutter gesichert war.

Ich sperrte mich auf der Toilette ein und ließ die Tränen laufen, lautlos, damit man mich nicht hörte, damit die Augen nicht rot wurden. Sulfia saß auf einem Hocker in der Küche, streichelte ihren Bauch, lächelte kuhäugig und kaute Käsebrote, Wurstbrote, frische Gurken, die ich auf dem Markt gekauft hatte, saure Gurken, die ich im Sommer eingelegt hatte, Essigtomaten, Äpfel, ein Stück Apfelkuchen, eine Schüssel Landquark und einen großen Teller Grießbrei mit Rosinen.

Da ich wusste, dass mein Mann uns die Geschichte mit der Traumzeugung nicht glauben würde, sagte ich ihm einfach, Sulfia sei vom Nachbarn zwei Stockwerke über uns vergewaltigt worden. Der Nachbar war mit dem wichtigsten Vorgesetzten meines Mannes verwandt. Danach sagte Kalganow gar nichts mehr, nicht zu mir, nicht zu Sulfia und auch nicht zum Nachbarn, und wir begannen, auf das Kind zu warten, niemals die leise Hoffnung aufgebend, dass irgendeine hilfreiche Kalamität, eine Krankheit oder ein medizinischer Pfusch, doch noch dazwischenkommen würde.

Dieses Kind

✂ Dieses Kind, ein kleines Mädchen, 3,2 Kilo schwer und 51 Zentimeter lang, wurde in einer kalten Dezembernacht im Jahre 1978 in der Entbindungsklinik Nr. 134 geboren. Ich ahnte schon die ganze Zeit, dass es ein Kind werden würde, das grundsätzlich und rücksichtslos alles überlebte. Es war ein ungewöhnliches Kind, das von Anfang an sehr laut schrie.

Mein Mann und ich, wir holten es mit dem Taxi ab, als es zehn Tage alt war. Unsere Tochter natürlich auch.

Das kleine Kind steckte in einer gefalteten Spitzendecke, die mit vielen rosa Schleifen umwickelt war. Das war damals so üblich. Mein Mann fotografierte uns: mich mit dem Kind auf dem Arm, daneben Sulfia mit einem Plastikstrauß, den man uns in der Entbindungsklinik fürs Foto zur Verfügung stellte, denn wo sollte man im Winter sonst noch Blumen hernehmen. Das Gesicht des Kindes war kaum zu sehen, es blitzte klein und rot zwischen den Falten der Decke hervor. Ich hatte schon ganz vergessen, dass neugeborene Kinder so klein und so hässlich sind.

Dieses da begann bereits im Taxi zu schreien und hörte genau genommen erst ein Jahr später damit auf.

Ich hielt es auf dem Arm und betrachtete sein Gesicht. Ich stellte überrascht fest, dass dieses vaterlose Baby keinem Erwachsenen, den ich kannte, so ähnlich sah wie mir. Es war, entgegen dem ersten Eindruck, doch nicht einfach nur hässlich. Ich betrachtete es eingehend und stellte fest, dass es eigentlich ein schönes kleines Mädchen war, vor allem, wenn es schwieg.

Zu Hause packten wir es aus und legten es auf das Bett. Das Mädchen hatte kleine feste Muskeln und kräftig rote Haut. Sie strampelte mit ihren winzigen Armen und Beinen, und das Bett zitterte unter ihr. Dazu schrie sie ununterbrochen.

Klavdias neugieriges Gesicht erschien im Türspalt: »Oh, wie süß! Schon zu Hause? Herzlichen Glückwunsch! Alles Gute zum Nachwuchs! Habt ihr es schon gefüttert? Das ist ja nicht zum Aushalten.«

Sulfia setzte sich in den Sessel und lächelte wie im Delirium. Mein Mann beugte sich stirnrunzelnd über seine erste Enkelin. Ich hatte das Gefühl, irgendwas an ihr gefiel ihm nicht. Vielleicht suchte er die Züge seines Chefs in ihrem kleinen Gesicht.

»Wie heißt er eigentlich?« fragte Klavdia von der Tür aus.

»Das ist eine SIE!« rief ich so laut, dass das kleine Mädchen für einen winzigen Augenblick aufhörte zu schreien und mich erstaunt ansah. »Eine SIE! Wir haben eine Enkelin!«

»Meinetwegen, und wie heißt es?« fragte Klavdia.

»Aminat«, sagte ich. »Sie heißt Aminat.«

»Wie?« fragte Klavdia, die meine Tochter Sulfia, die sie von klein auf kannte, hartnäckig Sonja nannte und mich Rosa, was immerhin von Rosalinda kam. Wir hatten einfach schöne Namen, damit kamen andere nicht zurecht.

»Also Anna, Anja«, korrigierte mich Kalganow, der immer so sein wollte wie die anderen.

»Aminat«, wiederholte ich. Ich fand, das war gar nicht so schwer zu behalten. Meine Enkelin würde Aminat heißen wie meine Großmutter, die in den Bergen aufgewachsen war, ich würde sie, vielleicht als Einzige, immer bei ihrem Namen nennen, ungeachtet dessen, dass sie in Krippe, Kindergarten, Schule, Universität und Fachlabor von da an und für alle Ewigkeiten einfach irgendeine Anja sein würde. Für mich würde sie Aminat sein, und ich begann bereits jetzt zu beten, dass sie irgendwann ein Leben führen durfte, in dem man nicht einfach so ihren Namen verhunzte.

»Sie heißt Aminat Kalganova«, sagte ich, und Klavdias missbilligendes Gesicht verschwand hinter der Tür, und mein Mann griff sich an den Kopf und sagte, »das ist ja nicht zum Aushalten, geht es jetzt die ganze Zeit so weiter?«, und meine Tochter Sulfia erwachte aus ihrer Starre und sagte: »Ich hab so einen großen Hunger, Mutti.«

Das kleine Mädchen, das ich nach meiner im Kaukasus geborenen Großmutter Aminat genannt hatte, stellte mein Leben auf den Kopf. Alles war anders geworden. Sulfia nahm die Geburt ihrer Tochter zum Anlass, um endlos zu schlafen und ebenso endlos zu essen. Sie hielt sie zwar gern auf dem Arm und verzog sie damit, aber zu was Besserem war sie nicht zu gebrauchen. Sie erwies sich als nutzlos, wenn das neue Mädchen Hunger hatte. In der Nacht schlief Sulfia zu fest und überhörte die spitzen, jämmerlichen Einsamkeitsrufe und die zornigen, kräftigen Hungerschreie.

Ich lag hinter der Wand und hörte das kleine Mädchen weinen. Ich wusste genau, was ihr fehlte, ich hörte es nach den ersten drei Tagen sehr gut heraus. Irgendwann hielt ich es nicht mehr aus und holte das Kinderbettchen zu uns, in das Zimmer, das ich mit Kalganow bewohnte.

Mir gefiel es, wie Aminat ihre Hände zu winzigen Fäusten ballte und sich damit die Augen rieb, wenn sie müde war.

Ich schickte Kalganow morgens zur Milchküche, Babynahrung holen, denn einer musste ja dafür sorgen, dass das Kind genug zu essen bekam. Es trank alle Flaschen innerhalb kürzester Zeit leer, viel schneller als andere Kinder. Mein Mann versuchte zu meutern, die Schlangen unrasierter Jungväter vor der Milchküche machten ihn nervös, doch ich schickte ihn jeden Morgen unerbittlich los, schließlich ging es um sein eigenes Fleisch und Blut. Kalganow sagte, er würde seine Enkelin nicht besser und nicht schlechter behandeln als andere Kinder auch, schließlich seien alle Menschen gleich, und ich nannte ihn einen Faschisten.

Nach einigen Monaten ging Sulfia wieder auf ihre Schwesternschule, und ich meldete die kleine Aminat in einer Kinderkrippe an. Wir mussten ja schließlich alle irgendwie weiterleben. Aminat weinte bitterlich. Ich löste jeden Morgen ihre Finger einzeln von meinem Kleid und ging.

Meine Enkelin Aminat hatte Glück. Sie hatte nichts vom Phlegma und von der Hässlichkeit ihrer Mutter geerbt. Sie hatte meine mandelförmigen tiefschwarzen Augen, sanft gewellte schwarze Locken, eine zarte Nase und einen sehr klugen Gesichtsausdruck. Man sieht einem Menschen praktisch von Geburt an, ob er klug ist oder nicht. Bei Sulfia hatte ich es ja auch gleich gesehen und mich nicht geirrt. Möglicherweise lag es daran, dass Sulfia von meinem Mann im Bett gezeugt worden ist und Aminat von einem Fremden im Traum.

Aminat war trotzdem ein problematisches Kind. Sie wollte nicht in der Krippe bleiben. Sie begann zu schreien, sobald ich sie hingebracht und ihr auf die Finger geschlagen hatte, mit denen sie sich an mir festkrallte. Ich konnte ja nicht ständig zu spät zur Arbeit kommen.

Wenn ich sie am Abend abholte, hörte ich von der Straße aus ihr zorniges Geschrei. Ich schämte mich. Es gefiel mir nicht, dass meine Enkelin den Ablauf im Kindergarten so störte. Ich fühlte mich sogar dazu veranlasst, den Erzieherinnen zu erklären, dass tatarische Kinder normalerweise sehr gut erzogen waren. Meist besser als russische, aber das sagte ich natürlich nicht, ich wollte nicht hochmütig klingen.

Aminat sperrte sich gegen die Erziehung. Ich ertappte mich schon dabei, dass ich sie gegenüber den Kindergärtnerinnen sogar selbst manchmal *Anja* nannte, weil ich mich für sie schämte. Sie war so schwierig, dass ich es den Fachkräften nicht auch noch mit einem arabischen Namen zusätzlich schwer machen wollte. So weit ging meine Rücksicht.

Meine Tochter Sulfia vergaß unterdessen, dass sie eine Tochter geboren hatte. Sie beendete ihre Berufsschule und begann ihre Arbeit an einer chirurgischen Klinik. Allerdings hatte sie ihre Prüfungen nicht geschafft, also durfte sie nicht als Krankenschwester arbeiten, sondern nur als Sanitätspflegerin. Sie machte die Drecksarbeit und nichts von Bedeutung. Ich fand, dass das für alle besser war.

Ich war zufrieden, dass meine Tochter trotz ihrer

ungünstigen Eigenschaften ein sinnvolles Mitglied der Gesellschaft geworden war und sogar eine eigene Tochter geboren hatte, eine überraschend fabelhafte dazu. Sulfia war aus dem Gröbsten raus und ließ mir Zeit für die Erziehung meiner Enkelin, eine wichtige Aufgabe für eine Frau wie mich und, wie bereits angedeutet, nicht ganz einfach bei einem Kind wie Aminat.

Ganz langsam hörte ich auf, auf Sulfia zu achten. Es fiel mir nicht mehr auf, wann sie nach Hause kam und was sie dann tat. Deswegen traf es mich unvorbereitet, als ich eines Tages mein Zimmer betrat und auf der Fensterbank einen Zettel fand: *»Liebe Mama, lieber Papa, ich ziehe aus und nehme Anna mit. Lasst mich einfach in Frieden. Küsse, eure Sonja.«* Daneben den Schlüssel von ihrem Zimmer.

Mein Herz klopfte laut gegen meine Rippen, als ich den Kleiderschrank, den wir gemeinsam nutzten, aufriss und ihn halb leer vorfand. Sulfias ordentlich aufgereihte Kleider und Röcke waren weg, ihre Unterhosen waren weg, ihre Strumpfhosen waren weg, und was viel schlimmer war: Aminats Strampler, Socken und Pullover, Gummitiere und Fläschchen, Stoffwindeln und ihre Lieblingstasse mit dem gelben Hasen waren ebenfalls weg.

Verbrecherin an der Mutterschaft

⚒ Ich ließ mir nicht viel Zeit für meinen Zusammenbruch. Ich handelte sofort, wie es meine Art war. Ich öffnete die Blechdose mit dem Haushaltsgeld und nahm ein paar Scheine heraus. Ich warf mir hastig den Mantel über und rannte auf die Straße, wo ich mich an den Straßenrand stellte und den Daumen hob. Nicht panisch herumfuchtelnd, wie das andere machten, sondern klar und würdevoll. Das wirkte immer.

Sofort hielt ein schmutziges kleines Auto an. Ich sah schon immer viel jünger aus, als ich war, viele waren froh, einer Frau wie mir helfen zu können.

Der Zhiguli, dessen Farbe sich unter dem Dreck nicht mehr erahnen ließ, fuhr mich in acht Minuten zu Aminats Kindergarten. Der Fahrer wollte von mir kein Geld, und ich bestand auch nicht darauf. Er war zu Recht stolz darauf, eine Frau wie mich im Auto gehabt zu haben. Ich war trotzdem zu spät. Sulfia hatte Aminat schon aus dem Kindergarten abgeholt. Sie hatte alles vorbereitet.

Aminats Schrank im Vorraum war leer. Ihre Hausschuhe und ihr Hauskleid waren weg. Der Wurm, den sie während der Bastelstunde aus Plastilin geknetet hatte, war auch weg. Aminat sollte in diesen Kindergarten nicht mehr zurückkommen, sagte mir eine der Erzieherinnen, die einen besonders offiziellen Ausdruck im Gesicht trug. Aminats Mutter sei ans andere Ende der Stadt gezogen und habe das Kind in einem anderen Kindergarten angemeldet, den sie unter ihren neuen Bedingungen besser erreichen konnte.

»Wohin?« rief ich.

Sie könne mir nicht weiterhelfen, sagte die bebrillte Ziege schadenfroh.

Ich muss sagen, ich war nicht nur entsetzt. Ich war auch überrascht. Bislang hatte ich gedacht, Sulfia besaß den Antrieb einer Nacktschnecke. Dass sie in einer Nacht-und-Nebel-Aktion ausziehen, Aminat mitnehmen, Aminat in einem neuen Kindergarten anmelden, vorher eine neue Wohnung für zwei Personen finden konnte, und das alles, ohne mir oder ihrem Vater ein Wort zu verraten: Das passte nicht zu meiner Vorstellung von Sulfia.

»Sag was«, verlangte ich von meinem Mann, während er abends in der Küche Kohlrouladen kaute, und er sagte: »Wir müssen aufpassen, dass sie uns das zweite Zimmer nicht wegnehmen, wo wir doch hier jetzt zwei Leute weniger sind.«

Er hatte auch keine Ahnung, wohin unsere Tochter verschwunden sein könnte. Die erste Woche wartete ich immer auf einen Anruf von ihr oder wenigstens von der Miliz. Das Telefon stand im Flur, damit alle Bewohner unserer Wohnung es nutzen konnten. Wenn es klingelte, war ich immer als Erste am Apparat, aber Sulfia rief nicht an und auch sonst niemand.

In der zweiten Woche begann ich mich schlecht zu fühlen. Ich träumte davon, wie Aminat, hungrig und verfroren, in ihrem Kinderbettchen saß und weinte. Wie Sulfia das nicht hören wollte, weil sie irgendwelchen dummen Sachen nachging, während Aminat litt.

»Du musst bei Sulfia auf der Arbeit anrufen«, verlangte ich von meinem Mann, als er abends in der Küche ein Hühnerbein abnagte. »Du musst herausfinden, wo sie hingezogen sind.«

Mein Mann sagte, unsere Tochter sei erwachsen.

»Aber Aminat nicht!« rief ich, und er sah von seinem Teller auf.

Und noch eine Woche später zog ich mein dunkelrotes Kleid an, ließ die Haare offen, betonte Augen und Lippen vor dem Spiegel und fuhr mit dem Trolleybus zur chirurgischen Klinik, in der Sulfia arbeitete. Ich betete, dass sie immer noch dort arbeitete. Ich stellte mich vor die Eingangstür, vor der auch einige arme, kranke Menschen in grauen Krankenhauskleidern standen und frische Luft atmeten, und begann zu warten.

Gott belohnte mich und schickte Sulfia bereits nach zwei Stunden heraus. Sie hatte ihren alten blauen Mantel an, den sie schon in der Schule getragen hatte, und eine Netztasche in der Hand. In der Netztasche erspähte ich fünf verschrumpelte Kartoffeln. Es war schon immer unmöglich gewesen, Sulfia zum Einkaufen zu schicken, auf den Markt schon gar nicht. Sie ließ sich die schlechtesten, faulsten Sachen andrehen und merkte das nicht einmal.

Als Sulfia mich sah, wurden ihre Augen rund und bekamen einen Stich ins Blaue. Damit hatten sie die Farbe überreifer Pflaumen. Sie wich zurück, aber ich ging zielstrebig auf sie zu und nahm sie am Ärmel ihres elenden Mantels.

»Wo willst du hin, du Miststück?« fragte ich sie so freundlich, wie es mir in dieser Situation nur möglich war. »Wo hast du Aminat hingebracht, du Verbrecherin an der Mutterschaft?«

Sulfia zappelte in meinem festen Griff.

»Anja ist *meine* Tochter«, piepste sie.

»Seit wann?« erhob ich meine Stimme.

Die armen, kranken Menschen verfolgten unsere Unterhaltung mit großem Interesse. Sulfia machte es ihnen schwer, weil sie so sehr nuschelte, dass man sie kaum verstehen konnte. Dabei hatte ich ihr immer gesagt: Du musst klar und deutlich sprechen! Sie murmelte, dass ich ihr das Kind entfremdet habe. Dass ich sie immer gequält habe. Dass sie so glücklich sei, meiner Tyrannie (»Tyrannei«, verbesserte ich) endlich entkommen zu sein. Dass sie lieber unter einer Brücke leben würde als unter einem Dach mit mir.

»WO IST AMINAT?« erhob ich meine Stimme noch ein wenig.

Sulfia redete wie von Sinnen: Sie sei die Mutter ihrer Tochter, sie würde mich sowieso nicht kennen, sehe mich zum ersten Mal in ihrem Leben, sie habe keine Ahnung, wer ich sei, ich solle sofort verschwinden, ich dürfe mich ihr und dem Kind nicht nähern, es reiche schon, dass ich *ihr* Leben kaputt gemacht habe.

»Du hast einen Mann gefunden!« begriff ich, jetzt erst recht überrascht. Die kranken Menschen reckten die Hälse, und einer pfiff anerkennend.

»Endlich!« rief ich aus. »Gut, aber wo ist Aminat?«

Da riss sich Sulfia los, öffnete ihren schiefen Mund zu einem unregelmäßigen Oval und schrie: »Hilfe! Sie will mich umbringen!«

Überrascht gab ich ihren Ärmel frei.

Sulfia unterbrach ihr heiseres Gepiepse und rannte los. Ich sah ihr hinterher. Ich hätte jetzt hochgehen, ihre Station suchen und ihre Kollegen nach der neuen Adresse fragen können. Aber wer weiß, was Sulfia, hinterhältig wie sie war, ihnen über mich erzählt hatte.

Ich steckte mein Haar mit vier Haarnadeln zu einem seriösen Knoten hoch und setzte mich langsam in Bewegung.

Meine dumme Tochter lief voran und ich ihr hinterher. Ihr blauer Mantel wies mir die Richtung. Als sie in die Straßenbahn kletterte, stieg ich in den zweiten Waggon. Sie merkte wie immer gar nichts. Ich sah durch die Waggonfenster, wie sie mit krummem Rücken und stumpfem Blick auf ihrem Sitz hockte.

Nach ein paar Haltestellen schreckte sie hoch und stieg aus, ich sprang hinterher.

Ich lief noch ein paar Schritte. Dann bog sie ab und betrat durch eine quietschende Tür einen Betonblock. Ich erkannte ihn sofort. Es war das Wohnheim für die medizinischen Fachkräfte aus der Provinz, die in unsere Stadt gekommen waren, um Arbeit und vor allem einen Mann zu finden. Hierhin war Sulfia also gezogen, und das war kein Wunder. Auch ein klügerer Mensch hätte in so kurzer Zeit keine Wohnung in unserer Stadt finden können, und Sulfia war nicht klug, nicht einmal schlau, sie war eine Gefahr für sich und andere. Aber sie war eben eine halbe Krankenschwester, und irgendjemand hatte sich offenbar erbarmt und ihr ein Bett zugewiesen. Irgendwo in dieser stinkenden Bude war also auch mein geliebtes Enkelkind.

Ich fragte die Frau, die den Eingang bewachte, nach

Sulfia Kalganowas Zimmernummer. Ich sagte, Sulfia habe ein Kind entführt. Die Frau brachte mich bereitwillig ans Ziel, viele Treppen hoch, lange dunkle Flure entlang. Unterwegs erzählte sie mir viele Geschichten aus ihrem verhunzten Leben, die ich halbherzig kommentierte, damit sie mir nicht absprang.

Das Zimmer war klein und dreckig, und Aminat saß im Gitterbett und sah mir entgegen. Das Gesichtchen und der ganze Körper waren mit grünen Flecken übersät. Sie hatte Windpocken, das erkannte ich sofort, ich kannte mich mit Kinderkrankheiten aus wie mit den meisten Sachen auf dieser Welt. Sulfia saß auf dem Bett und hatte ihr Gesicht mit den Händen bedeckt, dabei zitterten ihre Schultern, und alles nur, weil sie auf ihre Mutter nicht gehört hatte.

Als Aminat mich sah, packte sie mit beiden Händchen die Gitterstäbe und rüttelte daran. Sulfia sprang entsetzt auf, aber ich schob sie weg. Sie stieß gegen meinen Ellbogen und stürzte zur Seite, so ungeschickt war sie.

Ich zog mein kleines Mädchen aus dem Bett, griff mir die schmuddelige Bettdecke und wickelte sie um das Kind. Aminat umklammerte meinen Hals.

Ich trug mein wertvolles Bündel aus dem Höllenhaus, winkte mir ein Privattaxi heran und fuhr nach Hause. Eine Großmutter, die gerade ihr Enkelkind gerettet hatte.

Ich hatte überhaupt nichts gegen meine Tochter Sulfia. Ich lebte gern im vollen Familienverband in unseren zwei Zimmern. Reife Eltern, junge, unerfahrene Tochter, kleine Enkelin, das passte alles gut zusammen. Ich war grundsätzlich großzügig, ich schätzte den Austausch zwischen den Generationen. Es machte mir nichts aus, Sulfia bei der Erziehung meiner Enkelin zu unterstützen und sie auf ihre vielen Fehler hinzuweisen. Ich wollte ja schließlich, dass sie sich besserte.

Was aber jetzt passiert war, das konnte ich nicht mehr hinnehmen. Sulfia hatte das Kind gefährdet. Sie hatte es krank alleingelassen und war zur Arbeit gegangen, denn natürlich hatte sie es nicht geschafft, einen neuen Kindergartenplatz für sie zu finden. Sie hatte Aminat mit Windpocken angesteckt, die sie wahrscheinlich aus ihrem Krankenhaus mitgebracht hatte, denn sie verstand trotz ihrer medizinischen Ausbildung nichts von Hygiene.

Meine Mission war: Aminat vor dem Verderben zu retten. Außer mir würde es ja auch sonst niemand tun. Für alle anderen Menschen auf dieser Welt war Aminat eine vernachlässigte, ungekämmte Rotznase. Es hätte nicht lange gedauert, und sie hätte auch noch Läuse und Geschwüre bekommen.

Für mich stand also fest, Aminat bleibt bei mir.

Nachdem ich Aminat gerettet hatte, traute sich Sulfia erst einmal nicht, bei uns vorbeizukommen. Sie rief nur dauernd an und schluchzte in den Hörer. Irgendwann sagte sie nichts mehr, rief aber weiter an. Das Telefon klingelte, doch sobald ich dran war, hörte ich nur ein Knacken. Das störte Aminat beim Mittagsschlaf, also stöpselte ich das Telefon aus.

Ich schickte Kalganow los, um Aminat wieder in ihrem alten Kindergarten anzumelden, doch dies erwies sich als kompliziert. Das ging plötzlich nur mit dem Einverständnis der Mutter, denn sie hatte das Sorgerecht. Ich machte mir Gedanken, wie ich Sulfia von diesem Recht befreien konnte. Das wäre sicher besser für alle gewesen, für sie und für Aminat und vor allem für mich. Aber Kalganow sagte, so ein Verfahren würde ihm und mir am Arbeitsplatz schaden, denn dann würden alle erfahren, was für eine schlimme Tochter wir hervorgebracht haben. Ich gab Kalganow einen großen Strauß Gladiolen aus meinem Garten mit und sagte, er soll die Leiterin des Kindergartens damit beschenken und ihr ein Kompliment machen. Das Problem mit der Anmeldung war gelöst.

Stethoskop, meine Süße

›Kaum hatte ich Aminat aus dem Wohnheim gerettet, nahm ich den Kampf gegen ihre Windpocken auf. Sie hatte große Pusteln, die sie wund gekratzt hatte und die sich dann entzündet hatten, im Gesicht und am ganzen Körper. Das Kind war eine einzige, eitrige Pustel, dabei war es mal so ein schönes Kind gewesen.

Ich behandelte ihre Wunden mit Eichenrindensud und nahm es in Kauf, dass er Aminats komplette Bettwäsche versaute und meine dazu. Eichenrinde hinterließ braune Flecken, die sich nicht mehr auswaschen ließen.

Aminats Wunden heilten dank meiner Behandlung rasch, und die Borken fielen ab. Und gaben den Blick frei auf das ganze Ausmaß der Zerstörung. Nun konnte man sehen, welch tiefe Löcher die Pusteln in ihrer Haut hinterlassen hatten. Das habe ich sehr bedauert. Und es hat gedauert, bis ich wieder sicher war, dass es kein schöneres Kind auf dieser Welt gab als sie.

Ich sagte den Erzieherinnen im Kindergarten, dass Aminats Mutter Schaden an ihrem Gehirn erlitten hatte und sich nicht mehr allein um Aminat kümmern durfte. Mir war es wichtig, dass Sulfia sie nicht noch einmal so perfide entführte. Die Erzieherinnen wollten eine Bescheinigung vom Arzt sehen. Ich ging erneut zu unserer Nachbarin Klavdia. Klavdia besorgte mir ein Papier, das bescheinigte, dass Sulfia sich nach einem Zeckenbiss nicht mehr im Alltag zurechtfand und dass jeder, der sie sah, verpflichtet war, ihr Hilfe zu leisten. Diese Bescheinigung war Gold wert: Keiner wollte sich von da an in Sulfias Nähe begeben.

Sie kreuzte nämlich gelegentlich auf, am Maschendrahtzaun, der das Kindergartengelände umgab. Sie schaute zu, wie die Kinderchen schaukelten oder im Sandkasten buddelten. Sie sagte nie etwas und blieb auch immer auf der äußeren Seite des Zauns, trotzdem schnappte eine der Erzieherinnen Aminat und führte sie sofort ins Haus – dafür hatte ich gesorgt, mit Argumenten und Gladiolen.

Als Sulfia mal wieder bei uns anrief, sagte ich ihr zur Sicherheit, wenn sie sich Aminat noch mal näherte, dürfte sie gleich ihre Sachen für die Klapsmühle packen. Aus meinem Munde klang so etwas äußerst glaubhaft.

Aminat begann plötzlich zu reden. Sie war schon spät dran. Ich hatte mir bereits Sorgen gemacht, ob sie nicht doch ein wenig geistig behindert war. Ich sagte ihr die Wörter vor, aber sie ignorierte alles, bis sie eines Tages ihren kleinen Mund aufmachte und einen ganzen Satz sagte: »Wann kommt doofe Opa von Arbeit?« Von da an hörte sie nicht mehr auf damit. Überhaupt nicht. Sie redete Tag und Nacht. Sie sagte sonderbare Sachen.

Ich war ihr ein gutes Vorbild. Ich achtete auf meine Aussprache und darauf, dass mir kein tatarisches Wort durchrutschte. Aminat sollte perfekt sprechen. Sie sah schon tatarisch genug aus. Sie musste nicht auch noch so klingen. Ich hatte ja keine Familie mehr, aber bei Kalganows Verwandten auf dem Land habe ich gesehen, wie sich so etwas entwickeln konnte. Erst sprach man Tatarisch, dann vergaß man das Russische, und plötzlich war man Analphabet. Aminat durfte das nicht passieren. Sie sollte die Beste, Schönste und Klügste sein. Ein sowjetisches Kind ohne Nationalität, sagte Kalganow stolz. Im Grunde wollten wir, in seltener Einigkeit, das Gleiche für unsere Enkelin, auch wenn wir unterschiedliche Gründe dafür hatten.

Nach dem Kindergarten redete ich mit ihr darüber, wie ihr Tag gewesen war, dabei korrigierte ich ihre Grammatik und erweiterte ihren Wortschatz. »Elektrizität, mein Liebling«, sagte ich, wenn sie versuchte, eine Nagelschere in die Steckdose zu stecken. »Kommunismus, mein Liebling«, sagte ich, wenn ich für sie Bananen ergattern konnte, die ich auf der

Fensterbank nachreifen ließ und von denen ich ihr jeden Tag eine einzige gab, damit es lange reichte.

»Gravitation, mein Liebling«, sagte ich, wenn sie mal wieder hinfiel, was ziemlich oft passierte, denn in ihren ersten Jahren war sie unglaublich tollpatschig. Aminat konnte lange Zeit rechts und links nicht unterscheiden und nicht auf einem Bein stehen. Sich hübsch im Kreise drehen, wie andere kleine Mädchen, konnte sie erst recht nicht.

Ich brachte sie zum Ballettunterricht in den Palast der Jugend und Kultur. Dort wollte man sie nicht, bis ich erwähnte, wo mein Mann arbeitete. Aminat wurde aufgenommen.

Das Ballett hat uns viel gebracht. Aminat schaffte es allmählich, so zu laufen, dass ihre Fußspitzen nicht mehr aufeinander zeigten. Sie fiel seltener hin. Wenn sie saß, zog sie die Schultern nicht mehr automatisch nach oben. Ich musste ihr nicht mehr ganz so oft den Finger zwischen die Schulterblätter bohren, damit sie sich aufrichtete.

Ein Jahr zog vorüber und noch eins.

Aminat wurde fünf Jahre alt, und wir feierten ihren Geburtstag.

Ich scheute weder Zeit noch Mühe, und mein Kuchen »Napoleon« hätte sich auch auf einem großen Staatsempfang gut gemacht. Ich hatte ein gutes Händchen für den Blätterteig, wie für alles andere auch. Nach vier Stunden hatte ich zehn knusprige

Böden, die ich mit Buttercreme tränkte und zu einem Wunderwerk aufschichtete, so luftig und süß, wie ich mir Aminats künftiges Leben vorstellte.

Mein Mann besorgte Luftballons und blies sie auf, mit geblähten Wangen und vor Druck geröteten Augen.

Wir luden keine Kinder ein. Wir hatten gerade neue jugoslawische Polstermöbel gekauft. Wir luden zwei Kollegen meines Mannes ein, außerdem Klavdia und meine Cousine Rafaella. Das Telefon stöpselte ich aus, damit uns das permanente Klingeln nicht störte. Ich zog Aminat ein rosafarbenes Rüschenkleid an, das ich selbst genäht hatte, und kämmte ihre schwarzen Locken.

Sie spielte mit den Luftballons, summte vor sich hin und lachte wie das glücklichste Kind der Welt. Sie bekam Ausmalbücher geschenkt, Buntstifte, Filzstifte, Strumpfhosen, Mandarinen und einen Arztkoffer zum Spielen. Sofort öffnete sie ihn und begann, die Instrumente auseinanderzusortieren. Ich sah sie an, und mir wurde warm ums Herz. Ich erkannte es auf den ersten Blick: Meine Enkelin würde einmal eine Ärztin werden, und was für eine.

Ich lachte vor Freude über meine eigene Idee. Eine Ärztin hatte in der Familie gefehlt. Zwar war Kalganow, seit er Gewerkschaftsvorsitzender war, endlich auch zu etwas zu gebrauchen. Und selbst Sulfia hatte, als sie noch bei uns gelebt hatte und wenn es sehr nötig war, auch mal eine Spritze geben können. Aber eine richtige Ärztin im Haus war wichtig, wenn man älter wurde. Das war ein respektabler Beruf, und damit war ich mir der künftigen Anerkennung aller Nachbarn und Kollegen sicher, denn außer mir wurden alle ständig krank und brauchten Spritzen, Bescheinigungen oder Medikamente.

»Stethoskop, meine Süße«, erweiterte ich sofort Aminats Wortschatz. »Infusion, mein Liebling. Tu-ber-ku-lo-se.«

Hätte ich das bloß nicht gesagt mit der Tuberkulose.

In Aminats Kindergarten wurde der Mantoux-Test durchgeführt. Die Kinder bekamen eine Spritze in den Unterarm, und um die Einstichstelle wurde mit grüner Tinktur ein Rahmen gemalt. Wenn das Kind schon mal Kontakt mit den Tuberkulose-Bakterien gehabt hatte, entzündete sich der Einstich und schwoll an. Wenn das nicht passierte, war alles in Ordnung.

Bei Aminat hielt sich die Schwellung nicht an den vorgezeichneten Rahmen. Der ganze Unterarm schwoll zu einem roten Kissen an. Mittendrin befanden sich die verzerrten grünen Striche. Als ich das sah, packte ich Aminat, putzte ihr die Nase, bügelte schnell ihre karierte Hose, damit sie anständig aussah, und rannte mit ihr in die Poliklinik.

Die für unseren Bezirk zuständige Therapeutin sah

auf Aminats Arm, den ich ihr vor die Nase hielt, und schüttelte den Kopf. Sie sagte, *so etwas* hätte sie noch nie im Leben gesehen. Aber es könnte hilfreich sein, das Ganze noch mal am anderen Arm auszuprobieren. Aminat bekam eine zweite Spritze.

Am nächsten Morgen ging die Schwellung bis zur Schulter. Die Kinderärztin schüttelte missbilligend den Kopf und holte einen Stapel Formulare hervor. Aminat sollte Urin-, Kot- und diverse Blutproben abgeben und außerdem geröntgt werden.

Ich war für die nächsten Wochen beschäftigt. Ich sammelte Aminats Ausscheidungen zu den vorgeschriebenen Tageszeiten, schob die gefüllten Gläschen durch die ovalen Fenster der Labors, wusch Aminat den Hals und brachte sie zu den Untersuchungen. Die Ärzte taten ihre ehrenvolle Arbeit, und ich tat meine. Ich wurde eine Meisterin im Sammeln der Urinproben. Das klingt leichter, als es ist.

Ich war froh über die vielen anspruchsvollen Aufgaben, die mir in diesen Tagen zufielen, denn so hatte ich weniger Zeit, mir Sorgen zu machen. Aminat sah mit ihren roten Wangen sehr robust aus, aber auch robuste Kinder fielen schon mal plötzlich tot um oder entwickelten eben Tuberkulose. Nachts konnte ich deswegen nicht einschlafen. Ich jagte die Vorstellung von einem Kindersarg aus meinen Gedanken und betete inbrünstig. Ich rief Gott in Erinnerung, wie gut ich immer zu Sulfia gewesen war. Jetzt war ich sogar bereit, mich mit ihr auszusöhnen, ihr eine letzte Chance zu geben, allen Groll zu vergessen, aber nur, wenn Aminat gesund werden würde. Ich lag mit dem Kopf auf meinem Kissen und flüsterte vor mich hin.

Kalganow drehte sich in diesen Nächten mit dem Rücken zu mir und hielt sich die Ohren zu. Er mochte es nicht, wenn ich mit Gott sprach. Er glaubte nicht an Gott, und er wollte nicht, dass ich ihn blamierte, indem ich an Gott glaubte. Er wollte vor allem nicht, dass andere erfuhren, dass ich an Gott glaubte und sogar mit ihm sprach. In unserem Bett gibt es doch gar keine anderen außer uns beiden, entgegnete ich. Genauer, außer uns beiden und Gott.

Überhaupt wurde Kalganow in dieser Zeit sehr empfindlich. Redewendungen wie »Gott sei Dank« ließen ihn zusammenzucken. Schlimmer war nur noch, wenn Aminat plötzlich »tykryk« statt Gasse sagte oder ihn »Babaj« nannte. Kalganow warf mir vor, dass ich diese Wörter ins Haus einschmuggelte, um Aminat die Chance zu nehmen, wie ein normales sowjetisches Kind aufzuwachsen. Ich war unschuldig, denn über meine Lippen kamen diese Worte in Aminats Anwesenheit sicher nicht. Vielleicht schwammen sie irgendwo in ihrem tatarischen Blut. Aber ich übte mich in Nachsicht. Wenn es sich vermeiden ließ, behielt ich auch meine Sicht der Dinge für mich.

Kalganow war eben nur ein Mann und hatte schwache Nerven.

Aminats Kinderärztin legte ihren Tisch mit Untersuchungsergebnissen aus. Aminats Leukozyten, Thrombozyten, Erythrozyten, Antikörper, irgendwelche verdächtigen Eiweiße, Pigmente und Stäbchen waren alle genau abgezählt und notiert worden, manche sogar doppelt, weil die ersten Proben verunreinigt oder verschüttet worden waren. Aminats EKG lag neben ihren Röntgenbildern, und die Patientin reagierte begeistert: »Guck mal, ein Skelett!«

Ich gab Aminat keinen Klaps, obwohl sie mir den Rock zerknittert hatte. Ich sah bang auf ihre Ärztin. Diese übergewichtige Frau mit einem zerrupften Vogelnest dort, wo andere eine Frisur hatten, sollte jetzt ein Urteil sprechen – ob mein Mädchen leben würde und wenn ja, unter welchen Bedingungen.

Ich sah sie an. Sie schüttelte den Kopf. Ich spürte, wie meine Hände zu zittern begannen.

Aminat sprang von meinem Schoß und stellte sich neben mich. Sie begann, an meinem goldenen Ohrring herumzuziehen, und ich hatte immer noch nicht die Kraft zu einer Erziehungsmaßnahme, weil die Kinderärztin endlich zu reden begann.

Ich hörte ihr eine Weile zu. Sie redete lange, ich sah in ihr Gesicht, das mich an einen schlecht ausgebackenen Pfannkuchen erinnerte. Ich verstand, dass

Aminat doch nicht sterben würde. Jedenfalls nicht jetzt. Dass sie vielleicht sogar gesund war. Möglicherweise aber auch nicht. Man wusste es nicht so genau. Die Ergebnisse ließen sich unterschiedlich deuten. Vielleicht hatte sie, als ihr die Arme anschwollen, einfach nur allergisch reagiert. Vielleicht hatte sie aber auch Kontakt mit den Koch-Bakterien gehabt. In jedem Fall war ein Sanatorium für lungenschwache Kinder jetzt genau das Richtige.

Ich hob die Augen zu den Rissen in der weißen Poliklinikdecke und dankte Gott.

Sanatorium für lungenschwache Kinder

Ich sagte Aminat nicht, dass sie nun für drei Monate in ein Sanatorium für lungenschwache Kinder kommen würde. Ich fand, zu viele Worte schadeten mehr, als dass sie halfen. Am vereinbarten Tag packte ich Aminats Unterhosen und Kleider in einen Rucksack und zog sie warm an. Das Sanatorium war im Nadelwald in einer alten Villa untergebracht, die einmal dem Klassenfeind gehört hatte. Wir mussten zwei Stunden mit dem Zug in den Norden fahren und an einem kleinen, verlassenen Bahnhof aussteigen.

Es war sehr kalt. Aminat umklammerte meine Hand. Wir liefen eine halbe Stunde durch den Wald, bis wir die Tore des Sanatoriums erreichten. Ich fand immer und überall den kürzesten Weg, auch wenn ich mich nicht auskannte. Ich verlief mich grundsätzlich nicht, nicht in der Stadt und auch nicht im Wald. Ich wusste auch immer, wann welche Busse wohin fuhren, an der Haltestelle spürte ich einen Bus heranfahren, selbst wenn er noch außer Sichtweite war.

»Warum ist es hier so schrecklich leise?« fragte Aminat.

»Darum«, erklärte ich.

Ich wusste, dass die neue Umgebung Aminat sehr ungewohnt vorkommen musste. Sie war als Stadtkind geboren. In den Wald war ich mit ihr noch nie gegangen, höchstens ab und zu in den Park. Sie hatte noch nie derart viele Bäume so dicht nebeneinander gesehen. Ihr ganzes Leben zierten rauchende Fabrikschornsteine ihren Horizont. Wenn Aminat abends im Bett lag, lullte das Rauschen des Straßenverkehrs sie ein.

Aminat sah sich um. Ihre Augen wurden ganz schmal, ein untrügliches Zeichen, dass sie nicht einverstanden war. Dabei hatte sie noch keine Ahnung, dass sie hier für drei Monate bleiben musste, ganz allein, bei fremden Menschen, ohne ihre Großmutter.

Ich öffnete das Tor, stieg eine steinerne Treppe zum Eingang hoch und betrat einen dunklen Flur, in dem an aufgereihten Haken feuchte Kindermäntel hingen. An den Wänden prangten verblasste Marienkäfer in Öl. In einiger Entfernung klapperte irgendwas.

»Lass uns heimgehen«, sagte Aminat entschlossen.

Ich befreite meine Finger aus ihrem Griff, nahm sie an der Kapuze und führte sie durch den langen Flur zu einer Glastür, hinter der an kleinen Tischen Kinder mit ausdruckslosen Gesichtern saßen und aus Metallschüsseln aßen, was mir endlich das Geklapper erklärte. Ich übergab Aminat, ihren Rucksack und die Überweisung der ersten Mitarbeiterin des Sanatoriums, die mir entgegenkam.

Diese Frau trug einen vom vielen Waschen grau gewordenen Kittel. Sie hatte das Gesicht einer Führungskraft. Sie las den Zettel durch und sagte: »Aminat Kalganowa? Ah, ja«, nahm meine Aminat an die Hand und führte sie weg. Aminat ging mit, gehorsam wie ein gutes Mädchen, drehte sich aber im Laufen immer wieder zu mir um. Mir fiel ein Stein vom Herzen. Aminat rechnete wohl fest damit, dass ich, wenn sie in wenigen Minuten wiederkäme, sofort mit ihr nach Hause fahren würde.

Ich wartete, bis ich die beiden nicht mehr sehen konnte, und trat eilig den Heimweg an. Ich schaffte es nicht, schnell genug außer Hörweite zu gelangen. Auf dem Waldpfad erreichte mich Aminats wütender, verzweifelter Schrei.

Drei Wochen später bekam ich den Anruf, dass Aminat Scharlach bekommen hatte und abgeholt werden musste. Ich fuhr mit dem Zug in den Wald und lief den bereits bekannten Weg zum Sanatorium.

Aminat saß in einem Glaskäfig, in dem ein Bett und ein Nachtschrank standen. Hier wurde sie von anderen Kindern isoliert gehalten, erklärte mir die Leiterin des Sanatoriums. Sie machte mich persönlich verantwortlich für die Scharlachepidemie, die nun ausbrechen würde, wenn Aminat es geschafft hätte, die anderen Kinder anzustecken.

Aminat saß in T-Shirt und Strumpfhose auf dem Bett und starrte durch die Glaswände alle Menschen an, die an ihr vorbeikamen. Erst erkannte sie mich nicht. Ihre schwarzen Augen streiften mich und dann die Leiterin des Sanatoriums. Dann kehrten sie zu mir zurück und begannen Funken zu sprühen.

Aminat warf ihren ganzen Körper gegen die Glasscheibe. Ich sah ihre weißen Zähnchen in einem hoffnungsvollen, platt gedrückten Lächeln. Die Flecken in ihrem Gesicht sah ich erst später.

Wir betraten den Glaskäfig, und Aminat sprang mich an, umschlang mich mit Armen und Beinen und drückte so fest, dass es mir den Atem verschlug. Ich klopfte ihr auf den Rücken, sagte »Na, na!« und versuchte sie auf den Boden zu stellen.

»Na?« sagte die Sanatoriumsleiterin triumphierend.

Ohne ein weiteres Wort setzte sie sich aufs Bett, klemmte sich Aminat zwischen die Beine und hob deren T-Shirt hoch.

Ich erblickte unzählige kleine rote Pickel, die auf Aminats Rücken zu Sternbildern und Galaxien zusammenliefen. Ich setzte meine Brille auf und beugte mich tiefer darüber. Zu den vielen Sachen, die ich sehr genau wusste, gehörte, dass Scharlach ganz anders aussah.

»Sie hat nur was Falsches gegessen«, sagte ich. »Das ist doch kein Scharlach.«

»Haben Sie eine medizinische Fachausbildung?« fragte die Leiterin.

Sie hatte eine medizinische Fachausbildung, konnte aber Scharlach nicht von Nesselsucht unterschieden. Oder sie wollte es nicht. Ich ahnte es schon. Aminat war kein einfaches Kind, auch hier nicht.

»Gehen Sie mit dem Kind in die zuständige Poliklinik«, sagte sie.

»Sie werden noch von uns hören«, sagte ich, als wir davongingen.

Ich trug Aminats Rucksack. Die Bescheinigung darüber, dass das Kind Kalganowa an einer hochinfektiösen Krankheit litt, vermutlich in Lebensgefahr war und dringend isoliert werden musste, zerriss ich unterwegs und ließ die Fetzen zwischen den Tannen davonflattern.

Aminat hüpfte an meiner Hand durch den Schnee. Sie lächelte übers ganze Gesicht und fasste in ihren eigenen Worten die drei Sanatoriumswochen zusammen.

Es war grauenhaft. Sie musste in einem Schlafsaal mit fünfzig anderen Kindern schlafen. Die ersten Tage konnte sie nicht aus diesen Metalltellern essen, weil der Löffel so grässlich dagegenklapperte. Alle Kinder mussten sich vor dem Schlafengehen gemeinsam die Füße waschen. Die Handtücher wurden so gefaltet: längs, längs, noch mal längs, dann quer. Eine der Erzieherinnen erzählte ständig Gruselgeschichten. Aminat wachte fast jeden Morgen in einem fremden Bett neben einem anderen Kind auf und wusste nicht mehr, wie sie dahingekommen war. Sie wollte nie, nie wieder irgendwelche Geschichten hören. Jeden Tag gab es eine Spritze in den Arm, die Nadeln so lang, dass sie den Arm durchstechen konnten. Alle Kinder, die nachts aufs Klo wollten, mussten einen Nachttopf nehmen, der erst am Morgen geleert wurde. Aminat hatte erst vorgestern eine Freundin gefunden, die von ihren Eltern eine Tüte Bonbons bekommen und sie alle mit Aminat geteilt hatte. In der Nacht hatte es dann angefangen zu jucken, und am Morgen wurde Aminat gefragt, ob sie schon Scharlach gehabt habe, der glücklichste Moment der letzten drei Wochen, denn schon kam ich vorbei und holte sie wieder ab!

Wir erreichten den kleinen verlassenen Bahnhof und setzten uns auf eine Bank. Der Zug, der mein kleines Mädchen und mich aus dem Wald zurück nach Hause bringen sollte, fuhr erst in einer Stunde. Über dem Wald ging die Sonne auf, die ersten blassen Strahlen streiften unsere Wangen. Wir hielten die Gesichter zum Himmel hoch.

»Aminat, sei still«, bat ich. Ich bekam schon Kopfschmerzen von ihrem Geplapper. Ich hatte in diesen Wochen ganz vergessen, wie viel sie reden konnte.

»Wir hatten fast jeden Abend Buchweizengrütze«, fuhr Aminat fort.

»Soll ich dir lieber mal eine Geschichte erzählen?« unterbrach ich sie.

»Nein!« schrie Aminat.

Ich habe sie selten so glücklich gesehen wie an diesem Tag. Aber mit Geschichten, so viel stand fest, wollte sie nie wieder etwas zu tun haben.

Verräter überall

Zwei Tage später waren die Flecken weg. Aber ich brachte Aminat nicht mehr zurück ins Sanatorium. Sie sah gesund aus. Ich gab ihr zu jedem Essen ein Stück Brot und eine Knoblauchzehe und zeigte ihr, wie sie die Kruste damit einreiben konnte. Aminat ließ das Brot weg und aß die Knoblauchzehen ganz. Ich war sicher, dass sie jetzt nicht mehr krank werden würde: Im Knoblauch waren sehr viele Vitamine. Ich schickte sie wieder in den Kindergarten. Drei Tage später kam ich abends zum Abholen und stellte fest, dass Aminat bereits abgeholt worden war.

Ich konnte mich gerade noch rechtzeitig bremsen, um die Erzieherin, die mir die Nachricht überbracht hatte, nicht an der Knopfleiste ihres weißen Kittels zu packen. Der Kittel war neu, und die Erzieherin war auch neu. Ich hatte ihr dummes Gesicht hier noch nicht gesehen. Sie war ganz jung und bestimmt gerade mit der Ausbildung fertig. Man sah ihr an, dass sie an der pädagogischen Berufsschule nicht viel mitbekommen hatte. Ich arbeitete ja selber an einer und wusste, wie es dort zuging. Ich kannte diese ganzen Mädchen, die an Schulen wie der unseren ausgebildet wurden. Sie hielten sich alle für kinderlieb, waren aber in Wahrheit faul, interessierten sich nur für Jungs und hatten schrecklich dumme Gesichter.

»Die Mami war schon da«, lispelte die neue Kindergärtnerin freudestrahlend.

Ich setzte mich auf die niedrige Bank, auf der die Kinderchen immer ihre Schuhe anzogen.

»Was?« keuchte ich.

»Die Mami hat Anja abgeholt. Anja hat sich so gefreut, dass sie heute mal nicht als Letzte abgeholt wurde.«

Ich schloss die Augen, um mich zu sammeln.

»Die Mami ist geistig behindert«, sagte ich betont ruhig. »Die Mami ist eine schlimme Psychopathin. Ja, wissen Sie denn nicht, dass Sie die Mutter hier *nicht einmal reinlassen dürfen?*«

Die dumme Nuss rückte eine Girlande zurecht, die den Türpfosten anlässlich des Feiertags der Sowjetischen Armee schmückte.

»Nein, davon weiß ich nichts«, sagte sie seelenruhig. »Dazu hatte ich gar keine Anweisung.«

Ich ging ohne ein weiteres Wort. Das Bittere war, sie hatte Recht. Der Schutzwall, den ich um Aminat errichtet hatte, war nur aus Papier, es war nur eine Frage der Zeit, bis er auseinander fiel. Ich musste mir eingestehen, zu naiv gewesen zu sein, zu gutherzig. Im Grunde war es eine gerechte Strafe.

Aber Aminat, Aminat hatte es nicht verdient.

Ich fuhr nach Hause. Kalganow war schon da. Er aß eine kalte Frikadelle, die ich am Vorabend gemacht und in einer Schüssel in den Kühlschrank gestellt hatte. Zum Aufwärmen reichte seine Kraft offenbar nicht mehr.

»SULFIA!« schrie ich heiser und rannte zum Telefon.

Ich wählte die Nummer ihres Wohnheims.

»Sulfia Kalganowa!« rief ich ins Telefon. »Sie hat ein kleines Kind entführt!«

Im Hintergrund rauschten fröhliche Stimmen. Dort wurde bestimmt schon wieder gefeiert.

»Sulfia Kalganowa lebt hier längst nicht mehr, Frau«, sagte eine Stimme.

Ich legte den Hörer auf die Gabel und wankte in die Küche. Mein Mann hatte die Hände über dem Bauch gefaltet und sah aus dem Fenster.

»Wann hast du Sulfia das letzte Mal gesehen?« schrie ich ihn an. Er rülpste vor Überraschung.

»Vor zwei Wochen, glaub ich«, nuschelte er. »Als sie doch, na, wie soll ich sagen, also, als sie geheiratet hat.«

Ich fasste es nicht. Ich konnte mich auf niemanden verlassen: Aus jeder Ecke krochen Verräter hervor. Selbst Kalganow, diese Amöbe, dieses wirbellose Geschöpf, diese giftlose Qualle, hatte sich erdreistet, mich zu belügen. Und ich war schon wieder so arglos gewesen.

Nun stellte sich heraus: Er hatte Geheimnisse vor mir gehabt. Er hatte sich mit unserer Tochter Sulfia getroffen und sagte mir erst Bescheid, als es nicht mehr anders ging. Man konnte sich einfach auf niemanden in dieser Welt verlassen.

»Warum hast du mir nichts gesagt, du Tier?«

»Weil sie mich doch darum gebeten hat«, nuschelte er. »Weil sie doch so Angst vor dir hat.«

»Angst?? Vor mir?? Wer hat denn Angst vor mir? Vor mir muss niemand Angst haben. Ich will doch nur das Beste. Stell den Teller in die Spüle, du Tyrann!«

Eine Stunde später verließen wir zusammen unsere Wohnung. Ich wollte alles wissen. Ich wollte alles sehen. Ich wollte Aminat zurückhaben. Ich wollte sicher sein, dass ihr nichts Schlimmes passiert war.

Das verstand sogar mein Mann. Nachdem ich ihm alles erklärt hatte, hörte er wieder auf mich und zeigte mir das Restaurant, in dem Sulfia ihre Hochzeit gefeiert hatte. Es war, erstaunlicherweise, kein schlechtes Restaurant. Dann fuhren wir mit dem Bus elf weitere Haltestellen, und er zeigte mir die Straße, in der sie jetzt lebte.

Er wusste das alles! Bloß die Telefonnummer hatte er nicht, er sagte, sie hatten noch kein Telefon, das Haus war ein Neubau.

Sulfias Mann, sagte Kalganow, war ein ehemaliger Patient von ihr. Er war von einem Auto überfahren und auf Sulfias Station zusammengeflickt worden. Sie hatte ihn gesund gepflegt. Am Tag seiner Entlassung hatte er ihr einen Heiratsantrag gemacht. Er hieß Sergej.

»Sergej!« schnaufte ich verächtlich und zog meinen Kalganow hinter mir her, an der endlosen Reihe neunstöckiger Häuser vorbei.

»Nicht so schnell, Röschen«, flehte er.

»Bist du dir wenigstens bei der Straße sicher, du Tarantel?«

Er blinzelte. Es schneite gerade, und die Schneeflocken blieben auf seinen schwarzen Wimpern hängen, die ich vor fünfundzwanzig Jahren einmal so geliebt hatte.

»Ich glaube schon«, sagte er.

»Glaubst du? Glaubst du nur? Weißt du es nicht genau?«

»Ich weiß es doch nicht«, sagte er. »Ich weiß doch gar nichts. Was wollt ihr denn alle von mir. Ich kann doch gar nichts dafür.«

Ich schlug ihn zwischen die Schulterblätter. Meine Faust versank im Leder seines teuren, zwei Jahre alten Lammfellmantels. Ich achtete darauf, dass er sich gut kleidete, er war ja schließlich mein Mann und hatte außerdem eine wichtige Position bei der Gewerkschaft. Ich ließ ihn stehen und lief voran. Dann holte er mich wieder ein, und ich hakte mich wieder bei ihm unter. Er war ein Misthaufen, aber einen anderen Mann hatte ich nun einmal nicht.

Dann vergaß ich Kalganow augenblicklich, weil irgendwo ein Kind losweinte. »Hörst du? Hörst du? Ist sie das?«

»Was?« Mein Mann blieb stehen und drehte den Kopf hin und her.

»Da. Ein Kind weint.«

Mein Mann lauschte. Ich hatte das Gefühl, seine Ohren unter der Fellmütze bewegten sich vor Anspannung.

»Ich höre nichts«, sagte er.

»Taube Nuss.«

Wir liefen noch ein bisschen die Straße hoch und runter.

Ich betrachtete die Häuser, die Balkone, die Fenster. Auf den Balkonen standen Skier und Schlitten. Aus den Fenstern hingen Tüten mit tiefgefrorenem Fleisch. Auf den Fensterbänken standen Topfpflanzen und saßen Katzen. Manche Balkone waren mit kaputten Möbeln, alten Schuhen und leeren Flaschen vollgestellt. Da waren Leute gerade eingezogen und hatten schon so einen Saustall gemacht. In den Blumenkästen hingen vertrocknete Blumen, die mit frischem Schnee bedeckt waren. Hier und da sah ich sogar noch einen alten Tannenbaum, an dem noch Lamettafäden klebten.

Mein Mann schwor, dass Sulfia ihm ihre Hausnummer nicht gesagt hatte. Wahrscheinlich hatte sie schon vermutet, dass er nicht dichthalten würde.

»Ich weiß nichts, Röschen, Pionierehrenwort«, sagte er.

In dieser Straße, in diesen Neubauten lebten mehrere Tausend Menschen. Ich überlegte, wie lange es dauern würde, wenn ich in jedes Haus reingehen, an jeder Tür klingeln würde.

Eine Frau tauchte auf, sie schob einen Buggy mit einer Rotznase darin. Ich kam nicht in Versuchung, dieses Kind mit Aminat zu verwechseln. Es war zu klein und hässlich.

Die Nase meines Mannes rötete sich. Seine Augen begannen zu tränen. Es war sehr kalt, und er sah elend aus. Dass ausgerechnet ich so jemanden an meiner Seite haben musste. Immerhin beschwerte er sich nicht mehr.

»Wir gehen nach Hause«, sagte ich.

»Ehrlich?« Er freute sich wie ein Kind. Er hatte keine Ausdauer, und er wollte ins Warme, Tee trinken, Frikadellen fressen.

»Wir gehen jetzt zurück zur Haltestelle, nur deinetwegen, du Natter«, sagte ich, drehte mich um und ging voran.

Ich fuhr noch fünf Mal hin, allein. Ich lief die Straße auf und ab, zu unterschiedlichen Tages- und Nachtzeiten. Ich hielt Leute an, die aus den Häusern kamen, und fragte sie, ob sie Sulfia Kalganowa kannten. Kannten sie aber nicht. Ich fragte sie, ob sie eine mickrige tatarische Frau gesehen hatten mit einem schönen, kleinen Mädchen an der Hand. Hatte niemand gesehen.

Drei Wochen später traf ich sie endlich.

Sie waren zu zweit. Sulfia hielt mein kleines Mädchen an der Hand. Ich sah sofort, dass Aminat nicht gut angezogen war. Sie hatte keinen Schal, und die verrutschte Mütze setzte ihre Ohren der beißenden Kälte aus. Die schwarzen Strähnen hingen ihr ins Gesicht. Die Nase war rot. Das Kind war garantiert erkältet, kein Wunder bei dieser Mutter.

Ich ging ein paar Schritte zur Seite und versteckte mich hinter einer Mülltonne. Sulfia und Aminat liefen Hand in Hand an mir vorbei. Ich sah, wo sie abbogen und welchen Hauseingang sie betraten. Ich eilte hinterher. Ich hörte den Fahrstuhl hochfahren, lange, bis unters Dach, schließlich fiel sehr weit oben eine Tür ins Schloss.

Es duftete sehr gut in diesem Hauseingang, weil das Haus noch neu war. Gerüche von Farbe und Chemie hingen in der Luft, sehr sauber, aber ich wusste, das würde nicht lange anhalten. Nach einem Jahr wären diese frisch gestrichenen Wände mit Kritzeleien überzogen, Katzen und Betrunkene hätten alle Ecken vollgepinkelt, und wenn man Glück hatte, blieb nur ein leiser Hauch von dieser Hoffnung auf ein besseres Leben, die in jedes neue Haus mit einzog.

Wenig später stand ich im neunten, dem letzten Stockwerk. Es waren vier Türen auf dieser Etage. Und hinter einer davon trällerte eine Kinderstimme, die ich kannte.

Ich klingelte nicht an Sulfias Tür. Noch nicht. Ich stieg auf leisen Sohlen die Treppe hinunter, trat nach draußen und atmete die kalte, nach Wassermelone riechende Winterluft ein. Die Hoffnung blähte meine Lungen auf, ich hätte abheben können wie ein Luftballon.

Über Atome reden?

»Was arbeitet Sulfias Mann eigentlich? Dieser Sergej?« fragte ich Kalganow, als er in der Küche saß und einen Pfannkuchen mit Hackfleischfüllung mit der Gabel zerteilte.

Er nuschelte irgendetwas. Er hatte, wie immer, den Mund voll.

»Irgend so ein Physiker«, sagte er schließlich, die Reste gebratener Zwiebeln zwischen den Zähnen.

»Aha«, sagte ich nachdenklich. »Soso.«

Ich glaubte nicht wirklich daran. Was sollte meine Tochter Sulfia, die auch mit neun Jahren noch nicht gescheit hatte lesen können und bis heute nicht gut rechnete, mit einem Physiker? Und, vor allem, was wollte ein Physiker mit ihr? Über Atome reden?

Um neun Uhr morgens klingelte ich dann endlich an der Tür von Sulfias Wohnung. Ich hatte meinen schönen langen Pelzmantel an, eine Pelzmütze, geschmackvollen Lippenstift und eine Packung Vogelmilchpralinen unterm Arm. Die waren schon älter, ich hatte sie lange für irgendeinen wichtigen Anlass aufbewahrt. Und jetzt war er gekommen.

Hinter der Tür war es erst sehr leise. Dann hörte

ich Geraschel, Husten und Flüche, nackte Füße auf dem Linoleum. Die Tür ging auf, und zum ersten Mal sah ich einen leibhaftigen Mann, der mit Sulfia zusammenlebte – meinen Schwiegersohn.

Ob er wirklich Physiker war, zog ich bei seinem ersten Anblick in Zweifel. Er sah dümmlich aus. Aber irgendein Naturwissenschaftler musste er sein, er ging nicht pünktlich zur Arbeit, er war offenbar spätmorgens allein zu Hause. Groß wie ein Bär, das Haar von der Farbe reifen Weizens, lang und ungekämmt, gelockt. Sein Brusthaar war etwas dunkler. Seine Beine …

Der Mann sprang hinter die Tür.

»Was ist denn?« fragte er, den Kopf herausstreckend.

»Ich bin Rosalinda«, sagte ich und setzte ein liebevolles Lächeln auf. »Schön, dass wir uns endlich kennen lernen können.«

»Rosa … linda?« sprach er silbenweise nach. Ja, ich hatte einen schönen Namen, wie einem ausländischen Liebesroman entsprungen. Ich war nicht irgendeine Katja oder Larissa. »Rosalinda …«, murmelte er. »Das ist doch …«

»Sie haben von meiner Tochter sicher schon viel über mich gehört!« sagte ich und setzte meinen hohen Absatz über die Schwelle.

Er reagierte schnell, vielleicht doch ein Physiker.

»Ach, wie unangenehm! Sind Sie wieder gesund?«

»Gesund?« fragte ich zurück und schob die Tür mit beiden Händen auf. Das ging schwer, er stand ja noch dahinter. Dabei klemmte ich ihm offenbar etwas ein, denn er stieß einen erstickten Schrei aus, ließ mich endlich in die Wohnung und bat tausendmal um Entschuldigung.

Ich nickte majestätisch, während er flink um die Ecke bog. Bei seiner Größe und Statur war das nicht selbstverständlich. Seine Unterhose war neu und augenscheinlich sauber.

Kalganow braucht auch neue Unterhosen, entschied ich.

»Machen Sie es sich gemütlich, ich bin gleich wieder da!« rief mein offenbar wohlerzogener Schwiegersohn aus den Tiefen der Wohnung.

Diese Wohnung hatte mindestens zwei Zimmer und eine Küche. Ich zog meinen Mantel aus, beschloss aber, die Stiefel anzulassen. Ich betrat die Küche und setzte mich auf einen Hocker.

Die Küche war in Ordnung, mindestens acht Quadratmeter. Der Tisch war neu, die Plastiktischdecke darauf ebenfalls. Aminats Tasse mit dem Hasen war neben einigen Tellern zum Trocknen aufgestellt. Der Herd war nicht sehr sauber. Auf der Fensterbank standen Wassergläser mit Zwiebeln, deren grüne Triebe sich Richtung Decke streckten. Das hatte Sulfia von mir gelernt: So kam man auch im Winter preiswert an seine Vitamine.

Vitamine waren, das wusste ich inzwischen, eigentlich das Wichtigste im Leben. Der Anblick der Zwiebeln stimmte mich friedlich und großzügig. Ich beschloss, Sulfia bei meinem nächsten Besuch auch etwas vom Teepilz abzugeben, der in meiner Küche gedieh. Der Pilz produzierte ein sehr schmackhaftes, gesundes Getränk, das ähnlich wie Kwas schmeckte. Es war allerdings viel besser, denn der Kwas, den man auf der Straße kaufen konnte, war garantiert unhygienisch. Früher hatte ich ihn trotzdem gelegentlich für Kalganow und sogar für Aminat gekauft. Inzwischen lief ich erhobenen Kopfes an den kleinen Zisternen vorbei, die am Straßenrand standen und aus denen Verkäuferinnen in fleckigen Schürzen die gelbliche, schäumende Flüssigkeit abzapften, in Krüge oder Plastiktüten, in denen der Kwas aussah wie Urin. Ich lobte mir meinen Teepilz, den ich von einer Kollegin bekommen hatte. Man musste ihn nur regelmäßig mit Tee und Zucker füttern, und das Ergebnis war garantiert sauber.

Mein Schwiegersohn tauchte erneut auf, diesmal trug er einen speckigen Bademantel. Mir war noch nicht ganz klar, was ich von ihm halten sollte. Er schenkte mir ein wenig kalten Tee ein, in dem noch Teeblätter schwammen, und füllte meine Tasse mit heißem Wasser auf. Dabei erkundigte er sich, ob es meinem Herzen besser ging und wie es in der Kur gewesen war.

Da verstand ich alles.

Sulfia, der kleine Mistkäfer, hatte mich verschwiegen. Sie hatte mich beseitigt, indem sie mir Krankheiten und diverse Aufenthalte andichtete. Das war sicher keine Lösung, die von Weitsicht sprach.

Mein Herz schlug regelmäßig, langsam und stabil, und das schon seit vielen Jahren. Krank waren meist die anderen. Aber ich entschied mich dafür, Sulfias faules Spiel mitzuspielen.

»Es geht wieder besser«, sagte ich. »Und hat Ihnen das Heiraten Spaß gemacht?«

»Oh ja, sehr«, sagte mein Schwiegersohn mit glänzenden Augen. »Wissen Sie, wir sind gerade sehr glücklich. Seit die kleine Anja endlich bei uns lebt, ist Soja richtig aufgeblüht. Es ist so wunderbar von Ihnen, dass Sie meine Frau in schweren Zeiten unterstützt haben, aber ich habe gleich gespürt, sie will es alleine schaffen. Sie wollte unser Kind bei uns haben. Jede normale Mutter will doch ihr Kind bei sich haben, nicht wahr?«

Ich atmete ein und aus. Seit wann war meine Aminat *unser Kind?* Seit wann war Sulfia eine *normale Mutter?*

»Aber Anja vermisst ihre Oma sehr«, teilte mir mein Schwiegersohn mit. »Neulich gab es im Kindergarten Pralinen, weil ein Kind Geburtstag hatte. Anja hat ihre Praline heimgebracht und gesagt, man soll sie in drei Teile schneiden. Für sie, für Soja und für Oma.

Sie wollte das Stückchen für die Oma aufbewahren. Das haben wir natürlich nicht gemacht. Waren ja auch nur ein paar Krümel.«

»Soja?« fragte ich erstaunt. Er hatte den Namen ja schon erwähnt, ich hatte bloß nicht ganz verstanden, wen er meinte.

»Ja, Soja, meine Frau.«

»Ach so«, sagte ich. Jetzt also Soja.

Sie hatten nicht zwei, sie hatten drei Zimmer. Für sich allein. Obwohl sie zu dritt waren. Wir waren doch nicht im Ausland. Wer hatte bei uns eine Dreizimmerwohnung für drei Leute? Nicht einmal Kalganow als Gewerkschaftsvorsitzender. Da war er aber auch wirklich selber schuld: Er wollte nicht, dass es uns besser ging als anderen, und tat viel zu wenig, um uns das Leben zu erleichtern. Wenn ich nicht gewesen wäre, hätte er wahrscheinlich immer noch in einem Mehrbettzimmer im Wohnheim gehaust.

Ich sah meinen Schwiegersohn aufmerksam an. Wie hatte Sulfia so einen an Land ziehen können? Hatte sie ihm im Krankenhaus etwas in die Infusionsflasche gemischt?

»Als ich aus der Narkose aufwachte und Soja sah, dachte ich, sie ist ein Engel«, beantwortete mein Schwiegersohn meine stumme Frage. Er hob den Schoß seines Bademantels und führte mir ein Bein vor, auf dem zwischen krausen Haaren frische schweinchenfarbene Narben glänzten.

»Verstehe«, sagte ich und war froh, als er seine Extremitäten wieder bedeckte.

»Kommen Sie uns am Sonntag besuchen«, sagte ich. »Ich lade Sie zum Essen ein, die ganze Familie, alle drei. Ich koche sehr gut. Wir sind Tataren, wissen Sie?«

Mein Schwiegersohn blinzelte. »Aha. Sehr gern.«

Die Sonne hing an seinen weizenfarbenen Wimpern.

Am Sonntag kamen sie nicht. Ich war gerade dabei, das Essen vorzubereiten. Ich hatte lange überlegt, was ich kochen sollte. Am besten ein tatarisches Nationalgericht, das mein Schwiegersohn noch nie probiert hatte. Das Problem war, ich selber war ganz ohne die tatarische Küche aufgewachsen. Nach dem heldenhaften Tod meiner Eltern 1945, im letzten Jahr des Zweiten Vaterländischen Krieges, war ich mit meinem Bruder in ein Waisenheim gekommen, und dort gab es hauptsächlich Graupensuppe. Natürlich konnte ich trotzdem gut kochen, ich hatte es eben später allein gelernt. Aber es gab nie eine Großmutter, die mich in die kulinarischen Feinheiten unseres Volkes hätte einweihen können. Meine Großmutter Aminat hatte ich nie gesehen, nur gehört, dass sie eine sehr sture und stolze Frau gewesen sein musste. Es gab noch Kalganows Familie, die zum Teil auf dem Land lebte, aber was dort auf den Tisch kam, verursachte bei mir einen starken Brechreiz, weil es so unhygienisch war.

Ich beschloss zu improvisieren. In meinen Studentenzeiten hatte ich ein Zimmer im Wohnheim mit einer Usbekin und einer Baschkirin geteilt. Ich erinnerte mich an die beiden Mädchen und an die Sachen, die sie manchmal gekocht hatten. Dann hatte ich Ideen – und es sollte mir erst mal jemand nachweisen, dass es keine richtige tatarische Küche war.

Ich hatte auf dem Markt Reis und Hammelfleisch gekauft und zu Hause Teig für Tschäck-Tschäck vorbereitet. Da klingelte unser Telefon. Kalganow ging seit Sulfias Verschwinden nicht mehr gern ans Telefon, aber ich schrie ihn an. Ich hatte die Hände voller Mehl. Er gehorchte.

»Sojuschka ist dran!« rief er aus dem Flur. »Du musst kommen!«

Ich hielt meine Hände unter den Wasserhahn und trocknete sie gründlich mit einem Handtuch ab. Dann nahm ich meinem Mann den Hörer aus den Händen. Mir war noch nicht ganz klar, wer dran war. Ich kam bei Sulfias ganzen neuen Namen nicht mit.

»Ja?« sagte ich ins Telefon.

»Ich komme nicht«, flüsterte der Hörer mit Sulfias Stimme.

»Wie schade«, sagte ich. »Dann werde ich deinem Mann etwas für dich mitgeben.«

»*Wir* kommen nicht«, Sulfias Stimme raschelte in

meinem Gehörgang. »Ich kann nicht. Wir können nicht. Ich will nicht.«

»Was heißt hier ›Ich will nicht‹?«

»Nur über meine Leiche. Verzeih mir.« Sie schluchzte auf, und ich hielt den Hörer weg von meinem Ohr.

Auf Sulfias Seite rauschten Autos vorbei. Sie rief offenbar aus einer Telefonzelle an.

»Ist dein Mann zufällig in der Nähe?« fragte ich.

»Nein!« rief sie. »Sprich nicht mit ihm!«

»Pass mal auf, Tochter«, sagte ich. »Wir sind eine Familie. Wir wollen doch zivilisiert miteinander umgehen.«

Sie legte auf.

Ich lud Klavdia zum Essen ein, das wir jetzt übrig hatten. Wir hatten ja Berge davon, und Klavdia hatte mächtigen Appetit. Wir hoben unsere Gläser und stießen an. Früher oder später würden sie schon kommen, dachte ich.

Ich rief am nächsten Tag meinen Schwiegersohn auf der Arbeit an. Er entschuldigte sich für Sulfias Verhalten. Er sagte, manchmal handele sie ganz schön irrational, da stehe er hilflos davor. Als sie erfahren habe, dass er meine Einladung zum Sonntagsessen angenommen hatte, da habe sie angefangen zu zittern und zu schluchzen. Dann sei sie aus der Wohnung gerannt.

Ich wiederholte meinen Wunsch nach einem zivilisierten Umgang. Ich sagte, wir sind doch eine Familie. Ich sagte, ich verlasse mich auf ihn.

Er sagte, er werde tun, was er kann.

Keine Manieren

⚒ Ich habe sie kaum wiedererkannt.

Sie war immer noch mickrig. Aber sie hatte ein schönes, schwarzweiß gepunktetes Kleid an. Ein Kleid, das Frauen wie sie normalerweise nicht tragen. Eher Frauen wie ich.

Sie hatte eine Wollmütze auf von der Art, wie sie alte Frauen aufsetzen, wenn sie an einer Bushaltestelle frieren. Sulfia zog sie aus, und ihre Haare fielen ihr auf die Schultern, lang, schwarz, gerade, waren sie jetzt etwa dichter geworden?

»Ich grüße dich, Mama«, sagte Sulfia.

Mein Schwiegersohn stand hinter ihr und hatte einen Strauß tiefgefrorener Nelken in der Hand, den er wahrscheinlich gerade in einer Unterführung gekauft hatte. Er lächelte stolz. Es war nicht einfach gewesen, und wir hatten gemeinsam Widerstände überwinden müssen, indem wir von zwei Seiten auf Sulfia eingewirkt hatten. Er hatte offenbar viel Einfluss auf meine Tochter. Ich glaube, es schmeichelte Sergej, einen wunderschönen Schwan wie mich zur Schwiegermutter zu haben, wo er doch so ein hässliches Entlein geheiratet hatte.

Das Wichtigste aber war Aminat. Ich musste mich sehr beherrschen, um sie nicht sofort in meine Arme zu reißen und ihr wunderschönes kleines Gesicht zu küssen.

»Tretet ein, meine Lieben«, sagte ich herzlich und nahm meinem Schwiegersohn den Blumenstrauß aus der Hand. »Nicht so schüchtern«, sagte ich, es sollte sich an Sulfia richten, die wie versteinert dastand. Aminat schälte sich in einer Bewegung aus ihrer Mütze und dem weißen Pelzmäntelchen, ließ beides auf den Boden fallen, umfasste mich mit beiden Armen und drückte ihr Gesicht gegen meinen Bauch.

Ich legte meine Hand vorsichtig auf ihren Kopf. Ich ließ mir nicht anmerken, wie glücklich dieser Tag für mich war.

Wir hatten in einem unserer Zimmer einen großen Tisch gedeckt. Wir wollten bei so einem Anlass nicht einfach in der Küche essen. Es war das Zimmer, in dem Sulfia aufgewachsen war, als Kind, als junges Mädchen. Später war es ihr gemeinsames Zimmer mit Aminat, dann für einige Zeit Aminats Kinderzimmer. Seit ich Aminat verloren hatte, stand das Zimmer leer. Die Möbel waren zwar noch drin, kalt und ungenutzt, aber es gelang mir nicht, dem Zimmer Leben einzuhauchen, auch wenn ich ein paar neue Kinderbücher und eine Puppe gekauft hatte. Ich hatte sie wieder weggeräumt, sie lagen eingepackt in den

Tiefen meines Kleiderschranks und warteten auf ihre Zeit.

Das leere Zimmer nutzte ich derweil als Abstellraum für meinen Teepilz, der so gut gedieh, dass er inzwischen immer mehr Platz beanspruchte. Erst hatte ich ihn in einem Fünfliterglas gehalten, wo er aussah wie ein Dutzend zusammengeklebte Pfannkuchen in trüber Flüssigkeit. Aber er wuchs immer weiter, und der Trunk, den er produzierte, schmeckte immer herber, irgendwann viel zu stark. Ich trennte die einzelnen Schichten und ließ sie in neue Gläser umziehen, wo sie weiterwucherten. Die Gläser stellte ich auf der breiten Fensterbank in Aminats früherem Zimmer ab. So war mir wohler, denn manchmal fürchtete ich, Klavdia würde heimlich irgendwelche Abfälle in den Teepilz kippen, wenn er weiter unbeaufsichtigt in der Küche stand.

Es war nicht einfach, so viele leere Gläser zu bekommen. Überhaupt waren Einmachgläser ein wertvolles Gut, ich sammelte sie überall, fragte auch meine Kolleginnen danach, ich ging auf die Suche nach passenden Deckeln und warf nie etwas weg.

Jetzt hatten wir unseren großen Tisch in die Mitte des Zimmers geschoben. Ich war die beste Gastgeberin, die man sich vorstellen konnte. Ich hatte eine Tischdecke aus gestärktem weißen Leinen ausgebreitet und mit einem Strauß prächtiger roter Rosen geschmückt. Diese Rosen hatte ich von den Eltern eines Mädchen geschenkt bekommen, das gerade dabei war, wegen ständigen Schwänzens von der Berufsschule zu fliegen. Die Eltern hatten mich mit der Leiterin der Berufsschule verwechselt, weil ich eben wie eine auftrat. Als sie gemerkt hatten, dass sie den Blumenstrauß falsch verschenkt hatten, war es schon zu spät, und sie waren zu anständig, um ihn sich wieder zurückzuholen.

Die eingefrorenen Nelken, die mein Schwiegersohn mitbrachte, ließ ich in der Küche zurück: Der Vergleich wäre ihm sicher peinlich gewesen. Ich hatte unser schönstes Geschirr rausgeholt, ich hatte Gläser für Wein und Wasser, ich hatte eine Schulpa gekocht, eine feine Rindfleischbrühe mit Fleischstücken im Tontopf, als Hauptgericht folgte Pilaw aus Reis, Hammelfleisch und Rosinen.

Wir setzten uns an den Tisch. Wenn Aminat nicht die ganze Zeit dazwischengeplappert hätte, wäre es beim Essen still gewesen, und ich hätte eine Unterhaltung anregen müssen. Eigentlich wäre es die Aufgabe meines Mannes gewesen, aber er hatte es noch nie gut gekonnt, er aß gern in Ruhe. Nun stopfte sich Aminat den Mund voll und redete für fünf. Sie stellte Fragen und beantwortete sie selber. Sie hatte keine Manieren. Alles, was ich ihr einmal beigebracht hatte, hatte sie völlig vergessen.

»Mein Kind«, erinnerte ich sie unendlich liebevoll, »wir sprechen hier nicht mit vollem Mund.« Sie hielt in ihrem Redefluss inne und sah mich an, offenbar nicht wissend, was ich meinte. Tischmanieren waren bei Sulfia anscheinend kein Thema gewesen. Einem Kind die Erziehung zu verweigern grenzte in meinen Augen an Misshandlung.

»Warum nicht?« fragte Aminat und gewährte einen Ausblick auf halb zerkautes Fleisch in ihrem kleinen süßen Mund.

»Es sieht einfach widerlich aus, meine Liebe. Und du bist schön, du sollst nicht widerlich aussehen.«

Aminat plapperte weiter und unterband jeden zaghaften Versuch der Erwachsenen, miteinander ins Gespräch zu kommen. Wieder sagte Sulfia nichts, und wieder tat ich das Notwendige.

»Liebling, sei einen Augenblick ruhig. Die Erwachsenen unterhalten sich gerade.«

»Wer? Keiner sagt doch was.« Aminat drehte ihren Kopf unbekümmert von einem schweigenden Gesicht zum nächsten.

»Das kommt, weil du alle immer unterbrichst. Brave Kinder machen so was nicht.«

Jetzt verstummte sie und schmollte. Aber mich störte das nicht. Ich wusste, dass Kinder wie ein Gemüsebeet behandelt werden sollten. Wenn man Unkraut aus ihrem Charakter beseitigte, erhielt man eine bessere Ernte.

»Was macht Ihre Arbeit?« fragte ich meinen Schwiegersohn, der die Schulpa geräuschvoll schlürfte.

»Die macht sich nicht von selbst«, sagte er und lachte schallend. Ich wusste schon wieder nicht, was ich von ihm halten sollte. Er aß für drei und machte Sulfia immer wieder darauf aufmerksam, dass sie nicht so schmackhafte tatarische Speisen auf den Tisch brachte wie ich. Er sagte Sulfia, sie soll ihm auch Schulpa kochen. Überhaupt irgendeine Suppe.

»Sie hat sich nie besonders für das Kulinarische interessiert«, sagte ich.

»Das habe ich gemerkt.« Mein Schwiegersohn lachte. Aminat lachte mit. Ich warf ihnen beiden einen strengen Blick zu. Über Sulfia lachen, das durfte nur ich.

»Sie hat eben andere Interessen«, sagte ich. »Ich habe bei meiner Tochter andere Dinge gefördert … zum Beispiel …« Ich sah Sulfia an und überlegte, welche Talente ihre Unfähigkeit im Haushalt rechtfertigen konnten, doch mir fiel nichts ein. Sie war einfach schon immer stinkfaul gewesen, genau wie ihr Vater.

»Was macht denn noch mal Ihre Arbeit?« wandte ich mich erneut an den Schwiegersohn, und in diesem Moment kippte Aminat ihr Glas mit dem Sanddorntrunk um, und ich schickte sie vor die Tür, damit sie sich ein bisschen schämte. Nach zehn Minuten ließ ich sie wieder rein und gab ihr ihren Nachtisch. Sie saß jetzt still auf ihrem Stuhl, sah mich schief an, verschob die nussgroßen Teigkügelchen des Tschäck-

Tschäcks auf ihrem Teller und sagte kein Wort mehr. Wenn man sie nur richtig anpackte, dann konnte doch noch ein wohlerzogenes Kind aus ihr werden.

Mir sah niemand an, welcher Kummer oder welche Freude mir gerade auf dem Herzen lagen. In Sulfias farblosem Gesicht konnte man dagegen jeden Gedanken lesen, der ihr gerade durchs Gehirn huschte.

Was hatte ich nicht alles versucht, um es ihr beizubringen: Wenn du Angst hast, soll das niemand sehen. Wenn du Zweifel hast, soll das niemand sehen. Wenn du jemanden liebst, so zeig ihm das bloß nicht! Und wenn du jemanden hasst, dann musst du ihn besonders lieb anlächeln. Ich hatte bei Sulfia so hart gearbeitet, aber alles war umsonst gewesen. Sie hatte kein Talent, sie hatte nicht einmal einen Funken Verständnis für das, was ich meinte. Das rächte sich heute noch: Beim Essen war Sulfia aus unerfindlichen Gründen sehr unglücklich, und das konnte jeder sehen, der es wollte.

Mein Schwiegersohn mochte mich, das war auch verständlich. Ich war eine schöne Frau. Mit Ende vierzig sah ich immer noch aus wie höchstens Mitte dreißig. Meine Haut war straff und strahlend, und ich schminkte mich jeden Morgen, bevor ich irgendwohin ging, und sei es nur in die Küche. In dieser Zeit hatte ich die Farben Rot und Schwarz für meine Kleidung entdeckt. Ich konnte es mir leisten.

Beim ersten Essen mit unserer neuen, vergrößerten Familie trug ich ein schlichtes schwarzes Kleid und schwarze Nylonstrumpfhosen. Meine Beine waren gut geformt, ich achtete darauf, dass sie nicht zu dünn wurden.

Ich trug immer hohe Absätze. Sulfia niemals. Sie hatte an diesem Sonntag etwas an den Füßen, das wie eine Mischung aus Hauslatschen und Turnschuhen aussah. Sie sagte, diese Schuhe hätte ihr mein Schwiegersohn aus Amerika mitgebracht. Aus Amerika! Trug man dort solchen Mist, oder waren diese Schuhe einfach besonders billig gewesen? Wenn mein Mann mir solche Schuhe geschenkt hätte, hätte ich ihn für Wochen nicht in unser Ehebett gelassen.

Allerdings war mein Mann noch niemals auf eine Dienstreise nach Amerika geschickt worden. Offenbar hatte ich es doch geschafft, Sulfia ein paar wichtige Dinge fürs Leben beizubringen, wenn sie jetzt einen Mann hatte, der solche Dienstreisen unternahm.

Alles in allem war es ein schöner Sonntag.

Wir verabschiedeten uns zivilisiert im Flur. Mein Schwiegersohn war charmant. Er lobte alles: das Essen, die Stimmung, die Mühe, den Liebreiz der Gastgeberin. Wenn ich ihn nicht unterbrochen hätte, hätte er auch noch meine Frisur und meine Beine erwähnt. Er war ein Mann, dem solche Sachen an einer Frau auffielen. Ich hatte eine dunkle Ahnung, dass ich noch mehr davon erfahren würde.

Sulfia konnte unsere Wohnung nicht schnell genug verlassen. Sie rechnete wohl damit, das nächste Mal erst vorbeizukommen, wenn es eine Trauerfeier für Kalganow auszurichten gäbe. Doch da ließ sie Aminat außer Acht.

Aminat warf sich mir um den Hals und benetzte meine Perlenkette mit ihren Tränen. »Oma, ich will, dass du mitkommst«, schluchzte sie in mein Gesicht.

Ich löste ihre Hände von mir und streichelte ihr über den Kopf. Sie krallte sich an meinem Kleid fest. Ihr Gesicht verzog sich zu einer hässlichen Grimasse. »MEINE OOOOOMIIII!!! ICH WIIILLL NICHT WEG VON DIIIIIHHHR!«

Sulfia wurde blass. Mein Schwiegersohn wusste nicht so recht, was er sagen sollte. Mein Mann tat, als wäre er gerade woanders. Ich streichelte Aminats kühles Haar.

»Wir sehen uns bald, Liebes«, sagte ich.

Sulfia zuckte zusammen. Aminat hörte schlagartig auf zu weinen. Sie hob ihr kleines verheultes Gesichtchen zu mir hoch.

»Mama will das nicht«, sagte sie.

»Ach, so ein Quatsch!« sagte mein Schwiegersohn laut. Sulfia blieb stumm.

»Mama wird es sicher erlauben«, sagte ich mit

fester Stimme. »Ich hole dich am Mittwoch aus dem Kindergarten ab, ja?«

Aminat fuhr herum und packte Sulfia an den Enden ihres Wollschals. »Mama, Oma holt mich am Mittwoch ab, ja?!«

»Mittwoch passt gut«, sagte mein Schwiegersohn und zwinkerte mir zu. Er fuhr Sulfia durch die Haare, als wäre sie seine kleine Schwester.

»Nicht wahr?« wiederholte er, und es klang bedrohlich.

Sulfias Augen waren dunkel und matt. Sie nickte.

Eine zivilisierte Familie

⚒ Wir wurden eine zivilisierte Familie.

Ich holte Aminat zum ersten Mal in ihrem neuen Kindergarten ab. Sie schrie vor Freude und sprang im Kreis. Ich ermahnte sie, sie solle sich anziehen. Sie jubelte und tanzte weiter. Eine Erzieherin schaltete sich ein: »Anja, du störst schon wieder die ganze Gruppe.« Aminat streckte ihr die Zunge raus.

Ich mischte meiner Stimme ein wenig Metall bei.

»Zieh dich an, Schajtan.«

Ich steckte ihre Füße in die Stiefel und wickelte den Schal um ihren dünnen Hals. Es war alles so beiläufig und normal. Als hätte es diese Zeit nicht gegeben, in der mein Herz zu zerreißen drohte aus Kummer, sie nicht zu sehen. Aminat hörte auf zu schreien, setzte sich verträumt lächelnd auf die Bank und streckte mir ihre Füße entgegen. Ich hatte nicht vergessen, wie es ohne sie gewesen war. Keine Sekunde hatte ich vergessen.

Ich zog die Wollfäustlinge über Aminats zappelige Hände. Sie sah mir direkt in die Augen. Sulfia hatte das nie gemacht. Sulfia wandte ihren Blick immer ab, das ist so geblieben. Aber Aminat sah niemals weg, egal, wer sie anschaute.

Ich nahm sie an die Hand und führte sie zur Bushaltestelle. Aminat stapfte durch die Pfützen, das Wasser spritzte umher, ich ermahnte sie kaum, weil mein eigenes Herz gerade so jubelte. Der Winter wich zurück, der Schnee sackte in sich zusammen und wurde grau. Die Luft wurde wärmer und füllte sich mit Düften. Die Bäume waren noch nackt, doch ihre Zweige hatten neue Kraft.

Wir stiegen in den Bus, der uns nach Hause brachte. Aminat saß am Fenster, lachte und zeigte mit dem Finger auf die vielen Dinge, die ihr auffielen. Der Frühling stand vor der Tür, und mein Herz klopfte vor Liebe.

Wir waren eine zivilisierte Familie, wir gingen gut miteinander um. Ich holte Aminat oft vom Kindergarten ab, um den jungen Leuten zu helfen, die beide viel arbeiten mussten.

Ich fragte mich, was sie früher ohne mich gemacht hatten. Ohne meine Ratschläge, ohne meine Hilfe. Oft nahm ich Aminat zu mir nach Hause, weil es bei uns sauberer war und sie dort alles hatte, was sie brauchte. Sulfia mochte es aber lieber, wenn Aminat in ihrer Wohnung blieb, und wenn Sergej mich darum bat, erfüllte ich ihm diesen Wunsch. Dann passte ich eben in Sulfias Wohnung auf Aminat auf, auch wenn das weniger praktisch war. Wir spielten, ich las ihr vor, wir malten zusammen, ich erzählte ihr lehrreiche Geschichten aus meinem Leben und dem Leben anderer Menschen. Sie hörte zu, aber nicht sehr aufmerksam. Irgendwann war sie mit den Gedanken woanders und begann zu summen.

Ich hielt es für meine Pflicht, Aminat zu erziehen, ihr zu sagen, was richtig und was falsch war. Ich war nicht umsonst studierte Pädagogin. Bei mir schmatzte sie nicht am Tisch und griff nicht mit den Händen in eine gemeinsame Schüssel. Ich schlug ihr schon mal ins Gesicht oder auf die Finger, wenn sie Sachen machte, die ich aus guten Gründen ablehnte, wie in der Nase bohren oder sich zwischen den Beinen kratzen. Ich nannte sie Schajtan und Ischak, aber liebevoll: Sie wusste sowieso nicht, was das bedeutete.

Ich packte auch in Sulfias Haushalt mit an, einer musste es ja tun. Ich räumte auf, in der Küche, im Flur, im Schlafzimmer auch. Ich saugte Staub, wischte die Böden und putzte die Toilette. Ich wollte nicht, dass Aminat im Dreck aufwuchs, zwischen den Darmbakterien ihres Stiefvaters auf der Klobrille und seinen Herpesviren an den benutzten Stofftaschentüchern, die er herumliegen ließ. Ich sammelte sie auf, suchte sie zwischen den Decken und Kissen im Ehebett zusammen, hob sie vom Boden unter der Couch auf, wusch sie in einer Schüssel, hängte sie zum Trocknen auf, bügelte sie anschließend. So auch mit der ganzen anderen Wäsche, die ich fand.

Sulfia war undankbar wie immer. Sie sagte nur: »Mutter, lass das bitte.« Irgendwann schrie sie mich sogar an. Das war, nachdem ich in ihrem Schrank aufgeräumt hatte, Unterhosen, Büstenhalter und Strumpfhosen sortiert und gefaltet, die löchrigen herausgelegt und per Hand gestopft. Ich hatte das alles gemacht, obwohl ich in dieser Zeit lieber ferngesehen oder eine Zeitschrift gelesen hätte, und dafür schrie sie mich jetzt so laut an, dass Aminat in der Tür auftauchte und »Mama, spinnst du?« fragte.

Sulfia hatte bis dahin nämlich nie geschrien, sondern nur hilflos »Mutter, warum. Mutter, lass das. Mutter, bitte fass diesen Schrank nicht an« ausgestoßen. Ich ließ sie schreien. Ich fand, jeder Mensch muss einmal in seinem Leben schreien. Nach ein paar Minuten fand ich aber auch, dass es genug war.

Als ich also der Meinung war, es sei genug, nahm ich meinen Stiefel in die Hand und schlug Sulfia damit ins Gesicht. Sulfia griff sich mit der Hand an die Wange. Da sprang Aminat auf mich zu, riss an dem Stiefel, den ich immer noch in der Hand hielt, und brüllte: »Wenn du meiner Mama noch mal wehtust, hab ich dich nicht mehr lieb!«

Ich war verblüfft. Das Liebhaben war ein beständiges Thema in unserer Familie. Wir wussten jederzeit, dass wir uns alle sehr lieb hatten. Wir sagten uns das oft, vor allem Aminat und ich. Ich ließ den Stiefel sinken. Aminat rannte aber nicht weg, sie versteckte nicht einmal ihr Gesicht. Sie stand breitbeinig da, wie ein kleiner Bauarbeiter, und sah mit ihren schwarzen Augen direkt in meine.

»Was hast du gesagt?«

Und sie wiederholte langsam und deutlich:

»Wenn du Mama noch mal wehtust, dann habe ich dich nicht mehr lieb. Überhaupt nie mehr.«

»Warum sagst du das?«

»Weil ich keine böse Oma haben will«, sagte Aminat und hüpfte auf einem Bein davon.

Bin ich eine böse Frau?

⚒ Ich hörte genau hin, wenn Aminat etwas aussprach. Sie wirkte auch deswegen so ungezogen, weil sie oft treffende Sachen sagte. Ich bekämpfte ihre Art, alles auszusprechen, was ihr in den Sinn kam, denn es traf sehr häufig ins Schwarze, und das mochten die Leute nicht. Aminat reagierte empfindlich auf Dummheiten und fasste die Schönheitsfehler anderer Menschen sehr präzise in Worte. So konnte es natürlich nicht weitergehen, und ich arbeitete hart mit ihr. Aber ich hörte trotzdem genau hin, wenn sie etwas sagte.

An diesem Tag, an dem Aminat sagte, dass sie mich nicht mehr lieb haben würde, zog ich mir den Stiefel wortlos wieder an und verließ die Wohnung meiner Tochter Sulfia ohne einen Abschiedsgruß. Ich fuhr mit dem Trolleybus nach Hause. Dabei hatte ich die ganze Zeit Aminats Stimmchen im Ohr: »Ich will keine böse Oma haben. Ich will keine böse Oma haben.«

War ich eine böse Oma? Ich betrachtete mein Spiegelbild in der schmutzigen Fensterscheibe des Trolleybusses. Sah so eine böse Oma aus?

Zu Hause betrachtete ich mich eingehend, diesmal in meinem blank geputzten Standspiegel.

Ich sah überhaupt nicht wie eine Oma aus. Ich sah gut aus. Ich war eine schöne Frau und noch nicht alt. Man sah mir an, dass ich Kraft hatte und intelligent war. Ich musste mein Gesicht oft verschließen, damit andere Menschen meine Ideen nicht lesen und stehlen konnten.

Ich ging in die Küche, wo mein Mann gerade Gemüseragout aß, und fragte ihn, ob ich eine böse Frau war.

Er verschluckte sich und begann zu husten. Ich wartete geduldig. Er hustete noch mehr. Seine runden Augen wurden starr vor Schreck. Ich wartete. Er hustete weiter, ich klopfte ihm auf den Rücken.

»Und«, bohrte ich, »bin ich eine böse Frau?«

Er spießte ein Stück Aubergine auf seine Gabel. Ich entriss sie ihm, bevor er den Mund erneut voll hatte.

»Bin ich eine böse Frau?«

Er sah auf den Boden. Seine dichten schwarzen Wimpern, die ich einmal so geliebt hatte, flatterten wie bei einem jungen Mädchen. Mir wurde warm ums Herz: Ich erinnerte mich an die Hungerjahre meiner Jugend. Schade, dass Sulfia diese Wimpern nicht geerbt hat, dachte ich. Aber gut, dass zumindest Aminat sie hatte.

»Also«, fragte ich, »bin ich eine böse Frau?«

»Aber wie kommst du denn darauf, Liebchen«,

stammelte mein Mann. »Du bist ganz, ganz wunderbar. Du bist die Beste. Du bist so klug … Und so schön … Und du kochst so gut!«

»Aber das sagt doch gar nichts darüber aus, ob ich böse bin oder nicht«, beharrte ich. »Ich kann eine tolle Köchin sein, und trotzdem leiden alle unter mir.«

»Nein, mein Eichhörnchen«, sagte mein Mann, ein Kosewort unserer Anfangsjahre benutzend. »Unter dir leidet … leidet niemand. Du bist so gut zu uns allen.«

»Auch zu Sulfia?«

»Sulfia …« Mein Mann dachte nach. Ich wartete. »Sulfia«, sagte mein Mann, »ist doch deine einzige Tochter. Du wolltest immer nur ihr Bestes.«

»Das will ich immer noch.«

»Ja. Ich weiß.«

»Und denkst du, Sulfia weiß es auch?«

»Bestimmt. Also früher wusste sie es vielleicht nicht. Das ist ganz normal bei einem Kind, dass es seine Eltern nicht zu schätzen weiß. Aber jetzt ist sie groß, und ich glaube, jetzt ahnt sie, wie sehr du sie liebst.«

Ich hörte aufmerksam zu. Ich war überrascht, dass mein Mann sich so viele Gedanken gemacht hatte.

»Bist du sicher?« fragte ich.

Mein Mann wandte sich ab, stocherte in seinem Ragout und schielte vorsichtig zu mir rüber, als hätte er Angst, dass ich ihm gleich sein Essen wegnehmen würde.

»Ganz, ganz sicher«, sagte er. »Du bist meine Beste, meine Schönste … und du hast so ein gutes Herz.«

Wenn mein Mann das so sah, dachte ich, dann konnte es auch Aminat nicht entgangen sein. Dann konnte sie ihre Worte nicht ernst gemeint haben. Dann war sie einfach nur frech.

Fünf Tage später kam ich nach Hause und fand einen Brief meines Mannes auf der Fensterbank. In dem Brief stand, dass er eine andere Frau liebte und ab jetzt mit ihr zusammenleben wollte. Er dankte mir für die gemeinsamen Jahre und bat mich herzlich, ihn in Ruhe zu lassen.

Mehr stand nicht drin.

Es soll Frauen geben, die bei einer solchen Nachricht in Tränen ausbrechen. Ihnen knicken die Beine ein, und dann lassen sie sich auf die Küchenfliesen mit Schachbrettmuster sinken, und andere Angehörige müssen große Schritte über sie machen, wenn sie zum Kühlschrank wollen. So eine war ich nicht.

Ich kochte mir als Erstes einen Tee, und zwar nach allen Regeln der Kunst. Ich wärmte die Kanne vor und übergoss die Teeblätter mit kochend heißem Wasser. Wenn ich irgendetwas hasste, dann schlecht gemachten, minderwertigen Tee. Ich trank meinen hervorragenden Tee mit kleinen Schlucken, aß selbst gekochte Stachelbeermarmelade und dachte nach.

Ich stellte mir vor, wie ich zur Tür reinkam und keiner da war, der gerade in der Küche schmatzte. Der meine Nerven damit strapazierte, dass er mein vorbereitetes Essen kalt verzehrte, weil er nicht in der Lage gewesen war, es aufzuwärmen. Überhaupt das Essen: Ich könnte das Kochen jetzt fast komplett lassen. Ich würde mir morgens einen Haferbrei kochen und abends einen Salat machen. Wie viel Zeit ich mir damit sparen könnte! In dieser Zeit könnte ich lesen, fernsehen oder Gymnastikübungen machen.

Ich überlegte weiter. Ich würde mit niemandem sprechen müssen, wenn ich von der Arbeit heimkam. Ich begann zu zählen, wie viele Hemden ich pro Woche nicht mehr waschen und bügeln müsste, Socken, Hosen, Unterhosen.

Einkaufen! Ich würde kaum noch schwere Einkaufstüten schleppen müssen, weil ich jetzt viel weniger Lebensmittel brauchte. Ich würde nicht mehr so viel Dreck wegräumen, denn ich machte keinen Dreck. Ich könnte mit Gott reden, so viel ich wollte. Ich würde mich viel weniger aufregen, weil niemand mehr da war, über den ich mich ständig aufregen müsste. Und ich könnte mich mit Männern treffen. Neuen, jüngeren Männern, die Komplimente machten und am Morgen wieder weggingen, nach Hause zu Mama oder zur Freundin, mir doch egal. Die mir wieder das Gefühl gaben, eine Frau zu sein. Denn ich muss gestehen, ich mochte es längst nicht mehr, wenn Kalganow mich anfasste. Wenn er im Schlaf versehentlich mein Bein streifte, zuckte ich angewidert zurück. Absichtlich machte er das alles ja längst nicht mehr.

Natürlich hatte dieser Brief auf der Fensterbank nicht nur Vorteile. Im Leben gab es bekanntlich nichts geschenkt. Für meine Freiheit musste ich zahlen. Zum Beispiel war ich ab jetzt eine verlassene Frau. Das war kein glänzender Status. Ich musste damit leben, dass man mich schief ansah. Aber alles andere lag, mit Gottes Hilfe, in meiner eigenen Hand.

Mein Mann war feige: Er überließ es mir, die Nachricht seiner Tochter und seiner Enkelin zu überbringen.

Ich beschloss, mir meinen Mangel an Kummer nicht anmerken zu lassen. Ich fuhr zu Sulfia. Ich fand, das Ereignis zwang jetzt alle dazu, frühere Unstimmigkeiten und den Gebrauch der Stiefel und böser Worte zu vergessen. Bevor ich wegfuhr, ließ ich einen Brief für Kalganow auf der Fensterbank. »Wir sollten zivilisiert miteinander umgehen. Ich wünsche dir alles Gute, auch für die Gesundheit. Bitte lass mir deine neue Telefonnummer da, damit alles beisammen ist. Deine Rosa.«

Ich wusste, dass er noch mal vorbeikommen würde,

um seine Sachen abzuholen, und einen Moment abpassen würde, in dem ich nicht da war. Wenn er mir schon in besseren Zeiten immer aus dem Weg gegangen war, würde er ausgerechnet jetzt kaum eine Begegnung riskieren.

Ich fuhr abends mit dem Trolleybus zu Sulfia. Sie öffnete die Tür, ihr Gesicht war müde und abgewandt.

»Mutter? Komm rein.«

Ich hatte den Lippenstift weggelassen, mir nur ein wenig die Wangen und die Stirn gepudert. Ich hatte meine einfachsten Kleider angezogen, die ich sonst trug, wenn ich zu unserem Garten auf dem Land fuhr. Nur die Stiefel mit den Absätzen behielt ich an.

»Alles in Ordnung?« fragte Sulfia, nachdem sie mir endlich ins Gesicht gesehen hatte.

»Weißt du es noch nicht?«

»Ist was mit dem Papa?«

»Das kann man wohl sagen«, sagte ich.

Jetzt war sie erschrocken. »Was ist passiert?«

»Dein Vater hat mich verlassen.«

Sie lehnte sich gegen die Wand. Ihre Gesichtszüge entgleisten.

»Was?« fragte sie. »Was hast du gesagt?«

»DEIN VATER HAT MICH VERLASSEN.«

»Nein … Er?… Dich? … Nein.«

»Doch«, flüsterte ich.

Sulfia sank vor mir auf die Knie und versuchte, meinen Blick von unten einzufangen.

»Mama«, sagte sie flehend, »Mama, nicht!«

Sie dachte wohl, dass ich weine.

Ich bedeckte mein Gesicht mit den Händen, um sie in diesem Glauben zu lassen. Sulfia stand schnell auf und legte ihre Hände auf meine, und ich zuckte zusammen: Es war lange her, dass wir uns das letzte Mal berührt hatten.

»Mama«, bat sie mich hilflos. »Bitte, Mama, nicht traurig sein.«

»Lass mich!« sagte ich. Sulfias Lippen begannen zu zittern, als wäre sie verlassen worden und nicht ich.

»Es ist niemand gestorben«, sagte ich für den Fall, dass sie es missverstanden hatte.

»Wäre es dir lieber, er wäre gestorben?«

Ich dachte nach. »Ja, das wäre vielleicht sogar noch besser gewesen.«

Sulfia stellte keine Fragen mehr.

Ich war ein Vorbild

⚒ Der Weggang meines Mannes hatte, wie gesagt, seine Vorteile. Einer davon war, dass Sulfia anfing, mich zu mögen. Es schien, als wäre ihr zum ersten Mal aufgegangen, was für ein liebenswürdiger Mensch ich eigentlich war.

Sie begann, mit mir zu reden. Sie fragte mich, wie es mir ging. Ich schonte ihre Gefühle, indem ich eine nicht allzu fröhliche Darstellung meiner gegenwärtigen Situation ablieferte. Sie rief mich jeden Morgen an, um mich das zu fragen. Es schien, als machte sie sich Sorgen, dass ich mich in der Nacht erhängt haben könnte. Und einmal rief sie mich an und sagte: »Ich weiß, wer sie ist. Papas neue Frau.«

Ich lackierte mir gerade die Fingernägel. Ich hatte den Lack auf einem Basar gekauft, angeblich war er aus Deutschland. Er war kirschrot. Ich hielt meine linke Hand mit gespreizten Fingern in die Luft. Mit der rechten hielt ich den Hörer. Die Nägel der rechten Hand waren bereits lackiert. Ich achtete darauf, dass der Lack nicht verschmierte. Er trocknete schnell, er war viel zu alt. Das hatte ich beim Auftragen gemerkt: Er war zu fest. Ich hatte vier Rubel für dieses

Fläschchen gezahlt und war verarscht worden. Die Ware war nicht deutsch, sie war minderwertig.

»Und?« fragte ich wütend.

Sulfias Stimme zuckte im Hörer. Sie wusste nichts von meiner Nagellack-Enttäuschung, sie dachte, ihre Nachricht hätte mich ins Herz getroffen.

»Bitte beruhige dich«, flehte sie mich an. »Man kann nichts mehr rückgängig machen.«

Manches schon, dachte ich. Ich konnte den trockenen Nagellack zurückbringen, ihn der Händlerin ins Gesicht werfen und mein Geld zurückverlangen.

Ich konnte auch ein bisschen Azeton hineintropfen, dann würde der Lack wieder flüssiger.

»Ach, schert euch doch alle zum Teufel«, sagte ich und legte auf.

Eine Stunde später stand sie vor der Tür. Um sie herum, im Kreis, hüpfte Aminat. Der Türspion verzerrte das Gesicht meiner Tochter auf eine besonders hässliche Weise. Ihre Nase war groß und ihre Augen außerordentlich klein. »Hallo, hallo«, sang Aminat, warf einen Stiefel ab und hüpfte auf einer Socke durch unseren Flur. »Hallo, meine liebe Omi, hallo, mein lieber Opi, die Anja ist da, die Anja ist da.«

Sie verschwand in ihrem ehemaligen Zimmer. Eine Sekunde später flog der zweite Stiefel durch die Tür und prallte gegen die Wand. Was arbeitete ich hart an diesem Kind, und es war immer noch völlig verzogen.

Es war Zeit, dass ich Aminat wieder ganz zu mir nahm, bevor es zu spät war. Platz hatte ich jetzt ja, Zeit auch.

Sulfia hob den Stiefel auf, stellte ihn in das Schuhregal. Dann kam sie auf mich zu und umarmte mich.

Ich erstarrte.

Mein Gott, war sie klein. Sie war mickrig, schon immer gewesen. Ich gab ihr zu essen ohne Ende, ich zwang sie, alles aufzuessen, aber sie wurde weder größer noch dicker. Als sie noch zur Schule ging, setzte ich ihr jeden Morgen ein reichhaltiges Frühstück vor, Fleisch mit Beilage oder eine nahrhafte Suppe. Sie durfte nie mit leerem Magen aus dem Haus.

Ich hatte alles dafür getan, dass sie kräftiger wurde. Ich hatte ihr mühsam das Schwimmen beigebracht, obwohl ich es selber nicht konnte, aber das kalte Flusswasser setzte ihr zu. Sie bibberte, bekam blaue Lippen, und ruckzuck hatte sie eine Blasenentzündung für mehrere Wochen. Gott weiß, ich hatte mir solche Mühe mit ihr gegeben, und es war immer alles umsonst gewesen.

Ich schob sie von mir weg und ging in die Küche.

Sulfia bediente mich jetzt in meinem eigenen Zuhause. Natürlich konnte sie keinen guten Tee machen. Das Wasser war nicht kochend heiß, sie nahm zu wenig Teeblätter. Diese Brühe hatte kein Aroma und sah unappetitlich aus. Ich trank trotzdem, was Sulfia mir vorsetzte, ich wollte sie nicht noch mehr entmutigen.

Dann setzte sie sich mir gegenüber, verschränkte

die Hände und sagte: »Mutter, diese Frau ist in seinem Alter. Also … ein bisschen älter als du.«

Ich sah sie stumm an. Sie wurde verlegen.

»Mutter«, sagte sie, »ich habe diese Frau kennen gelernt. Sie ist nämlich krank. Das Herz. Papa hat mich angerufen, er wollte, dass ich sie unserem Arzt vorstelle. Sie ist ganz schön krank.«

Sie sah verlegen zur Seite.

»Ich fühle mich so schlecht«, sagte sie. »Ich habe sie gesehen. Es geht ihr wirklich nicht gut. Und ich … ich soll ihr helfen. Und ich … habe gar kein Mitgefühl. Weil sie schuld daran ist, dass es dir so schlecht geht.«

Ich dachte an meinen Gott. Ich wusste, dass er mir das Recht zubilligte, dieser Frau, von der Sulfia gerade so seltsam sprach, jedes Ungemach der Welt zu wünschen. Aber ich wünschte ihr gar nichts. Ich wollte nicht, dass sie starb, aber es war mir auch vollkommen egal, ob sie lebte.

Ich war nur ein ganz klein bisschen neugierig.

»Erzähl!« sagte ich.

Die Frau, sagte Sulfia, hieß Anna und arbeitete als Lehrerin für Russisch und Literatur. Sie trug graue Kleider, hatte einen Haarknoten, rot geäderte Bäckchen, eine Brille und ein liebes Lächeln. Sie war geschieden und hatte keine Kinder. Sie hatte Kalganow im Park kennen gelernt, als er auf einer Bank gesessen und über den Tod nachgedacht hatte.

»Er hat sie angesprochen?« fragte ich misstrauisch.

»Anscheinend ja.« Sulfia sah unglücklich in ihre Tasse.

Tja, dachte ich.

Sulfia hatte ihre Adresse und ihre Telefonnummer, zum Beweis diktierte sie mir beides, und ich fragte mich, was sie jetzt von mir erwartete. Sollte ich auf der Stelle anrufen und die Herausgabe meines Ehemanns verlangen? Oder gleich mit einem halben Liter Salzsäure an der Wohnungstür der Lehrerin klingeln? Was dachte Sulfia, was ich jetzt tun sollte? Aber alles, was ich tat, war wichtig: Ich war schließlich ein Vorbild.

Eines Tages öffnete ich das Schlafzimmerfenster, um Frühlingsluft reinzulassen. Es war noch winterfest abgedichtet. Ich riss die Papierstreifen ab, mit denen ich das Fenster im Herbst abgeklebt hatte, und löste die Watte aus den Ritzen. Damit vernichtete ich das Ergebnis stundenlanger Mühen: Im Herbst war es eine elende Arbeit gewesen, die Fenster so zu bearbeiten, dass es nicht ständig zog und die Zimmer nicht auskühlten. Klavdia ließ deswegen die Watte auch über den Sommer drin und ihr eigenes Fenster zu, aber ich wollte einfach frische Luft.

Das Zimmer füllte sich mit dem Rauschen der Motoren, den Stimmen, dem Geklimper der Trolleybusse. Ich stellte mich ans Fenster und atmete ein. Ja, das hier war wirklich Frühling. Es gab Stände mit Eis und Blumen. Die schweren Wintermäntel und die braunen Pelze waren verschwunden. Die Menschen trugen leichte Jacken und gewagte Farben. Die Schritte waren beschwingter. Ich sah wieder Haare. Viele hatten ihre Mützen zu Hause gelassen.

Unter einer Laterne am Straßenrand stand ein Mann, der auch keine Mütze anhatte. Von oben konnte ich sehr gut seine Glatze sehen, in der sich die Sonne spiegelte.

Es war Kalganow, mein Mann.

Er stand unter der Laterne und sah direkt zu mir hoch. Ich versteckte mich hinter dem Vorhang. Ich fühlte mich überrumpelt.

Sein helles, rundes Gesicht blieb zu mir aufgerichtet: Das konnte ich durch den Stoff hindurch sehen. Was wollte er? Warum war er nicht bei seiner Lehrerin für Russisch und Literatur? Hatte er die Schlüssel zu seiner neuen Wohnung verloren? Sich verlaufen? Er hatte doch nicht etwa vor, jetzt schon zu mir zurückzukehren? Leichte Panik überfiel mich.

Das hatte Kalganow schon immer gut gekonnt: mir die Laune verderben. Er konnte jeden noch so prächtigen Augenblick mit seiner Anwesenheit verdüstern. Der Frühlingstag begann zu verblassen. Der Wind fühlte sich nicht mehr zärtlich an, sondern heimtückisch. Ich schloss das Fenster und zog den Vorhang davor.

Ich setzte mich in meinen Sessel und nahm meine

Stricknadeln in die Hand. Ich strickte einen Schal für Aminat. Natürlich nicht einfach irgendeinen. Ich strickte ein Muster aus kleinen Kätzchen. Eine so einfache Sache wie einen Schal so einzigartig wie möglich zu machen – ich hatte Sinn für so etwas. Ich konzentrierte mich auf das Zählen der Maschen.

Ich zwang mich, den Schal fertigzustricken. Erst anderthalb Stunden später sah ich auf die Straße. Kalganow war weg. Ich atmete erleichtert aus.

Perfekte Ehefrau

⚒ In dieser Nacht träumte ich zum ersten Mal von Kalganow. Das war merkwürdig. Im Traum war mein Mann noch jung. Er sah aus wie bei unserem ersten Treffen. Ich war sechzehn, und er war ein Freund meines Bruders. Fünf Jahre älter als ich, ein erwachsener Mann. Mein Bruder war drei Jahre später aus dem 12. Stock eines Hochhauses gesprungen, er war schon immer ein seltsamer Mensch gewesen.

Boris, dachte ich. Boris, das war der Vorname meines Mannes. Ich habe ihn aber nie so genannt. Ich hatte meine eigenen Namen für ihn. Ich erinnerte mich daran, wie ich ihm damals die Tür geöffnet hatte, weil er meinen Bruder besuchen wollte. Ich war gerade aus dem Kinderheim zu meinem Bruder gezogen, er war mein einziger naher Angehöriger und mit Anfang zwanzig schon erwachsen und verantwortungsbewusst. Ich erinnerte mich daran, wie Kalganow so höflich »Hallo, Kleine« gesagt hatte. Wie verblüfft ich war, dass ein Mann so schön sein kann. Ja, mein Mann war einmal schön gewesen. Ich hatte es ganz vergessen. Er hatte mir sofort so gut gefallen, dass ich gedacht hatte: Wenn ich so einen heirate, dann werden die Kinder hübsch. Pustekuchen.

Wir haben kurz nach meinem 18. Geburtstag geheiratet. Dazwischen hatte er eine Freundin gehabt, sie war weder schön noch klug, aber ich war trotzdem krank vor Eifersucht. Ich hatte mich heimlich im Bad hingekniet und Gott um Beistand gebeten. Eigentlich wollte ich nur, dass mein künftiger Mann nicht auf die Idee kam, diese andere zu heiraten, bevor ich alt genug wurde. Aber Gott übertrieb mal wieder ein wenig. Die Freundin meines künftigen Mannes starb schnell an Tuberkulose.

Für Kalganow gab es keinen Gott. Er war bei den Komsomolzen, auch das fand ich gut. Ich begrüßte sein politisches Engagement, mir war klar, welche Perspektiven das eröffnete.

Er war, unverkennbar auf den ersten Blick, Tatare. Aber er wollte nie darüber reden. Er sagte immer, das sei alles willkürlich, die Unterteilung in Russen und Ukrainer, Juden und Zigeuner, Usbeken, Baschkiren, Aserbaidschaner, Armenier, Tschetschenen, Moldawier … und Tataren. Er war in Kasan geboren, aber es war ihm nicht gut bekommen. Er hatte einen Traum: alle Menschen zusammenmischen, von ihren Elternhäusern fernhalten, von dem, was man als kulturelle Wurzeln bezeichnet, befreien wie von lästigem Ballast. Er war der Meinung, dass alle diese Unterschiede Menschen diskriminieren.

In unseren ersten Jahren hatte er viel darüber gesprochen. Ich hatte ihm zugehört – ich wusste, wie eine Ehefrau sich zu verhalten hatte. Das Wichtigste war, den Ehemann nicht darauf hinzuweisen, was für dumme Dinge er redet. Die Nachsicht der Frau hielt eine Ehe stabil. Ich verstand sehr viel davon, erst theoretisch, dann bewährte ich mich auch in der Praxis. Ich war eine perfekte Ehefrau.

Wir waren ein schönes Paar, am Anfang. Beide stattlich, schlank, gesund, mit glühenden Augen. Damals wurde ich ständig schwanger, das war ein Problem. Wir hatten kein Geld und keine Wohnung, trotz seiner Arbeit nicht. Er war ein Kommunist der Ideale, keiner, der dafür sorgte, dass seine Familie eine Existenzgrundlage erhielt. Seiner Meinung nach sollte es uns nicht besser gehen als anderen. Ich habe nicht gezählt, wie oft ich die unschuldigen Seelen deswegen zurück in den Himmel geschickt habe. Es war nicht mehr als bei anderen auch.

Irgendwann brachte mein Mann Gummischläuche für sein Organ mit. Mein Einfluss auf ihn hatte erste Auswirkungen: Er begann langsam, aber stetig Karriere zu machen. Als einfacher Arbeiter hatte er angefangen, dann wurde er in der Gewerkschaft aktiv. Seine Augen leuchteten, er stieg auf und kam an Sachen heran, von denen andere Menschen bis dahin nicht einmal gehört hatten.

Diese Schläuche zum Beispiel. Sie verhinderten

Kinder zuverlässig. Sie verhinderten überhaupt den Vorgang, der zu den Kindern führte. Die Schläuche waren selten und wertvoll. Nach dem Gebrauch wusch ich sie aus und hängte sie zum Trocknen auf. Ich ließ sie lange an der Wäscheleine in unserem Zimmer baumeln. Ich hatte das Gefühl, je länger sie da hingen, desto seltener näherte sich mir mein Mann. Ich war damals müde und abgemagert, ich studierte Pädagogik und arbeitete nachts als Pflegerin in einem Ganztagskindergarten, und meine Begeisterung für die Ehe ließ langsam, aber stetig nach.

Dann hatten wir eine Aussicht auf unsere zwei Zimmer in der Kommunalwohnung. Die nächste Seele, die bei mir anklopfte, ließ ich leben. Es war Sulfia. Ich fragte mich nie, was aus den Kindern, die ich in den Himmel zurückgeschickt hatte, wohl geworden wäre. Gott verzieh es mir. Er gab mir Sulfia, und das war ein Glück. Er hätte mir ja auch einen kompletten Krüppel geben können.

Als Sulfia geboren war, blieb mein Mann neutral. Er mochte ihren tatarischen Namen nicht. Er hatte ja, im Gegensatz zu mir, eine große Familie mit lauter tatarischen Namen. Ich hatte dagegen niemanden mehr außer meiner Cousine Rafaella.

Kalganow wollte unsere Tochter Maria nennen. Aber eine Maria kam mir nicht ins Haus. Diese ganzen Maschas liefen in Scharen herum, bevölkerten die Kindergärten und die Spielplätze.

Mein Mann interessierte sich wenig für unsere Tochter, vor allem, nachdem ich sie Sulfia genannt hatte. Und wenn er mal was mit ihr machte, dann hauptsächlich Fehler. Er hielt sie so, dass sie ihm beinahe runterfiel. Und bei Sulfia war klar, sollte sie erst einmal runterfallen, dann wäre alles vorbei. Sie war mager und schwach. Sie konnte stundenlang in die Luft starren und nichts tun. So ein Kind hatte ich noch nie gesehen.

»Was stimmt nicht mit unserer Tochter?« fragte ich meinen Mann, und er antwortete: »Lass sie doch. Vielleicht denkt sie gerade nach.«

Und ich sagte: »Nachdenken? Das ist doch keine Beschäftigung.«

Das soll nicht heißen, dass ich nie nachdachte. Aber ich musste mich dazu nicht hinsetzen, die Hände im Schoß falten und ein abwesendes Gesicht machen. Bei mir ging das Nachdenken so nebenbei. Ich musste arbeiten und meine Tochter aufziehen. Niemand half mir.

Ich wollte nicht mit Kindern arbeiten, mir reichte Sulfia. Ich wollte auch nicht mit Berufsschülerinnen arbeiten, die hatten nichts im Kopf. Ich fand eine gute Stelle an der pädagogischen Berufsschule. Meine Arbeit war sehr wichtig: Ich sammelte die wissenschaftlichen Neuerscheinungen rund um Pädagogik und archivierte sie. Ich gab Sulfia in einen Tageskindergarten mit Übernachtung. Das hieß, ich brachte sie am Montag hin und holte sie am Freitag wieder ab – hustend und verrotzt, denn Sulfia war im Kindergarten so unauffällig, dass sie oft vergessen wurde. Mir schien, die Kindergärtnerinnen fütterten und wuschen Sulfia nur, weil sie Angst vor mir hatten.

Nur Gott weiß, wie sehr ich mich um diese Tochter gekümmert habe. Jeden Sommer verbrachten wir einen Monat auf dem Lande, bei entfernten Angehörigen meines Mannes, die ihre Wurst selber machten, anstatt sie im Laden zu kaufen.

Kalganows Verwandte widmeten sich dem Kasylyk, der Pferdewurst. Mal standen Töpfe herum, in denen das Pferdefleisch tagelang einweichte. Dann drehten sie Tierdärme um, wuschen sie mit kaltem Wasser aus, putzten den Schleim von den Darmwänden, drehten sie hin und her, nähten ein Ende zu. Füllten Fleisch und Speck hinein, banden die offenen Enden ab und hängten die Würste für mehrere Tage in die Sonne. So hingen sie herum, sachte im Wind pendelnd, und aus den Löchern, die in die Darmhaut hineingestochen wurden, tropfte das Fett auf die Erde. Nach einigen Tagen wanderten die Würste für Monate in den Keller, doch schon am Abend fand ich gekochten Kasylyk aus der früheren Herstellung auf dem Esstisch vor, in dicke Ringe geschnitten. Ich rührte nichts an: Die Verwandten wuschen sich nie die Hände.

Es war furchtbar, aber ich biss die Zähne zusammen. Es waren sehr einfache Leute. Sie sprachen ein alptraumhaftes Russisch. Ich redete tatarisch mit ihnen, sie verstanden nichts anderes. Ich hatte die Sprache schon fast vergessen gehabt, weil ich ja meine Familie früh verloren hatte und im Kinderheim Russisch gesprochen wurde. Jetzt grub ich die Wörter aus den Tiefen meiner Erinnerung hervor und war erstaunt, wie gut es ging.

Kalganows Verwandte brachten mit ihrem ständigem Grinsen und aufblitzenden Zähnen sogar Sulfia zum Lächeln. Erst ahmte sie ihre Sprache nach, in dem sie TYR-PYR-MYR vor sich hin murmelte. Dann aber ließ sie aufgeschnappte Wörter oder Satzfetzen fallen, die nicht immer sinnlos waren. Ich ging nicht darauf ein. Ich war stolz auf mein tadelloses Russisch, seit mir klar war, dass es nicht selbstverständlich war.

Hauptsache, sie hatten Ziegen. Nur deswegen fuhren wir aufs Land, und dann noch wegen der guten Landluft. Wobei mir die Abgase meiner Stadt deutlich lieber waren als der Kuhmist, den ich auf dem Land atmen musste. Doch für mein Kind riss ich mich zusammen. Ich hatte gehört, dass Ziegenmilch stark und gesund machte, und Sulfia war so mickrig.

Jeden Morgen und jeden Abend bekam Sulfia eine Tasse frisch gemolkene Ziegenmilch. Natürlich abgekocht, denn hier war alles voller Keime. Ich kochte sie persönlich ab und nutzte dafür einen Aufsatz am Lehmofen.

Sulfia machte ein klägliches Gesicht, wenn sie die volle Tasse sah. Es schmeckte ihr nicht. Ich sagte zu ihr: Das ist Medizin, damit du nicht ganz verblödest. Sulfia roch an der Tasse, angewidert, unglücklich. Sie sah mich an. Mein Blick konnte noch ganz andere Menschen dazu bringen, aus dem Fenster zu springen. Da war es ein Kinderspiel, Sulfia zum Trinken zu bewegen. Sie stürzte die Milch herunter. Dann griff sie sich an den Bauch. Wenn man die Milch so rasch austrank, dann kriegte man natürlich Bauchweh. Sulfias leidender Gesichtsausdruck ging mir auf die Nerven.

Es kam vor, dass sie sich die Hand vor den Mund hielt und hinausrannte, um sich in die Himbeerhecke zu übergeben. Sie war ja ein braves Mädchen und hätte niemals den Boden verunreinigt. Wenn Sulfia die Ziegenmilch erbrochen hatte, gab ich ihr eine zweite Tasse und achtete darauf, dass sie diese ganz langsam leerte. Ich weiß nicht, ob meine Tochter ohne diese Milch das Schulalter überhaupt erreicht hätte. Ich opferte mich auf, damit sie sich besserte.

Ich selber trank keine Ziegenmilch. Nur einmal hatte ich sie probiert, aus Neugierde, als Sulfia sich das erste Mal über den bitteren Geschmack beschwert hatte – sie beschwerte sich ja sonst nie über irgendetwas. Ich nahm einen Schluck und rannte im gleichen Augenblick selber zu den Himbeersträuchern. Ja, diese Milch war ungenießbares Zeug, und ich war froh, dass ich nicht diejenige war, die sie unbedingt trinken musste.

Ganz andere Sorgen

⚒ Die ersten Tage ohne meinen Mann füllte ich mit Nachdenken. Ich ließ mein Leben Revue passieren. Es war klar, dass nicht alles glattgelaufen war. Aber ich hatte aus jeder Situation das Beste gemacht. Mit Ende 20 musste ich mir zum Beispiel einen neuen Pass ausstellen lassen, weil mein alter gestohlen worden war. Dafür brauchte ich meine Geburtsurkunde, die ich aber nicht mehr hatte. Das Kinderheim, in dem ich den größten Teil meiner Kindheit verbracht hatte, war abgebrannt, alle Unterlagen waren vernichtet. Die Ausstellerbehörde musste sich auf meine Angaben verlassen – also machte ich mich sieben Jahre jünger, was sowieso sehr gut zu mir passte.

Immer hatte ich versucht, die Fehler anderer Menschen auszugleichen, durch Rat, durch Tat, durch meinen guten Willen. Das ist bekanntlich keine dankbare Aufgabe.

Manchmal unterbrach ich das Nachdenken, stand auf und ging zum Fenster. Oft sah ich meinen Mann unter der Laterne stehen. Manchmal auch nachts. Ich fragte mich, was das sollte. Ich öffnete das Fenster nicht mehr, damit er nicht auf die Idee kam, dass ich ihn zu mir rief. Er unternahm nichts, stand einfach da und sah elend aus.

Aber ich hatte ganz andere Sorgen.

Ich hatte meinen Schwiegersohn mit einem blonden Fräulein in der Innenstadt gesehen.

Sie saßen im Café, in der Sonne, an einem kleinen runden Tisch, wie in einem ausländischen Film. Sie aßen Eis aus Glasschälchen. Sulfia machte so etwas nie, im Café sitzen und Eis essen. Die Fremde lachte wie eine Bekloppte. Mein Schwiegersohn lächelte und sah sie an. Ab und zu nahm er ihre Hand, die sie ihm schnell wieder entriss, um damit in der Luft zu fuchteln. Eine sehr unruhige junge Frau war das.

Ich versteckte mich hinter dem Lenin-Denkmal. Mit meinen Adleraugen konnte ich alles sehen. Wie er bezahlte und ihr in den Mantel half. Einen hellgrünen, sehr gewagt in der Farbe. Ich kannte alle Modelle der letzten fünf Jahre, die in den Handel gekommen waren, ich hätte sie auswendig aufsagen können – und dieser Mantel war nicht dabei gewesen. Dieser Mantel sah verdächtig nach Amerika aus. Dieser Frau hatte mein Schwiegersohn offenbar keine Hauslatschen mitgebracht.

Sie gingen zusammen zur Haltestelle. Dort küssten sie sich vor aller Augen. Wie schamlos war das? Hätten sie dafür nicht wenigstens einen Hauseingang finden können oder einen menschenleeren Park?

Ich konzentrierte mich auf die Möglichkeiten, die ich hatte.

Eine davon, nämlich loszurennen und die Schlampe in Grün unter die herannahende Straßenbahn zu schubsen, verwarf ich. Ich würde einen anderen Weg gehen. Ich zweifelte nicht daran, dass es ihn gab. Ich musste ihn nur finden – und wenn ich das alles so betrachtete, hatte ich sehr wenig Zeit.

Bald hatte ich eine gute Idee. Ich wartete auf Sulfia vor dem Eingang ihrer chirurgischen Klinik. Sie arbeitete sehr viel, sie hatte es doch noch geschafft, ihre Ausbildung nachzuholen und eine richtige Krankenschwester zu werden. Als sie endlich erschien, beladen mit fünf prall gefüllten Netztaschen, in denen sie, wie jede normale verheiratete Frau, die Lebensmitteleinkäufe aus der Mittagspause verstaut hatte, da reagierte sie gelassen.

»Mutter?« sagte sie. »Was ist los?« Sie sah auf das Paket, das ich in der Hand hielt, und ihre Augenbrauen rückten dichter zusammen. »Ich probiere das ganz bestimmt nicht an. Spar dir doch die Mühe, bitte.«

Ich hatte nämlich vor einiger Zeit angefangen, ihr zu helfen, sich besser anzuziehen. Jetzt, wo ich sie öfter sah, konnte ich es einfach nicht ertragen. Irgendwelche Hosen, die an Knien und Hintern ausgebeult waren, dazu ein Pullover aus dem Schrank ihres

Mannes. Da brauchte man sich wirklich über gar nichts zu wundern. Und so begann ich ihr Sachen mitzubringen, die mir Bekannte und Kollegen zum Kauf angeboten hatten, weil sie diese auf verschlungenen Wegen erworben und dann festgestellt hatten, es passte doch nicht. Es waren schöne Sachen, anders als die Alpträume aus fäkalienfarbenem Stoff, die in den Läden hingen. Ich hatte Sulfia bereits eine cremefarbene Bluse angeboten, mit großen goldenen Knöpfen. Ein Kleid, das bis zum Knie ging und den Busen – selbst wenn nicht vorhanden – vorteilhaft betonte. Jede Menge Kleider, Blusen, Hosen, aber Sulfia weigerte sich, sie zu tragen. Sie probierte nichts davon an, und nicht einmal ich schaffte es, sie zu zwingen.

Diesmal hatte ich einen besonderen Schatz in die Hände bekommen. Einen leichten Mantel aus Wolle, in einem zarten Rosaton. Sulfia mit ihrem rabenschwarzen Haar hätte wie eine Prinzessin darin ausgesehen. Das sagte ich ihr. Sie schüttelte den Kopf, stur wie ein Maulesel. Da rackerte ich mich ab, um ihre Ehe zu retten, und sie schüttelte einfach nur den Kopf.

»Du hast den Mantel doch noch gar nicht gesehen«, sagte ich.

»Ich brauche keinen Mantel,« sagte Sulfia. »Mir reicht dieser da.«

»Aber Tochter, dieser da ist schon zehn Jahre alt.«

»Na und? Fast wie neu.«

»Sulfia, hör auf deine Mutter.«

»Mutter, wir sparen uns viel Zeit, wenn du mir nicht mehr diesen Kram bringst. Ich habe genug eigene Sachen.«

»Das sehe ich.«

»Was ich trage, muss dir nicht gefallen«, sagte Sulfia.

Und Sergej?, hätte ich angesichts dieser Frechheit beinahe gefragt. Muss es ihm auch nicht gefallen? Dann sei unbesorgt, es gefällt ihm nämlich auch nicht! Wenn er die Wahl hat zwischen einer Frau, die wie eine zerrupfte alte Krähe aussieht, und einer anderen, die wie der Frühlingswind in Person daherkommt, dann darfst du dreimal raten, für welche er sich entscheidet!

»Ich bin müde, Mutter«, sagte Sulfia. »Können wir uns vielleicht ein andermal sehen? Ich habe so wenig geschlafen.«

»Warte«, sagte ich. »Ich muss mit dir reden.«

Sulfia blieb stehen. Ihre prallen Netztaschen, gefüllt mit Kartoffeln, Roter Bete und Gurken, schlugen an ihren Beinen auf.

»Komm mit zu mir«, sagte ich. »Ich muss dir etwas erzählen.«

»Ein andermal, ja, Mutter? Ich gehe jetzt einfach heim.«

»Es ist wichtig!« sagte ich.

»Dann sag's mir jetzt«, sagte Sulfia und sah über meine Schulter dem Bus hinterher, der gerade abfuhr.

»Aber ich kann jetzt nicht! Nicht hier jedenfalls!«

»Dann lass es. Dann ein anderes Mal.«

Sie wollte es einfach nicht – sich von mir helfen lassen. Sie hinderte mich daran, ihre Ehe zu retten. Ich konnte tun, was ich wollte, aber immer stieß ich auf ihre Ablehnung. Unsere gute Zeit miteinander war offenbar ebenso vorbei wie ihre gute Zeit mit Sergej.

»Mutter, ich falle gleich um, so müde bin ich. Lass mich jetzt gehen, ja?«

Ich nahm sie am Ärmel und sah ihr in die Augen.

»Sulfia«, sagte ich, »du musst dringend schwanger werden.«

Sulfia begann zu blinzeln.

»Was?« fragte sie. »Was soll ich tun? Deiner Meinung nach?«

»Schwanger werden.«

»Was?«

»Ein Kind kriegen.«

»Was?«

»SCHWANGER WERDEN, SULFIA !!! Gottverdammt!«

»Aber wie?«

Ich seufzte. Mir fiel ein, dass ich ihr nie erklärt hatte, wie man es richtig macht. Erst dachte ich, sie ist zu jung. Dann dachte ich, sie braucht es eh nicht. Dann wurde Aminat geboren. Und dann dachte ich, dass sie es jetzt wirklich nicht mehr brauchen wird.

Sulfia sah mich plötzlich liebevoll an.

»Mutter, du hattest wohl auch einen harten Tag. Soll ich dich heimbringen?«

»Aber eben wolltest du doch nicht.«

»Ich glaube, es ist besser, ich komme doch mit.«

So ging es eine Zeit lang zwischen uns hin und her. Sie bot mir an, mich heimzubringen, und ich lehnte ab. Ich sagte ihr einfach nur immer wieder, dass sie dringend ein Baby kriegen muss. Dass es ihr einziger Weg zum Glück ist. Sulfia machte den Versuch, mir ihre kühle Hand auf die Stirn zu legen. Ich beharrte auf einem neuen Kind. Ich sagte, Sergej könne sicher einen schönen Sohn zeugen.

Sulfias blasse Wangen wurden leicht rot. Aber sie ging nicht auf meine Argumente ein. Sie nahm mich am Arm und führte mich die Straße entlang. Ich ließ sie – so hatte ich mehr Gelegenheit, ihr meine Botschaft zu vermitteln. Ich war sicher: Wenn ich es nur oft genug sagte, würde irgendwas davon auch Sulfia erreichen. Ich musste nur hartnäckig sein, und das konnte ich gut.

Sulfia öffnete meine Wohnungstür, half mir aus dem Mantel, führte mich in mein Schlafzimmer und brachte mich dazu, mich aufs Bett zu setzen. Ich begriff: Sulfia hielt mich gerade für nervenkrank. Vielleicht dachte sie, das könnte einem passieren, wenn man verlassen wird.

»Wenn ein Mann ein Kind hat, dann läuft er nicht so schnell weg«, flüsterte ich. »Wenn der Mann halbwegs anständig ist, dann kommt er zur Besinnung. Dann ist er gebunden. Sergej lässt sein Kind sicher nicht im Stich.«

Ich sah Sulfia an: Sie war wieder sehr blass.

Sie ist ein Engel

⚒ Sulfia kam nicht mehr dazu, meinen Vorschlag in die Tat umzusetzen. Einen Monat später rief mich Sergej an. Es war früh morgens, und ich wollte zur Arbeit aufbrechen, als er sagte, ich müsse unbedingt vorbeikommen, denn Sulfia gehe es nicht gut und er habe keine Zeit, sich um sie und Aminat zu kümmern.

Ich nahm mir sofort ein Privattaxi. Merkwürdigerweise hatte ich, seit Kalganow inklusive seines Gehalts weg war, mehr Geld als früher – gegen alle Naturgesetze, aber angenehm.

Sulfia lag auf der Couch im Wohnzimmer, ihr Kopf hing herunter, und ihre Haare streiften den Boden. Sie hatte sich auf den Teppich übergeben. Jetzt schnarchte sie laut. Neben der Couch lag eine Wodkaflasche, ziemlich viel war rausgelaufen. Als Erstes hob ich sie auf und stellte sie senkrecht, aber es war sowieso nichts mehr drin.

Ich hörte ein merkwürdiges Schniefen. Aminat hatte sich unter den kleinen Beistelltisch gequetscht, obwohl sie inzwischen ein ziemlich großes Mädchen war. Das ungekämmte lange Haar hing ihr ins Gesicht. Die schwarzen Augen sahen durch die Strähnen auf mich. Jetzt schniefte sie lauter, dankbar, dass jemand es hören konnte.

»Komm du mal her«, sagte ich. Aminat kletterte auf allen vieren heraus und richtete sich auf. Sie hatte ihr Nachthemd an, das ich am Ellbogen geflickt hatte.

Ich trocknete Aminats Gesicht mit meinem Spitzentaschentuch ab.

»Du hast keinen Grund zum Weinen«, sagte ich streng. »Keiner ist gestorben. Rosa kümmert sich drum.«

Aminat sah mich von unten an. Sie glaubte mir nicht.

»Du siehst schlimm aus. Ich rede erst wieder mit dir, wenn du nicht mehr so schlampig aussiehst. Ab ins Bad, Zähne putzen, Haare kämmen, anziehen!«

Sie rannte aus dem Zimmer, und ich widmete mich Sulfia.

Meine Tochter Sulfia trank niemals Alkohol. Keinen Wodka, kein Bier und keinen Krim-Champagner. Überhaupt keinen, niemals, nicht einmal zu Neujahr.

Ich bettete Sulfias Kopf auf die Couch. Brachte ein nasses Handtuch und säuberte ihr Gesicht. Holte einen Putzlappen und reinigte den Boden. Band Sulfias Haare zusammen. Sie stöhnte und zuckte mit Armen und Beinen. Sie roch wie ein Obdachloser. Ich breitete eine Daunendecke über ihr aus.

Aminat erschien – sie trug ihre braune Schuluniform, die zerknitterte schwarze Schürze, das Haar hatte sie zu zwei Zöpfen zusammengeflochten. Der Scheitel, den sie sich selber gezogen hatte, schlängelte sich schlampig auf ihrem Kopf. Ich zog die Schleifen aus ihren Zöpfen, kämmte die Haare durch und band sie noch mal neu. Ich gab Aminat ihren Pelzmantel und die Mütze, Handschuhe und Schulranzen und schob sie vor die Tür.

Ich goss Sulfia kaltes Wasser über den Kopf, bis sie zu sich kam. Dann kochte ich ihr einen starken Kaffee mit viel Zucker und Zitronensaft und briet ihr ein Rührei. Ich überredete sie, sich ins Bett zu legen. Ich schüttelte ihr die Kissen aus. Sulfia liefen pausenlos die Tränen runter, richtige Sturzbäche, die das frische Nachthemd durchnässten, das ich ihr angezogen hatte.

Ihr war schlecht. Sie hatte Kopfschmerzen, sie musste sich übergeben. Sie war, wie gesagt, Alkohol überhaupt nicht gewohnt. Sie dachte wohl, er eignet sich dafür, den seelischen Schmerz zu betäuben, nicht wissend, dass man nie im Kummer trinken sollte, weil Alkohol alles verstärkt, das Unglück wie die Freude.

»Warum bist du nicht schwanger geworden?« fragte ich.

»Wie denn?« sagte Sulfia. Ich seufzte.

Später schlief sie ein. Ich rief Sergej auf der Arbeit an.

»Komm her und sieh dir das an«, sagte ich.

»Ich habe es schon gesehen«, antwortete er trocken.

»Du weißt, dass du dafür in die Hölle kommst?« fragte ich, spürte aber sofort, dass es das falsche Argument war: An die Hölle glaubte Sergej nicht, er war ja Physiker.

»Es tut mir leid«, sagte er.

»Krepieren sollst du« – auch das war unter meinem Niveau.

Er schwieg.

»Sie ist ein Engel«, sagte ich.

»Eine Frau ist mir lieber«, sagte Sergej.

»Feigling«, sagte ich und legte auf.

Er kam noch mal vorbei, zum Reden. Zum Glück war ich gerade da und kochte Grießbrei für Aminat. Sulfia stand überhaupt nicht mehr auf. Ich hörte, wie Sergej die Tür aufschloss, seine Schritte in den Tiefen der Wohnung. Ich beschloss, nicht zu stören: Die Eheleute sollten die Angelegenheit unter sich klären. Ich blieb in der Küche, bis Aminat mich an der Schürze ins Wohnzimmer zog: »Mama ist verrückt.«

Es sah aus, als hätte sie recht. Sergej packte Bücher in seinen Koffer. Sulfia lag auf dem Boden und hielt ihn an den Füßen fest.

»Aufstehen!« brüllte ich.

»Sehen Sie?« sagte Sergej unglücklich zu mir. Sulfia war wie von Sinnen. Jetzt versuchte sie, Sergej am Ärmel festzuhalten. Er riss sich immer wieder los. Ich hielt Sulfia mit Gewalt zurück.

»Verschwinde hier«, sagte ich zu Sergej, während ich mit Sulfia rang. »Ich erwarte dich morgen um eins vor dem Lenin-Denkmal. Wir reden dort.«

»Da kann ich nicht«, sagte Sergej.

»Und ob du kannst. Und jetzt raus hier.«

Er zog seinen Bücherkoffer hastig zum Fahrstuhl. Ich ließ Sulfia, die inzwischen wie eine Stoffpuppe in meinen Armen hing, auf den Teppich sinken und knallte die Tür hinter Sergej zu. Je länger der Abschied, desto mehr Tränen, dachte ich. Überflüssig.

Ich kam eine halbe Stunde zu spät zum Lenin-Denkmal, schließlich war ich eine Frau. Sergej war schon da und sah unabhängig aus. Er hatte eine amerikanische Sonnenbrille auf der Nase, und seine Haare waren länger geworden, das war mir gestern gar nicht aufgefallen, weil Sulfia mich so abgelenkt hatte.

»Lädst du mich auf einen Kaffee ein?« fragte ich.

Wir setzten uns an den gleichen Cafétisch, an dem ich ihn mit seiner Neuen gesehen hatte. Die Bedienung ließ auf sich warten, wir hatten ja noch den Sozialismus. Ich sagte nichts, ich wollte, dass Sergej als Erster zu sprechen begann. Aber er lehnte sich zurück und sah – ich konnte nicht genau feststellen, wohin er sah, er hatte ja die Sonnenbrille auf. Wir schwiegen fünf Minuten, dann zehn.

»Und jetzt?« fragte ich.

Er zuckte mit den Schultern, faltete die Hände im Schoß, verschränkte sie.

»Es tut mir leid«, sagte er.

»Schämst du dich nicht?«

»Doch«, sagte er. »Und wie.«

»Sie ist krank vor Kummer«, sagte ich. »Das ist alles deine Schuld.«

»Aber Sie sind ja auch noch da«, sagte Sergej.

»Ich werde dich verfluchen und verdammen«, sagte ich.

Er seufzte und sah in Richtung Horizont.

»Und sie behält die Wohnung.«

Sergej zeigte erste Anzeichen von Gefühlen.

»Wie bitte? Und wo soll ich leben? Wir haben ja im Moment drei Zimmer, das ist sowieso viel zu viel für zwei Leute, und wir werden einen Tausch gegen zwei kleinere Wohnungen veranlassen, eine für mich, eine für sie.«

»Das werdet ihr nicht. Sulfia bleibt mit Aminat in der Wohnung. Du kannst zu deiner Neuen ziehen.«

»Sie wohnt noch bei ihren Eltern.«

»Dein Problem.«

Jetzt sah er richtig bekümmert aus. Ich wusste, dass das allgegenwärtige Wohnungsproblem einem die Liebe richtig madig machen konnte. Was hatte man von seiner Leidenschaft, wenn hinter der dünnen Wand Schwiegereltern fernsahen und kleine Neffen oder Nichten jederzeit ins Zimmer stürmen konnten.

So gut wie mit Sulfia würde es Sergej nirgends mehr haben, wenigstens dafür wollte ich sorgen.

Er nahm endlich seine Brille ab. Seine Augen waren rot geädert.

»Dann habe ich dir nichts mehr zu sagen«, sagte ich und stand auf.

»Melden Sie sich, falls was ist«, sagte Sergej. Ohne diese Brille erinnerte mich sein Gesicht an eine Hundeschnauze.

»Unbedingt«, versprach ich und ging auf meinen hohen Absätzen davon.

Das mit der Wohnung war ein kleiner Sieg, der merkwürdig mühelos war. Hätte Sergej sich gesperrt (und anstelle seiner Neuen hätte ich darauf bestanden, dass er einen Wohnungstausch arrangierte), dann hätte ich nicht viel in der Hand gehabt: Sulfia und Sergej waren beide in der Wohnung registriert, es wäre legal gewesen, sie zu teilen oder gegen zwei kleinere einzutauschen.

Ich kam nicht dazu, diese Errungenschaft auszukosten: Sulfia brach völlig zusammen. Sie hatte einfach keine Lust, sich ein Beispiel an mir zu nehmen.

Sie blieb im Bett liegen. Aminat begann, sich den Wecker selber zu stellen. Wenn der Wecker klingelte, stieg sie aus dem Bett und ging barfuß zu ihrer Mutter, um guten Morgen zu sagen und zu schauen, ob sie noch lebte. Aminats größte Angst war, dass Sulfia sterben könnte.

Sulfia drehte sich nur stumm auf die andere Seite. Aminat ging in die Küche und machte sich ein Butterbrot. Dann nahm sie ihren Ranzen und den Wohnungsschlüssel und ging zur Schule, in zerknitterter Schuluniform, mit dreckigen Fingernägeln und mit Zöpfen, die schon in der ersten Stunde in ungekämmte Strähnen zerfielen.

Ich kam jeden Tag und tat mein Bestes, um Leben und Ordnung in diesen Haushalt zu bringen. Ich riss Sulfia die Decke weg, aber sie rührte sich nicht. Ein paarmal kippte ich eine Tasse kaltes Wasser über ihr aus, aber auch das bewirkte nichts. Sie war ein schwieriger Fall. Ich musste selber zur Arbeit, ich konnte nicht tagelang an Sulfias Bettrand sitzen und ihr beim Nichtstun zusehen. Bevor ich ging, stellte ich eine Tasse Tee und ein paar Käsebrote auf Sulfias Nachtisch.

Nach der Arbeit kaufte ich ein und eilte zu Sulfia und Aminat. Sulfia lag im Bett, sie hatte ihr Essen nicht angerührt. Es kam immer öfter vor, dass Aminat nicht da war. Ich ging auf die Suche, rief laut ihren Namen und guckte hinter den Garagen, in den Kellern und im Gebüsch. Aminat tauchte immer auf, wenn ich gerade in die entgegengesetzte Richtung schaute, und rief hinter meinem Rücken: »Da bin ich doch!«

»Wo warst du?« fragte ich und zog sie heftig an einem ihrer schlampigen Zöpfe. Sie lächelte mir ins Gesicht und antwortete: »Spazieren!«

»Mit wem?« fragte ich streng.

»Allein!« lachte sie.

Es war klar, dass die Zeit gekommen war, besser auf Aminat aufzupassen.

Sie war erst sieben Jahre alt, eine Erstklässlerin, aber im letzten Sommer war sie fast zehn Zentimeter gewachsen. Sie hatte lange Beine bekommen und sah aus wie ein Rehkitz. Die Knie waren knochig und zerkratzt. Irgendwas Hartes hatte sich in ihren Gesichtszügen festgesetzt, und wenn man in ihre Augen sah, konnte man Angst bekommen. Sie kniff die Augen oft zusammen. Ich ermahnte sie, es nicht zu tun, weil es Falten machte, die man nie wieder wegkriegte.

In diesen Wochen, während Sulfia bewegungslos im Bett lag, kam ich nicht dazu, Aminat so zu kontrollieren, wie es sich gehört hätte. Ich war damit beschäftigt, zwei Haushalte zu führen, Essen zu kochen und zu versuchen, es Sulfia einzuflößen. Ich lud Ärzte nach Hause ein, erst aus der Poliklinik, dann auch private, die ich aus eigener Tasche bezahlte. Einer sagte, Sulfia solle sich einen Ruck geben, ein anderer, es werde schon von alleine wieder gut, der dritte verschrieb Schröpfmassagen und Vitaminspritzen.

Sulfia beteiligte sich nicht an den Spekulationen.

Sie sah aus dem Fenster oder döste, sie löste nicht einmal die Kreuzworträtsel, die ich neben ihrem Bett liegen ließ in der Hoffnung, damit ihre Lebenslust wachzukitzeln.

Sorgen machte ich mir nicht. Es war meines Wissens noch niemand daran gestorben, dass er zu lange im Bett gelegen hatte. Es war nur so, dass Aminat eines Tages nach Hause kam, die Tür öffnete, ihre Schulsachen hindurchwarf und wieder ging. Auf dem Fußabtreter lag nur ihr Schulranzen mit dem Rotkäppchen. Sie war weg, ohne ein Wort zu sagen. Da wurde mir bewusst, dass ich meine Enkelin vernachlässigt hatte und dass es schon wieder Sulfias Schuld war.

Ich begann sofort, alles wieder gutzumachen. Ich öffnete den Schulranzen und drehte ihn um. Auf den Boden fielen mehrere speckige Hefte, ein paar ungeschälte Sonnenblumenkerne und ein Sturzbach aus Zehn- und Fünfkopekenmünzen. Ich ordnete sie in Häufchen und zählte. Sieben Rubel 89 Kopeken, eine Menge Geld!

Mit einer düsteren Vorahnung nahm ich mir Aminats Schuljournal vor, in das sie ihre Hausaufgaben und ihre Lehrer Noten und Anmerkungen eintrugen. Ich hätte viel früher einen Blick hineinwerfen sollen. Aminat hatte sich seit Monaten keine Hausaufgaben notiert. Es gab unzählige Einträge mit roter Tinte: »Stört im Unterricht«, »Hausaufgaben nicht gemacht«, »Lesen zu Hause üben«, »Eltern werden zum Gespräch mit der Klassenlehrerin gebeten«, »Stört schon wieder im Unterricht«, »Aggressiv«, »Eltern dringend zum Gespräch«. So ging es Seite für Seite.

Nein, ich war nicht schockiert. Es passte schon. Wenn man ein Kind nicht hegte und pflegte, nicht erzog und zurechtwies, dann wurde eben Unkraut daraus. Dieses Kind war allein unterwegs, klaute sich irgendwo Münzen, und es war offenbar kein Zufall, dass auch aus Aminats Taschen neuerdings die Schalen der Sonnenblumenkerne herausfielen. Das bedeutete, dass sie zu den alten Frauen ging, die vor den Lebensmittelmärkten Kartoffeln aus dem eigenen Garten, Bärlauch und Maiglöckchen verkauften. Nur dort gab es die großen offenen Säcke mit den Kernen, und für zehn Kopeken füllten diese ungebildeten Frauen einen Becher ab und schüttelten den Inhalt in eine Tüte aus Zeitungspapier oder direkt in die Jackentasche des Käufers.

Kalganow hatte sich in früheren Jahren auch immer wieder Sonnenblumenkerne geleistet, eine Unsitte, die ich sofort unterbunden hatte. Nichts fand ich so bäuerlich, so unfein und unhygienisch wie die Unart, sich die ungeschälten Kerne in den Mund zu stecken und die Schalen dann auszuspucken, wie es alte Frauen taten, die vor Hauseingängen auf schiefen Bänken saßen und tratschten und den Boden zu ihren

Füßen verunreinigten. Ich hatte sämtliche von Kalganows Hosentaschen umgestülpt auf der Suche nach einem Kern, der ihn hätte verraten können, und jetzt, so viele Jahre später, musste ich es auch bei meiner Enkelin tun. Solche Dinge durchgehen zu lassen war verhängnisvoll, das wusste ich als Pädagogin. Es war auch ein bisschen meine Schuld: Ich hatte mich zu sehr von Sulfia ablenken lassen.

Ich ging also zu Sulfia ins Schlafzimmer und riss ihr die Decke herunter, packte sie an den knochigen Schultern und schüttelte sie gut durch. Sulfia gab wimmernde Laute von sich, aber ihre Augen wurden wieder lebendig. »Aufstehen«, sagte ich. »Aufräumen.«

Ich ließ sie wieder los, nahm meine schöne neue Handtasche und ging auf die Suche nach Aminat. Ich war wütend, dass auch sie es mir so schwer machte.

Ich suchte fast zwei Stunden, fragte Kinder auf der Straße, sah in fremde Hauseingänge hinein, schob Zweige beiseite und kletterte durch das Gestrüpp, das Häuser und Spielplätze dieses Viertels umgab. Ich ruinierte meine Strümpfe. Schließlich fand ich Aminat, mit Gottes Hilfe und meiner Intuition, im modrigen Keller des benachbarten Hochhauses. Sie hockte neben einem mir fremden Mädchen vor einem zerfledderten Korb, in dem sich bunte Wollknäuel bewegten.

Erst dachte ich an Ratten, dann erkannte ich, dass

es junge Katzen waren, höchstens zwei Wochen alt, die Augen gerade geöffnet. Sie gaben leise Piepslaute von sich, und Aminat lauschte ihnen so konzentriert, dass sie den Hall meiner Schritte auf dem Betonboden überhörte. Sie fuhr erst herum, als ich ihren Zopf um mein Handgelenk gewickelt hatte. »Omi!« rief sie, ein Wunder der Selbstbeherrschung: Statt Angst und schlechten Gewissens war nur helle Freude in ihrer Stimme. »Guck mal, Omi, was für süße Kätzchen! Sobald die Mutter sie nicht mehr säugt, nehmen wir eins zu uns, ja?«

Ich zog Aminat am Zopf aus dem Keller. Die Haare auf ihrer Kopfhaut spannten, aber nach einem ersten Klagelaut verstummte sie und schwieg auch dann, als ich sie hinter die Garagen führte, ihr die Hose runterzog und sie mit Kalganows altem Ledergürtel verdrosch, den ich vorsorglich in meine schöne neue Handtasche eingepackt hatte. Danach führte ich sie nach Hause. Sie sagte nichts mehr und wischte sich nur mit ihrem schmutzigen Ärmel übers Gesicht, bis ich ihr auch das verbot, weil sie sich damit gefährliche Keime in die Nase und in die Augen schmierte.

Ein sauberes Mädchen

⚒ Es war einfach so: Das Beste, was eine Frau für ihre Familie tun konnte, war klare und harte Führung. Nachgiebigkeit brachte nichts. Als ich mit Aminat die Wohnung betrat, stand Sulfia nämlich schon in der Küche und spülte ab.

Ich zog die bockige Aminat an ihr vorbei ins Bad, ließ warmes Wasser ein und tropfte wohlriechendes Schaumbad hinein, das Sergej in einer sehr hübschen Flasche aus der DDR mitgebracht hatte. Bei uns gab es so ein Schaumbad nicht zu kaufen, und wir verwendeten es äußerst sparsam. Aminat sah zu, wie der Wasserstrahl auf die Schaumberge einprasselte. Sie rührte sich nicht, bis ich ihr befahl, sich auszuziehen. Sie zog ihre Kleider aus und warf sie schlampig auf den Boden. Ich schob sie mit dem Fuß beiseite.

»Steig ein«, sagte ich.

»Zu heiß«, sagte Aminat, nachdem sie ihren großen Zeh ins Wasser getunkt hatte.

»In der Hölle ist es noch heißer«, sagte ich, und Aminat zögerte, zog den Fuß raus und ließ ihn wieder im Schaum verschwinden, bis sie sich plötzlich in die

Badewanne fallen ließ und mich von Kopf bis Fuß mit Wasser und Schaumflocken bespritzte.

»Pass doch auf«, schrie ich. Aminat tauchte unter und wieder auf, der Schaum schmückte ihren Kopf wie eine Krone. Sie prustete und lachte.

Ich ließ sie das Bad nicht zu lange genießen. Das hatte sie nicht verdient. Ich zwang sie, in der Badewanne aufzustehen, und seifte sie mithilfe eines Schwammes von Kopf bis Fuß ein. Ich wollte sie endlich sauber haben. Sie machte ein trotzig-unglückliches Gesicht, das mich an ihre Mutter erinnerte. Ich bearbeitete ihren Körper gründlich mit dem Schwamm, von allen Seiten, in jeder Falte.

Ich sagte ihr, sie solle sich hinknien, und wusch ihr zweimal das Haar. Es war viel zu lang. Ich ließ sie aus der Badewanne steigen und wickelte sie in ein Badetuch. Ihre Haut hatte immer noch rote Streifen, der Schwamm war alt und hart gewesen.

»Du bist jetzt ein großes Mädchen und keine Drecksau mehr«, sagte ich.

Ich schnitt ihr die Nägel an Händen und Füßen sehr kurz. An mehreren Fingern hatte ich ihr so tief ins Fleisch geschnitten, dass sie blutete, aber sie beschwerte sich nicht. Ich führte sie ins Wohnzimmer, breitete ein paar Zeitungen auf dem Boden aus, stellte den Küchenhocker drauf und ließ sie sich draufsetzen.

»Mach die Augen zu«, sagte ich, und sie gehorchte

arglos. Erst als die fünfte Haarsträhne zu Boden fiel, merkte sie, was ich gerade tat.

»Was machst du da?« rief sie und wollte aufspringen, aber ich drückte sie zurück auf den Sitz.

»Bleib sitzen, sonst schneide ich dir noch ein Ohr ab«, sagte ich. Sie schlug gegen meine Hand. Ich hielt ihr Handgelenk fest.

»Du hast gesehen, dass Mama krank war, ja?« flüsterte ich ihr ins Ohr.

Aminat schielte zu mir rüber und nickte erschrocken.

»Und weißt du auch, warum sie so krank war? Weil du so ein ungezogenes Kind warst. Warst du doch, oder?«

Aminat saß jetzt still auf dem Hocker. Ja, sie war ein schlimmes Kind gewesen, und das wusste sie genau. Sie hatte schon immer ein klares Bild von sich und der Welt gehabt.

»Und du willst doch, dass die Mama wieder gesund wird?« fragte ich und schnitt eine weitere Strähne ab. Aminat bewegte die Augen, sie verfolgte den freien Fall ihrer Haare. Sie nickte, drehte den Kopf und stieß mit dem Ohr gegen die Scherenspitze.

Ich nahm mein Taschentuch und wischte die Blutstropfen von der Klinge.

»Dann musst du immer tun, was ich sage«, sagte ich und merkte, auf welch fruchtbaren Boden meine Worte fielen.

Ich hatte es geschafft, ihren Widerstand zu brechen. Die Härte verschwand aus Aminats Gesichtszügen, sie blinzelte, verzog den Mund und begann lautlos zu weinen, während ich mit der Schere um sie herumlief und ihr die Haare immer weiter kürzte, auf wenige Zentimeter, damit sie wie ein sauberes, ordentliches Mädchen aussah.

Streng genommen sah sie jetzt aus wie ein Junge, ein hübscher Junge mit sehr kurzen Haaren. Nachdem ich ihr erlaubt hatte aufzustehen, rannte Aminat in den Flur, um sich im großen Spiegel zu bestaunen. Sie blieb verdächtig lange dort, während ich ihre Haare zusammenfegte. Es war ein beachtlicher Berg glänzend schwarzer Strähnen. Ich konnte nicht widerstehen, nahm eine, wickelte sie in Zeitungspapier und legte sie in meine schöne Handtasche. Den Rest packte ich ebenfalls in einen Doppelbogen Zeitungspapier und trug ihn zum Müllabwurf. Dabei ging ich an Aminat vorbei, die immer noch vor dem Spiegel stand und sich offenbar nicht rühren konnte. Es musste Entsetzen sein, denn welches Mädchen wollte schon wie ein Junge aussehen? Aber ein bisschen Entsetzen konnte diesem Kind nicht schaden, fand ich.

Ich irrte mich: Aminat war begeistert. Sie fand es toll, wie ein Junge auszusehen. Sie beschloss jetzt, einer zu werden. Wenn ich geahnt hätte, dass der

Haarschnitt diese Wirkung haben würde, hätte ich es mir noch mal überlegt.

Zum Überlegen blieb allerdings keine Zeit mehr. Ich musste mich jetzt um Aminats Arbeitsverhalten kümmern.

Als Erstes besuchte ich ihre Klassenlehrerin. Sie war eine kleine, rundliche Person mit einer großen Brille und einem Haarknoten. Ich passte sie nach dem Unterricht ab und wartete im Flur, bis die Kinder den Klassensaal nacheinander verlassen hatten. Dabei konnte ich gut sehen, dass Aminat einen Jungen mit beiden Händen in den Rücken schubste, so heftig, dass er mit der Nase zwischen den Schulterblättern des Vordermanns landete. Sicher hatte der Junge angefangen.

Aminat war so beschäftigt, dass sie mich nicht bemerkt hatte. Mir war das recht so. Ich wartete, bis der Pulk in Richtung Schulkantine abgezogen war, und betrat den Klassenraum. Ich trug eine schwarze, leicht glänzende Hose, die die gute Form meiner Beine betonte. Auf meinen Absätzen überragte ich die kleine Lehrerin deutlich, und sie sah erschrocken zu mir hoch, während sie weiter in den Heften wühlte.

»Ich bin Aminat Kalganowas Großmutter«, sagte ich und lächelte herzlich. »Bitte erlauben Sie mir, Ihnen dieses kleine Präsent zu überreichen.«

Ich legte eine Schachtel Schokoladenpralinen vor sie auf den Tisch. Ich hatte die Pralinen bei Sulfia gefunden: Sie bekam oft Geschenke von ihren Patienten, sodass man sich nur wundern konnte, wie diese kranken Leute an all die Schokoladentafeln und Cognacflaschen kamen, die gerade anfingen, aus den Geschäften zu verschwinden. Ich hatte mir eine mittelgroße Schachtel ausgesucht. Sulfia war noch nie auf die Idee gekommen, Aminats Lehrerin etwas zu schenken. Im Gegensatz zu mir wusste sie nicht, wie man ein gutes Verhältnis pflegte.

Die Lehrerin sagte erst, sie könne sie nicht annehmen, danach sagte sie, es sei nicht nötig gewesen, schließlich bedankte sie sich und bedeckte die Pralinen mit den Heften, damit sie uns nicht weiter ablenkten.

Wir setzten uns an einen Schülertisch. Die Lehrerin war eine unsichere Person. Sie sagte, sie habe die Klasse gerade von ihrer kranken Kollegin übernommen. Sie redete lange um den heißen Brei herum. Solche Frauen machten mich ungeduldig. Es dauerte Ewigkeiten, bis man brauchbaren Inhalt aus ihnen herausgekitzelt hatte. Die Pralinen hatten ihre Wirkung nicht verfehlt, die Lehrerin hatte jetzt Skrupel, zu einer Schimpftirade über meine Enkelin anzusetzen. Billig zu haben war sie also auch noch. Ich hatte eigentlich damit gerechnet, ihr Wohlwollen nächstes Mal mit neuen Winterstiefeln erkaufen zu müssen, aber da hatte ich den Preis ihrer Gunst zu hoch eingeschätzt.

Diese Lehrerin fand Aminat nicht schlimm, sondern burschikos (dabei hatte sie den neuen Haarschnitt erst seit wenigen Tagen!). Ja, sicher störte Aminat ausgiebig im Unterricht, indem sie es schaffte, sämtliche Nachbarn in einem Umkreis von zwei Metern gleichzeitig unter der Bank zu treten und mit Papierkügelchen zu bewerfen. Ja, sie machte ihre Hausaufgaben nicht. Im Unterricht aufgerufen, antwortete sie aber oft richtig, wenn man bedachte, dass sie nie zuhörte. Zudem verbrachte sie viele Stunden vor der Klassentür auf der Heizung, als Strafe für die Störungen. Und sie verdarb den Mitschülern den Appetit aufs Kantinenessen, indem sie es mit Exkrementen verglich.

Ich schnalzte mit der Zunge. Diese Lehrerin hatte aus irgendeinem Grund Angst vor mir. Sie trommelte mit den Fingern auf die Tischplatte und sagte, Aminat lege das aufsässige Verhalten eines intelligenten, aber vernachlässigten Kindes an den Tag. Und sie singe sehr gern.

»Kaputte Familien haben wir hier ganz oft«, sagte Lehrerin.

Ich unterbrach sie. Aminats Mutter, meine geliebte Tochter Sulfia, sei krank gewesen, sagte ich. In dieser Zeit hätte ich mich darauf verlassen, dass die Schule ihrem Erziehungsauftrag nachgehen würde, eine Hoffnung, die sich nicht erfüllt hatte. Ich ließ fallen, wo Kalganow arbeitete. Ich versprach ihr, dass

Aminat ein ganz anderes Kind werden würde. Und was Frechheiten anging – bei mir war noch kein Kind frech geworden, sagte ich.

Ich bat die Lehrerin um ihre Telefonnummer. Sie wurde immer verlegener. Dann riss sie ein kariertes Blatt aus einem Heft aus. Ich hoffte, es war nicht Aminats Heft. Sie schrieb ihre Nummer darauf und nebendran den Namen – Anna Nikolaewna. Ich steckte das Blatt ein. Ich hätte eine viel kleinere Schachtel mitbringen sollen.

Ich hielt mein Wort. Aminat wurde ein anständiges Mädchen. Sulfia war noch krankgeschrieben, obwohl sie kaum krank war, eher faul. Ich ging dagegen vor. Ich ordnete an, dass sie Aminat jeden Tag von der Schule abholte. Ich schrieb Sulfia einen Wochenplan. Zu Hause durfte Aminat eine halbe Stunde spielen und setzte sich dann an die Hausaufgaben. Am Abend kam ich dazu. Ich aß Sulfias Bratkartoffeln, die entweder angebrannt oder roh waren, und kontrollierte Aminats Hausaufgaben. Und für jeden Sonnenblumenkern, den ich in Aminats Umkreis fand, musste sie zwanzigmal »Ich will kein Bauerntrampel sein« in ein speziell dafür vorgesehenes Heft schreiben.

Aminat konnte keine einzige Grammatikregel aufsagen, schrieb aber alles richtig. Die Rechtschreibung war ihr angeboren: Sie machte einfach keine Fehler.

Was sie dagegen machte, waren jede Menge Kleckse und Fettflecken. Ihre Schrift war fürchterlich.

Sie merkte nichts davon und hielt mir ihre Hausaufgaben stolz unter die Nase – sie hatte sich schnell daran gewöhnt, dass ich alles überprüfte. Sie gewöhnte sich ebenso schnell daran, dass ich ihr schlampiges Blatt aus dem Heft riss und ihr befahl, alles neu zu schreiben. Am Anfang waren es viele ausgerissene Seiten, bis sie begriff, worauf es mir ankam. Sie verbesserte sich rasch.

Aminat war erstaunt, als sie ihre erste Fünf, die Höchstnote, nach Hause brachte. Sie hatte noch nie eine gehabt. Am nächsten Tag hatte sie eine weitere Fünf. Nach zwei Wochen bekam sie eine Vier – und war enttäuscht. An diesem Nachmittag waren ihre Hausaufgaben schon beim ersten Mal tadellos. Sie wollte nicht mehr schlecht sein.

Sulfia ging wieder zur Arbeit. Ich besuchte sie nicht mehr jeden Tag. Jetzt lief alles gut, und ich wollte die letzten Jahre meiner Jugend und Schönheit auskosten.

Ich war ja eher unerfahren

⚒ Ich beschloss, dass ich bereit war. Jetzt konnten mich Männer auf der Straße ansprechen. Ich hatte gemerkt, dass viele es gern wollten. Ich hatte früher immer ein Gesicht aufgesetzt, das es ihnen unmöglich machte. Selbst der dümmste Mann erkannte, dass ich nicht antworten würde. Ich war schön, aber nicht für ihn. An diesem Tag aber legte ich einen Schalter um.

Der erste Mann sprach mich im Bus an. Er stand für mich auf, damit ich mich setzen konnte (Männer standen immer für mich auf, wenn ich ein öffentliches Verkehrsmittel betrat). Früher hatte ich immer nur genickt und ihn sofort vergessen. Jetzt sah ich dem Mann, der seinen Sitz für mich geräumt hatte, direkt in die Augen. Er hatte etwas erweiterte Pupillen und eine geplatzte Ader im linken Auge. Im Bus war es dunkel, aber vielleicht war er auch schon durch meinen Anblick erregt. Ich schätzte sein Alter auf 37 bis 38 Jahre. Er trug einen Ehering, der schmal war und wahrscheinlich nicht viel gekostet hatte. Seine Fingernägel waren kurz geschnitten, was ich bei Männern begrüßte. Allerdings waren sie ziemlich schief abgeschnitten. Einem solchen Mann würde ich als Erstes den Gebrauch einer Nagelfeile beibringen.

Ich stieg eigentlich nur aus, um ihn zu testen. Natürlich stieg er sofort nach mir aus. Der Bus war voll gewesen. Anstatt die Leute mit dem Ellbogen beiseitezuschieben, wiederholte er mit hoher Stimme: »Entschuldigen Sie bitte! Ich muss hier dringend raus! Entschuldigen Sie bitte!« Die anderen Passagiere schimpften und nannten ihn einen Trottel. Im Geiste schloss ich mich ihnen an, da zwängte er sich endlich durch die sich schließenden Bustüren.

Ich wartete, bis er ausgestiegen war, dann begann ich, den Lenin-Prospekt langsam abzulaufen. Sofort war er an meiner Seite. Wir liefen ein paar Schritte gemeinsam. Er sagte nichts und starrte mich nur an. Ich verlor die Geduld und ging schneller. Da beschleunigte er seine Schritte, holte mich ein und legte mir die Hand auf den Ellbogen.

»Nehmen Sie die Hand da weg!« sagte ich sanft. Er sah mich an, seine Pupillen waren jetzt stecknadelgroß, weil ihm die Sonne direkt in die Augen schien. »Sie sind die schönste Frau, die ich jemals gesehen habe«, sagte er heiser.

Ich fand ihn charmant. Durch wenige geschickte Hinweise schaffte ich es, ihm zu vermitteln, dass es nicht unter meiner Würde war, mit ihm ein Eclair im Straßencafé zu essen. Wir setzten uns hin und sprachen über meine Schönheit und meine Meinung zu Shakespeare. Wir entdeckten erste Gemeinsamkeiten: Wir liebten beide den Frühling. Wir redeten ein bisschen über seine Ehe. Ich trank meinen Kaffee aus und spürte seinen traurigen Blick zwischen meinen Schulterblättern, als ich von ihm wegging.

Er hatte mir gefallen. Zwei Tage später sahen wir uns wieder im Bus. Das gehörte zu den Dingen, die ich im Voraus wusste. Er strahlte, als er mich sah. Diesmal konnte er mir seinen Sitz nicht anbieten, denn er stand bereits selber und hielt sich mit einer Hand an der Stange fest. Er roch nach Seife und nur ein bisschen nach nervösem Schweiß. Als der Bus abbremste, fiel ich wie zufällig gegen ihn und hörte sein aufgeregtes Herzklopfen.

Ich war auch aufgeregt. Ich war ja eher unerfahren, jedenfalls, was die Praxis anging. Ich schlug ihm vor, zu mir zu fahren. Er brachte überhaupt kein Wort mehr heraus.

Klavdia war nicht da. Ich bat den Mann, in der Küche auf mich zu warten, schloss die Tür und wählte Sulfias Nummer. Ich sagte, sie solle mich in einer Stunde anrufen. Wenn ich nicht dranginge, solle sie die Miliz holen. Der Mann sah zwar harmlos aus, aber ich wollte mich absichern. Was ich an Sulfia mochte: Sie tat immer, worum man sie bat, und stellte keine überflüssigen Fragen.

Während der Mann in der Küche wartete, ging

ich in mein Schlafzimmer. Ich entschied mich dafür, mich ganz auszuziehen. Ich war wirklich sehr aus der Übung. Da brauchte ich keine nervösen fremden Finger an meinen Verschlüssen. Als ich mir die Strumpfhosen vom Bein streifte, war ich hingerissen von der Form meiner Waden. Ich frischte mein Makeup auf, schlüpfte ins Bett, zog mir die Decke bis unters Kinn und rief laut nach meinem neuen Bekannten.

Er irrte ein wenig durch unseren langen, dunklen Flur, bis er die richtige Tür gefunden hatte. Dann trat er ein. Mein verführerisches Lächeln hatte ich zuvor vor dem Spiegel geübt. Er nahm Anlauf wie ein Weitspringer, warf sich auf mich und begann, mich zu küssen. Man merkte ihm an, dass er nicht oft fremdgegangen war. Er konnte nicht gut küssen. Seine Hände fühlten sich klebrig an.

Meine Aufregung legte sich. Er schälte sich aus seinem Hemd und kickte gleichzeitig die Hose weg. Ich fand ihn komisch und passte auf, dass ich nicht lachte. Er warf sich erneut auf mich und klemmte mein Haar mit seinem Ellbogen ein. Ich stieß einen Schrei aus. Er hielt es für ein Zeichen meiner Ungeduld und drängte sich ans Ziel. Mein Haar war immer noch eingeklemmt. Ich hatte Sorge, dass er mich skalpieren würde. Er war fertig und rollte sich von mir herunter. Ich brachte mein Haar in Ordnung. Ich hatte eben den zweiten Mann meines Lebens gehabt.

Er legte seine Arme um mich und flüsterte: »Ich liebe dich.«

»Ich liebe dich auch«, flüsterte ich zurück.

Ich fragte mich, wann er endlich heimgehen würde. Da klingelte das Telefon. Es war Sulfia. Ich musste drangehen, sonst hätte sie ja nach meiner Anweisung die Miliz rufen müssen. Dabei war noch nicht mal eine halbe Stunde vergangen. Nicht mal die Uhr konnte sie richtig lesen. Ich sagte zu Sulfia, dass alles in Ordnung war, und zu meinem Gast, dass meine Tochter gleich zu Besuch kommen würde.

Er begann, seine Sachen zusammenzusuchen, rückte den Ehering zurecht und ging mit leuchtenden Augen und ausgebreiteten Armen auf mich zu.

»Wann sehen wir uns wieder?« fragte er. Ich zuckte mit den Schultern. Er fragte mich nach meiner Telefonnummer. Ich konnte jetzt schlecht sagen, dass ich kein Telefon hatte – er hatte mich ja gerade im Flur sprechen gehört. Ich diktierte ihm eine Reihe beliebiger Ziffern, die er mit dem Kugelschreiber auf seiner Handfläche notierte. Dazu malte er eine Rose – was ich schon wieder charmant fand.

Als er endlich gegangen war, ging ich unter die Dusche. Es war merkwürdig, nach Mann zu riechen. Ich wusch mich gründlich. Ich sprühte mich zu großzügig mit dem Parfum ein, das ich mir vor drei Monaten auf dem Basar gekauft hatte. Jetzt roch ich wie eine Kassiererin. Ich stieg erneut in die Badewanne und wusch den Geruch ab.

Ich machte mir gerade einen Tee, als Klavdia heimkam. Sie atmete schwer, in den letzten Jahren hatte sie ihr Übergewicht um mindestens 15 weitere Kilos verstärkt. Sie ließ sich auf einen Stuhl fallen, zog meinen Teller mit den Plätzchen heran und begann, sich eins nach dem anderen in den Mund zu stopfen. Ich sah sie an und freute mich, nicht in ihrer Haut zu stecken. »Wenn du beim Essen immer so schmatzt wie Klavdia, wirst du eines Tages aussehen wie Klavdia«, sagte ich gelegentlich zu Aminat.

»Du bist so anders«, sagte Klavdia und musterte mich von Kopf bis Fuß. Ich hatte Sorge, sie würde den Mann an mir riechen, und ging zur Sicherheit noch mal ins Bad.

Ich war männliche Aufmerksamkeit gewohnt. Männer hatten mir schon immer hinterhergesehen. Sie hoben mir den Regenschirm auf und ließen mich in den Warteschlangen vor. Das war früher. Aber was jetzt passierte, grenzte an Zauberei.

Ich wurde aufgehalten und um meine Telefonnummer gebeten. Mehrmals wurde mir auf der Straße spontan ein Blumenstrauß überreicht. Ich aß so oft Törtchen wie noch nie in meinem Leben. Ich konnte meine Geldbörse getrost zu Hause lassen. Fremde

Männer zahlten für mich im Café, im Bus und im Lebensmittelladen und sagten, es sei ihnen eine Ehre.

Ich konnte sie nicht alle haben. Das ging einfach nicht. Ich wollte auch nicht alle haben. Aber selbst von denen, die ich theoretisch haben wollte, konnte ich nicht alle haben. Ich musste ja noch arbeiten, essen, schlafen und telefonisch Aminats Hausaufgaben kontrollieren.

Ich hatte ein Schema, das mir die Auswahl erleichterte. Ich schloss sofort Männer aus, die schlecht rochen und Akne oder Schnupfen hatten. Umgangsformen waren wichtig, ebenso saubere Fingernägel. In jedem Fall schickte ich die Männer, bevor sie sich zu mir ins Bett legten, ins Bad zum Händewaschen. Schließlich berührten sie intime Teile meines Körpers. Zu viel reden war ein Minuspunkt, ebenso ein verdrießlicher Blick.

Männliche Schönheit machte mich schwach. Ich war eine Ästhetin. Ein Ehering war immer gut. So einer würde mir nicht ständig auf die Pelle rücken. Gute Kleidung – ja. Beeindruckend, weil selten. Ein eigenes Auto auch – ich begann, Männer, die Bus fuhren, automatisch auszuschließen, mit einigen Ausnahmen: Manche sahen im Bus so aus, als wäre ihr Auto gerade in Reparatur.

Ich muss sagen, ich irrte mich selten. Ich hatte ein glückliches Händchen für Männer, die genug Gefühl hatten, um im richtigen Moment zärtlich und entschieden zu sein, aber auch Manns genug waren, um es zu akzeptieren, wenn ich sie nicht mehr sehen wollte. Es passierte gelegentlich, dass mir einer an der Bushaltestelle oder vor meiner Arbeit auflauerte, um zu fragen, warum ich mich nicht mehr mit ihm traf. Es passierte auch, dass welche weinten. Zwei nahmen sogar Schlaftabletten, wurden aber gerettet. Blumen vor der Haustür und im Briefkasten kamen auch gelegentlich vor. Anrufe kaum: Ich gab jedem sofort zu verstehen, dass ich es nicht schätzte, wenn man mein Telefon in Beschlag nahm.

In meinem zweiten Zimmer stapelten sich prächtige Schokoladentafeln, eingeschweißte Parfumpackungen, das eine oder andere Buch, hochprozentige Getränke in Geschenkverpackungen, gusseiserne Skulpturen, Vasen, ausländische Nylonstrümpfe, ein russisch-polnisches Wörterbuch (man wusste nie, wozu man die Dinge noch brauchen würde) und ein kleines Ölbild einer Orange auf einem Holztisch (einer der Männer hatte ein Atelier).

Natürlich war es nicht möglich, das alles vor der wachsamen Klavdia zu verbergen. Zu oft saß sie in ihrem fleckigen Bademantel teeschlürfend in der Küche, während ich gerade die Lippen einer neuen Bekanntschaft schmeckte und dabei mit der Hand den Schlüssel zu meinem Zimmer in der Tasche suchte. Deswegen versuchte ich gar nicht erst, sie da rauszuhalten. Ich schenkte ihr die Parfums, die mir nicht gefielen oder die ich doppelt hatte, die meiste Schokolade (ich musste auf meine Figur achten), ein paar Nylonstrümpfe, ausländische Anstecker mit Zeichentrickfiguren und eine Kassette von einer Frau, die wie die Muttergottes hieß.

Klavdia veränderte sich ebenfalls. Sie ließ sich eine Dauerwelle machen und lackierte sich die Nägel mit dem Lack, den ich an sie weiterverschenkt hatte. Dann wurde sie biestig zu mir, und ich begriff, was ihr fehlte.

Ich war nicht geizig. Klavdia durfte meine abgelegten Männer haben. Nachdem ich mal wieder einen für immer verabschiedet hatte, nahm Klavdia ihn in Empfang, versorgte ihn mit Tee und Konfekt aus den Präsenten seiner Vorgänger und ließ ihn in ihrem Schoß weinen. Das nahm ihr einiges von ihrer Biestigkeit, und wir vertrugen uns wieder.

Ohne mich ging gar nichts

⚒ Eines Sonntags, mein Liebhaber war gerade aufgestanden und zog sich an, um seine Frau und seine Schwiegermutter vom Flughafen abzuholen, während ich im Bett lag und an meinem neuen Ring herumspielte, fiel mir ein, was ich die ganze Zeit vergessen hatte. Ich küsste meinen Liebhaber und schob ihn geradezu hinaus, »Du kommst noch zu spät!« sagte ich, in Wahrheit hatte ich es selber eilig.

Ich zog eine indische Jeans und einen himmelblauen Pullover an, den ich mir selber gestrickt hatte, zog die Reißverschlüsse meiner Stiefel hoch und steckte mir die Haare mit Nadeln zu einem Knoten hoch.

Klavdia streckte den Kopf aus ihrem Zimmer, sie sah satt aus, gestern hatte sie einen Mann gehabt.

»Wie siehst du denn aus?« fragte sie. »Ist dir das Sperma zu Kopf gestiegen? Hast du vergessen, wie alt du bist?«

»Im Westen«, sagte ich und zupfte meinen Pullover glatt, »tragen das alle.« Auf der Arbeit blätterte ich oft Burda Moden durch, die meine Kollegin von ihrer Nachbarin auslieh und mitbrachte. Zwar durfte ich die Hefte nicht mit nach Hause nehmen und konnte die Schnittmuster daher nicht kopieren. Aber ich merkte mir alles, was mir gefiel.

Ich fuhr mit dem Privattaxi zu Aminat und Sulfia. Obwohl ich mir viele neue Kleider gekauft hatte, hauptsächlich von privat, hatte ich immer mehr Geld. Manchmal fand ich große Geldscheine in meiner Manteltasche.

Ich hatte Aminat vier Wochen lang nicht gesehen, weil ich so beschäftigt gewesen war. Ich hatte nur ab und zu angerufen. Jetzt war ich plötzlich aufgeregt: Was machten sie ohne mich?

Sulfia saß im Wohnzimmer und nähte. Und zwar nähte sie Manschetten und Kragen an Aminats Schuluniform.

Das Schulkleid war ja braun und hatte einen Kragen und Manschetten aus weißer Spitze. Das Kleid brauchte nicht oft gewaschen zu werden, den Schmutz sah man daran nicht, außerdem trocknete es immer sehr lange. Die Manschetten wurden aber sofort schmuddelig. Jede Mutter trennte die Manschetten und den Kragen am Wochenende ab, wusch sie, trocknete, bügelte und nähte sie wieder an.

Ich hatte es bei Aminat auch gemacht, damit sie nicht wie eine Schlampe aussah. Später zeigte ich Sulfia, wie man die Spitze annäht, und besorgte ein zweites Paar Manschetten und einen zweiten

Kragen – so konnte man sie austauschen und musste sie nicht gleich waschen.

Jetzt sah ich, wie Sulfia versuchte, die Manschetten anzunähen. Sie hielt eine große Nadel in den Fingern, und ihre Fingerkuppen waren mit roten Punkten übersät. Als ich hereinkam, stach sie sich gerade ein weiteres Mal und steckte den Finger in den Mund. Sie war so ungeschickt. Sie hielt die Manschette mit dem Daumen fest und spießte sie auf die Nadel. Schon wieder stach sie sich. Sie war doch Krankenschwester, dachte ich, jagte sie ihren Patienten auf diese Art die Nadeln in den Körper?

Sie sah von ihrer Handarbeit auf, ließ Aminats Kleid fallen, stand auf, ging auf mich zu und fiel mir ohne Vorwarnung um den Hals. Ich klopfte auf ihren knochigen Rücken. Ich umarmte sie nicht sehr gern, aber es war meine Pflicht.

»Wo ist Aminat?« fragte ich.

Sie sah mich an.

»Aminat«, wiederholte ich.

»Aminat?«

»Aminat. Das Mädchen, Aminat. Meine Enkelin, deine Tochter.«

Sulfia sah mich schweigend an.

»AMINAT!« brüllte ich.

Die nächste Stunde rannte ich durch das Haus. Ich hatte aus Sulfia die Auskunft herausgeschüttelt, dass Aminat heute Mittag noch da gewesen war. Was danach passiert war, wusste sie nicht mehr. Ich klingelte bei den Nachbarn.

Ich hörte mir aus einem knappen Dutzend Kehlen auf vier Stockwerken an, dass niemand Aminat heute gesehen hatte, dass es aber zur Abwechslung ganz schön wäre, wenn sie nicht so laut trampeln und schreien würde. Die Wände waren dünn, die Böden auch. Ich versprach, Aminat zu bändigen. Dreimal wurde ich gebeten, darauf zu achten, dass Aminat keine streunenden Katzen mit ihrer frisch geworfenen Brut hinter dem Müllabwurf ansiedelte. Zweimal hatte sie das bereits gemacht. Ein Nachbar hatte die Tiere entdeckt und die kleinen Kätzchen in den Müllabwurf gesteckt und ihre Mutter weggejagt. Ich versprach jedem alles und rannte weiter, bis Aminats Stimme mich von oben rief.

Ich kehrte zur Wohnung zurück, noch schwer atmend und sauer. Aminat stand in der Tür und lächelte, sie hatte eine Zahnlücke, abstehendes Haar, das bereits etwas nachgewachsen war, und schmutzige Fingernägel. Sie trug ein Nachthemd, aus dem sie längst herausgewachsen war, und eine Strumpfhose mit Loch am Knie. Sie war schon wieder ein vernachlässigtes Kind. Ich sah sie an und seufzte. Meine Männer mussten noch ein bisschen auf mich warten, bis ich dieses Kind großgezogen hatte. Ohne mich ging gar nichts. Ich musste jede Sekunde in dieses Kind investieren, damit es nicht in der Gosse landete.

»Wo warst du?« fragte ich, meine Stimme zitterte vor Wut.

»Im Schrank«, sagte Aminat. »Ich versteck mich oft im Schrank, hihi. Und Mama sucht mich dann.«

Ich holte aus und schlug ihr mit der flachen Hand ins Gesicht.

»Schlampe«, sagte ich. »Schlimmes, schlimmes Kind. Zeig mir deine Hefte.«

Aminat brachte mir schweigend ihre Hefte und ihr Journal. Ich blätterte alles durch, ich las jede Seite. Und ich staunte. Die Hefte waren sauber. Keine Flecken, keine schiefen Striche, gestochen scharfe, ordentliche Schrift, gerade Linien.

Ich las in ihrem Journal. Die Noten waren tadellos, die Hausaufgaben säuberlich notiert, nur hier und da blinkte eine Beschwerde in roter Schrift: »War frech zum Lehrer«, »Verdarb anderen Kindern den Appetit aufs Schulessen«.

Ich schlug das Journal zu. »*Das* hast du gut gemacht«, sagte ich.

Ich holte meine Geldbörse heraus, fand einen Rubelschein und gab ihn ihr. Es war viel Geld. Sie traute sich nicht, es zu nehmen. Es hatte ihr noch nie im Leben jemand Geld gegeben, offenbar ein Fehler.

»Für dich«, sagte ich. »Das hast du dir verdient.«

Ich hatte eine Idee. Ich rief Aminat zu mir, gab ihr einen Stift und ein Blatt Papier und fragte:

»Was wünschst du dir am meisten auf der Welt?«

»Einen Papa und eine Katze«, sagte Aminat ohne nachzudenken.

»Dann pass mal auf«, sagte ich. »Wenn du erstens darauf achtest, dass du nicht mehr so schlampig aussiehst, zweitens gut in der Schule bleibst, drittens jeden Abend den Abwasch machst im Wechsel mit deiner Mutter, viertens jeden Samstag staubsaugst, fünftens die Kleider so vorbereitest, dass deine Mutter sie gut waschen kann, sechstens sie immer dran erinnerst, wenn Lebensmittel einzukaufen sind … Hast du dir alles notiert? Gut. Wenn du das alles drei Monate lang durchhältst, dann darfst du eine Katze haben.«

Aminat hörte mir zu, ohne zu blinzeln. Den Stift hielt sie in der Faust fest.

»Na los. Aufschreiben. Soll ich es noch mal sagen?«

Aminat kratzte sich mit dem Stift am Hals und begann zu schreiben. In wenigen Minuten erstellte sie eine durchnummerierte Liste. Die letzte Zeile lautete: »Wenn ich das mache, kriege ich eine KATZE.«

Ich nahm den Stift und setzte meine Unterschrift drunter.

Mein Privatleben hatte ich auf Eis gelegt. Als Frau hat man wichtigere Dinge im Kopf. Nach der Arbeit fuhr ich zu Sulfia. Ich öffnete die Tür mit meinem eigenen Schlüssel, ging durch die Räume und schaute in die

Ecken. Es war, als hätte ein Junggeselle geheiratet. Schmutzige Wäsche lag nicht mehr herum, der Boden war sauber, und auch die Batterie ungespülter Milch- und Kefirflaschen war verschwunden.

In dieser Wohnung gab es endlich eine Hausfrau, ein Familienoberhaupt und meine Vertretung in Personalunion. Es war meine achtjährige Enkelin Aminat.

Wenn sie zu Hause war, ging sie immer irgendeiner Arbeit nach und trällerte dabei Lieder aus Kinofilmen. Man musste ihr kaum Anweisungen geben, weil sie sich so viel abschaute. Sie sammelte leere Plastiktüten, spülte sie im Waschbecken aus und hängte sie an die Heizung zum Trocknen, als hätte sie noch nie etwas anderes gemacht. Sie warf keine Lebensmittel weg. Wenn die Wurst im Kühlschrank grünlich zu werden begann, schnitt Aminat die schlechten Stellen ab, kochte die Wurst kurz auf und briet sie danach in der Pfanne – ich hätte es kaum routinierter machen können.

Es war klar. Ein Kind brauchte Verantwortung. Vielleicht hatte ich das bei Sulfia falsch gemacht: Ich hatte ihr aufgrund ihrer Schwäche viel zu viel abgenommen. Aminat begrüßte jetzt jeden Besuch mit einem lauten »Stiefel ausziehen, ich hab grad geputzt!«. Selbst ihre Stimme veränderte sich, und sie stellte sich beim Sprechen oft in eine ganz bestimmte Pose. Sie erinnerte mich unangenehm an irgendjemanden. Mir fiel aber nicht ein, wer das sein könnte. Ich fragte Sulfia.

»Sie macht dich nach«, sagte Sulfia.

Ich dachte an meine Kindheit. Ich war immer hungrig gewesen, hatte nur ein Kleid und eine Strumpfhose, und wir hatten zu viert in einem Zimmer gewohnt, das war der bessere Teil meiner Kindheit. Im Vergleich dazu war Aminat verwöhnt.

Ich erfüllte meinen Teil der Vereinbarung, kurz bevor drei Monate abgelaufen waren.

Aminat hatte kein einziges Mal darüber gesprochen. Drei Monate waren eine lange Zeit, es waren viele Stunden mit dem Staubsauger und unzählige gespülte Teller. Aber Aminat quengelte nicht und fragte nicht nach. Später entdeckte ich in ihrem Schrank, auf der Innenseite der Tür, ein Blatt Papier, auf dem sie die Tage abstrich.

Sieben Tage vor Ende der Frist, es war ein Samstag, holte ich Aminat ab. Ich hatte eine etwas ältere Jacke an, die ich sonst immer anzog, wenn ich zu meinem Garten aufs Land fuhr. Sulfia schälte zu Hause gerade Kartoffeln. Aminats Beispiel hatte ihr Mut gemacht – auch sie hatte ein paar Handgriffe erlernt, die ihr das Überleben ermöglichten.

Ich sagte Aminat, sie soll sich warm und nicht zu sauber anziehen. Eine Überraschung würde auf sie warten. Ich tat geheimnisvoll. Aminat wurde ganz still, als wir vor dem Vogelmarkt aus dem Bus ausstiegen. Sie war noch nie auf dem Vogelmarkt gewesen, und hätte ich es ihr vorher angekündigt, wäre sie sicher enttäuscht gewesen, weil sie den Namen wörtlich genommen hätte.

Vögel gab es hier natürlich auch – Kanarienvögel, Wellensittiche, Papageien, Raben und Hühner, gezüchtete und eingefangene aller Größen und Farben. Gezwitscher und Gekrächze aus Tausenden Kehlen hing in der Luft, vermischte sich mit dem Gebell und Gewinsel anderen Getiers, das an diesem Tag für ein paar Rubel den Besitzer wechseln sollte.

»Oh!« sagte Aminat nur, und ihre Augen wurden ganz groß. »Oh! Oh!«

Die Vögel, die in viel zu engen Käfigen flatterten, schrien schon hysterisch. Aus Kofferräumen wurden Hundewelpen und Ferkel verkauft. Gefälschte Abstammungspapiere wurden hin und her geschoben.

Aminat sah einem Mädchen hinterher, das in einer zugebundenen Plastiktüte einen Hamster davontrug. Das Tierchen paddelte in Agonie in den Papierschnipseln, mit denen die Tüte ausgelegt war. Es würde spätestens in der Straßenbahn ersticken, mutmaßte ich, sagte aber nichts: Die Menschen sollten ihre Fehler selber machen, es reichte schon, dass ich meine eigene Familie lenkte.

»Darf ich auch?« atmete Aminat aus.

»Was?«

»So einen Hamster.«

»Ich dachte, du willst eine Katze.«

Sie lächelte vorsichtig, mit einem Mundwinkel. Sie traute mir nicht. Wir gingen in kleinen Schritten an den Reihen vorbei. Katzen gab es in Massen: winzige piepsende Fellknäuel in Körben, Kisten und auf ausgebreiteten Decken.

»Such dir eine aus«, sagte ich.

Aminat zog mich an der Hand. Ihre Handrücken waren rau und aufgeplatzt, das passierte, wenn sie bei Minusgraden ohne Handschuhe herumlief oder sich die Hände nicht gut genug abtrocknete. Ich nahm mir vor, ihre Haut gleich am Abend mit Glyzerin einzureiben, damit sie wieder weich wurde.

»Die will ich!« sagte Aminat und deutete auf ein graues Kätzchen, das auf der Handfläche eines bärtigen, nach Schnaps stinkenden Mannes lag. Es war sicher das kleinste und unscheinbarste Katzentier, das hier heute verkauft wurde.

»Such dir eine andere aus«, sagte ich. »Diese ist zu klein, sie stirbt sofort.«

»Nein, ich will diese«, sagte Aminat und fragte den Mann: »Was kostet diese Katze?«

Der Bärtige bewegte seine riesige Hand und schielte Aminat an. Das Kätzchen fiel beinahe herunter, er fing es wieder auf.

»Das ist ein reinrassiges Chinesenkurzhaar«, sagte er heiser. »Das ist eine ganz besondere Katze. Sie kostet zehn Rubel.«

»Ach was«, sagte ich genervt. »Aminat, komm.«

»Ich will diese«, sagte Aminat stur. Ich lief weiter, sie aber blieb stehen. Der bärtige Depp hielt ihr seine Hand hin. Aminat streichelte das winzige Kätzchen mit einem Finger, während der Bärtige auf sie einredete.

»Schämen Sie sich«, sagte ich ungehalten.

»Eine bessere Katze wirst du nicht finden«, sagte der Mann beschwörend in Aminats Ohr. Er hatte sich tief zu ihr heruntergebeugt. Ich sah, dass Aminat sich Mühe gab, sich den Ekel über seinen Atem nicht anmerken zu lassen.

»Diese kriegst du nicht, Aminat«, sagte ich aus der Entfernung.

»Dann will ich gar keine«, sagte sie.

»Aber guck mal, hier gibt es so viele hübsche.«

»Ich will diese da.«

»Wir könnten versuchen, eine ähnliche zu finden«, sagte ich. Ich kam ihr wirklich sehr entgegen, aber sie schüttelte nur den Kopf.

»Diese da.«

»Dann gehen wir jetzt heim«, sagte ich und nahm sie an der Hand, die sie mir sofort entriss.

Wir gingen Richtung Ausgang. Ich war mit mir unzufrieden. Ich war dabei gewesen, Aminat zu verwöhnen, und das rächte sich bitter. Das hätte ich mir gleich denken können. Einem Kind Herzenswünsche erfüllen zu wollen, war tückisch. Statt Liebe und

Dankbarkeit hatte ich nur Ärger geerntet. Aminat war kurz davor, in Tränen auszubrechen.

»Halt!« hörten wir von hinten. »Tatarenweiber, bleibt stehen!«

Der bärtige Lügner rannte in seinen gigantischen Gummistiefeln auf uns zu.

»Beachte ihn nicht«, befahl ich, aber Aminat stellte sich breitbeinig hin und wartete, bis er uns erreicht hatte.

»Hier«, sagte er und steckte Aminat das graue Fellknäuel in die Hände. »Sollst du haben. Umsonst.« Dann stapfte er zu seinem Auto zurück, und Aminats leuchtende Augen richteten sich triumphierend auf mich. »Hab ich nicht ein Glück, Omi? Hab ich nicht ein Wahnsinnsglück?«

Ich schwieg. Es war eine schlechte Idee gewesen, mit ihr auf den Vogelmarkt zu gehen und sie aussuchen zu lassen. Aminat begann, die kleine Katze mit Küssen und Koseworten zu überschütten. Bis ich reagieren konnte, hatte sie sich sicher mit allen Krankheiten angesteckt, die diese Missgeburt in ihrem elenden Körper trug.

»Halt es fern vom Gesicht!« rief ich. »Katzen sind gefährlich. Du kannst von ihnen Flecken am ganzen Körper bekommen und Würmer im Bauch.«

Aminat hörte mir nicht mehr zu.

Rosenbaum

⚒ Die ersten Wochen wartete ich darauf, dass die kleine Katze sterben würde. Ich kannte das: Wenn mir jemand nicht gefiel, dann konnte es passieren, dass er plötzlich starb. Aber die Katze starb nicht, sie wurde nur schwer krank – kein Wunder, war sie doch zu früh von ihrer Mutter getrennt worden. Sie bekam klebrige Augen und Durchfall, und Sulfia rief panisch bei mir an.

Im Hintergrund hörte ich Aminat schluchzen. Ich dachte erst, das Problem hätte sich schon von selbst erledigt, aber ich hatte den Überlebenswillen dieser Katze unterschätzt. Ich sagte zu Sulfia, sie müsse schon versuchen, zumindest einige Sachen eigenhändig in den Griff zu bekommen. Sulfia stimmte mir zu, entschuldigte sich und legte auf.

Wie ich später herausfand, ging sie zum Tierarzt und ließ sich Medikamente und eine Spezialmischung zum Füttern verschreiben. Es kostete ein Vermögen. Diese Katze war zäh. Sie hörte zuerst auf, im Sterben zu liegen, später wurde sie sogar gesund. Aminat nannte die Katze Peterchen, und ich sagte immer Parasit zu ihr.

Die Anschaffung der Katze hatte auch gute Seiten. Aminat ging nämlich aus unerfindlichen Gründen davon aus, dass Parasit immer noch mir gehörte. Ich brauchte nur noch anzudrohen, dass ich sie ihr wegnehmen würde – und schon machte Aminat alles, was ich wollte. Zudem hörte sie endlich auf, streunenden Katzen Wurstreste hinterherzutragen.

Ich hatte gehört, dass Katzen Glück ins Haus bringen. Und tatsächlich lernte Sulfia bereits einen Monat später wieder einen Mann kennen.

Auch dieser Mann war Sulfias Patient gewesen. Eines Tages fand ich ihn in Sulfias Küche vor. Ich hatte nach stundenlangem Schlangestehen ein Kilo Orangen für Aminat ergattert und hatte als Erstes die Sorge, der Mann würde sie ihr sofort wegfressen. Bei Sulfia hatte ich den Eindruck, wenn sie sich erst mal in einen Mann verliebt hatte, dann konnte er alles von ihr haben. Aber nicht Aminats Orangen!

Auch dieser Mann war nicht schlecht. Er war sauber gekleidet, und sein Hemd hatte ein würdevolles Muster. Allerdings war er ein Jude. Einen Juden erkannte ich schnell. Als er mich sah, stand er auf und küsste mir die Hand. Ich fand ihn galant. Er nannte seinen Namen – Michail. Ich fragte ihn nach dem Vatersnamen und dem Nachnamen. Na bitte – er hieß Rosenbaum.

Ich fand das bedenklich, aber nicht katastrophal. Juden waren Juden. Bei ihnen musste man aufpassen, aber bei wem nicht? Ich war mir sicher, dass es Sulfia nicht einmal aufgefallen war, dass er ein Jude war. Sie strahlte ihn an, verlegen wie ein kleines Mädchen, und er strahlte zurück. Er hatte sicher sofort gemerkt, was für eine tolle Wohnung Sulfia hatte. Juden waren praktisch veranlagt.

»Wo wohnen Sie noch mal?« fragte ich. Er wohnte in der Nähe des Hauptbahnhofs, das war nicht gerade um die Ecke. Arbeitete er irgendwo in der Nähe, versuchte er durch diese Bekanntschaft seinen Anfahrtsweg zu verkürzen? Wer Pech hatte und jeden Morgen ans andere Ende der Stadt zur Arbeit fahren musste, stand schon mal eine Stunde an der Haltestelle und wartete auf einen Bus, der dann so voll ankam, dass man sich nicht einmal mehr hineinquetschen konnte.

»Und wohnen Sie alleine?« fragte ich.

»Bei meinen Eltern«, sagte er freundlich.

»Und was machen Sie beruflich, wenn ich fragen darf?«

Er war Ingenieur.

»Originell«, sagte ich.

Außerdem war er Sportler. Im Winter fuhr er Ski und im Sommer kletterte er auf Berge. Ich war erstaunt, dass Juden so etwas machten. Ich hatte sie für zu vernünftig gehalten. Er hatte sich bei einer Bergtour einen komplizierten Bruch zugezogen. Sulfia hatte ihn gesund gepflegt. Allerdings zog er das Bein noch nach, aber da konnte sie wohl nichts dafür.

Er hatte eine Glatze und war fast 40 Jahre alt. Das war gut. Sulfia sollte lieber keinen Mann haben, den eine andere Frau vielleicht auch noch gewollt hätte.

Ich verabschiedete mich freundlich. Im Flur warf ich Parasit von meinem Stiefel, den sie gerade anknabberte. Zu Hause angekommen, rief ich Sulfia an. Der Jude war bereits gegangen, was für ihn sprach. Ein Mann, der gleich zu lange bleiben wollte, war verdächtig. Ich sagte Sulfia, er hätte schöne Zähne. Sulfia verstand nicht, was ich ihr eigentlich sagen wollte: dass ich den Juden in Ordnung fand und ihr viel Glück mit ihm wünschte.

Ich meinte es allerdings nicht so, dass sie gleich schwanger werden sollte. Aber Sulfia war wohl noch sehr verwirrt wegen Sergej und hatte genau vor Augen, was passieren konnte, wenn sie meine Ratschläge ignorierte. Jedenfalls war sie plötzlich schwanger von einem Juden. So viel schnelle Zeugungskraft hatte ich dem Rosenbaum gar nicht zugetraut.

Sulfia war glücklich. Aminat auch. Ihre innigsten Wünsche erfüllten sich. Erst hatte sie eine Katze bekommen, und jetzt würde bald noch ein Geschwisterchen folgen. Sie begann, ihr Spielzeug auszusortieren, damit das neue Kind was zum Spielen hatte.

Es gab nur ein Problem. Rosenbaum hatte es nicht eilig zu heiraten, obwohl meine Tochter sein jüdisches

Kind unter ihrem tatarischen Herzen trug. Ich stellte Sulfia zur Rede und fand heraus: Er hatte ihr noch nicht einmal einen Heiratsantrag gemacht. Schlimmer noch, seine Eltern wussten nicht, dass es sie überhaupt gab.

»Seine Eltern sind alte Leute, und die Mutter ist herzkrank«, sagte Sulfia. Sie war schon im vierten Monat.

»Er soll es seinen Eltern sagen und dich heiraten«, verlangte ich. »Sofort. Sonst verkrümelt er sich noch.«

»Das macht er schon nicht«, sagte Sulfia verträumt.

»Dann soll er dich eben heiraten.«

»Macht er schon. Später.«

»Mit solchen Sachen sollte man nicht zu lange zögern.«

Es war klar, dass ich mich schon wieder um alles kümmern musste.

»Gib mir seine Adresse«, sagte ich.

»Wieso?«

»Gib mir einfach seine Adresse.«

»Bitte nicht, Mutter.«

»Ich werde nichts tun. Ich brauche einfach nur die Adresse.«

»Nein«, sagte Sulfia.

»Sag bloß, du hast die Adresse nicht?!«

Sie schwieg – ich hatte schon wieder ins Schwarze getroffen.

Ich suchte mir die Adresse also aus dem Telefonbuch heraus.

Ich bereitete mich, wie immer, gründlich vor. Ich wollte nicht angreifen, ich wollte ihnen die Chance geben, meine schwangere Tochter Sulfia anständig zu behandeln. Sie sollten mich als eine Art Friedenstaube erleben.

Ich brachte zwei Tafeln Schokolade aus Sulfias Vorräten mit – ich wollte freundlich, aber bescheiden wirken. Ich klingelte an einer holzgetäfelten Tür (so eine wollte ich auch schon immer haben) und wartete.

Es dauerte einige Minuten, bis die Tür geöffnet wurde. Vorher sah ich einen dunklen Schatten im Türspion – irgendjemand hatte mich lange betrachtet.

Die Tür ging langsam auf, wurde aber noch von einer Türkette gehalten. Ich sah eine Nase und ein Brillenglas, dann die ganze Frau: klein, grauhaarig, intellektuell.

»Guten Tag«, sagte ich. »Ich bin Rosalinda Achmetowna und möchte mit Ihnen über Ihren Sohn reden. Über Michail«, fügte ich hinzu, damit sie verstand, dass ich nicht nur bluffte, sondern ihn auch wirklich kannte.

Die Augen hinter der dicken Brille bekamen einen sorgenvollen Glanz. »Ist etwas passiert?«

»Wie man es nimmt«, sagte ich.

Die Kette wurde gelöst, ich durfte reinkommen.

Rosenbaums Mutter war rundlich und angespannt. Ihre ganze kleine Person strahlte Misstrauen aus. Trotzdem gab sie mir ein Paar Pantoffeln für meine zierlichen Füße in den hautfarbenen Nylonstrümpfen und führte mich in die Küche, wo sie sich setzte und die Hände im Schoß faltete.

Sie blinzelte aufgeregt. Ich fragte mich, womit sie jetzt rechnete. Die Situation war klar: Rosenbaum war ein jüdisches Muttersöhnchen. Hier in dieser Wohnung, die mit Teppichen ausgepolstert und mit schweren Möbeln zugestellt war, war er aufgewachsen wie eine Mimose im Gewächshaus.

»Es geht um meine Tochter Sulfia«, sagte ich. »Sie ist ein sehr liebes Mädchen.«

Rosenbaums Mutter blinzelte.

»Wir freuen uns unglaublich auf das Baby«, sagte ich.

Sie öffnete den Mund und erstarrte mit dummem Gesichtsausdruck.

»Ich freue mich so, Sie kennen zu lernen«, sagte ich. »Unsere Familien werden sich bestens verstehen.«

Sie griff sich ans Herz.

»Wir sind Tataren«, sagte ich. »Und Sie sind … Na ja. Mein Mann sagt, alle Menschen sind gleich. Hauptsache, sie haben Anstand.«

Rosenbaums Mutter begann zur Seite zu fallen.

Rosenbaum nahm es mir übel, dass seine Mutter einen Herzanfall erlitten hatte. Er gab mir die Schuld dafür. Ich gab sie ihm zurück. Er sollte erst gar nicht versuchen, mich dafür verantwortlich zu machen, dass er seinen Eltern nichts von Sulfia und seiner nahenden Vaterschaft erzählt hatte.

Was trotzdem für ihn sprach: Nachdem Rosenbaums Mutter aus dem Krankenhaus entlassen wurde, arrangierte er sofort ein Treffen. Er wollte seine Eltern dazu bringen, uns einzuladen. Ich wollte es lieber umgekehrt. Ich wollte zeigen, dass Sulfia eine gute Familie hatte und eine gute Mutter werden würde. Ich wusste, dass Juden kritisch waren. Das hatten wir mit ihnen gemeinsam.

Die Rosenbaums nahmen meine Einladung an. Was blieb ihnen auch anderes übrig. Aus diesem Anlass rief ich bei der Lehrerin für Russisch und Literatur an und verlangte meinen Mann ans Telefon. Ich sagte immer noch »mein Mann«, damit die Besitzverhältnisse klar waren, obwohl »mein Mann« zunehmend nach »mein Problem« klang.

Er kam ans Telefon und sagte: »Röschen, wie schön, dich zu hören.«

Ich kam gleich zum Wesentlichen. Ich sagte: »Kalganow, deine Tochter heiratet.«

Er schwieg.

»Sulfia«, half ich ihm auf die Sprünge. »Sie hat einen Mann gefunden.«

Ich machte ihm mein Anliegen deutlich. Die Eltern des Bräutigams sollten uns besuchen, mit uns speisen und einen guten Eindruck erlangen. Von der Familie, vor allem von den Brauteltern. »Das sind ich und du«, erklärte ich. »Verstehst du?«

»Aber«, sagte er und verfiel wieder in Schweigen.

Ich seufzte. Dann begann ich, alles von vorn zu erklären. Ich sagte, dass es mir keineswegs darum ginge, dass er zu mir zurückkehrte. Es ging nur darum, dass das Gesamtbild stimmte. Die Juden sollten den Eindruck bekommen, dass unsere Familie komplett war. Kalganow atmete schwer in den Hörer. Bei mir war er fitter gewesen.

»Was ist?« fragte ich gereizt. »Kommst du jetzt oder nicht? Es geht um deine Tochter.«

»Um Sulfia«, ergänzte er.

»Hast du noch mehr davon?« fragte ich und legte auf. Er würde schon kommen, das war mir klar.

Gefilte Fisch

⚒ Ich sagte Sulfia, was sie anziehen sollte. Ich wollte diesmal nichts dem Zufall überlassen. Das schien sogar Sulfia einzusehen.

Ich hatte das Gefühl, dass die Voraussetzungen diesmal ganz gut waren. Sulfias Hässlichkeit und Schüchternheit mussten sie in den Augen von Rosenbaums Eltern zu einer perfekten Ehefrau machen. Sie war bescheiden und eine Krankenschwester dazu. Die Juden wussten schließlich, worauf es ankam. Es ging jetzt nur noch darum, sie über Sulfias hausfrauliche Unfähigkeiten hinwegzutäuschen.

Als Erstes wollte ich ihnen sagen, dass Sulfia das ganze Essen gekocht hatte, das ich ihnen auftischen würde. Ich stöberte in den Kochbüchern und fragte bei meinen Kolleginnen nach und überlegte. Ich beschloss, gefilte Fisch und Forschmack und zum Nachtisch Zimmes zu machen. Das alles bereitete ich zum ersten Mal in meinem Leben zu, was meine Aufregung steigerte. Allerdings stellte sich der Forschmack als die Vorspeise heraus, die ich schon seit Jahren für die Neujahrsnacht machte. Routiniert drehte ich zerlegten Hering, eingeweichtes Weißbrot, Zwiebeln und einen großen Apfel durch den Fleischwolf und zerrieb hart gekochtes Eigelb mit Essig.

Der gefilte Fisch erwies sich als eine Art kalte Fischfrikadelle, die mir Stunden raubte, um dann doch nach gar nichts zu schmecken. Ich fand ihn die Mühe nicht wert. Die geriebene Mischung aus Meerrettich und Roter Bete versöhnte mich wieder etwas, ich aß große Mengen davon zu Weißbrot, um sicherzugehen, dass sie mir gelungen war. Bei der Zubereitung von Zimmes beschloss ich wiederum, für den Geschmack nicht mehr verantwortlich zu sein. Mit Rosinen und Backpflaumen geschmorte Möhren, dazu Grießklöße – wenn die Juden solche Rezepte hatten, dann konnte ich auch nicht zaubern.

Sulfia zog sich endlich mal richtig an. Das heißt, nicht schön, aber dem Anlass angemessen. Ihr knielanges graues Kleid sah billig aus, dafür sauber. Sie hatte ihr Haar zu einem Pferdeschwanz zusammengebunden wie ein Schulmädchen. Es war klar, eine solche Schwiegertochter würde nicht das ganze Geld für Klamotten ausgeben.

Aminat musste natürlich dabei sein, obwohl ich lieber auf sie verzichtet hätte. Ich hatte so hart mit ihr gearbeitet und viel erreicht, und trotzdem war sie so unberechenbar. Aber die Juden sollten die ganze Familie sehen. Aminat war auch der beste Beweis dafür, dass Sulfia ein schönes und gesundes Kind hinkriegen konnte.

Daher nahm ich Aminat zur Seite und schärfte ihr ein, dass Sulfia krank werden würde, wenn sie, Aminat, sich danebenbenehmen würde. Das war das Einzige, wovor sich Aminat wirklich fürchtete, vom Verlust ihrer Katze Parasit abgesehen.

Eine Stunde, bevor unsere Gäste kamen, klingelte Kalganow an der Tür. Er hatte einen grauen Anzug an, den wir einmal zusammen gekauft hatten. An den Ärmeln hingen Fäden und Fussel, also nahm ich eine Bürste und machte alles sauber. Ich band auch seine Krawatte neu – Kalganow hatte sie immerhin nicht vergessen, ich hatte extra dreimal angerufen und ihn daran erinnert.

»Setz dich irgendwohin und warte, bis die Gäste da sind!« sagte ich. »Mach nichts unordentlich und dich bloß nicht schon wieder schmutzig.«

»Ja, Röschen«, antwortete er.

Und dann kamen sie, die Rosenbaums, in ihren braunen Klamotten aus gutem, teurem Stoff. Sie brachten Aminat ein Stück Halwa mit und waren alle ziemlich schüchtern. Rosenbaum war schon kein großer Mann, aber seine Eltern waren richtig winzig.

Sulfia versteckte sich hinter meinem Rücken. Ich griff nach ihr und schob sie vor. Dann zog ich Aminat am Zopf beiseite. Sie sollte nicht die ganze Aufmerksamkeit auf sich lenken. Sulfia war hier diejenige, die verheiratet werden sollte.

Sie verhielt sich genau richtig. Sie stand Rosenbaums Eltern gegenüber, fast so klein wie sie, sehr verlegen, und lächelte in Richtung Fußboden, während sich rote Flecken in ihrem Gesicht ausbreiteten. Ich dachte mir: Wenn ich so ein Muttersöhnchen hätte wie den Rosenbaum, ich wäre über eine Schwiegertochter wie Sulfia ziemlich beglückt. Und Rosenbaums Eltern sahen sie tatsächlich wohlwollend an.

Ich setzte Aminat neben mich, damit ich sie jederzeit kontrollieren konnte. Sulfia platzierte ich zwischen die alte Rosenbaum und den alten Rosenbaum. Der junge Rosenbaum kam an meine Seite.

Zu Kalganow sagte ich, er soll sich ans Kopfende des Tisches setzen und gelegentlich von seiner Arbeit erzählen, sonst nichts.

Ich hatte nur einen Fehler gemacht: Ich hatte vergessen, ihm zu sagen, dass Sulfia schwanger war. Und so kam es, dass wir eine gepflegte Unterhaltung darüber führten, dass Kinder das Glück dieser Welt waren, und Rosenbaums Eltern dazu mit abweisenden Gesichtern in ihrem Fisch stocherten, ebenso wie Kalganow, der plötzlich eine Gräte aus dem Mund zog und ausrief: »Aber jetzt haben wir ja schon eins, und das ist uns mehr als genug!«

Sulfia wurde pinkfarben. Ich versuchte, Kalganow unter dem Tisch zu treten. Da trocknete sich der alte Rosenbaum mit einer Serviette die Lippen ab und machte merkwürdige Geräusche. Ich sah auf seinen kleinen Mund und versuchte, die Töne zu deuten. Nur allmählich wurde mir klar, dass der alte Rosenbaum gerade kicherte. Er hatte nicht vor, in Ohnmacht zu fallen über die Tatsache, dass sein Sohn ein nicht mehr ganz so junges tatarisches Mädchen geschwängert hatte. Er zeigte mit dem Finger auf die Fischreste auf seinem Teller und lachte sich schlapp. Ich hatte gerade erklärt, dass Sulfia diese komischen Frikadellen einmal die Woche zubereitete. (Ich würde es ihr bis zur Hochzeit schon irgendwie eintrichtern, dachte ich. Wenn ich wollte, konnte ich auch einem Meerschweinchen das Kochen beibringen.) Dann sagte ich, dass alle Völker Freunde waren, so ähnlich, wie Kalganow es mir am Anfang unserer Ehe immer vortrug, und Rosenbaum verlor die Fassung und fiel mit seiner grauen Mähne in den Teller.

Seine Frau sah ihn streng an, da richtete er sich wieder auf, zog sie zu sich heran und drückte ihr einen Kuss auf die Schläfe. Dann griff er über den Tisch, nahm meine Hand und küsste sie. Ich wusste einen Augenblick lang nicht, wie ich das finden sollte. Seine Frau blickte streng, aber nicht böse. Offenbar machte er so etwas öfter.

Ich fand ihn galant. Kalganow war noch nie so galant gewesen. Er neigte sich gerade leicht zur Seite. Das konnte nicht wahr sein: Er war dabei, am Tisch einzuschlafen. Was hatte die Lehrerin für Russisch und Literatur bloß aus ihm gemacht? Ich kam nicht an ihn heran, um ihn unauffällig zu wecken. Er war kurz davor, schnarchend vom Stuhl zu fallen, und außer mir merkte es niemand.

Bevor er uns alle komplett blamierte, musste etwas passieren, das die Gäste ablenkte. Mir fiel nichts Besseres ein, als unauffällig das Tischtuch anzuzünden. Ich hatte eine Streichholzschachtel in der Tasche meiner Schürze, ich brauchte sie immer für den Gasherd. Ich opferte mein schönes Tischtuch für diesen höheren Zweck, und als die Flammen darauf zu tanzen begannen und alle aufschrien und aufsprangen, fiel es niemandem auf, wie heftig ich Kalganow an den Ohren zog, um ihn zu wecken.

Der junge Rosenbaum trug einen Eimer Wasser aus der Küche und kippte ihn über die schmutzigen Teller. Der Brand war schnell gelöscht. Kalganow sah irritiert um sich, als wüsste er nicht mehr, wo er sich befand. Das Essen war beendet.

Rosenbaum fiel lachend zur Tür hinaus. Seine Frau zischte und schimpfte mit ihm, ich konnte es aus dem Treppenhaus hören. Bei ihnen ging es offenbar zu wie bei normalen Menschen auch.

Rosenbaum und Sulfia heirateten an einem trüben, kalten Wintertag. Die Hochzeit war bescheiden. Es schneite ununterbrochen, und als die Brautleute das Standesamt verließen, blieben riesige Schneeflocken auf Sulfias schwarzen Haaren hängen und schmolzen nicht. Beide Familien hatten kaum Gäste eingeladen. Rosenbaums Seite fand große Hochzeiten spießig. In Wirklichkeit waren sie einfach geizig, aber ich tat, als würde ich ihrer Argumentation folgen – schließlich war Sulfia noch nicht verheiratet. Was mich anging, so hielt ich es auch für vernünftiger, nicht allzu viel Aufmerksamkeit missgünstiger Menschen darauf zu lenken, dass Sulfia schon wieder einen guten Mann abgekriegt hatte.

Sie trug das Brautkleid, das Rosenbaums Mutter bei ihrer eigenen Hochzeit getragen hatte. Sie waren beide mickrige Frauen, aber das cremefarbene Kleid machte wohl aus jeder Spitzmaus eine Prinzessin. Sogar aus Sulfia. Ihr schwarzes Haar war hochgesteckt, die Schleppe reichte bis zum Boden, und die Augen strahlten so glücklich, dass man in Versuchung geriet, sie für hübsch zu halten. Sie hieß jetzt Sulfia Rosenbaum. Daran musste ich mich erst einmal gewöhnen.

Rosenbaums Vater stand auf den Fotos hinter Sulfia und kicherte die ganze Zeit. Rosenbaums Mutter stand daneben und zog ihren Mann am Ärmel, um ihn zur Ordnung zu rufen. Ich war Kalganow dankbar dafür, dass er seine Lehrerin zu Hause gelassen hatte. Die Rosenbaums sollten erst nach der Hochzeit erfahren, dass die Familie nicht komplett war.

Rosenbaum zog nicht gleich zu Sulfia und Aminat. Ich war bereit, ihm Zeit zu lassen. Allerdings nicht zu viel. Bis zur Geburt des neuen Kindes sollte er sich schon daran gewöhnt haben, Sulfias Mann zu sein. Allmählich spielte sich bei den Jungvermählten ein gewisser Rhythmus ein. Rosenbaum fing an, bei Sulfia und Aminat zu übernachten, erst am Wochenende, dann auch unter der Woche. Er brachte gelegentlich Sachen von zu Hause mit, selbst gebackene Plätzchen, ein Stück Braten, Frikadellen oder ein Glas eingelegte Tomaten. Er kommandierte Aminat nicht herum und spülte seine schmutzigen Teller selber. Seine Wäsche trug er zur Mutter Rosenbaum. Das war kein Dauerzustand, aber für Sulfia ziemlich perfekt.

Der Weltuntergang

⚒ Eines Nachts wurde ich von einem Knall geweckt und schlief dann wieder ein. Am Morgen trat ich ans Fenster, um die schweren Vorhänge beiseitezuschieben, und staunte. Am Horizont schraubte sich eine gigantische schwarze Rauchsäule in den Himmel. In dieser Richtung lag der Hauptbahnhof. Sulfia und Aminat wohnten woanders, ich rief sie trotzdem an. Aminat war am Telefon.

»Warum bist du nicht in der Schule?« fragte ich.

»Mama weint«, sagte Aminat. »Wegen der Explosion.«

»Sie darf nicht weinen«, sagte ich.

Ich rief auf meiner Arbeit an und sagte, ich könne wegen der Explosion nicht kommen. Sie wussten offenbar mehr als ich, denn sie stellten keine weiteren Fragen. Auf dem Bürgersteig knirschten Glasscherben unter meinen Stiefeln. Ich hob den Arm an, ein kleiner orangefarbener Moskwitsch hielt sofort an. Am Steuer saß ein fröhlicher bärtiger Mann, ich nannte ihm Sulfias Adresse und fluchte über die Scherben, die die Sohlen meiner Schuhe ruinierten.

»Ist Ihr Fenster auch geplatzt, Dämchen?« fragte mich der Fahrer.

Ich wischte meine Hand am Sitzpolster ab.

»Das ist eine Zumutung, eine Sauerei«, sagte ich.

»Ist Ihr Fenster auch geplatzt, frag ich?«

»Wieso?«

»Also bei uns im Haus sind mehrere Fenster eingekracht.«

»Hat jemand Ihr Fenster eingeschlagen?«

»Nein, waren Sie heute Nacht betrunken? Am Bahnhof ist eine Zisterne explodiert.«

Bis ich bei Sulfia ankam, wusste ich alles. Am Hauptbahnhof war ein Waggon mit irgendetwas Brennbarem entgleist und gegen einen anderen geprallt. Es hatte eine Detonation gegeben, die einige Häuser im Umkreis des Bahnhofs fast ganz zerstört hatte und viele andere teilweise.

Der Notarzt war schon da. Sulfia lag auf dem Bett, drückte sich die eine Hand gegen den Bauch und die andere aufs Gesicht. Tränen tropften ihr durch die Finger.

»Michail ist verschüttet«, flüsterte Sulfia, als ich mich zwischen die Weißkittel drängte, um sie zu fragen, welches Problem sie schon wieder hatte.

»Ach so«, sagte ich. »Reg dich jetzt bloß nicht auf, Tochter.«

Aber Sulfia hörte nicht auf mich, sie regte sich

furchtbar auf. Sie wurde von Weinkrämpfen geschüttelt. Ein bisschen konnte ich sie verstehen, sie hatte gerade geheiratet, da war das schon schade.

»War er sofort tot?« fragte ich, und sie schrie: »Tot?! Was redest du da? Wie kannst du nur?«

»Er ist nicht einmal tot?« fragte ich.

»Warten Sie mal vor der Tür, Frau«, sagte der Notarzt, weil Sulfia sich gerade wie eine Wahnsinnige aufbäumte.

Wenig später schob man sie auf einer Trage an mir vorbei. Dabei griff sie nach meiner Hand. »Mutter, bitte versprich mir …«

»Was?«

»Dass du dich um sie kümmerst.«

»Um wen?« Dass ich mich um Aminat und die verdammte Parasit kümmern würde, war ja sowieso klar.

»Um Michail, Mutti und Vati«, flüsterte Sulfia.

»Mutti und Vati?«

Die Sanitäter wollten an mir vorbei. Ich entriss Sulfia meine Hand und wischte ihr im Vorübergehen die Wangen trocken. »Schöne Zeit im Krankenhaus, Tochter«, sagte ich.

»Versprichst du mir das? Dass du sie nicht im Stich lässt?«

»Mein Gott, Sulfia, haben wir denn nicht genug eigene Sorgen!«

»Bitte!«

Widerwillig nickte ich und blieb dann in der Wohnung mit der heulenden Aminat und einer eingeschüchterten Parasit, die gerade aus dem Schuhschrank kletterte, in dem sie sich vor den fremden Leuten versteckt hatte.

Ich war zu ehrlich und zu gutmütig. Ich hielt schon wieder mein Wort. Ich begann zu telefonieren. Ja, das Stockwerk über den Rosenbaums war eingestürzt und ein paar von ihren eigenen Wänden auch. Die alte und der junge Rosenbaum waren praktisch unverletzt, nur dem Alten hatte ein Stück Mauer eine Delle in den Schädel geschlagen. Er war jetzt auch im Krankenhaus, auf Sulfias chirurgischer Station. Dort trafen sich offenbar immer alle. Bloß Sulfia selber war jetzt in der Gynäkologie.

Wenig später standen die beiden noch heilen Rosenbaums vor der Tür. Die alte Rosenbaum war ganz aufgelöst.

»Seien Sie nicht so traurig, meine Liebe«, sagte ich, als ich sie in die Wohnung ließ samt einem schweren Bündel, das sie wie ein Kriegsflüchtling bei sich trug.

»Mein Haus ist zerstört worden«, rief sie laut aus und zerrte an ihren Haaren, die auch so schon ziemlich unordentlich waren.

»Aber Ihre Knochen sind noch heil«, sagte ich.

»Mein Mann ist schwer verletzt worden«, schluchzte sie.

»Männer sind zäh«, versicherte ich ihr.

Die Frau war völlig durch den Wind. Sie war überhaupt eine zarte Natur – ich musste daran denken, wie schon mein erster Besuch bei ihr mit einem Krankenwagen geendet hatte. Immerhin hielt sie sich auf den Beinen. Sie sah aber aus wie eine Obdachlose, ich vermisste ein wenig Haltung und Stil. Der junge Rosenbaum stand hinter ihr und sah sich hilflos um.

»Wo ist Sulfia?« fragte er. Ich erklärte ihm, dass Sulfia in Gefahr war, das Kind zu verlieren, und zwar vor Sorge um ihn, Rosenbaum.

Rosenbaum setzte sich auf einen Küchenhocker und bedeckte sein Gesicht mit den Händen. Seine Mutter brach in noch lauteres Wehgeschrei aus. »Oh nein«, rief sie. »Nicht das auch noch! Die Welt geht unter!«

Ich konnte sie nur mit Mühe ertragen, zudem Aminat das alles auch nicht gut bekam. Sie wurde immer ganz komisch, wenn es Sulfia nicht gut ging.

»Bitte nehmen Sie Rücksicht auf das Kind«, sagte ich scharf.

»Diese Welt ist nicht gut für Kinder, nein, nicht gut für Kinder!« jammerte die alte Rosenbaum.

»EINEN TEE?« fragte ich mit donnernder Stimme.

»Ja, Mutter, reiß dich zusammen«, sagte Rosenbaum und nahm endlich die Hände weg vom Gesicht.

»Unser Haus ist zerstört worden!« schrie seine Mutter. Dann berichtete sie, wie sie in dieser Nacht aufgewacht war und das Gefühl hatte, das Ende der Welt stehe unmittelbar bevor. Wie die Wände um sie herum enger rückten, wie die Decke herunterfiel und Regale einstürzten, wie sie durch den Schutt kroch, um ins Nachbarzimmer zu gelangen, um ihr Kind zu retten.

»Dieses Kind da?« fragte ich und deutete auf den jungen Rosenbaum, der sich gerade aus der Schale mit den Mohnkringeln bediente.

»Ich hab kein anderes«, jammerte sie weiter.

»Seien Sie doch mal ruhig«, sagte ich. »Mein Kind ist eben mit Blaulicht ins Krankenhaus gefahren worden, während Ihr Kind munter Mohnkringel frisst.«

Die alte Rosenbaum verschluckte sich.

»Aber wo sollen wir jetzt leben?« fragte sie etwas ruhiger.

»Hier«, sagte ich mit einem Seufzer. Ich wusste, dass es in Sulfias Sinne war.

Die alte Rosenbaum sah sich aufmerksam um. Der Wahnsinn wich langsam aus ihren Augen.

»Die Wohnung ist schön groß«, sagte sie sachlich.

Ich passte auf, dass sie sich Aminats schönes Zimmer nicht unter den Nagel riss. Die alte Rosenbaum hatte nämlich in dem Moment, in dem ich ihr Sulfias Wohnung offiziell als Asyl angeboten hatte, ihren Schock überwunden und angefangen, sich einzuleben. Als Erstes packte sie das Bündel aus, das sie mitgebracht hatte. Darin befanden sich irgendwelche Lappen, die offenbar einmal ihre Kleider gewesen waren und die sie heldenhaft vor dem Weltuntergang gerettet hatte. Danach plätscherte sie lange in der Badewanne. Wahrscheinlich verbrauchte sie dabei das ganze Shampoo, das Sergej aus der DDR mitgebracht hatte und von dem nur noch sehr wenig übrig war. Eigentlich hatte ich es für Aminat aufbewahrt. Schließlich kam die alte Rosenbaum in Sulfias Bademantel heraus, mit nassen Haaren und rosigen Wangen, frisch wie eine Braut, und fragte geschäftig: »Und wo schlafe ich dann?«

Rosenbaum selbst hatte die ganze Zeit in der Küche gesessen und die Wand angestarrt. Wahrscheinlich sorgte er sich auf diese Weise um Sulfia und das Kind. Ich dachte, dass es in Sulfias Sinne wäre, wenn er im Schlafzimmer schlafen würde, schließlich war er ja Ehemann und Vater des ungeborenen Kindes.

Zu seiner Mutter sagte ich freundlich, aber bestimmt: »Im Wohnzimmer.«

Ja, sie war schon enttäuscht. Es war klar, dass sie auf Aminats Zimmer spekuliert hatte. Das hätte ich vermutlich auch getan, auch wenn ich keine Jüdin war. Ich war froh, dass ich alles ohne Sulfia regeln konnte. Sie hätte die alte Rosenbaum sicher bei Aminat einquartiert oder ihr gleich das eigene Schlafzimmer überlassen.

Wir schoben gemeinsam die Schlafcouch auseinander. Ich führte der Rosenbaum vor, wie bequem sie darauf liegen konnte.

»Es ist einfach schlimm, sein Zuhause zu verlieren«, sagte die Rosenbaum, während ich die Couch bezog, ein Kissen drauflegte und die Decke ausschüttelte.

Ich beauftragte den jungen Rosenbaum damit, sich um Aminat zu kümmern. Wenn er schon hier war, dann sollte er nicht tatenlos herumsitzen.

Ich fuhr die beiden Kranken besuchen. Vorher lief ich die ganze Stadt ab auf der Suche nach Vitaminen. Normalerweise hatte das genauso viel Sinn, wie in einem Komposthaufen nach Gold zu graben. Aber ich bat Gott um Hilfe, und ich bekam sie auch. Am Ende war ich schweißgebadet, hatte aber ein Netz Orangen und ein Kilo Trauben aufgetrieben, dazu ein paar Zeitungen.

Für Sulfia hatte ich noch Unterwäsche dabei, zwei gebügelte Nachthemden, einen Bademantel und eine Zahnbürste. Für den alten Rosenbaum hatte ich Sergejs alten Trainingsanzug eingepackt, den er bei seinem Auszug liegen gelassen hatte. Da musste sich der alte Rosenbaum eben die Ärmel und die Hosenbeine hochkrempeln. Die alte Rosenbaum war ja nicht in der Lage, sich um ihren Mann zu kümmern, also musste mal wieder ich alles tun.

Erst besuchte ich Sulfia, die in einem Zehn-Bett-Zimmer lag und bei meinem Anblick tapfer zu lächeln versuchte. Sie hing an einem Tropf und hatte rot geweinte Augen. Ich packte meine Mitbringsel aus und räumte ein bisschen in ihrem Nachttisch auf. Ich ging zum Waschbecken, um das Obst zu waschen, das aus dem Süden und daher voller Keime war. Ich spülte es gründlich unter fließendem Wasser, dann ging ich zu den Krankenschwestern, um von ihnen kochendes Wasser zu verlangen, mit dem ich das Obst noch mal überbrühen wollte. Natürlich wollten sie mir das nicht geben und meinten, wir seien hier nicht in einem Restaurant, aber ich erinnerte sie daran, dass Sulfia eine Kollegin war und dass Gott alles sah. Dann hatte ich mein Wasser und machte das Obst hygienisch sauber.

Ich stellte alles auf den Nachttisch und schob Sulfia eine Traube zwischen die Lippen. Ich schälte eine Orange, zerteilte und enthäutete sie und zupfte die weißen Fäden herunter. Ich steckte die Stücke nacheinander unerbittlich in Sulfias Mund.

»Gründlich kauen«, sagte ich. Ihre Augen waren müde, und der Orangensaft floss das Kinn herunter. Ich wischte die Spuren mit meinem Taschentuch weg. »Ich komme morgen wieder«, sagte ich und ging weiter zum alten Rosenbaum in die chirurgische Klinik. Aber man ließ mich nicht zu ihm. Er war immer noch nicht ansprechbar, die Delle in seinem Kopf war offenbar ziemlich tief gewesen. Ich schenkte den Krankenschwestern ein paar Orangen, damit sie sich gut um den alten Rosenbaum kümmerten, und fuhr nach Hause.

Wir richteten uns ein. Es stellte sich heraus, dass Rosenbaum viele Breie kochen konnte. Nicht nur Haferbrei, sondern auch Hirsebrei und Buchweizenbrei, am Wochenende auch mal Grießbrei oder Reisbrei. Außerdem bügelte er Aminats Schuluniform. Die alte Rosenbaum saß viel vor dem Fernseher und erzählte dabei, dass Fernsehen die Leute dumm mache. Ich schimpfte mit Sulfia, als ich herausbekam, dass sie alle Trauben ihren Zimmernachbarinnen geschenkt hatte. Sulfia und Rosenbaum durften fast gleichzeitig nach Hause.

Das heißt, in der Wohnung wurde es plötzlich sehr eng.

Die Rosenbaums machten keine Anstalten weiterzuziehen. Ich fragte den jungen Rosenbaum, ob sie noch mehr Angehörige oder Freunde hatten. Er schüttelte traurig den Kopf.

Sulfia kam, blass bis zur Durchsichtigkeit, zu Hause an. Sie bewegte sich mit kleinen, leisen Schritten und hielt sich dabei den Bauch, als hätte sie Angst, das Kind würde aus ihr herausfallen. Ich sagte ihr, sie soll mehr Orangen essen. Vor und nach der Arbeit und in der Mittagspause versuchte ich, Orangen zu kaufen, inzwischen war ich kaum mehr an meinem Arbeitsplatz.

Dann bekam ich unerwartete Schützenhilfe in Person der alten Rosenbaum. Jedes Mal, wenn ich nicht da war, übernahm sie meine Rolle und trug Sulfia Orangenspalten, Pantoffeln und eine Decke hinterher, ermahnte sie, sich hinzulegen, sich nicht zu bücken, nichts zu heben, was schwerer war als eine Zahnbürste, und nicht am Fenster zu stehen, wo es zog. Dreimal am Tag wies die Rosenbaum Sulfia an, ins Bett zu gehen und sich gut zuzudecken, und riss alle Fenster auf: So sorgte sie für Frischluftzufuhr.

Der alte Rosenbaum dagegen hätte noch ein Jahr im Krankenhaus bleiben sollen, fand ich. Denn er war immer noch nicht richtig zu sich gekommen. Er trug einen Verband um den Kopf, der ihn wie eine Mumie aussehen ließ. Er kicherte überhaupt nicht mehr. Er saß die ganze Zeit am Fenster, dort, wo Sulfia nicht stehen durfte, weil es zog. Er schaute hinaus. Manchmal sprach er irgendwas, was ich nicht verstand, ich hielt es für Jiddisch. Die alte Rosenbaum sagte dann immer: »Pscht, Vater, du hast nur schlecht geträumt«, obwohl er überhaupt nicht schlief, sondern wach und aufrecht auf dem Stuhl saß.

Ab und zu kam Sulfia zu ihm und erneuerte seinen Verband und streichelte seine Hand. Sie sprach zärtlich zu ihm, und dann kicherte er manchmal wie in den alten Zeiten. In solchen Momenten sagte die alte Rosenbaum: »Mein Engel, lass den Alten und kümmer dich mehr um dich. Dem ist nicht mehr zu helfen.«

Ich war ganz ihrer Meinung.

Aber Sulfia wurde bockig. Eines Tages ging sie einfach raus. Ich war da gerade mal wieder unterwegs. Die alte Rosenbaum berichtete mir unter Tränen, wie sie versucht hatte, Sulfia am Verlassen der Wohnung zu hindern, und schließlich nachgeben musste – »Ich kann doch nicht mit ihr ringen. Wenn da noch was passiert!«. Sulfia kam bald zurück, und sie brachte ein Radio mit. Es blieb ihr Geheimnis, wo sie es herhatte, jedenfalls funktionierte es nicht. Sie stellte das Radio vor den alten Rosenbaum auf die Fensterbank und gab ihm einen Schraubenzieher. Rosenbaums Augen leuchteten auf.

Ich und die alte Rosenbaum, wir wünschten uns später oft, wir hätten Sulfia daran gehindert, dieses Radio anzuschleppen. Denn der alte Rosenbaum nahm den Schraubenzieher in die Hand und begann, am Gerät herumzudrehen. Nach einer Stunde war die Fensterbank übersät mit unzähligen Kleinteilen, Schrauben, Drähten und Platinen. Und als die alte Rosenbaum sich diesem Dreck mit einem Putzlappen näherte, schrie Rosenbaum heiser auf und fuchtelte mit den Armen. Er hatte was von einer Henne, die ihre Eier verteidigt.

»Lasst ihn«, bat Sulfia aus dem Schlafzimmer.

»Kommt nicht infrage!« schrie die alte Rosenbaum

und versuchte es von der anderen Seite. Rosenbaum schob sie mit der Faust von sich.

»Jetzt wird er auch noch gewalttätig«, sagte die Rosenbaum weinerlich. »Leg dich wieder hin!« sagte sie zu Sulfia, die mit ihrem dicken Bauch in der Tür erschien.

»Lassen Sie ihn«, bat Sulfia. »Für mich.« Und legte sich die Hand auf den Bauch.

Die alte Rosenbaum war in einer Zwickmühle. Es war klar, dass Sulfia Rosenbaums Schrauberei damit zu ihrer persönlichen Angelegenheit erklärt hatte. Jeder Versuch, Rosenbaums Schweinerei zu beseitigen, war fortan wie ein Tritt gegen Sulfias Bauch anzusehen. Das verstand die alte Rosenbaum. Sie ließ die Hand mit dem Putzlappen hängen und sah ihren Mann hasserfüllt an. »Aber warum, Sonjalein?« fragte die Rosenbaum. »Guck mal, wie viel Dreck er macht. Das ist doch auch nicht gut fürs Kind.«

Aber die Angelegenheit war ein für alle Mal geklärt. Die Rosenbaum wischte mit ihrem Putzlappen woanders, und der alte Rosenbaum legte das Wohnzimmer mit Kleinteilen aus. Zwei Tage später aber waren die Teile alle verschwunden. Ich dachte schon, dass die Rosenbaum sich nicht an Sulfias Anweisung gehalten und alles weggeworfen hatte, in Wirklichkeit aber war das ganze Zeug wieder im Gehäuse verschwunden. Rosenbaum hatte das Radio zusammengeschraubt, schloss es an die Steckdose, und es begann, mit krächzender Stimme englisch zu sprechen. Sulfia klatschte in die Hände und küsste den Alten auf die Glatze. Am selben Tag brachte sie ihm ein neues altes Radio mit, und alles begann von vorn.

Nicht mein Kind

⚒ Rosenbaums und Sulfias Tochter wurde gerade in dem Moment geboren, in dem ich es geschafft hatte, für die alten Rosenbaums eine neue Wohnung herauszuschlagen. Dafür hatte ich diverse Behörden abgeklappert, unzähligen Beamten die Bescheinigung über Rosenbaums folgenschwere Delle unter die Nase gehalten, kiloweise Schokolade aus Sulfias Vorräten verschenkt und schließlich Kalganow angerufen und von ihm verlangt, als Gewerkschaftsvorsitzender endlich seine Vater- und Großvaterpflicht zu tun. Heraus kam eine Einzimmerwohnung, die mit der früheren Altbaupracht der Rosenbaums wenig zu tun hatte, dafür aber ab sofort bezogen werden konnte. Andere Opfer der Explosion mussten auf ihre neuen Unterkünfte viel länger warten. Sie hatten eben keine Rosalinda an ihrer Seite.

Ich fand es gar nicht schlecht, dass die neue Wohnung nicht zu groß war. Rosenbaum sollte nicht vorschnell auf die Idee kommen, dass er sich zu seinen Eltern verdrücken konnte, wenn irgendwas schieflief. Ich wusste, wenn ein Kind geboren wurde, kamen viele junge Väter auf solche Gedanken. Ich half den alten Rosenbaums sehr gern, ihren Kram wieder in Säcke und Kisten einzupacken.

Das neue Kind war ganz klar ein Rosenbaum, es hatte sogar eine Glatze wie der Vater. Es war ein schweres Mädchen mit einem großen Kopf. Sie wurde Jelena genannt. Lena. Dieses Kind war nicht mein Kind, es gehörte allen. Es war sehr hässlich.

»Ich hoffe, sie bessert sich bald«, sagte ich, nachdem ich sie zum ersten Mal gesehen hatte.

Alle stimmten zu außer Aminat, die mich wütend anschrie: »Wie kannst du so was Gemeines über meine Schwester sagen?« Ausgerechnet Aminat hatte dieses Kind sofort ins Herz geschlossen.

Sulfia und Rosenbaum wollten das Kinderbettchen ins Schlafzimmer stellen, wie es sich gehörte. Aber Aminat verlangte, dass ihre Schwester nachts bei ihr schlief. Da waren alle dagegen, ich an allererster Stelle: Wenn jemand seinen Schlaf brauchte, dann Aminat mit ihren knapp neun Jahren. Aber als Erstes gab Sulfia nach, schließlich auch Rosenbaum. Das Kinderbettchen wurde zu Aminat getragen.

Jetzt hatte meine Tochter Sulfia eine komplette Familie. Sie hatte einen Mann, der jeden Morgen einen anderen Brei kochen konnte, und Schwiegereltern, die sie vergötterten. Sie hatte eine große, hervorragende Tochter und eine kleine hässliche, dafür aber mit einem echten Vater. Sie hatte sogar eine Katze.

Um die kleine Lena kümmerte ich mich nicht. Ich hatte ja schon eine Enkelin, und für die Rosenbaums war Lena die erste.

Sie führten sich seltsam auf. Sie kamen ständig vorbei und schaukelten dieses glatzköpfige, glupschäugige Kind und sorgten dafür, dass der Kühlschrank und die Kochtöpfe immer gefüllt waren. Die alte Rosenbaum wusch Lenas Windeln, und der junge Rosenbaum bügelte sie von zwei Seiten.

Der alte Rosenbaum wurde langsam wieder etwas klarer im Kopf. Sulfia legte die kleine Lena in Aminats alten gelben Kinderwagen, deckte sie mit einem Kissen zu, und der alte Rosenbaum schob sie durch den Park. Wenn es mein Kind gewesen wäre, hätte ich es niemals mit einem hirngeschädigten Alten ziehen lassen. Sulfia schien diese Bedenken zumindest im Ansatz zu teilen, denn wenn Rosenbaum mit Lena im Park unterwegs war, stand sie oft am Fenster und sah zu. Man konnte den Park aus dem neunten Stock gut überblicken.

Anders als Aminat war Lena vom ersten Tag an permanent krank. Sie hatte Bronchitis und Durchfall und Allergien gegen alles Mögliche.

Das waren wahrscheinlich die Rosenbaum-Gene.

Ich hatte schon oft bemerkt, dass Dinge, die ich mir wünschte, einfach in Erfüllung gingen. Ein Zeichen, dass Gott bei mir war. Gelegentlich schoss er über das Ziel hinaus, was wohl daran lag, dass ich meine Wünsche nicht präzise genug formuliert hatte.

Es war nämlich so, dass sehr viele Juden in diesen Jahren in ihre historische Heimat zurückkehrten. Jeder kannte welche, die nach Israel ausreisen wollten. Auch die Rosenbaums, zu denen inzwischen meine Tochter gehörte, begannen, sich auf die Flucht aus unserem Land vorzubereiten.

Ich erfuhr es eines Abends, als ich vorbeikam, um Aminats Hausaufgaben und Fingernägel zu kontrollieren. Sulfia saß in der Küche und weinte, und Rosenbaum lief hin und her und fuchtelte mit den Händen, als würde er einen Schwarm Mücken abwehren. Aminat spielte in ihrem Zimmer mit der kleinen verschnupften Lena.

»Was ist los?« fragte ich.

Sie wollten in drei Monaten ausreisen.

»Ja, ist doch nicht so schlimm«, sagte ich zu Sulfia. »Ist doch schön warm dort.«

Ich ging davon aus, dass Aminat bei mir bleiben würde. Was sollte sie dort ganz allein bei den ganzen Juden? Ich hatte gehört, dass es in Israel Sandstürme gab, und sie hatten nicht einmal richtige Buchstaben.

»Wir werden mal zu Besuch kommen«, sagte ich.

»Wer, wir?« fragte Sulfia und richtete ihre Kaninchenaugen auf mich.

»Aminat und ich.«

»Ah«, sagte Rosenbaum.

Sulfia bedeckte ihr Gesicht mit den Händen und stöhnte.

Ich war bereit, Sulfia in die Ferne ziehen zu lassen mit ihrer neuen jüdischen Familie. Aber Aminats Ausreise kam nicht infrage. Aminat war mein Kind. Ich war froh, dass Sulfia jetzt Lena hatte. Aminat war älter, schöner, besser, gesünder. Aminat konnte auch ohne Sulfia zurechtkommen, sie hatte ja mich.

Die Sache war also klar. Ich überlegte, dass ich jetzt in Sulfias Wohnung ziehen könnte. Drei Zimmer für Aminat und mich, ohne Nachbarinnen und ohne einen Putzplan für die gemeinsam genutzten Räume – das war eine Aussicht, die mir Freude machte. Ich musste nur aufpassen, dass Klavdia sich meine beiden Zimmer nicht unter den Nagel riss. Wenigstens war ich sicher, dass sie der Hausverwaltung nicht melden würde, dass ich nicht mehr in der Kommunalwohnung lebte. Dann hätte man die Zimmer ruckzuck neu vergeben, und die neuen Nachbarn wären sicher nicht so nett, freundlich und hilfsbereit wie ich.

Sulfia sah immer schlechter aus (falls das überhaupt möglich war). Ich sagte ihr, sie solle mehr Vitamine essen. In Israel würde sie das brauchen.

In der Wohnung lagen jetzt irgendwelche Bücher herum, die »Ulpan« hießen, und Broschüren wie »Willkommen, Neubürger«. Einmal traf ich Aminat mit einem solchen Buch in den Händen an. Ich wollte es ihr wegnehmen und sagte: »Das brauchst du nicht.«

Sie hielt das Buch fest, während ich von der anderen Seite daran zog. »Papa sagt, ich soll das schon mal lesen«, sagte sie. Sie nannte Rosenbaum jetzt plötzlich Papa. Das war wie früher, als sie noch klein war und ich sie davon abhalten musste, jeden fremden Mann auf der Straße Papa zu nennen.

»Das brauchst du nicht«, wiederholte ich und schaffte es, ihr das Buch zu entreißen. Dabei gab der Umschlag einen kläglichen Laut von sich. Ich legte das Buch möglichst weit oben ins Regal, damit sie nicht drankam.

Ich ging zu Rosenbaum, der gerade Nudeln vom Vortag in einer Pfanne warm machte, und fragte: »Habt ihr es Aminat schon gesagt?«

»Was?« Er sah mich freundlich durch seine dicken Brillengläser an.

»Das mit Israel.«

»Sicher.«

»Und warum soll sie diese bekloppten Bücher lesen?«

»Weil das eine gute Vorbereitung ist.«

»Aufs Hierbleiben?«

»Nein«, sagte er freundlich. »Aufs Auswandern.«

»Aminat wandert nicht aus«, stieß ich hervor. »Hast du das nicht mitgekriegt? Aminat bleibt hier, bei mir.«

Er wandte sich wieder der Pfanne zu und rührte emsig in den Nudeln herum. Bevor er mir antwortete, drehte er die Gasflamme herunter und wandte mir sein von der Hitze gerötetes Gesicht zu.

»Aminat kommt mit. Das war doch von Anfang an klar.«

»Aber Sulfia …«, keuchte ich. Es fühlte sich an, als hätte mich jemand mit dem Kopf gegen die Wand geschlagen. »Aber Sulfia!«

»Für Sulfia«, sagte Rosenbaum und verteilte die Nudeln auf vier Teller, »stand es nie infrage. Glauben Sie mir.«

Arme Sau

⚒ Irgendwas in meinem Leben war schiefgelaufen. Ich hätte niemals zulassen dürfen, dass Sulfia mit einem Juden anbandelte. Das hatte ich jetzt davon. Jetzt war meine eigene Tochter durch ein hässliches pausbäckiges Kind untrennbar mit einer jüdischen Familie verbunden. Und die wollte abhauen, das wollten die immer, hatte ich auch nichts dagegen – aber was gab ihnen das Recht, mich zu zerstören? Wie stellten sie sich das eigentlich vor? Was sollte ich ohne Aminat tun? Hier in dieser Stadt, auf dieser Welt? Wenn Aminat aus meinem Leben verschwände, dann würde sie auch alle Farben und Klänge mitnehmen. Dann machte alles keinen Sinn mehr.

In Sulfias Wohnung wirbelte jetzt Rosenbaum herum, legte Sachen in Kisten und hängte Listen an die Wand, die er permanent ergänzte oder abhakte: »Sich noch treffen mit«, »Dringend besorgen«, »Fragen, ob haben wollen: Was/Wen«, »Papiere«. Er war sehr freundlich zu mir, und sein Blick hinter den dicken Brillengläsern war auf eine beleidigende Weise mitfühlend.

Ich fuhr zu Sulfias chirurgischer Klinik, um ungestört mit ihr zu reden.

Ich wartete vor dem Eingang auf sie, wie schon so oft. Arme, kranke Menschen standen herum, gegen die Mauer gelehnt, Verbände um Kopf, Bein oder Arm, Zigarette in der Hand. Sie taten mir nicht mehr leid – denn jetzt ging es mir viel schlechter als ihnen. Sie waren vielleicht verletzt, aber ihnen riss keiner bei lebendigem Leib das Herz aus der Brust.

Als Sulfia herauskam, lief sie erst an mir vorbei: Sie hatte mich nicht gleich gesehen. Dann drehte sie sich noch mal um, sah mich erstaunt an und kehrte zurück. »Mutter, was machst du hier, um Gottes willen?«

»Ich muss mit dir reden«, krächzte ich.

»Dann komm doch mit zu uns.«

»Nein. Ich will mit dir allein reden. Ohne ihn.«

»Ohne wen?«

»Ohne ihn. Du sollst mit zu mir kommen.«

Wir fuhren mit dem Trolleybus zu mir. Sulfia sagte nichts. Sie hielt ihre Handtasche auf dem Schoß fest. Jetzt hatte sie endlich eine schöne Handtasche, wie eine richtige Frau. Aus braunem Leder mit einem goldenen Verschluss.

»Schöne Handtasche«, sagte ich, obwohl die Zeit für Nettigkeiten längst vorbei war.

Sulfia öffnete sie, nahm ihre kleine Geldbörse heraus, ein gefaltetes Stofftaschentuch und ihr Notizbuch – und gab die Handtasche mir. Jetzt war die

Tasche ganz leer, ich sah sogar extra hinein, weil ich es nicht glauben konnte. Ich gab ihr die Tasche zurück. So billig sollte sie mir nicht davonkommen.

Es war schwer, die Tür aufzuschließen. Jede Bewegung verursachte ein dumpfes Echo in meiner Seele. Ich sah meiner Einsamkeit ins Gesicht, sie schnitt mir hässliche Grimassen.

Ohne Aminat war ich einsam und mein Leben war sinnlos. Ich erklärte das Sulfia. »Warum willst du mich umbringen?« fragte ich sie.

»Wir könnten versuchen, dich mitzunehmen«, sagte Sulfia und vermied es dabei, mir in die Augen zu sehen.

Ich bin kein Gepäckstück, wollte ich ausrufen, sagte aber nichts. Ich war weniger als ein Gepäckstück. Mich wollten die ja eigentlich, anders als ihr verdammtes Zeug, gar nicht dabeihaben.

»Was soll ich da, unter lauter Juden?« fragte ich. »Und was soll mein Mädchen dort?«

»Aminat ist *mein* Mädchen, Mutter«, sagte Sulfia.

Ich wusste einfach nicht, was ich jetzt noch tun konnte.

»Ohne Aminat gehe ich ein«, sagte ich. »Bitte lass Aminat da. Ich werde mich gut um sie kümmern. Ich flehe dich an. Du bist meine einzige Tochter.«

Sulfia stand langsam auf und strich ihr Kleid glatt. »Es tut mir leid, Mutter. Wirklich. Sehr.«

Ich sagte gar nichts mehr. Ich half ihnen packen. Ich kam vorbei und suchte mit Aminat die Spielsachen und Bücher aus, die sie mitnehmen wollte. Ich wollte sie nicht zu früh traurig machen.

Aminat hatte gute Laune. Sie fragte mich über Israel aus. Dann verstand ich, dass sie davon ausging, dass ich bald nachreisen würde. Das war sicher keine schlechte Idee von Sulfia. Aminat würde gern mitkommen, auf mich warten – und mich dann vergessen.

Eines Abends klopfte ich bei Klavdia an. Klavdia war inzwischen mehr breit als hoch. Seit der Männerstrom an meiner Haustür abgerissen war, war sie gleichzeitig frustriert und versöhnt. Sie war erstaunt, mich so zu sehen. Ich hatte mich verändert, seit ich wusste, dass ich Aminat verlieren würde. Ich war eine arme Sau geworden.

Ich hatte einen Plan, und Klavdia würde mir dabei helfen.

Ich erzählte ihr, dass Sulfia einen großen Vorrat Schlaftabletten nach Israel mitnehmen wollte, die seien dort so teuer.

»Will sie die dort weiterverkaufen?« fragte Klavdia geschäftig.

»Sicher. Wie viel kannst du beschaffen?« fragte ich.

Zwei Tage später hatte ich vierzehn Packungen irgendeines Präparats. Ich kannte mich mit so etwas nicht aus, ich hatte mein Leben lang keine Medikamente genommen. Klavdia hatte immer noch Biss.

Wenn sie spürte, dass es irgendwo etwas zu verdienen gab, dann zögerte sie nicht. Sie fühlte mit mir – weniger wegen des bevorstehenden Abschieds, eher weil meine Tochter und meine Enkelin fortan unter Juden leben würden. Klavdia war hin- und hergerissen. Einerseits war sie der Meinung, dass jeder Jude, der das Land verließ, ein guter Jude war. Andererseits gönnte sie keinem von ihnen das sonnige Ausland. Eine Auswanderung in die mongolische Steppe hätte Klavdia für sie viel besser gefunden.

Mein Abschied

⚒ Die Rosenbaums feierten an ihrem letzten Tag ein großes Abschiedsfest. Sie wollten bis zum Abflug feiern. Die Koffer und Kisten waren gepackt, ein Teil vorgeschickt. Die Wohnung war nahezu leer, bloß in der Mitte stand ein großer Tisch, zu dem jeder Gast eine Schüssel Salat oder einen Kuchen beigetragen hatte. Danach sollte ein Kollege von Rosenbaum, der ein Auto hatte, die Familie zum Flughafen bringen, in einem weiteren Auto würde das Gepäck transportiert werden. Keiner sprach es direkt aus, aber die Aufgabe, nach diesem Abschiedsfest aufzuräumen, fiel mir zu. Ich sagte nichts – das Aufräumen sollte nicht mehr mein Problem sein.

Aminat sang und tanzte und warf mit komischen Wörtern um sich, die sie aus ihrem »Ulpan« hatte. Ich saß still auf meinem Stuhl und sah zu, wie Sulfia von unzähligen Menschen, die ich noch nie im Leben gesehen hatte, umarmt wurde, wie die alte Rosenbaum sich die halbe Nacht lang mit Sulfias Taschentuch die Tränen trocknete, wie Versprechen ausgetauscht wurden, sich niemals aus den Augen zu verlieren. Wahrscheinlich war ich die Einzige, die schon in diesem Moment wusste, dass solche Versprechen niemals gehalten werden.

Kurz nach Mitternacht stand ich auf. Die müde Aminat hatte sich auf einer Matratze im Kinderzimmer zusammengerollt. Sie hielt die kleine schlafende Lena in ihren Armen. Ich beugte mich hinunter und küsste Aminat auf die verschwitzte Stirn.

Keiner merkte, wie ich die Wohnung verließ. Ich hielt auf der Straße ein Auto an und ließ mich heimbringen. Ich gab dem Fahrer einen großen Geldschein, und er hielt mich offensichtlich für betrunken. Ich bat ihn, immer nett zu anderen Menschen zu sein. Jetzt hielt er mich für verrückt.

Zu Hause nahm ich die Tablettenschachteln und eine Flasche Milch und ging in mein Zimmer. Ich zog mich aus, warf meinen Bademantel über und ging ins Bad. Ich schminkte mich ab und wusch mich gründlich. Danach trocknete ich mir das Haar mit dem Föhn und brachte es mit Lockenstab und Bürste in Form, schlüpfte in ein frisches Spitzennachthemd und schminkte mich noch mal neu. Ich hätte es für meine eigene Hochzeit nicht gründlicher tun können. Aber eine Heirat ließ sich wiederholen, der Tod meistens nicht.

Was ich im Spiegel sah, gefiel mir. Ich hatte die Wangen blass gepudert und sah mit meinen schwarzen Haaren und roten Lippen wunderschön und ewig jung aus. Schade nur, dass sicher niemand auf die Idee kommen würde, mich im Sarg zu fotografieren.

Ich setzte mich aufs Bett und begann, die Schachteln zu öffnen und die Tabletten aus den Blisterpackungen rauszudrücken. Sie fielen auf die Bettdecke, ich schaufelte sie mit den Händen zu einem Häufchen. Ich warf zehn nacheinander in meinen Mund, zerdrückte sie mit den Zähnen und trank ein halbes Glas Milch hinterher. Noch spürte ich nichts außer einem starken Herzklopfen.

Mir fiel ein, dass ich keinen Abschiedsbrief hinterlassen hatte. Aber es war auch nicht nötig. Man würde mich erst finden, wenn Aminat und Sulfia bereits in Tel Aviv angekommen waren. Dann musste Sulfia möglicherweise noch mal zurückfliegen und sich um die Beerdigung kümmern. Tja, da musste sie eben durch.

Jetzt fühlte ich mich seltsam. Ich konnte nicht verstehen, ob ich nun Magenschmerzen hatte oder ob mir schwindlig war. Ich hörte den rasenden Puls in meinen Schläfen und hielt den Kopf mit den Händen zusammen. Gleichzeitig spürte ich, dass ich kurz davor war, mich zu übergeben. Das durfte jetzt nicht sein. Ich schaufelte die Tabletten in mein leeres Glas, goss ein bisschen Milch dazu und verrührte alles mit dem Löffel. Die Tabletten lösten sich schlecht auf, ich drückte und verrieb sie und spürte mit Entsetzen, dass meine Finger mir nicht mehr gehorchten.

Wahrscheinlich war ich schon halb tot. Ich kippte den Tablettenbrei in meinen Mund, füllte das Glas mit Milch auf, trank alles aus und legte mich schnell unter die Bettdecke. Ich faltete meine Hände und schloss die Augen. Mein vorletzter Gedanke galt Aminat und mein allerletzter Gott.

Wieder unter uns

⚒ Als ich meine schmerzenden Augen wieder öffnete, sah ich Sulfia, die mir mit abgewandtem Gesicht den Blutdruck maß. Ich schloss die Augen erst mal wieder und dachte nach.

Ich erinnerte mich an das Abschiedsfest, an Aminats verschwitzte Stirn, an ihre an der Matratze platt gedrückte Wange und ihren Arm, der im Schlaf die kleine Lena hielt. Das war mein Unglück gewesen: Ich war dabei, Aminat an das Land der Juden zu verlieren, nur weil Sulfia einen Rosenbaum geheiratet hatte. Draußen war es hell, und Sulfia, die längst in Moskau in eine Maschine nach Tel Aviv umgestiegen sein sollte, stand leibhaftig vor mir und packte ihr Blutdruckmessgerät wieder ein. Ich musste irgendetwas verpasst haben.

Sulfia stand auf und ging zum Fenster. Ich öffnete die Augen ein wenig und sah auf ihren mageren Rücken. Auf der Fensterbank standen zwei große Taschen, und in einer davon wühlte Sulfia gerade.

Ich betastete meinen Körper unter der Decke. Ich hatte ein anderes Nachthemd an. Man hatte mich umgezogen. Ich griff mir ins Haar, um die Beschaffenheit meiner Frisur rauszufinden. Ich befeuchtete meinen Finger mit Spucke und berührte meine Wimpern. Man hatte mich umgezogen und mir das Gesicht gewaschen.

Ich merkte nicht rechtzeitig, dass Sulfia sich wieder umgedreht hatte und mich ansah. Es war zu spät, um die Augen wieder zu schließen. Ich sah ihr stumm entgegen.

»Wie fühlst du dich?« fragte sie, ohne zu lächeln.

»Was machst du hier?« fragte ich. Das Sprechen fiel mir schwer, mein Hals war wund und trocken.

Sulfia antwortete nicht.

»Wo ist Aminat?« krächzte ich.

Sulfia ging hinaus und kam mit einem halb vollen Wasserglas zurück. Sie griff mit der Hand unter meinen Rücken und richtete mich auf. Sie hielt das Glas an meine Lippen. Ich trank einen Schluck Wasser. Die kalte Feuchtigkeit irritierte meine Kehle.

»Wo ist Aminat?«

Sulfia stellte das Glas auf die Fensterbank.

»In der Schule.«

»Und die Rosenbaums?«

Sulfia drehte sich mit dem Gesicht zum Fenster und mit dem Rücken zu mir.

»In Tel Aviv.«

»Und du? Wann fliegst du?«

»Ich fliege nicht.«

»Und Lena?«

»Was ist mit Lena?«

»Wo ist Lena?«

Sulfia drehte sich zu mir, ihre Augen waren matt.

»Lena ist in Tel Aviv. Schlaf noch ein bisschen, Mutter.«

Wir waren wieder unter uns: Aminat, Sulfia und ich, ohne Männer, ohne neue Kinder, in zwei großen Wohnungen, eine davon nicht mehr möbliert. Deswegen zogen Aminat und Sulfia zu mir, in das Zimmer, das sie schon kurz nach Aminats Geburt zusammen bewohnt hatten.

»Sie hat Angst, dass du dir noch was antust«, sagte Klavdia zu mir in der Küche. Das war aber Quatsch: Wieso sollte ich mir etwas antun, jetzt, wo meine Liebe wieder bei mir war?

Sulfia sprach niemals über diese Nacht, in der sie beschlossen hatte, nicht ins Flugzeug zu steigen. Sie muss sich innerhalb weniger Stunden umentschieden haben. Ich fand nie heraus, was sie dazu getrieben hatte, mir nachzufahren, und was danach passiert war. Sie hatte mich ohne Hilfe eines Notarztes gerettet, denn sonst wäre ich nicht zu Hause, sondern als Selbstmörderin in der geschlossenen Psychiatrie aufgewacht. Ich sah Klavdia an, dass sie mehr wusste, als sie sagte, und ich vermutete, dass irgendwas mit ihren Tabletten nicht gestimmt hatte – sie waren zu billig gewesen und hatten offenbar zu wenig Wirkstoff.

Meine Kehle brannte noch lange, und mein Magen war wund und zerschunden, als hätte ich Steine ausgewürgt. Ich beschwerte mich nicht. Ich lag im Bett, die Hände über der Decke gefaltet, und Sulfia war bei mir. Manchmal hatte ich das Gefühl, die Decke wurde zu warm. Ich brauchte nichts zu sagen. Sulfia erkannte es an meinem Gesichtsausdruck. Sie schüttelte die Decke aus und drehte sie um. Ich dankte ihr nicht dafür. Sie war meine Tochter, ich hatte mich mein Leben lang um sie gekümmert. Jetzt durfte sie auch mal etwas für mich tun.

Während Sulfia meine Decke ausschüttelte, mein Gesicht mit einem nassen Lappen abwischte, mir zu trinken gab, irgendwelche Spritzen setzte und meinen Blutdruck maß, tobte Aminat im Nebenzimmer. Ich hörte sie hinter der Wand springen und stampfen, sich gegen die Wände stürzen, mit Gegenständen herumwerfen. Sie war wie von Sinnen. Manchmal schrie sie, dann ging Sulfia hinaus und betrat den Nebenraum. Ich hörte ihr trockenes Flüstern. Und Aminat wurde still.

Während ich krank war, betrat Aminat kein einziges Mal mein Zimmer. Erst war ich froh darüber. Ich war zu schwach, ich hätte nicht gewusst, was ich ihr hätte sagen sollen. Dann begann ich sie zu vermissen. Ich fragte Sulfia nach ihr. Sulfia antwortete, ich sei noch zu schwach und Aminat zu ungezogen. Ich verstand, was sie meinte. Aminat würde sich mir gegenüber nicht benehmen, sie würde schreien und toben und mir Sachen vorwerfen, die sie sicher irgendwann nach meinem Tod, der sich ja vorerst verschoben hatte, bitter bereuen würde.

Wäre ich nicht rechtzeitig gefunden worden, hätte sie in Tel Aviv ein paar Tränen vergossen und in den Nächten nach mir gerufen, bis die Erinnerung an mich verblasst wäre. Ich wäre zu einem Foto auf ihrer Tapete geworden.

Jetzt kam alles ganz anders. Im Toten Meer badeten nur die Rosenbaums.

Sulfia arbeitete weiter auf ihrer chirurgischen Station, Aminat ging wieder in die Schule, und ich hatte mich so weit erholt, dass ich ein paar Spaziergänge um den Block machte, wobei ich oft anhielt, um zu verschnaufen. Sulfia verwandelte sich innerhalb weniger Tage in eine alte Frau. Das sollte kein Dauerzustand werden, dachte ich, mit einer solchen verbitterten Miene würde sie nie wieder einen Mann abkriegen.

Auch Aminat hatte sich verändert. Sie hatte aufgehört zu toben. Sie wurde ein merkwürdig stilles Kind, sprach nie ein Wort zu viel, kam von der Schule sofort nach Hause und machte ihre Hausaufgaben. War sie damit fertig, legte sie sich aufs Bett, mit dem Gesicht zur Wand.

»Was hat sie für ein Problem?« fragte ich Sulfia. »Versprich ihr, dass wir bald Urlaub am Meer machen.

Rosenbaum soll dir Geld schicken, er ist jetzt sicher reich.«

Sulfia sah mich an und sagte: »Von welchem Meer redest du? Sie vermisst ihre Schwester.«

Ja, jetzt sah ich das auch. Aminat hatte Sehnsucht nach diesem pausbäckigen Kind mit den abstehenden Fusselhaaren. Sie hatte Fotos in ihren Heften und Büchern versteckt: Lena auf einem Schaukelpferd, Lena mit einem Apfel, Lena auf dem Topf. Sie erwähnte ihre Schwester nie, aber die Fotos fielen überall heraus und wurden von Aminat schnell wieder eingesammelt und eingesteckt.

Auch Sulfia erwähnte Lena nie. Wenn sie abends in ihrem und Aminats Zimmer verschwand, hörte ich nichts als Stille. Sie unterhielten sich nicht miteinander. Ich hatte das Gefühl, dass sie über das Gleiche schwiegen.

Und währenddessen klingelte bei uns das Telefon. Aminat rannte in den Flur und griff sich den Hörer. Rosenbaum rief in der ersten Zeit oft an. Er berichtete, dass sie gut angekommen waren, wie heiß es war, dass sie zu viert in einer leeren Wohnung lebten und alte Möbel von den Nachbarn bekommen hatten. Wie sie zu Sprachkursen gingen, wie er in einem Obstladen frühmorgens die Sharonfrüchte sortierte, weil keine andere Arbeit für ihn da war, wie die alte Rosenbaum kränkelte und ihr Mann im Gegenzug aufblühte.

»Gib mir doch mal Lena«, bat Aminat, und dann

hörte ich sie »Lena, hier ist deine große Schwester Aminat!« rufen und danach in den Hörer Sachen flüstern, die niemand außer Lena hören sollte. »Und jetzt sag du mir was«, verlangte Aminat und wurde für einige Zeit still. Dabei konnte Lena noch gar nicht sprechen, sie war mit zwei Jahren sehr spät dran. Wahrscheinlich nahm Rosenbaum Lena ganz schnell den Hörer ab, denn die Anrufe waren teuer. Aminat ging in ihr Zimmer und schloss die Tür. Die Stille im Raum drückte gegen die Wände.

Es kam ein mehrere Seiten langer Brief von Rosenbaum, der laut Poststempel zwei Monate unterwegs gewesen war. Auf den Briefmarken waren verdrehte Buchstaben, und die Adresse klang nach einer ganz anderen Welt. Im Umschlag waren Fotos: Lena am Strand, vor einer Steinmauer und mit einem Eis.

»Wie groß sie geworden ist!« sagte Aminat, obwohl Lena genauso aussah wie vor ihrer Abreise. Sie trug merkwürdige Sachen. Ein T-Shirt mit einer Zeichentrickmaus drauf, einen Sonnenhut und nasse Shorts. Im Hintergrund war ein leerer Sandstrand.

Aminat saß stundenlang vor diesen Bildern. Anders als Sulfia, die nur einen flüchtigen Blick darauf geworfen und sich wieder abgewandt hatte.

»Guck mal, Mama«, sagte Aminat.

»Ja, ja, Liebling«, sagte Sulfia.

»Du musst dir das anschauen!«

»Hab ich schon, Liebling.«

Sulfia las auch die langen Briefe Rosenbaums nicht. Aminat drängte darauf, den Inhalt zu erfahren, konnte aber die fahrige Schrift nicht entziffern. Also las ich ihr die Briefe vor. Hauptsächlich zählte Rosenbaum die einzelnen Waren in den Geschäften auf und die Preise dazu, schrieb aber auch, dass Lenas erste Worte in Iwrit waren und dass man es nicht abwarten konnte, den fehlenden Teil der Familie wiederzusehen, damit man wieder komplett war. An dieser Stelle stockte ich und blickte über den Briefrand zu Aminat, die mich mit leicht zusammengekniffenen Augen ansah.

Ich faltete den Brief zusammen. Aminat riss ihn mir aus den Händen und ging in ihr Zimmer.

Sulfia, du brauchst einen Ausländer

Die Zeiten wurden schlechter.

Sulfia bewegte sich wie ein Schatten durch den Tag, und Aminat begann, den Gesichtsausdruck ihrer Mutter zu übernehmen: herunterhängende Mundwinkel und ein Blick, der ins Nirgendwo gerichtet war. Ich merkte auch, dass die beiden keinen Respekt mehr vor mir hatten. Sulfia und Aminat sahen höflich in meine Richtung, wenn ich meine Ansichten zum Wetter oder zum abstürzenden Rubelkurs kundtat, aber ihre Gesichter drückten die Sehnsucht aus, ich möge endlich aufhören zu sprechen.

Der Wind hatte sich gedreht, draußen auch. Die Regale in den Lebensmittelgeschäften leerten sich. Wir mussten uns anstrengen, um satt zu werden. Bevor ich einkaufen ging, brachte ich erst mal das Leergut zurück, die gründlich gespülten Milch- und Kefirflaschen, und zählte genau die Münzen ab, die ich dafür bekam. Vom Pfandgeld kaufte ich Brot und Kartoffeln.

Zum Glück hatte ich meinen Garten auf dem Land, der uns in dieser Zeit ernährte. Meine Gurken und Tomaten gediehen im Gewächshaus. Die Fahrt mit dem Bus dorthin dauerte fast zwei Stunden. Ich bestellte lieber Kalganow, damit er uns mit dem Auto zum Garten fuhr und vor allem wieder nach Hause, im Kofferraum die Kisten mit Gemüse und die Körbe mit Obst. Ich nahm Aminat mit, und sie lief schweigend zwischen den Beeten herum und pflückte büschelweise Schnittlauch und stopfte ihn sich in den Mund. Sie brauchte Vitamine.

Wir ließen nichts verfallen. Stundenlang stand Sulfia auf einer Leiter, einen Eimer an einer Kordel um den Hals gehängt, und pflückte Sanddornbeeren, aus denen wir Marmelade kochten. Es war eine elende Arbeit, und ich war froh, dass Sulfia sich nicht beschwerte, auch wenn die stacheligen Zweige ihre Hände zerkratzten und der Saft der platzenden Beeren in den Wunden brannte. Nächtelang stand ich in der Küche, sterilisierte die Einmachgläser, füllte sie mit Tomaten, Paprika, Gurken und Pilzen, mit Marmeladen und Kompott, und träumte gelegentlich von einer Gefriertruhe.

Politik interessierte mich nicht. Ich hörte auch auf, Zeitungen zu lesen, weil dort Dinge drinstanden, die mir die Laune noch mehr verdarben. Ich brauchte keine schlechten Nachrichten aus der Zeitung, ich konnte alles mit eigenen Augen sehen. Während die Wirtschaft draußen zusammenbrach, sorgte ich dafür, dass meine Familie keinen Hunger litt. Die Paletten der Einmachgläser, ordentlich im Wohnzimmer gestapelt und mit alten Wolldecken zugedeckt, führten mir jeden Tag aufs Neue vor, dass ohne mich gar nichts ging. Aber es wurde trotzdem immer schwerer. Zucker zu kaufen war zum Beispiel ein Glücksfall, und ich brauchte ihn für meine Marmeladen und für den Teepilz.

Wir hatten uns längst an Lebensmittelgutscheine gewöhnt, das war überhaupt nichts Neues, dass im Treppenhaus jemand von der Hausverwaltung saß und die Bewohner Schlange standen, um die Coupons abzuholen, die zum Erwerb einer bestimmten Menge Wurst oder Zucker berechtigten. Das Schwierige war, die Coupons auch einzulösen. Sobald ich hörte, dass irgendwo Zucker verkauft wurde, ließ ich meine Arbeit sofort liegen und fuhr dorthin. Meine, Sulfias und Aminats Coupons hatte ich immer bei mir, nur für den Fall. Wurstgutscheine tauschte ich bei meinen Kolleginnen gegen Zucker ein. Ich hatte beschlossen, dass die Vitamine in meinen Marmeladen besser waren als die Erzeugnisse aus Knorpel, Haut und Papier, die man Wurst nannte und auch nur mit sehr viel Glück ergattern konnte.

Irgendwann musste ich mir eingestehen, dass ich den Teepilz mit seinem enormen Zuckerhunger nicht mehr ernähren konnte. Ich nahm ihn in meinen Garten mit und warf ihn auf den Kompost, obwohl es mir in der Seele wehtat.

Wenn ich in dieser Zeit etwas besonders gern gehabt hätte, dann eine Kuh. Milch war nämlich eine Seltenheit geworden. In der Nähe unseres Haus wurde ein Pavillon mit Milchautomaten aufgestellt, die Menschen brachten zum Abfüllen Milchkannen und leere Dreilitergläser mit. Vor dem Pavillon bildeten sich Warteschlangen, durch die ein Raunen ging, sobald der Automat leer gemolken war. Meist hing allerdings der Zettel »*Heute keine Milch*« darauf. Ich fragte mich, wieso die Milch auf einmal so rar wurde. Wo waren all die Kuhherden geblieben, waren die Weiden unseres endlosen Landes jetzt alle entvölkert?

Um die Eier gab es das gleiche Geheimnis. Es war lange her, dass ich das letzte Mal einfach so ein Ei gegessen hatte. In unserem Hochhaus lebte eine Frau, die in der Küche ein lebendes Huhn hielt. Ab und zu trug sie es hinaus und ließ es auf den Beeten herumpicken. Ich war hemmungslos neidisch.

Aminats Schulgebäude war zu klein für die vielen Schüler, und es gab zu wenige Lehrer. Ihre Klasse hatte jetzt die Nachmittagsschicht: Unterricht ab zwei Uhr. Sie kam nach Hause, wenn es bereits dunkel war. Vormittags hing sie allein herum. Wenn ich früh genug von der Arbeit kam, holte ich Aminat am Abend von der Schule ab. In diesen Jahren verschwanden viele Mädchen am helllichten Tage. Später wurden sie vergewaltigt und ermordet in irgendwelchen Kellern gefunden.

Die Briefe aus Tel Aviv wurden kürzer und seltener. Zuletzt kamen Postkarten zum Geburtstag. »Wir wünschen dir alle alles Gute, Optimismus und Sonnenschein«, stand in leichten Variationen auf jeder Karte. Lena bekam auf den Fotos lange Haare. Internationale Anrufe, die von einem besonderen Klingelton angekündigt wurden, wurden ganz selten und kurz und verliefen immer gleich. Wir hatten uns nichts mehr zu sagen.

»Sulfia«, sagte ich eines Morgens, »du brauchst einen Mann.«

Sie löste gerade einen Teelöffel Kaffeepulver in ihrer Tasse auf. Jetzt war die Dose fast leer, in zwei Tagen würden wir gar keinen Kaffee mehr haben, wahrscheinlich für längere Zeit. Ich dachte, ich hätte nichts Besonderes gesagt. Aber Sulfia, die ruhige, hässliche, bitter dreinblickende Sulfia, warf ihre Tasse auf den Boden und begann zu schreien.

Sie schrie, dass ich mich nie wieder in ihr Leben einmischen solle, wo ich es schon zerstört hatte, diesmal endgültig, ihr Herz gebrochen, ihr die geliebte kleine Tochter geraubt, ihre Familie weggenommen, die Zukunft zerschlagen und sie an mich gefesselt hatte, und die bemitleidenswerte Aminat dazu.

Es war klar, dass Sulfia am Rande eines Nervenzusammenbruchs war. Deswegen ließ ich ihre Worte nicht an mich heran. In ihren wahnsinnigen Momenten sagte sie manchmal schlimme Sachen. Doch ich war nicht nachtragend.

»Sulfia«, sagte ich liebevoll. »Verstehst du nicht, dass es um Aminat geht? In diesem Land hat sie keine Zukunft mehr. Es wird sie verschlucken und nicht mal ihre Knochen ausspucken. Du musst einen Ausländer finden, Sulfia.«

Sulfia setzte sich auf den Boden, genau neben die Kaffeepfütze mit den Scherben der Tasse, und brach in Tränen aus.

Es war so, dass sie gerade irgendwelche Scheidungspapiere unterschrieben hatte. Rosenbaum hatte sie in aller Freundlichkeit um diesen Schritt gebeten. Er hatte aus ihrem Verhalten gefolgert, dass sie niemals wirklich vorhatte, nachzukommen, er hatte die Hoffnung aufgegeben und sich in eine Emigrantin in Tel Aviv verliebt.

Sulfia unterschrieb alles und gab die Papiere einem Mann, der sich als Abgesandter und Anwalt der Familie Rosenbaum vorgestellt hatte. Er sprach gut Russisch, aber mit einem samtweichen Akzent, und wirkte angenehm überrascht, dass sich alles so einfach gestaltete. Zum Abschied küsste er Sulfia und mir die Hand und sagte, die Rosenbaums hätten nicht vor, jemals wieder einen Fuß auf russischen Boden zu setzen.

Ich betrachtete den Mann vom kahlen Kopf bis zu

den teuer beschuhten Füßen und ließ ihn gehen. Er trug einen protzigen, sichtlich neuen Ehering.

Der komatöse Deutsche

Ich gab mich nicht leicht geschlagen. Ich bat Gott um eine neue Chance für Sulfia. Aminat sollte dort aufwachsen, wo man jederzeit Milch kaufen konnte und nicht nur an Glückstagen. Und dies nicht in der Hitze unter lauter Juden, sondern, zum Beispiel, in Europa.

Gott erhörte mich schneller, als ich erwartet hatte. Genau in diesen Tagen wurde ein Ausländer auf Sulfias Station gebracht. Ein großartiger Ausländer, Anfang vierzig, sauber, im Koma – ein Deutscher.

Ich hörte davon, als sich Sulfia mit Aminat in der Küche über Fremdsprachen stritt. Bald sollte Aminat in die fünfte Klasse kommen und sich zwischen Englisch und Deutsch entscheiden müssen. Aminat sagte, dass Deutsch gar keine Sprache sei, weil kein Mensch sie spreche. Sulfia widersprach: Vor drei Tagen erst sei ein Mann eingeliefert worden, der deutsch sprechen würde, wenn er denn bei Bewusstsein wäre. Ich wurde hellhörig.

»Hat er einen Ehering?« fragte ich sofort.

Sulfia schüttelte den Kopf. Der Deutsche war bewusstlos auf der Straße gefunden worden, offenbar zusammengeschlagen und ausgeraubt, sagte sie. Er hatte keine Brieftasche dabeigehabt, zum Glück aber wenigstens einen Reisepass, möglicherweise hatte man ihm auch den Ehering abgenommen.

»Nein, nein«, sagte ich. »Den Ehering kriegt man nicht so leicht ab. Dafür hätte man ihm schon den Finger abhacken müssen.«

Sulfia rieb sich müde die Schläfen.

»Wie heißt er denn?« fragte ich.

»Dieter Rossmann.«

»Was für ein schöner Name!« sagte ich. »Und du pflegst ihn? Und hat er dir schon was gesagt?«

»Ich sag doch, er ist nicht bei Bewusstsein, Mutter.«

»Sulfia«, sagte ich. »Das ist deine letzte Chance.«

Dieser komatöse Deutsche hat unsere Familie wiederbelebt. Wir hatten wieder ein Thema. Ich fragte Sulfia jeden Tag, wie es ihm ging. Erst winkte sie genervt ab, dann fing sie an, von ihm zu erzählen. Sie machte sich immer Sorgen um ihre Patienten. Dieter schien in unserer Stadt ganz allein zu sein, niemand hatte ihn gesucht, es war nicht einmal klar, ob er in irgendeinem Hotel oder privat untergekommen war und was er hier überhaupt wollte.

»Wenn er aufwacht, musst du unbedingt in seiner Nähe sein«, schärfte ich Sulfia ein.

»Ach, Mutter«, sagte Sulfia, dabei hatte genau dieses Vorgehen ihr bereits zwei Ehemänner beschert.

»Und wie ist es eigentlich«, fragte ich, »wenn so einer aus dem Koma aufwacht, kann er dann gleich reden?«

»Das ist ganz unterschiedlich, Mutter. Meistens nicht.«

»Und kann man denn gleich verstehen, ob er sich noch an die Zeit vor dem Unfall erinnern kann?«

»Allmählich, Mutter. Schwerverletzten muss man Zeit lassen.«

»Und wenn du ihm sagen würdest, du bist seine russische Verlobte, würde er dir das glauben?«

»Bitte red nicht so einen Unsinn, Mutter«, sagte Sulfia. Sie hatte keinen Respekt mehr vor mir. Sie war auch immer beschäftigt. Wir waren es gewohnt, dass warmes Wasser nur an Glückstagen aus der Leitung floss und wir es sonst auf dem Herd heiß machen mussten, ich hatte gedacht, uns könnte nichts mehr erschüttern. Aber dann kam der erste Winter seit längerer Zeit, in dem das Wasser ganz abgeschaltet wurde, immer wieder für Tage, und ich schmerzhaft spürte, wie es war, ohne Männer zu leben. Ich war noch sehr schwach, und es war meistens Sulfia, die zur Wasserstelle einen Kilometer entfernt lief und zwei volle Eimer heimbrachte, mit kleinen Schritten, darauf bedacht, keinen Tropfen zu verschütten. Zu Hause angekommen, rieb sie sich lange die Hände und das Kreuz.

Wenn ich ihr jetzt sagte, sie solle sich das Haar

schön hochstecken, wenn sie zur Arbeit ging, aber eine verspielte Strähne in die Stirn fallen lassen, oder wenn ich ihr anbot, sie zu frisieren, und ihr empfahl, einen hübschen Rock unter den Kittel anzuziehen, dann sagte Sulfia überhaupt nichts mehr, sondern verdrehte nur die Augen.

An einem trüben Abend klingelte es an der Tür. Sulfia hatte Spätdienst, und Aminat war noch in der Schule. Durch den Türspion sah ich ein rundes, lachhaft verzerrtes Gesicht und eine überdimensionale Glatze. Ich riss die Tür auf und fand meinen Mann Kalganow vor, der mich vor längerer Zeit wegen einer Lehrerin für Russisch und Literatur verlassen hatte. Sein Körper war schief, was daran lag, dass er eine große Reisetasche in der Hand hielt.

»Verzeih mir, Röschen«, sagte er.

Ich trat zur Seite, um ihn in die Wohnung zu lassen. Ich war zu erstaunt. Außerdem sah seine Nase irgendwie bemitleidenswert aus. Er kam herein, stellte die Tasche auf den Boden, machte die Tür zu und drehte sich zu mir.

»Meine Liebe, ich bin jetzt wieder da«, sagte er und schloss mich zu meinem Entsetzen in die Arme.

Mir verschlug es den Atem. Er roch nach altem, ungewaschenem, krankem Mann. Ich kannte das alles nicht mehr.

Ich schob ihn mit der Hand weg. »Einen Tee?«

fragte ich. Ich hatte lange keinen Besuch mehr gehabt und wollte gern wissen, welche Laus Kalganow über die Leber gelaufen war.

Er setzte sich so selbstverständlich an den Küchentisch, als wäre er hier immer noch zu Hause.

»Ich lass mich so gern von dir bedienen, Röschen«, sagte er.

»Die Zeiten sind nicht mehr so einfach«, sagte ich, bevor er auf die Idee kam, dass ich ihm jetzt Essen auftischen würde.

»Vor allem für eine alleinstehende Frau«, sagte Kalganow bedeutungsvoll, griff nach meiner Hand und führte sie zu seinen Lippen.

»Was ist in dich gefahren?«

Kalganow legte die Stirn in Falten. »Das war ein kapitaler Fehler, Röschen. Aber du warst immer so stark. Ich hätte nicht gedacht, dass du so leiden würdest.«

»Was?« fragte ich irritiert.

»Bitte tu es nie wieder, mein schönes Frauchen«, sagte Kalganow, rutschte vom Stuhl, näherte sich mir auf den Knien und legte seinen kahlen Kopf auf meinen Schoß.

Vor Überraschung hüpfte ich hoch und traf ihn mit dem Knie am Kiefer. Er ächzte und umfasste meine Beine mit beiden Armen. Ich fand das unangenehm – seine Hände auf meiner Haut. In meinen Augen hatte er den Anspruch darauf verloren, mich jederzeit begrapschen zu dürfen. Ich legte beide Hände auf den Tisch und bewegte meine Beine vorsichtig. Er klammerte sich nur noch fester an mich.

»Kalganow, setz dich wieder hin«, bat ich. »Ich will dir ins Gesicht schauen.«

Er kehrte auf seinen Stuhl zurück und sah mich schwermütig an.

»Warum hast du mir nichts gesagt?« fragte er.

»Wovon redest du um Himmels willen?«

»Dass du ohne mich nicht leben willst.«

»Ohne dich …«, wiederholte ich. »Nicht leben?«

Jetzt guckte er vertrauensvoll. »Ich weiß alles, Röschen. Unsere Tochter hat mir alles erzählt.«

»Unsere Tochter.«

»Sulfia.«

»Welche sonst.«

Kalganow trank einen Schluck von seinem Tee und schob ruckartig die Zuckerdose zu sich.

»Bisschen bitter«, sagte er und schaufelte vier Teelöffel Zucker hinein. In mir zitterte alles – es war unser letzter Zucker, ich süßte Aminats Haferbrei damit. »Du weißt, ich hab dich in dieser ganzen Zeit nicht vergessen können.«

»Schon klar«, sagte ich.

»Ich hab getan, was ich konnte«, sagte Kalganow. »Ich wusste, du bist zu stolz, also hab ich es heimlich getan.«

Ich wollte fragen, was er meinte, da fielen mir

die Geldscheine in meinen Taschen wieder ein. Er hatte die ganze Zeit einen Schlüssel gehabt und war hier ein- und ausgegangen, hatte meine Schubladen und Schränke aufgefüllt, und ich hatte es gar nicht gemerkt. Mich jetzt zu bedanken, fand ich aber übertrieben.

»Du wärest doch niemals allein gewesen«, sagte Kalganow. »Solange ich lebe, bin ich bei dir. Danach auch.«

Ich sah ihn stumm an.

»Jetzt bleiben wir für immer zusammen, Röschen«, sagte Kalganow. Seine Hand wanderte über den Tisch in meine Richtung. Sulfia hatte mir eine Falle gebaut.

An diesem Abend klopfte ich mit einer Flasche Wodka an Klavdias Tür. Klavdia lag in ihrem Bett und schaute auf dem Bildschirm ihres kleinen Schwarzweißfernsehers ein Konzert, aber ohne Ton. Ich schloss die Tür und lehnte mich mit dem Rücken dagegen. Kalganow unterhielt sich unterdessen mit Aminat über ihre Noten. Sie antwortete ihm höflich und knapp – sie wusste nicht mehr genau, wer er war.

»Was ist?« fragte Klavdia. Ich hob die Flasche in die Höhe. Klavdias Augen begannen zu glänzen.

»Moment, Moment«, sagte sie. »Einen kleinen Augenblick. Nicht weggehen.«

Sie nahm zwei leere Teegläser von der Fensterbank und stellte sie auf den kleinen Tisch neben dem Bett.

Ich schenkte ein, wir stießen wortlos an, sie kippte die Hälfte hinunter. Ich trank einen Schluck. Der reichte, um meine Tränen zum Fließen zu bringen.

»Er wiiiilll zu mir zurrüüüüück!« schluchzte ich, während Klavdia geschäftig nachfüllte.

»Ach du Schreck«, sagte sie. »Wieso denn das jetzt?«

»Er denkt, ich kann ohne ihn nicht leben.«

»Mistkerl«, sagte Klavdia, während ich ihr von meinem Gram erzählte – dass ich nicht wusste, ob ich den Kalganow jetzt als Heimkehrer akzeptieren oder vor die Tür setzen sollte, denn vielleicht war ein Mann im Haus doch gar nicht so schlecht in diesen düsteren Zeiten. Aber mich mit ihm in ein Bett zu legen, das kam mir unerträglich vor.

Klavdia nickte mitfühlend, ohne die Augen vom Fernsehbildschirm abzuwenden.

»Ich kann nicht!« heulte ich, und Klavdia sagte: »Dann schmeiß ihn raus!«

»Aber er hat mir immer Geld zugesteckt, und wir müssen so eisern sparen!«

»Dann lass ihn da.«

»Behalt die Flasche«, sagte ich und verließ ihr Zimmer. Ich ging ans Telefon, öffnete eine Schublade und fand den Zettel mit der Telefonnummer der Lehrerin für Russisch und Literatur, vor Jahren aufgeschrieben und seitdem kaum angerührt. Es war spät, aber auf mich nahm ja auch nie jemand Rücksicht. Ich wählte die Nummer, es wurde sofort abgenommen. Sie hatte neben dem Telefon gesessen und gewartet.

»Hier ist Rosalinda Achmetowna«, sagte ich höflich. »Entschuldigen Sie bitte die späte Störung, aber mein Mann ist jetzt plötzlich wieder da. Haben Sie sich vielleicht gestritten?«

Sie schwieg.

»Können Sie mich hören?« fragte ich. »Könnten Sie ihn vielleicht abholen? Ich würde gern ins Bett gehen. Nehmen Sie sich ein Taxi, er gibt Ihnen das Geld zurück.«

Sie legte auf. Ich wartete noch zehn Minuten und ging dann in mein Schlafzimmer. Kalganow saß in Unterhosen und Unterhemd an meinem Bettrand, als wäre er nie weg gewesen.

»Deine Lehrerin hat angerufen«, sagte ich. »Sie kann ohne dich nicht einschlafen. Sie holt dich jetzt ab.«

»Was?« fragte er.

»Zieh dich an, lass sie nicht warten.«

»Was?« fragte er wieder.

Als sie an der Tür klingelte, hatte ich ihn gerade dazu gebracht, sich wieder anzuziehen. Ich gab ihm seine schwere Tasche und schickte ihn in den Flur. Er öffnete die Eingangstür, ich hörte das Klatschen einer Ohrfeige und Kalganows jämmerliches Ächzen. Die Tür fiel ins Schloss. Ich ging in den Flur und schloss sie gut ab.

Am nächsten Morgen stand ich ausgeschlafen auf. Ich ging in die Küche und fand dort Sulfia vor, die am Tisch saß, den Kopf auf die gekreuzten Hände gelegt. Manchmal war sie nach der Arbeit so müde, dass sie im Sitzen einschlief.

Ich berührte sie an der Schulter. Sie hob den Kopf und sah mich an. Ihre Hände zitterten, die Lippen waren geschwollen und zerbissen, und die Augen hatten einen wahnsinnigen Glanz.

»Dieter ist zu sich gekommen«, sagte Sulfia.

Es stellte sich heraus, dass Dieter Rossmann blaue Augen hatte und ein bisschen Russisch konnte. Er erinnerte sich nicht an seinen Unfall, wusste aber noch, wer er war und welches seltsame Anliegen ihn in unsere kalte Stadt verschlagen hatte.

»Du musst viel mit ihm sprechen«, beschwor ich Sulfia, »du musst sein Ein und Alles werden, solange er noch im Bett liegt und von dir gepflegt wird.«

»Ach, Mutter«, sagte Sulfia, aber endlich hörte sie auf mich. Vor der Arbeit schminkte sie sich die Augen und die Lippen und ließ sich von mir mit dem Lockenstab Wellen in ihr schwarzes Haar drehen. So sah es ein bisschen fülliger aus. Ich erinnerte mich im Eilverfahren an die deutschen Vokabeln, die ich noch in der Schule gelernt hatte, und brachte sie Sulfia bei. »Guten Tag«, »Wie geht es Ihnen«, »Hände hoch«,

»Mein Name ist Sulfia, und Ihrer?« und »Es freut mich sehr, Sie kennen zu lernen«.

Leider wusste ich nicht, wie man »Sind Sie verheiratet oder verlobt?« sagte, aber Sulfia meinte, alles Wesentliche könnte Dieter sowieso auf Russisch sagen.

»Das ist egal«, sagte ich. »Wenn du dich bemühst, seine Sprache zu sprechen, hast du sofort einen Schlüssel zu seinem Herzen.«

»Ach, Mutter«, sagte Sulfia, aber sie war nicht so widerspenstig wie sonst.

»Deutschland ist ein gutes Land«, sagte ich ihr, »ich habe gehört, dort werden die Straßen mit Shampoo gewaschen.«

Ich versuchte zu verstehen, was Dieter in unserer Stadt wollte. Er war der erste Ausländer, von dem ich je gehört hatte. Sulfia sagte, er sei eine Art Journalist und schreibe eine Art Buch.

»Ein Buch worüber?« fragte ich. Von ausländischen Journalisten hatte ich schon was gehört, aber wenig Gutes. Sie verschafften sich illegal Zutritt zu unseren Waisenhäusern oder Gefängnissen und schrieben über Währungsprostitution und HIV-Infektionen.

Dieter schrieb über Küchen, sagte Sulfia.

»Worüber?« fragte ich

»Über die Nationalküchen«, sagte Sulfia. Er hatte bereits den Kaukasus bereist und wollte sich auf den

Weg in die Ural-Dörfer machen, um dort alte Rezepte unseres Vielvölkerstaates aufzuspüren.

»Rezepte?« fragte ich ratlos. Wir hatten hier längst alle die gleichen Rezepte: Nudeln mit Butter, Würstchen mit Pellkartoffeln, Haferbrei mit altem Kompott, Tee mit steinharten Lebkuchen. Das waren die einzigen Lebensmittel, die man ohne Beziehungen noch auftreiben konnte.

»Was soll ein Mann mit Rezepten?« fragte ich Sulfia. »Ist er vom anderen Ufer?«

»Er schreibt ein Buch«, wiederholte sie.

»Hast du ihm schon gesagt, dass du Tatarin bist?«

Sie schüttelte den Kopf.

»Oh, was bist du dumm, Sulfia. Sag ihm, er soll uns besuchen, dann erzähle ich ihm alles über die tatarische Küche. Sag ihm – alte tatarische Geheimrezepte, die von Generation zu Generation weitergegeben werden.«

»Und dann?«

»Sulfia«, sagte ich. »Mach es einfach.«

Ein ausländischer Idiot

⚒ Es hat einige Monate gedauert, bis Dieter körperlich in der Lage war, mein freundliches Angebot anzunehmen.

In dieser Zeit hatte ich das Gefühl, ihn bereits gut zu kennen. Sulfia schien in einem guten Kontakt zu ihm zu stehen. Manchmal wunderte ich mich, wieso ihre Kolleginnen ihr solche Kranken nicht streitig machten. Dann begriff ich – Sulfias Männer hatten Macken. Sergej sah man auf den ersten Blick den Weiberhelden an, Michail den Juden. Und über Dieter wusste man zu wenig. Er war ein Ausländer, aber ob er lukrativ war, war auf den ersten Blick nicht klar. Er hatte offenbar keine Beziehungen und war mittellos – sonst hätte er nicht mehrere Monate in einem Zehn-Bett-Zimmer ohne jeden Besuch auf Sulfias Station verbringen müssen. Es passte zu Sulfia, dass ihr Ausländer nicht die Luxusvariante war. Besser als nichts war Dieter Rossmann aber allemal.

Er hatte blaue Augen, eine Stupsnase und einen kleinen Mund. Sein Gesicht erinnerte mich an ein Schwein. Er hatte eine Lederjacke an, darunter einen grob gestrickten Pullover, den er wahrscheinlich irgendeinem alten Mütterchen auf dem Basar abgekauft hatte.

Er sah blass und abgemagert aus, hatte aber trotzdem einen dicken Bauch.

Als ich ihm Hausschuhe geben wollte, hob er einen Fuß an und zeigte mir seine Wollsocken, passend zum Pullover. Wäre er kein Ausländer gewesen und unsere Lage weniger prekär, hätte ich in diesem Moment beschlossen, dass Sulfia eigentlich auch ohne Mann in Frieden alt werden konnte.

Dieter hatte einen Gesichtsausdruck, der die Kleinkriminellen auf der Straße nur so anziehen musste. Sein Lächeln sagte: »Ich bin hier neu und habe keine Ahnung. Bitte nehmt mein ganzes Geld und schlagt mir ordentlich auf den Kopf.«

Ich bat ihn mit einem zuckersüßen Lächeln, von dem mir die Mundwinkel wehtaten, zu Tisch.

Es war nicht ganz einfach, in diesen kargen Zeiten etwas auf den Tisch zu bekommen. Ich hatte altes, mehrmals tiefgefrorenes und wieder aufgetautes Rindfleisch aufgetrieben, doch mir fehlten Butter, Eier und saure Sahne. Ich hatte versucht, es mit Karotten und Kartoffeln und sauren Gurken aus meinem Garten auszugleichen. Wir setzten uns an den Tisch, und mir tat es bereits jetzt leid um meine Mühe und um mein Geld.

Dieter saß Aminat gegenüber und sah sie unentwegt an.

»Ist das auch Ihre Tochter?« fragte er mich in seinem lustigen Russisch.

»*Nein, das ist ihre Tochter*«, ich zeigte auf Sulfia. Mein Deutsch wurde mit jedem Satz besser. »*Wie geht es Ihnen?*« fragte ich. »*Tut Ihnen der Kopf noch weh?*«

Ich füllte Dieters Teller mit einer Kwassuppe, in die ich Gemüse geschnitten hatte, eigentlich ein Sommergericht, aber dafür hatte ich nun mal die Zutaten. Dieter nahm seine Serviette, entfaltete sie und breitete sie auf seinem Schoß aus.

»Glotz nicht so«, sagte ich tonlos zu Aminat.

»Sie sieht Ihnen sehr ähnlich«, sagte Dieter zu mir.

»Wer?« fragte ich.

»Sie«, Dieter deutete mit seinem Löffel auf Aminat.

»Das stimmt«, sagte ich voller Stolz.

Dieter aß seltsam. Er spießte kleine Gemüsestücke mit der Gabel auf, ließ sie in den Mund gleiten und schloss die Augen. Während er kaute, bewegten sich die Augäpfel unter seinen geschlossenen Lidern. Wir wurden alle ein wenig verlegen. Sulfia und ich wandten gleichzeitig den Blick ab. Aminat prustete los. Ich trat sie unter dem Tisch. Dieter schluckte herunter und öffnete die Augen. Er nahm sein Weinglas, führte es an den Mund und roch ausgiebig daran.

»Der Wein ist nicht verdorben«, beeilte ich mich zu sagen. Sulfia hatte ihn geschenkt bekommen, aber das sagte ich natürlich nicht. Dieter bewegte seine Augenbrauen, die wie zwei dicke Raupen in seinem

Schweinegesicht herumkrochen, und nahm einen Schluck. Das sah widerlich aus: Anstatt runterzuschlucken bewegte er den Inhalt von einer Backentasche zur anderen, als mache er eine Spülung gegen Zahnschmerzen. Fehlte nur noch, dass er mit dem Wein zu gurgeln begann.

»Ich habe gehört, Sie sammeln Rezepte«, sagte ich, damit er endlich aufhörte zu essen. Ich musste schon mit dem Brechreiz kämpfen. Sulfia hatte es leichter, als Krankenschwester war sie Schlimmeres gewohnt.

Dieter schluckte den Wein endlich hinunter.

»Oh ja, oh ja«, sagte er mit seinem Kinderstimmchen.

»Und was machen Sie damit?«

Er nahm einen Zipfel der Serviette, die auf seinem Schoß lag, und tupfte sich das Fett von den Lippen.

»Ich schreibe ein Buch«, sagte er.

»Und worüber, wenn ich fragen darf?«

»Über Rezepte, nur Rezepte«, sagte Dieter. »Alte, originale Rezepte.«

»Und wer soll dann die Rezepte nachkochen? Ihre Frau?« fragte ich hoffnungslos.

»Ich bin ein Mensch, der nicht mit einer Frau verheiratet ist«, formulierte Dieter in seinem lustigen Russisch.

»Dann also Ihre Mutter?«

»Gott bewahre.«

Ich bekam Kopfschmerzen. Dieter lächelte breit.

»Ich koche«, sagte er. »Ich, ich, ich.«
»Oh«, sagte ich. Ein ausländischer Idiot, als hätten wir hier nicht genug eigene.

Ich konnte es kaum abwarten, dass er ging. Er blieb allerdings hartnäckig sitzen. Wahrscheinlich fühlte er sich auch noch wohl bei uns. Da er in so kleinen Bissen aß und sehr langsam kaute, dauerte es eine Ewigkeit, bis wir uns von einem Gang zum nächsten durchgearbeitet hatten. Ich wartete, dass er Fragen zu den Gerichten stellen würde, aber das tat er nicht. Er aß meine aus der Not geborenen Köstlichkeiten wie vorgestrigen Kartoffelbrei. Ich war aber auch ein bisschen erleichtert, dass ich ihm nicht Rede und Antwort stehen musste. Ich hatte versucht, mich an die Gerichte von Kalganows Familie auf dem Land zu erinnern, aber es war sicher nicht das, wofür sich der Deutsche interessieren könnte. Und um die Zutaten dafür zu bekommen, hätte ich schon zaubern müssen. Ich hatte mich entschlossen, notfalls einfach zu lügen und mir Rezepte auszudenken und zu behaupten, dass sie in meiner Familie von Generation zu Generation weitergegeben wurden. Ich war aber auch froh, es hinauszögern zu können.

Zwischen Hauptgang und Nachtisch bat Dieter Aminat plötzlich, ihm ihr Zimmer zu zeigen. Ich zwickte sie unter dem Tisch. Sie zogen gemeinsam ab, und ich räumte mit Sulfia die schmutzigen Teller weg und holte die sauberen heraus. Wir deckten den Tisch neu. Ich holte mein selbst erfundenes Dessert hervor, eine Art kalten Kuchen aus zermalmten Butterkeksen, Margarine und Äpfeln.

Dann ging ich zu Aminats Zimmer, blieb hinter der angelehnten Tür stehen und lauschte. Dieter spielte mit Aminats Sachen. Er hatte auf einem kleinen Hocker einen Tisch gedeckt und drei ihrer alten Puppen und einen Bären um ihn platziert. Dabei spielte Aminat längst nicht mehr mit Puppen, machte aber mit, um den Gast nicht zu verprellen.

»Und was sollen die jetzt essen?« fragte Aminat, und ich hörte ihrer Stimme an, wie genervt sie war. Doch sie kämpfte tapfer dafür, unsere Lebensbedingungen zu verbessern.

»Kystybyj«, sagte Dieter. »Isst du gern?«

»Kenn ich nicht«, sagte Aminat.

»Kullama?«

»Kenn ich nicht.«

»Talkysch?«

»Wovon reden Sie?«

Auch Aminat kannte sich mit tatarischer Küche nicht aus, und ich hatte es versäumt, sie auf die seltsamen Fragen vorzubereiten. Sie war ein sowjetisches Mädchen geworden, wie Kalganow es immer gewollt hatte. Sie konnte mit den Wörtern nichts anfangen und verbarg ihr Unwissen nicht.

»Gibst du mir einen Kuss?« fragte Dieter.

»Nur wenn Sie meine Mama heiraten«, sagte Aminat.

Ich sagte Sulfia nicht, dass ich das Gespräch belauscht hatte. Ich musste erst darüber nachdenken. Nun wusste ich ja, dass ich viel schneller am Ziel sein würde, als ich es geplant hatte, und dass es nicht darauf ankam, ob Sulfia einen kurzen Rock oder Netzstrümpfe trug. Ich behielt meine Erkenntnisse für mich, ich wollte warten, bis wir rote Reisepässe in den Händen hielten.

Sulfia hatte Dieter bedauernd hinterhergesehen, nachdem er seine Wollsockenfüße in die Schuhe gesteckt und die Schnürsenkel umständlich zugebunden hatte. Er formte aus den Schnürsenkeln Schleifen und wickelte sie auf eine ungewohnte, sehr ausländische Art umeinander.

Ich, Aminat und Sulfia, wir standen aufgereiht vor ihm, sahen zu und warteten, dass er fertig würde. Das brachte ihn nicht aus der Ruhe. Er zog an einem bereits gebundenen Knoten und löste die ganze Konstruktion wieder auf. Aminat seufzte und trat von einem Fuß auf den anderen. Sulfia bewegte ihre Finger. Es hätte nicht viel gefehlt, und sie wäre vor Dieter auf die Knie gegangen und hätte diese Aufgabe für ihn erledigt.

Als die Tür hinter ihm ins Schloss fiel, sah ich in die Runde. Aminats Gesicht war verzerrt, wie immer, wenn sie sich zusammennehmen musste. Sie hatte wirklich Wunder der Selbstbeherrschung vollbracht. Sulfias Gesicht sah traurig und schwärmerisch aus. Ich warf einen Seitenblick auf mein Gesicht im Flurspiegel. Es drückte grimmige Entschlossenheit aus.

»Und jetzt?« fragte Sulfia und ging mit gesenktem Kopf in die Küche. Ich folgte ihr. Sie drehte das Wasser auf, es kam aber keins. Wir waren vorbereitet und hatten einen Vorrat in Eimern und in der Badewanne. Ich füllte es in unseren größten Topf und stellte ihn auf den Herd, um das Wasser aufzukochen und zum Spülen zu verwenden.

»Wir sehen ihn sehr bald wieder«, sagte ich.

»Meinst du?« Sie sah mich an, als ginge sie wieder davon aus, dass ich alles auf dieser Welt wusste. Im Gegensatz zu Aminat kam sie offenbar endlich in ein Alter, in dem man mütterliche Weisheit zu schätzen begann.

»Der kommt sehr bald wieder, meine Tochter«, sagte ich. »Hast du nicht gemerkt – er fraß dich nur so mit den Augen. Solche Frauen wie dich gibt es in Deutschland nicht.«

»Aber er hat mich doch kaum angesehen«, widersprach Sulfia zaghaft.

»Aus Schüchternheit«, sagte ich. »Kopf hoch, Tochter. Wenn wir uns alle richtig anstellen, sind wir bald in Deutschland.«

Für ein besseres Leben

⚒ Sulfia glaubte mir. Sie war wirklich dumm, und sie wollte das gern bleiben. Sie glaubte an das Gute, und mit sehr, sehr viel Fantasie ließen sich Dieters regelmäßige Besuche als Interesse an ihr, Sulfia, interpretieren, als Dankbarkeit für ihre Krankenpflege, als Zuneigung zu der ganzen Familie, als Interesse für meine Marmeladen. Mit Marmeladen konnte ich punkten. In Deutschland, sagte Dieter, wurden die Marmeladen mit Gelierzucker gekocht, ganz kurz, am Ende gab es eine quallenartige saure Masse. Ich dagegen schälte Äpfel und schnitt sie in Stücke, übergoss sie mit Zuckersirup und ließ sie lange stehen, dann kochte ich alles auf, ließ es wieder abkühlen, stundenlang stehen, alles dreimal hintereinander. Die Apfelstücke waren von einer durchsichtigen Schönheit, die Sonne schimmerte durch sie hindurch, und sie entließen das Aroma des Sommers auf die Zunge.

Wir aßen Marmelade zum Tee, weil wir sonst nichts Süßes hatten. Nach einem Gespräch über Kochkunst stand Dieter auf und ging, wie zufällig, in Aminats Zimmer. Er sagte, dass er mit einem Kind besonders gut Russisch sprechen könne, er lerne so ganz anders, und am liebsten von Aminat. Und dass sie eine schöne Stimme hätte, er würde ihr sehr gern zuhören, leider höre sie immer auf zu singen, sobald sie das merke. Dass Aminat seine Besuche hasste, konnte nur einer Blinden wie Sulfia entgehen.

Ich hatte mit Aminat darüber gesprochen, wie schwer die Zeiten waren. Dass wir alle die Zähne zusammenbissen und auch zu Menschen freundlich waren, die wir eigentlich unangenehm fanden, weil wir dann vielleicht ein besseres Leben haben konnten.

Aminat hörte mir zu, ohne mich anzusehen. Wir hatten uns noch nicht wieder angenähert. Ich rechnete dennoch mit ihrer Einsicht. Gelegentlich nahm ich, wenn ich mit Aminat unterwegs war, einen Umweg über das Zigeunerdorf, ein paar Straßen Rückständigkeit mitten in unserer Stadt. Dort spielten dreckige schwarzhaarige Kinder, die im Winter mehrere Lagen Wolltücher über ihren löchrigen Jacken trugen. Sie schrien aus heiseren Kehlen in einer unverständlichen Sprache und bewarfen Passanten mit Steinen. Ich wusste, dass Aminat aus unerfindlichen Gründen davon ausging, dass diese Zigeunerkinder Tataren waren und daher alle mit uns verwandt. Das half mir bei meiner Argumentation. Wenn Aminat sich gut anstellte, dann würden wir nach Deutschland kommen, wenn nicht, dann bestärkte ich sie in dem Glauben, dass wir im Zigeunerdorf landen würden.

Aminat lächelte das erste und letzte Mal in Dieters Gesellschaft, als er verkündete, in drei Tagen nach Hause zu fliegen.

»Jetzt schon?« fragte ich, zwischen Erleichterung und Enttäuschung schwankend.

Wir warteten darauf, dass er noch etwas sagte. Aber nichts passierte. Er gab jeder von uns die Hand, als wären wir auf einem Staatsempfang. Ich sah seinen ausgestreckten Arm, zog ihn an seiner Hand zu mir heran und küsste ihn dreimal auf die Wangen. Besser wäre es gewesen, wenn Aminat es gemacht hätte. Aber ich hatte Angst, dass sie sich dabei auf seine Hose übergeben würde.

Als Dieter gegangen war, rannte Aminat den Flur auf und ab und sang: »Das ausländische Arschloch ist weg, hurra! Endlich ist das ausländische Arschloch weg, hurra!«

Sulfia ging wortlos in ihr Zimmer und legte sich aufs Bett.

»Er kommt bald wieder«, sagte ich beschwörend, aber ich zweifelte. Das Leben hatte mich zu oft in den Hintern getreten – ich war mir nicht mehr sicher.

Drei oder Null

⚒ Zwei Wochen später klingelte das Telefon, und wir zuckten alle zusammen. Wir hatten lange nichts mehr aus Israel gehört, und der Klingelton kündigte einen internationalen Anruf an. Sulfia riss den Hörer von der Gabel.

Während es im Hörer quakte, breitete sich verräterische Röte in Sulfias Gesicht aus. Sie lauschte mit gerunzelter Stirn, verstand nichts und wurde vor Anstrengung immer fleckiger. Ich nahm ihr den Hörer aus der Hand.

Es war Dieter, und ich erkannte ihn kaum. Erstens redete er schnell und piepsig. Zweitens war mir nicht einmal klar, um welche Sprache es sich handelte.

Dann verstand ich ein einziges Wort, dafür ein wichtiges: »Einladung«.

»Einladung ja«, sagte ich. »Für drei. Rosalinda, Sulfia, Aminat.«

Im Hörer wurde es totenstill.

»Drei oder Null«, teilte ich dem verstummten Dieter mit.

Nachdem ich aufgelegt hatte, drehte ich mich

zu Sulfia, die ihre Handflächen gegen die erhitzten Wangen presste.

»Siehst du?« sagte ich. »Er lädt uns nach Deutschland ein.«

Sulfias Augen wurden ganz groß. »Wann?«

»Bald«, sagte ich, aber mir war nicht fröhlich zumute. Uns stand ein langer Weg bevor, und diese Aussicht fühlte sich an wie ein Gallenstein.

Um Dieter Dampf zu machen, brauchte ich ein schönes Foto von Aminat. Ich klingelte bei einem Nachbarn, von dem ich wusste, dass er sein Geld mit dem Verkauf von Frauenfotos verdiente. Ich musste lange klingeln. Er hatte nur eine Unterhose an, als er mir die Tür aufmachte.

»Was willste?« fragte er und musterte mich aus seinem offenen Auge. Das andere war noch geschlossen.

»Fotos«, sagte ich. Er ließ mich in den Flur und verschwand hinter einer der zahlreichen Türen. Ich sah mich um. Die Wände waren weiß, nicht tapeziert, zugepflastert mit Schwarzweißaufnahmen nackter Weiber.

»Hast du die alle selber gemacht?« fragte ich, als er wieder auftauchte. Er hatte ein geöffnetes Paket Milch in der Hand, ein weißes Rinnsal schlängelte sich sein Kinn entlang. Ich sah ihn an und schluckte. Am liebsten hätte ich ihn gefragt, wo er die Milch herhatte.

Als er mir den Preis für die Fotos nannte, bat ich ihn, die Späße zu lassen: Die Angelegenheit war ernst.

»Dann mach die doch selber«, sagte der Nachbar. Ich knallte mit der Tür.

Ich konnte fast alles. Außer fotografieren. Ich besaß nicht einmal einen Fotoapparat. Ich erinnerte mich dunkel daran, wie Kalganow sich vor Jahren im Bad mit einer Rotlichtlampe eingesperrt und Fotopapier in kleine Wannen getaucht hatte und wie darauf langsam die Konturen von Gesichtern hervorgekommen waren. Aber Kalganow traute ich keine schönen Fotos zu.

Ich ging zum Fotoatelier um die Ecke und studierte die Bilder in der Vitrine. Alle Männer sahen aus wie Massenmörder, und alle Kinder schielten. Und Aminat war nicht einmal fotogen.

Zu Hause öffnete ich meinen Kleiderschrank. Ich besaß zwei Pelzmäntel, einen alten und einen neueren, den mir einer meiner Verehrer geschenkt hatte, als ich noch welche gehabt hatte. Ich probierte den Mantel ein letztes Mal an. Ich hatte ihn in der letzten Zeit nicht mehr getragen. Raubüberfälle gab es inzwischen am helllichten Tag, nur Selbstmörder wagten es, mit derart wertvollen Sachen auf die Straße zu gehen.

Ich streichelte das Fell, es war kühl und zart und liebkoste meine vom vielen Geschirrspülen aufgeplatzten Hände. Ich faltete den Pelzmantel zusammen und versenkte ihn in einer schwarzen Sporttasche.

Den ganzen Weg zum Kommissionsladen hatte ich Herzklopfen. Ich bemühte mich, armselig dreinzublicken, damit kein Räuber auf die Idee kam, was für ein Schatz sich in meiner Tasche verbarg. Als ich angekommen war, atmete ich erleichtert aus. Die Verkäuferin weigerte sich, mit mir und meinem Mantel in ein Hinterzimmer zu gehen, also breitete ich ihn direkt im Verkaufsraum aus und sagte, dass ich mein Geld sofort haben wollte und nicht warten konnte, bis jemand den Pelz kaufte und ich meinen Anteil Provision bekam. Dass der Mantel nicht lange im Laden hängen würde, war klar.

Die Verkäuferin blickte mit leicht angewidertem Gesicht auf mein Prachtstück. Ich ließ mich davon nicht täuschen. Ich wartete, bis die Frau den Pelz befingert, umgedreht und an einzelnen Härchen gezogen hatte. Sie blickte immer skeptischer drein, dann nannte sie die Hälfte der Summe, die ich im schlechtesten Fall erwartet hatte.

»Nein«, sagte ich, ich kannte diese faulen Tricks. »Fragen Sie Ihre Vorgesetzte, oder ich gehe in einen anderen Laden.«

Die Verkäuferin zuckte mit den Schultern, verschwand und kehrte mit einer anderen Frau zurück, die ihr bis aufs Haar glich. Die zweite sah mich erst gar nicht an. Sie begann sofort, mit Daumen und Zeigefinger am Pelz herumzuzupfen. Ich hatte das

Gefühl, dass sie meinem Mantel Schmerzen zufügte. Die zweite Frau nannte eine noch niedrigere Summe.

»Aber Moment mal«, sagte ich, »Ihre Kollegin …« Der Blick aus kühlen, nahezu farblosen Augen brachte mich zum Schweigen. Ich verstand: Pro Wort bekam ich fünf Rubel abgezogen.

»Sie können ihn haben«, sagte ich und sah zu, wie sie meinen Mantel ins Hinterzimmer schleppten und mit einem Haufen zerfledderter Geldscheine zurückkamen. Mein Leben war um eine Kostbarkeit ärmer geworden.

Ein gutes Mädchen

Aminat schwieg eisern, während ich ihr die Haare mit den allerletzten Resten ausländischen Shampoos wusch, mit einem Föhn trocknete und mit einem Lockenstab Wellen hineindrückte. Ich verzichtete auf gestärkte Schleifen und anderes vulgäres Zeug, dafür zwang ich Aminat, das Kleid anzuziehen, das ich für das vorletzte Neujahrsfest genäht hatte. Damals wollte ich, dass Aminat bei der Schulaufführung die Rolle des Schneemädchens spielte, eine Hauptrolle, die jedes normale Mädchen haben wollte. Ich hatte die Lehrerin mit Geld und Schokolade beschenkt und dieses Kleid genäht, einen weiß-blauen Traum aus Seide und Spitze, der allerdings ungetragen blieb: Aminat weigerte sich, das Kleid anzuziehen und die Rolle zu übernehmen. Nach tagelangem Streit musste ich die Geschenke als nutzlose Investition abschreiben.

Jetzt war Aminat still und gehorsam wie ein gutes Mädchen. Das Kleid war ihr zu klein. Ich bauschte den Kragen und die Ärmel auf und drapierte Aminats schwarze, nach langer Arbeit gewellte Haare über ihren Schultern. Sie sah klein und zerbrechlich aus, jünger als sie war, bloß ihr Gesichtsausdruck verdarb alles.

»Du musst freundlicher gucken«, sagte ich, als sie auf einem hohen Stuhl in der Wohnung des Nachbarn Platz genommen hatte.

Der Fotograf stand am Fenster, rauchte und schnippte die Asche auf die Köpfe der Passanten. Er sagte, es mache keinen Sinn, die Kamera in die Hand zu nehmen, solange Aminat nicht aufhöre zu gucken wie ein Krokodil.

»Ich hasse Kinder«, sagte er, und ich konnte es mir nicht verkneifen, eine von Aminats Strähnen auf meinen Finger aufzuwickeln und ruckartig dran zu ziehen.

»So zerrst du auch immer an meinen Nerven«, zischte ich, während Aminat vor Schmerz und Wut Tränen in die Augen schossen. In diesem Moment drehte sich der Nachbar um, schrie mich an, ich soll zur Seite gehen, und hielt seinen Fotoapparat vors Gesicht.

Er klickte eine Stunde herum, wechselte mehrmals den Film, drehte am Objektiv, probierte es von vorn und von der Seite. Immer wieder rannte ich nach vorn, piekste Aminat mit meinem Zeigefinger zwischen die Schulterblätter, damit sie sich gerade setzte, oder verwuschelte ihre Haare. Als es vorbei war, kletterte Aminat vom Stuhl und kratzte sich am Kopf. Auf ihrer Stirn standen Schweißperlen. Ihre Locken waren verklebt, und in dem viel zu knappen Kleidchen sah sie schon ziemlich dümmlich aus.

Ich erwartete nichts Gutes, als der Nachbar an unsere Wohnungstür klopfte und mir mürrisch sagte, die Fotos seien fertig. Ich ging mit ihm durchs Treppenhaus und machte mich innerlich bereit für den Kampf um mein Geld. Als ich den ersten Blick auf die auf dem Küchentisch ausgebreiteten Rechtecke warf, dachte ich, dass es sich um Fotos von jemand anderem handelte. Diese Bilder zeigten einen Engel, noch sehr jung, mit bodenloser Traurigkeit in den tiefschwarzen Augen, mit Haaren, die wie von einem leichten Sommerwind zerzaust waren. Erst als ich mich tiefer über den Tisch beugte, um das himmlische Kleid des Engels genauer zu betrachten, begriff ich, dass es sich um Aminat handelte.

Ich nahm ein Foto in die Hände. Es war wie Zauberei. Aminats sonst so trotziges, kantiges Gesicht erstrahlte in Melancholie. Es traf mitten ins Herz, erinnerte an die Schönheit der Schöpfung und brachte einen dazu, auf der Stelle etwas Gutes tun zu wollen. Ohne zu zögern, holte ich den Umschlag mit den Geldscheinen hervor, die ich für meinen Pelz bekommen hatte, und schob ihn über den Tisch.

»Danke, Meister«, sagte ich.

Ich sagte Aminat, sie solle für Dieter ein Bild malen. Sie brachte mir ein weißes Blatt mit einem kahlen Baum in der Mitte. Ich schrie sie an, sie soll sich mehr Mühe geben. Dann hatte ich eine Idee: Ich suchte in einer alten Enzyklopädie das Bild einer Tatarin in Tracht und legte das dicke Buch aufgeschlagen vor Aminat.

»Wer läuft denn so rum?« fragte Aminat.

»Deine Vorfahren«, sagte ich.

Aminat beugte sich über die aufgeschlagenen Seiten und fuhr mit dem Finger über die bunten Figuren, die schrägen Hüte, die verschnürten Kleider. Die Enzyklopädie zeigte die unzähligen Völker der Sowjetunion in ihrer Nationalkleidung.

»Sind das echte Menschen?« fragte sie.

»Mal dich in dieser Tracht«, sagte ich.

Wider Erwarten hatte Aminat Spaß an dieser Aufgabe. Sie zeichnete die Tracht sehr genau ab und malte sie mit Buntstiften aus. Über dem Kragen malte sie ein rotwangiges Gesicht mit dunklen Schlitzaugen und schwarzen Haaren, die zu zwei Zöpfen geflochten waren.

»Schreib deinen Namen drunter«, sagte ich. »Und schreib obendrüber: Für Dieter. Warte, schreib's auf Deutsch, ich zeige dir, wie.«

Ich steckte das Bild in einen Umschlag und legte ein einziges Foto dazu. Ich hatte sie niemandem gezeigt, sondern sie gleich im Schrank unter einem

Wäschestapel versteckt. Mir war klar: Diese Bilder waren wie eine Droge und sollten vorsichtig dosiert werden.

Ich schrieb Dieters Adresse auf den Umschlag und brachte ihn zur Post.

Es dauerte zwei Wochen, dann klingelte bei uns erneut das Telefon. Mein Umschlag war angekommen. Dieter klang sehr verlegen. Er bat mich, Aminat seinen Dank für das gemalte Bild auszurichten. Ich versprach es. Ich wartete, dass er etwas zu dem Foto sagte, aber Dieter erwähnte es nicht. Er hatte also alles richtig verstanden.

»Einladung«, wiederholte ich in meinem astreinen Schuldeutsch. »Einladung für drei.«

Einen Monat später rief ein unbekannter Mann bei uns an und sagte, Dieter habe ihm ein Päckchen für uns mitgegeben. Ich holte es ab. Es war eine wunderschöne Plastiktüte, auf der ein Foto echter roter Erdbeeren aufgedruckt war. Zu Hause rief ich Aminat und Sulfia zu mir und drehte die Tüte über dem Küchentisch um. Ein großer brauner Umschlag fiel heraus, in dem ich die Einladung fand. Außerdem: drei Tafeln Schokolade, ein Päckchen Haselnüsse, eine Packung Pfefferminzkaugummis, zwei Röhrchen mit krümeligen Tabletten, die fruchtig rochen (wir drehten sie hin und her, bis wir das Wort »Vitamine« auf der Seite entziffern konnten), eine Dose Trockenmilchpulver und ein großes weißes Paket, das mit rosa Kirschblüten und einem lachenden Frauengesicht verziert war. Das deutsche Wort »Damenbinden« brachte mich auf die Idee, dass da drin möglicherweise Verbandsmaterial sein könnte.

»Guck mal, wie ansprechend die Ausländer selbst solche medizinischen Sachen verpacken«, sagte ich zu Sulfia.

Die beiden waren so sehr mit dem bunten Zeug beschäftigt, dass sie das Wichtigste übersehen hatten: einen kleinen Umschlag aus weißem Papier, in dem Deutschmarkscheine steckten.

»Überlegt, was ihr mitnehmt«, sagte ich. »Wir fliegen nach Deutschland.«

Es dauerte aber noch Monate und kostete eine Menge Geld und Nerven, bis wir alles beisammenhatten. Ich fuhr nach Moskau, 27 Stunden mit dem Zug, und stand mir an der deutschen Botschaft die Beine in den Bauch. Bis ich Visa und Flugtickets hatte, sammelte ich die notwendigen Bescheinigungen: dass keine von uns geistesgestört war, eine ansteckende Krankheit hatte oder jemals eine Haftstrafe verbüßt hatte. Ich rannte von einer Behörde zur nächsten, immer einen Vorrat an kleinen Geschenken in der Tasche.

Unser letztes Geld gab ich für Souvenirs aus. Ich telefonierte mit Freunden und Bekannten und sammelte Sachen, über die sich in Deutschland, wie ich ahnte, jeder freuen würde: bemalte Holzlöffel in allen Größen, gusseiserne russische Fürsten, Anstecker mit schönen Zeichentrickmotiven.

Wir packten zwei große Koffer und umwickelten sie mit Wäscheleine, damit sie nicht auseinanderbarsten. Es war fast 15 Jahre her, dass diese Koffer das letzte Mal in Gebrauch gewesen waren. Damals waren wir ans Schwarze Meer gefahren.

Ich war ein bisschen aufgeregt und vor allem sehr müde. Kalganow fuhr uns zum Flughafen. Ich sah aus dem Autofenster in den Regen und hatte keine Lust, jemals wieder zurückzukehren.

Kalganow trug tieftraurig unsere Koffer. Sulfia wollte ihm helfen, aber ich hielt sie zurück.

»Wir bringen dir was mit«, sagte ich, um ihn aufzumuntern.

»Nicht nötig, Röschen«, sagte er. Er küsste mich, beugte sich umständlich zu Aminat hinunter, nahm eine schluchzende Sulfia in die Arme. Sie ging mir auf die Nerven, und ich sagte, jemand wie sie darf höchstens in den benachbarten Stadtteil reisen.

Ich fühlte mich leer und erschöpft und versuchte, mich mit der Vorstellung der Winterstiefel aufzumuntern, die ich mir in Deutschland als Erstes kaufen wollte.

Das Land, das uns nicht besiegt hatte

⚒ Sulfia und Aminat waren noch nie geflogen, und auch bei mir lag diese Erfahrung dreißig Jahre zurück. Wir waren aufgeregt wie die Kinder, zumindest Sulfia und ich. Alles erschien uns wie Zauberei, vor allem die Stewardessen und die Anschnallgurte. »Guck, guck!«, rief Sulfia die ganze Zeit. Sie deutete auf das Bullauge, in dem aber immer nur das Gleiche zu sehen war: Wolken, weiß wie Zuckerwatte. Aminat schwieg und sah mit schmalen Augen vor sich. Ihre Katze Parasit hatte die Hektik des Kofferpackens genutzt, um aus der Wohnung zu schleichen, und war bis zur Abreise nicht wieder aufgetaucht. Offenbar war das Tier intelligenter, als ich gedacht hatte.

Wir landeten in Moskau. Bis zum Weiterflug mussten wir anderthalb Tage warten.

Ich hatte gehört, dass in Moskau in der Gorki-Straße ein neues Restaurant geöffnet hatte, vor dem immer riesige Schlangen standen. Wir fuhren mit der Metro dahin, und es war wahr: Wenn man am Kopf der Menschenschlange stand, konnte man ihr Ende nicht mehr sehen. Wir stellten uns natürlich an. Ich wechselte mich mit Sulfia ab: Die eine hielt die Stellung, die andere ruhte ihre schmerzenden Beine auf einer Parkbank in der Sonne aus. Nach dreieinhalb Stunden waren wir am Ziel. Wir studierten die bunten Bilder der Speisen, die vergrößert an der Wand hingen, sprachen die Namen nach, die wir noch nie gehört hatten. Wir bestellten dünn geschnittene, knusprige, luftige Kartoffeln, Fleisch in einem unglaublich weichen Brötchen, heiß gebackene Teigtaschen mit Apfel- und Waldbeerfüllung. Alles war raffiniert in Papier eingewickelt und dazu noch in kleine Pappschachteln gesteckt. »Es ist ein sehr gutes Restaurant«, sagte ich zu Sulfia.

An einem Stehtisch schälten wir unser Essen aus der Verpackung. Binnen kurzer Zeit waren alle Schachteln leer. Ich packte zwei davon in meine Tasche, sie sahen so praktisch aus. Als wir das Restaurant verließen, mussten wir an einer Frau vorbei, die »Danke für Ihren Besuch und auf Wiedersehen!« sagte.

Sulfia lief vor Verlegenheit gegen die Wand, und selbst mir fiel darauf keine gute Antwort ein.

Als wir schon ein paar Meter gelaufen waren, drehte ich mich um, sah auf die große Warteschlange derjenigen, die noch auf den Eintritt in diesen Genusstempel warteten, und hatte das Gefühl, gerade den Westen geschmeckt zu haben.

Wir flogen von Moskau nach Frankfurt am Main. Es war nicht mehr so aufregend. Aminat schaute still aus dem Bullauge. Sie war müde, wir waren in Moskau viel zu Fuß unterwegs gewesen, und sie hatte immer wieder Bauchschmerzen gehabt.

In Frankfurt war die Luft wärmer als bei uns. Ich verstellte meine Armbanduhr.

»Jetzt leben wir nach der deutschen Zeit«, sagte ich.

Unsere Koffer waren unterwegs nicht geklaut worden. Vor der Passkontrolle klopfte mein Herz so stark, dass ich Angst hatte, es könnte mir aus der Brust springen. Ich hatte Sorge, dass mit unseren Pässen oder Visa irgendwas nicht stimmte.

Ein junger Mann in schicker Uniform schlug meinen Pass auf. Seine Hände waren schön und gepflegt wie bei einer Frau. Er betrachtete das holografische Visum, blätterte noch mal um, sah auf mein Foto und dann auf mich. Ich spürte, wie mein Lächeln gefror. Er zwinkerte, schlug den Pass zu und reichte ihn mir. Ich griff danach, nahm Sulfia am Ellbogen (ihr Pass hatte den Grenzler deutlich weniger interessiert), packte Aminat mit der freien Hand, und dann liefen wir noch einige Meter und waren endlich nach Deutschland eingereist.

Ich konnte es kaum glauben: Wir waren im Ausland, wir alle drei, und zwar nicht in irgendeinem, sondern in Deutschland. In dem Land, das uns nicht besiegt hatte. Ich war stolz auf mich. Aminat war gerade mal zwölf und hatte bereits eine Landesgrenze überquert, etwas, worüber ich bis jetzt nur in Büchern gelesen hatte.

Es war alles sehr sauber. Unsere Schuhe spiegelten sich im Fußboden.

Wir liefen mit unseren Koffern auf Dieter zu.

Erst hatte ich ihn gar nicht erkannt. Sulfia sah ihn als Erste und deutete mit dem Finger – eine Geste, die ich inzwischen sogar Aminat abgewöhnt hatte.

Sein Gesicht war runder geworden. Sein Haar war kurz, und die Kopfhaut schimmerte rosa durch. Der Bauch hing über dem Gürtel.

»*Guten Tag!*« rief Sulfia, rannte vor und fiel ihm um den Hals.

Aminat und ich, wir sahen zu, wie er Sulfia den Rücken tätschelte und versuchte, sie abzuschütteln.

Er kam nicht auf die Idee, uns beim Kofferschleppen zu helfen. Er lief an unserer Seite und wies uns mit Handbewegungen den Weg. Zwischendrin versuchte er, Aminat an die Hand zu nehmen, was ihm nicht gelang.

Deutschland stellte sich als grün und menschenleer heraus. Wir fuhren lange mit dem Auto. Verließen die Schnellstraße, kamen auf andere Straßen, die schmaler und kleiner waren, fuhren an Hügeln und Wäldern vorbei.

»Hier«, sagte Dieter, als wir vor einem mehrstöckigen grauen Haus hielten.

Dieter gehörte offenbar nicht das ganze Haus, sondern nur eine Wohnung im obersten Stock. Wir betraten sie, und ich sah mich sofort um. Das Erste, was mir auffiel, waren die schrägen Wände. Sie sahen aus, als würden sie einem gleich auf den Kopf fallen. Ich stellte den Koffer ab und ging ins Innere der Wohnung. Es war schwer zu sagen, wo ein Zimmer aufhörte und das nächste begann. Es gab keine Türen.

Ich passierte einen Torbogen und stand in der Küche. Alles war kahl. Keine Teppiche, wenig Möbel. Es sah aus, als wäre die Wohnung gerade bezogen worden und die Umzugskisten noch nicht ausgepackt. Ich fragte mich, wie man hier leben sollte. Aber alles war sehr sauber. Dieter zeigte uns einen Raum, in dem ein Tisch mit einem echten Computer stand, eine Couch und daneben eine Luftmatratze.

Wir begriffen sofort, dass wir hier schlafen sollten.

»Zwei Personen«, sagte Dieter. »Und Aminat – hier.« Er deutete mit der Hand ins Innere der Wohnung.

»Was sagt er?« fragte Aminat angespannt.

Keiner antwortete ihr.

Ihm fehlte eine Frau

⚒ »Euer erstes Essen im Westen sollten Hamburger sein«, sagte Dieter.

Wir setzten uns an den Tisch – weiße Teller, graues Besteck, geblümte Papierservietten – und besahen uns einen Teller mit Fleischklopsen, einen weiteren mit durchgeschnittenen Brötchen, mit Tomaten- und Gurkenscheiben, zerrupften Salatblättern und eine Flasche mit etwas, das wir am Tag zuvor bei McDonald's kennen gelernt hatten: Ketchup. Es sah aus, als wäre Dieter mit dem Kochen nicht fertig geworden. Ihm fehlte offensichtlich eine Frau.

Ich sah zu, wie Dieter ein Brötchen nahm, aufklappte, eine Frikadelle hineinbettete und mit Ketchup beträufelte, das rohe Gemüse darauf häufte, das Brötchen wieder zuklappte. Und dieser Mensch hatte irgendetwas an meinem vorzüglichen Essen auszusetzen gehabt! Er führte das Monstrum zu seinem Mund, riss ihn so weit auf, dass man seine Goldkronen sehen konnte, und dann biss er ab. Der Salat knackte zwischen den Zähnen, und der Tomatensaft schoss in unsere Gesichter.

Ich wechselte Blicke mit Sulfia, dann nickte ich

Aminat zu. Wir nahmen uns alle gleichzeitig ein Brötchen und klappten es auf. Wir versuchten, Dieter nachzuahmen, griffen mit den Händen in die Teller, stapelten das Gemüse und bespritzten es mit Ketchup. Aminat konnte ihren Mund gar nicht so weit aufreißen, um abbeißen zu können, und nahm ihr Brötchen wieder auseinander.

Nach einer Zeit, die uns angemessen erschien, sagten wir »Danke«. Jede von uns hatte noch Reste auf ihrem Teller, nur die Brötchen hatten wir gegessen, denn wir hatten großen Hunger.

Dieter begann, die Teller abzuräumen. Ich nickte Sulfia zu. Sie sprang auf, um ihm zu helfen. Das irritierte Dieter. Sulfia band sich schon die Küchenschürze um, sie wollte das Geschirr spülen. Zu früh. Dieter versuchte ihr die Schürze abzunehmen. Sie kamen in Körperkontakt. Schließlich setzte sich Sulfia wieder hin, und Dieter stellte einen neuen, großen Teller auf den Tisch, bei dessen Anblick Aminat endlich zu lächeln begann.

Auf dem Teller lagen mehr Süßigkeiten, als sie in ihrem ganzen Leben gesehen hatte. Kleine Tafeln Schokolade, in bunte Papierchen eingewickelt, quadratisch und rund in Goldfolie, kleine Schachteln, eine davon packte Aminat sofort aus – bunte Tabletten fielen heraus, die ebenfalls aus Schokolade waren, lange Riegel, die mit einer dicken, süßen Creme gefüllt waren, Nüsse in Schokolade und

Rosinen in Schokolade, selbst Äpfel in Schokolade, Kekse, mit und ohne Schokolade, merkwürdiges geliertes Zeug, Bonbons, Waffelröhrchen …

Aminat benahm sich daneben. Sie hatte auch einfach großen Hunger nach diesem ungenießbaren Essen. Sie griff mit beiden Händen zu. Wir saßen wie versteinert da, während sie sich die Süßigkeiten in den Mund stopfte, hektisch, verzweifelt darüber, dass sie es nicht schaffen würde, alles sofort und gleichzeitig zu probieren.

»Langsam, langsam«, flüsterte ich, aber Aminat hörte mir nicht zu.

»Und, ist das gut?« fragte Dieter auf Russisch.

Sie sah ihn an, den Mund voll, das Kinn verschmiert, und nickte widerwillig.

Ich erklärte Dieter, dass Aminat erst mal nicht auf der Couch im Wohnzimmer schlafen würde, sondern mit mir im kleinen Zimmer. Ins Wohnzimmer würde sich Sulfia legen. Ich machte klar, dass er von jetzt an nicht mehr der Herr im Haus war. Die Verteilung der Schlafplätze war meine Aufgabe.

Aminat fiel der Länge nach auf die Luftmatratze. Sie war so müde, dass sie sich nicht einmal die Zähne putzen konnte. Ich zog sie mit Sulfias Hilfe aus und deckte sie zu, während Dieter in der Tür stand und zusah.

Im Gegensatz zu Aminat konnte ich lange nicht

einschlafen. Und kaum hatte ich das Gefühl, gerade eingenickt zu sein, hörte ich ein schreckliches Geräusch. Aminat kniete auf der Matratze und würgte, und Erbrochenes spritzte umher. Es waren Mengen, die ich nicht für möglich gehalten hatte. Während ich noch überlegte, ob ich mich gerade in einem Alptraum befand, schaute Sulfia ins Zimmer und reagierte blitzschnell. Sie hielt Aminats Kopf über unseren Koffer, dessen Inhalt sie rasch in die Ecke gekippt hatte.

Nach einer Minute war alles vorbei. Aminat rollte sich auf der Matratze zusammen und schlief einfach weiter. Dabei stöhnte sie leise. Sulfia und ich sahen uns an, dann blickten wir um uns herum. Es war katastrophal.

»Mach die Tür zu«, sagte ich, und wir machten uns an die Arbeit.

Natürlich gelang es uns nicht, dieses unangenehme Ereignis vor Dieter zu verbergen. Dafür roch es zu schlimm, auch wenn wir das Fenster sofort aufgerissen hatten. Wir sammelten Aminats Erbrochenes mit Sulfias grauen T-Shirts auf, da wir nicht wussten, wo Dieter Putzlappen aufbewahrte. Mehrmals schlich ich über den Flur ins Bad, einmal, um eine Rolle Toilettenpapier mitzunehmen und damit den Boden und die Wände zu scheuern, dann wieder zurück, um das benutzte Papier in der Toilette runterzuspülen. Leider kam Dieter gerade dann aus seinem Zimmer.

»Aminat krank«, erklärte ich Dieter und drückte die Toilettenspülung ein weiteres Mal herunter. Dieter kam näher und sah hinein. Ein Strudel verunreinigter Papierfetzen wirbelte in der Schüssel. Der Wasserstand blieb hoch, dann begann er weiter zu steigen.

»Verstopft!« rief Dieter mit hoher, kläglicher Stimme. Dieses deutsche Wort kannte ich zwar noch nicht, aber sein Klang versprach nichts Gutes.

Zum Glück verstand ich nicht, was Dieter sonst noch dazu sagte. Sulfia und ich, wir ließen uns einen bunten Plastikeimer und ein merkwürdiges flauschiges Ding geben – beides sah eher nach Spielzeug als nach Putzmittel aus – und scheuerten noch mal den Teppich mit einem schaumigen, duftenden Wasser. Leider sah man die Flecken trotzdem noch, und der hartnäckige Geruch wurde höchstens um einige Nuancen Essig und Zitrone erweitert.

Aminat wachte spät auf, sie hatte Hunger. Ich schickte sie unter die Dusche und zum Zähneputzen, damit wenigstens sie gut roch, und verbot ihr, Süßigkeiten zu essen.

Nachdem sich Dieter von diesem Ereignis erholt hatte, breitete er seine weiteren Pläne vor uns aus: Städte, die wir besichtigen sollten, Burgen, Schlösser und einen Zoo. Ich nahm eine Plastiktüte ins Auto mit und bat Gott eindringlich darum, Aminats Mageninhalt dort zu lassen, wo er hingehörte. Ich ahnte, dass Dieter eine weitere Attacke auf sein Eigentum nicht verkraften würde.

Ich musste genau überlegen, wer wann was anzog, denn wir hatten nicht viele Kleider dabei. Ich hatte ein rotes Kleid eingepackt, und das zog ich an, dazu goldene Pumps. Anstelle einer Handtasche nahm ich die bunte Plastiktüte mit den Erdbeeren mit. Sulfia zog eine formlose Jeans an, dazu ein T-Shirt. Später stellte ich fest, dass Sulfia den Stil deutscher Frauen perfekt getroffen hatte – ausdrucksloses Gesicht, keine Schminke, flache Schuhe, keine Röcke.

Dieter fuhr uns nach Frankfurt, wo wir auf Kopfsteinpflaster und am Ufer eines Flusses spazieren gingen. An jeder Straßenecke gab es einen Stand, an dem Würstchen, Eis und Pfannkuchen verkauft wurden. Ich hätte gern davon probiert, hatte aber kein Geld. Ich hatte inzwischen nur noch zwei Zehnmarkscheine übrig, ließ sie aber im Koffer, weil sie mir dort sicherer schienen. Wir hatten alle einen Wahnsinnshunger.

Schließlich sagte ich zu Dieter, ein Kind müsse oft essen, sonst wachse es nicht. Dann kaufte er für Aminat ein Stück Pizza und später noch eine Kugel Eis. Immerhin gab es in Deutschland einen Menschen, dem es nicht ganz egal war, ob Aminat Hunger hatte.

Nett zu Sulfia

⚒ Wir guckten uns also Städte an. Ich konnte nicht mehr sagen, welches Kopfsteinpflaster nun genau meine Absätze ruiniert hatte. Ich hatte Blasen an den Füßen. Irgendwann hatte ich genug Schlösser gesehen. Ich wollte einkaufen gehen und sagte es Dieter. Ich konnte sofort sehen, dass es ihm nicht gefiel. Ich sagte, wir könnten vielleicht ein paar Sachen für Aminat einkaufen. Ich sah den inneren Kampf in seinem Gesicht. Ja, uns wurde hier nichts geschenkt.

Wir saßen auf der Couch in seinem Wohnzimmer und schwiegen uns an. Dieter betrachtete seine Fingernägel. Sulfia sortierte ihre Postkarten, die er großzügig für sie gekauft hatte. Aminat blinzelte ins Licht und gähnte. Dann spürte ich ihren Kopf auf meiner Schulter, die Wärme ihres Atems an meinem Hals. Sie schlief.

Ich schob Aminat zurück, auf die Rückenlehne des Sofas. Dann stand ich auf und ging aus dem Zimmer. Als ich zurückkam, saß Dieter auf meinem Platz. Aminats Kopf ruhte jetzt auf seiner Schulter. Ich sagte nichts, ich setzte mich in einen niedrigen Sessel ihm gegenüber. Sulfia sah kurz von ihren Postkarten auf und lächelte gerührt.

»Sulfia«, sagte ich, »bring mir ein Glas Wasser.«

Als sie außer Reichweite war, beugte ich mich über die ruhig atmende Aminat und flüsterte in Dieters Ohr: »Es wäre doch schön, wenn Aminat hierbleiben könnte.«

Er zuckte zusammen.

»Wenn ihre Mutter einen Deutschen heiratet, bleibt Aminat in Deutschland«, sagte ich.

Sulfia kehrte mit einem Glas Wasser zurück. Ich stellte es auf den niedrigen Tisch vor mir. Ich hatte keinen Durst, ich war plötzlich furchtbar müde. Daher ging ich schlafen und ließ sie allein.

Am Morgen hatte ich Migräne. Das war eine neue Plage. Ich konnte nicht einmal aufstehen. Als ich meine schmerzenden Augen aufgeschlagen hatte, war Aminat schon wach. Sie lag auf der Matratze und guckte in die Luft. In diesem Punkt ähnelte sie plötzlich ihrer Mutter. Ich musste ihr sagen, so ging das nicht. In Deutschland konnte man nicht einfach so faul herumliegen. Hier bekam man nichts geschenkt und nichts hinterhergetragen.

Aber heute konnte ich nichts sagen, weil nicht nur jedes gesprochene Wort, sondern auch jeder Gedanke einen Schmerz in meinem entzündeten Gehirn verursachte. Ich bat Gott, jemand möge die Vorhänge für mich zuziehen.

Aminat sah mich an. Ich versuchte nicht daran zu denken, dass ich den Moment verpasst hatte, in dem Aminat aufgehört hatte mich zu lieben.

Ich war wie ausgeschaltet. Die Einzige, die sich für meinen Zustand interessierte, war Sulfia. Sie setzte sich zu mir und legte ihre kühle Hand auf meine Stirn. Dann brachte sie mir eine Tablette und zog die Vorhänge zu.

Gott hatte die Angelegenheit für mich übernommen. Ich hatte ja auch schon alles vorbereitet. Jedenfalls spielten sich die Dinge so ab, wie ich sie eingefädelt hatte. Denn etwas später setzte sich Sulfia zu mir auf den Bettrand und nahm den Waschlappen von meiner Stirn, den sie erst mit kaltem Wasser getränkt und ins Tiefkühlfach gelegt und der sich inzwischen an meiner Haut aufgewärmt hatte. Sie nahm ihn in die Hand und wischte mir damit das Gesicht ab. Das störte mich.

»Ich muss dir was sagen«, sagte sie ernst und leise. Man hörte sie kaum.

»Sprich lauter, ich verstehe dich nicht«, sagte ich.

Sie erhob die Stimme, aber nur für einen Augenblick. Sie sagte, dass Dieter ihr angeboten habe, Aminat dazubehalten. Sie könnte hier zur Schule gehen, und er würde sich um sie kümmern. Dass sie es für ein sehr großzügiges Angebot hielt.

Ich richtete mich empört auf, warf die Decke beiseite und stand auf. Der Schmerz pochte in meinen Schläfen, aber ich ignorierte ihn. Ich zog mich an und klopfte an Dieters Schlafzimmertür.

Er lag auf seinem Bett und fuhr zusammen, als ich eintrat.

Ich war zum ersten Mal in seinem Schlafzimmer. Er schloss es immer ab, wenn er wegging und uns allein in der Wohnung ließ.

Ich sah mich neugierig um.

Es stand ein großes Bett in diesem Zimmer. In der Ecke war ein Bügelbrett, auf dem ein Hemd lag. An den Wänden hingen Fotos, die irgendwelche Hütten zeigten, vor denen kleine schlitzäugige Kinder spielten. Schnell fand ich auch das, was ich suchte: Aminats engelhaftes Bildnis stand auf dem Nachttisch. Wenn Dieter mit dem Kopf auf dem Kissen lag, konnte er Aminat in die Augen sehen.

Dieter protestierte, aber ich hatte mir inzwischen angewöhnt, nur das zu verstehen, was ich wollte. »Aminat bleibt, wenn ich und Sulfia bleibt«, sagte ich in meinem astreinen Deutsch. »Sonst nicht. Sonst Aminat sofort mit mir nach Hause. Und dann zu einem anderen Mann nach Deutschland.«

Ich setzte mich auf sein Bett und schlug ein Bein übers andere. Ich hatte schöne Beine, aber Dieter interessierte sich nicht für meine Beine. »Nett zu Sulfia«, sagte ich. »Du nett zu Sulfia. Nur so.«

Ich lehnte mich zurück. Dieter sah angewidert zur Seite.

»Aminat, Sulfia, Rosalinda«, wiederholte ich. »Nur zusammen.«

Dieter hatte sich entschieden und wurde dadurch zu einem angenehmeren Zeitgenossen. Wahrscheinlich war er von seinem Mut so beeindruckt, dass ihm jetzt alles egal war. Für ein paar Tage vergaß er sogar seinen Geiz. Er ging mit Aminat und Sulfia einkaufen und kam mit einem Stapel weißer T-Shirts mit Micky-Mäusen zurück, mit Jeans und schneeweißen Turnschuhen, in denen man sich höchstens auf die frisch geputzten deutschen Straßen trauen konnte.

Sulfia strahlte vor Freude. Sie erlebte gerade glückliche Tage. Ich weiß nicht, wie debil man sein musste, um Dieters magere Aufmerksamkeit für echte Zuneigung zu halten. Sulfia schrieb alles, was einen befremden konnte, der anderen Kultur und Dieters zurückhaltendem Wesen zu. Immerhin erlangte sie ein paar Gramm seiner Sympathie dafür, dass sie auf Einkaufstouren nichts haben wollte. Absolut gar nichts. Auch nicht, wenn wir zu zweit unterwegs waren.

Ich ließ mir von Dieter 150 Deutsche Mark auf die Hand geben (ich fand, jede Mark, die er für unser Mädchen zahlte, war zu wenig) und führte Sulfia durch Schuhgeschäfte und Parfümerieabteilungen. Aber sie hatte kein Interesse, sie teilte nicht einmal meine Begeisterung für die erschlagende Vielfalt und Schönheit der Waren. Sie lächelte, wenn ich Joghurtpaletten im Supermarkt mit Dieters Kamera fotografierte. Ich wollte es gern Klavdia zeigen. Aber Sulfia probierte nichts an. Das Einzige, was wir für sie kauften, waren fünf weiße Unterhosen.

Ich fragte mich nicht, was Sulfia sich eigentlich dabei dachte. Dieter hatte ihr einen Heiratsantrag gemacht. Er hatte sie auf die Wange geküsst. Sulfia hielt ihn für romantisch. Sie mochte ihn, und sie war glücklich. Sie fragte sich niemals, was ein Mann wie Dieter an einer Frau wie ihr finden konnte.

Es war Sulfia, die nach Hause flog, um ein paar Angelegenheiten zu klären. Mir war klar, dass man Aminat nicht allein bei Dieter lassen konnte. Zwar war er ein Feigling, aber ich traute niemandem.

Wir gaben zwei der Flugtickets zurück. Ich konnte mein Glück kaum fassen. Genau das hatte ich mir gewünscht – dass ich sie nicht nutzen würde. Sulfia flog also alleine. Sie bekam genaue Anweisungen von mir: Was sie wem sagen, was sie erledigen, welche Dokumente sie herbeischaffen sollte. Dieter und Sulfia waren bereits auf dem Standesamt gewesen und hatten eine Liste an Papieren mitgebracht, die für eine

Heirat notwendig waren. Heiraten war in Deutschland offenbar ein Staatsakt. Gut, das schreckte mich nicht ab. Später, wenn Sulfia zurückkam, würde ich nach Hause fliegen und schnell die restlichen Angelegenheiten klären.

Wir sagten Aminat nicht, dass sie nicht mehr nach Russland zurückkehren würde. Wir sagten ihr bloß, sie würde jetzt eben länger bleiben. Zur Schule gehen, noch ein paar hübsche Sachen kaufen, ein bisschen Deutsch lernen. Ich fragte sie nicht, wie sie das fand.

Ich war sehr stolz auf mich. Aminat war in Deutschland. Ich war an ihrer Seite.

Und Sulfia war dabei, ein drittes Mal zu heiraten.

Freu dich!

⚒ Ja, da waren wir nun in Deutschland, in Dieters Dreizimmerwohnung. Ich hatte eine befristete Aufenthaltserlaubnis bekommen. Als Erstes nahm ich Aminat alle russischen Bücher weg, damit sie ab jetzt nur noch auf Deutsch las, als Zweites sagte ich Dieter, er soll sie in einer Schule anmelden. Ein Kind gehörte in die Schule. Ich merkte schon: Dieter machte die Dinge gern so, wie sie sein mussten. Er wich schon von seiner Einstellung her zu weit vom richtigen Weg ab, um noch mehr Abzweigungen zu riskieren.

Allmählich gewann ich mehr Klarheit darüber, wo wir uns gerade befanden. Dieter lebte im Vorort einer Stadt, die nicht sehr groß und nicht sehr schön war. In diese Stadt fuhr ein Bus, und zwar einmal die Stunde, auf die Minute genau pünktlich. An der Bushaltestelle hing ein Fahrplan. Die Deutschen hatten solche Sachen gut geregelt.

Die Fahrt in die Stadt kostete 3,40 Mark. Viel zu teuer, wie Dieter mir erklärte. Vor allem, wenn man auch noch zurückfahren wollte. Ab und zu fuhr er selbst mit dem Auto in die Stadt, und da nahm er Aminat und mich mit.

In der zweiten Woche nach Sulfias Abreise ging Aminat in die Schule. Sie musste mit dem Bus in die Stadt fahren und noch mal in die Straßenbahn umsteigen.

Wir kauften Hefte und Stifte, und Dieter holte einen grauen Rucksack vom Dachboden. Damit, erklärte er uns, gingen die Kinder hier in die Schule. Wir blätterten die Hochglanzseiten der Hefte durch und rochen an dem neuen Radiergummi, der wie eine Erdbeere aussah.

»Freu dich«, sagte ich zu Aminat.

Aminat sah an mir vorbei.

Ab und zu holte ich Aminat von der Schule ab, um zu sehen, wie sie sich einlebte. Ich fand die Schule sofort, weil mir ein Strom schreiender Kinder entgegenkam. Die deutschen Kinder, um das einmal festzustellen, waren sehr laut. Das fiel mir schon in der Straßenbahn auf. Sie brüllten durch den ganzen Waggon. Erst dachte ich, sie würden sich gleich prügeln, aber sie lachten dabei. Ich stellte fest, dass die meisten Kinder sehr unordentlich gekleidet waren. Ich achtete immer darauf, dass Aminat mit geflochtenen Zöpfen und in einer gebügelten Hose mit einem gebügelten Pullover aus dem Haus ging. Damit fiel sie auf.

Es war einfach, Aminat aus dieser Schülerflut herauszufiltern. Sie war nicht nur die Einzige mit gebügelten Kleidern, sondern auch immer allein, und sie bewegte sich in einem anderen Tempo als die Kinder um sie herum. Ihr Gesicht warnte jeden davor, sie anzusprechen.

Ich fragte mich, was sie eigentlich noch wollte. Da war sie schon in Deutschland. Da hatte sie schon neue Stifte und T-Shirts. Sie wurde fast jeden Morgen mit dem Auto zur Schule gebracht. Und trotzdem guckte sie so.

Ich nahm sie zur Seite und sagte, so geht das nicht. Dieter hatte Sulfia noch nicht geheiratet. Zwar waren sie gemeinsam auf dem Standesamt gewesen, aber nur, um die Liste mit den nötigen Dokumenten abzuholen. Er konnte noch locker abspringen, denn noch war er nicht gebunden, außer durch sein Wort, und das galt bei einem Mann weniger als gar nichts. Wenn Aminat sich weiter so verhielt, dann würde uns Dieter womöglich noch zurückschicken und sich irgendwo anders ein liebes, anhängliches kleines Mädchen suchen.

Das alles erklärte ich Aminat an einem Abend in unserem gemeinsamen Zimmer. Ich schlief auf der Couch und sie weiter auf der Luftmatratze. Ich hatte ihr angeboten, neben mir zu schlafen, aber sie wollte nicht. Sie wollte nicht in meine Nähe. In Dieters natürlich noch weniger. Aber sie gab sich auch Mühe – denn ich hatte ihr gesagt, ohne Dieter darf ihre Mama nicht nach Deutschland zurück. Und dann kann sie nie gesund werden, sagte ich. Kurz vor unserer Abreise hatten wir nämlich erfahren, dass Sulfia krank war. Ihr Körper zerstörte einige Organe von innen. Deswegen war sie so oft müde und musste Medikamente nehmen. Ich sagte Aminat, dass Sulfias Gesundheit jetzt nur von ihr abhing.

Ich erlaubte Aminat nicht, an ihre Freunde zu schreiben. Wer weiß, vielleicht müssten wir ja doch noch zurückkehren. Die Freunde sollten lieber nicht erfahren, dass wir im reichen Deutschland gewesen waren. Anrufen ging schon gar nicht, weil es zu teuer war.

Aminat schrieb Briefe an Sulfia. Ich las sie, bevor ich sie in den Umschlag steckte. Aminat schrieb viele Briefe, jeder begann mit den Worten: »Liebe Mama, wie geht's dir? Mir geht's gut.« Ich sammelte sie und verschickte mehrere zusammen in einem Umschlag, um Porto zu sparen.

Dieter sagte, dass er nicht in der Lage sei, uns zu ernähren. Er ging ja auch nicht zur Arbeit, sondern schrieb immer an seinem Computer und wälzte irgendwelche Bücher. Er schrieb wohl auch selber welche: Ich hatte im Schrank einige entdeckt, auf denen sein Name stand. Aber wahrscheinlich wollte sie niemand kaufen.

Ich sollte auch mal was tun, sagte Dieter. Aber gerne, antwortete ich, ich habe mein Leben lang hochqualifiziert gearbeitet. Dieter sollte seine neue

Familie ernähren, also Aminat und Sulfia, ich würde es schon irgendwie ohne ihn schaffen. Hier gab es sicher auch pädagogische Berufsschulen.

Als ich das Dieter sagte, lachte er sehr. Ich dachte sogar, er hätte so eine Art Nervenkrankheit, so schrecklich lachte er. Ein paar Ticks waren mir nämlich bei ihm schon früher aufgefallen. Jetzt sagte er: »Du kannst doch gar kein Deutsch.« Natürlich konnte ich Deutsch. Ich versuchte es Dieter in seiner Sprache zu erklären, aber er wollte mich nicht verstehen, so wie ich ihn auch oft nicht verstehen wollte. Dann erzählte er mir etwas von meiner Aufenthaltserlaubnis ohne Arbeitserlaubnis und sagte, er habe eine großartige Idee für mich.

Zwei Tage später hatte ich Arbeit.

Dieter drückte mir einen Zettel mit einer Adresse in die Hand, einen Stadtplan und 6,80 Mark für den Bus. Ich fuhr zwei Stunden vor dem eigentlichen Termin los. Ich kam schließlich niemals zu spät, zumindest nicht zu einer wichtigen Arbeit. Und es sollte meine erste Arbeit in Deutschland werden. Ich zog mich gut an, eine enge Hose, eine cremefarbene Bluse, Netzstrümpfe, neue Sommerschuhe mit hohen Absätzen. Ich steckte mein Haar hoch und betonte meine Gesichtszüge vorteilhaft mit Puder, Rouge und Lidschatten.

Ich hatte ein wenig Schwierigkeiten mit der Adresse. Ich fragte mehrere Leute auf der Straße.

Was sie mir sagten, war schwer zu verstehen, sie redeten viel zu schnell und undeutlich. Ich zeigte ihnen meinen Stadtplan, und sie fuhren mit ihren Zeigefingern die Straßen auf und ab und stießen den Nagel dort hinein, wo mein Ziel sein sollte. Dabei sahen sie mir nicht in die Augen. Es war sehr klug von mir, rechtzeitig losgefahren zu sein.

Irgendwann stand ich vor einem Zaun mit einer kleinen Pforte. Ich verglich den Namen unter dem Klingelknopf mit dem Namen auf meinem Zettel – Schmidtbauer. Komischer Name, aber so hießen in Deutschland wohl viele. Die Wiese vor dem Haus war ordentlich, jeder Grashalm genauso lang wie die anderen. Die Deutschen hatten ihre Wiesen im Griff.

Weiter hinten standen eine Rutsche aus buntem Plastik und ein Sandkasten mit Förmchen und Schippen. Das war wohl ein Kindergarten. Gut, ich war zwar keine Kindergärtnerin, dafür aber Pädagogin.

Eine Frau erschien in der Tür. Ich hoffte als Erstes, dass sie nicht meine Chefin sein würde. Das war ja inzwischen durchaus üblich, dass Vorgesetzte jünger waren als ihre Mitarbeiter. Die Frau ließ mich ins Haus. Sie hatte einen kurzen Haarschnitt und Ringe unter den Augen. Ich konnte auch den Träger ihres BH im Ausschnitt hervorblitzen sehen, das war ein wenig schlampig. Sie winkte mich in einen großen Raum, in dem eine weiße Couch und mehrere Sessel standen. Ein Raum für Besprechungen? Sie deutete auf einen Sessel, ich setzte mich.

Dann verstand ich, dass sie mich fragte, ob ich etwas zu trinken haben wollte. »Kaffee«, sagte ich. »Mit Milch und Zucker.«

Die Frau brachte mir einen Kaffee mit einer weißen Schaumkrone. Ich probierte: Den Zucker hatte sie vergessen.

»Zucker«, wiederholte ich.

»Oh, Verzeihung«, sagte sie, stand auf und brachte mir einen Metallpott und einen Löffel.

Es war leise, die Kinder waren wahrscheinlich bereits alle abgeholt. Mir war klar, dass dies hier kein normaler Kindergarten sein konnte. Er war offenbar sehr exklusiv – das bedeutete in der Regel schlimme Kinder, das wusste ich als Pädagogin.

Ich versuchte zu verstehen, was mir die Frau sagte. Sie machte eine Handbewegung: eine Aufforderung, ihr zu folgen. Ich erhob mich elegant. Nicht jeder besitzt die Fähigkeit, sich ansehnlich aus einem weichen Sessel zu schälen. Ich schon.

Ich folgte dieser Frau, die mir jetzt die Räume zeigte und dazu kreisende Handbewegungen machte. Sie war ein wenig unruhig. In der Küche öffnete sie die Mikrowelle und machte wieder kreisende Bewegungen. Dann gingen wir weiter, sie zeigte mir die Toilette und sogar die Toilettenbürste. Wir stiegen eine Marmortreppe hoch, und ich war erstaunt: Der Raum, den sie mir zeigte, war eindeutig ein Schlafzimmer. Dachte sie, ich wollte hier gleich einziehen?

Dann riss sie eine Tür auf, drückte auf den Lichtschalter und trat beiseite. Ich sah neugierig hinein.

Es war ein sehr kleiner Raum, der hauptsächlich aus Regalen bestand. Auf den Regalen standen Flaschen und Tuben. Ich hatte sie oft in Supermärkten gesehen: Es waren Putzmittel.

Die Frau machte eine einladende Handbewegung.

Dann ging sie weg. Ich blieb stehen und schaute weiter auf die vielen bunten Flaschen. So eine Pracht an chemischen Hilfsmitteln hatte ich noch nie gesehen. Die Frau kam zurück, sie reichte mir ein Paar Gummihandschuhe. In der anderen Hand hielt sie orangefarbene Schlappen. Diese stellte sie vor meine Füße und ließ mich allein.

Es lag offenbar ein Missverständnis vor. Ich überlegte, was ich jetzt tun sollte. Dann zog ich meine Schuhe aus und steckte die Füße in die Schlappen. Meine Netzstrümpfe behielt ich an – man wusste ja nie, wer die Schuhe vorher angehabt hatte, und das Letzte, was ich brauchte, war deutscher Fußpilz an meinen Zehen. Ich stellte meine Schuhe an einen freien Platz im Regal der Putzkammer.

Ich zog mir die Handschuhe über und sah an mir hinunter. Ich war nicht sehr passend angezogen, konnte aber zum Glück gut arbeiten, ohne mich dreckig zu machen. Ich füllte Wasser in den Eimer, tropfte etwas Azurblaues hinein und begann, den Boden zu wischen.

Ich wischte drei Stunden lang. Es gab viel Boden in diesem Haus. Allerdings war er ziemlich sauber. Mir wurde schnell langweilig. Also ließ ich den Boden in Ruhe und begann, an anderen Stellen nach Dreck zu suchen. Ich schaute in der Küche unter den Tisch, dort lagen Krümel. Diese beseitigte ich sofort. Ich sah auf den Herd. Der bestand aus einer einzigen glatten Fläche, die aber voller Flecken war. Ich nahm gerade einen Schwamm vom Spülbecken, als die Frau hinter meinem Rücken auftauchte und wild zu gestikulieren begann.

»Ceranfeld empfindlich! Ceranfeld empfindlich!« sagte sie.

Ich zuckte mit den Schultern und widmete mich weiter dem Fußboden.

Jetzt blieb sie in meiner Nähe. Als ich ins Schlafzimmer ging, brachte sie mir den Staubsauger. Ich stöpselte ihn ein und begann, unter dem Bett zu saugen. Jetzt verstand ich, dass es *ihr* Bett war. Ich verstand bloß nicht, warum sie mich hierher gelockt hatte. Ich hätte keine fremden Leute in meinem Schlafzimmer geduldet, selbst wenn ich zu faul gewesen wäre, dort aufzuräumen.

Es knisterte in der Röhre – der Staubsauger war

auf Dreck gestoßen. Ich fuhr damit um die Frau herum und saugte in den Ecken. Dann blickte ich zur Decke und entdeckte ein paar Spinnweben. Die saugte ich ebenfalls ein. Ich vergaß die Zeit und hielt erst inne, als sie mir von hinten mit dem Zeigefinger auf die Schulter klopfte und »Genug! Genug!« sagte. Offenbar sagte sie immer alles doppelt. Mich störte es nicht, wenn es ihr half.

Ich nickte, streifte mir die Gummihandschuhe von den Händen, wusch sie aus und hängte sie über den Rand des Putzeimers. Ich zog meine schönen Schuhe wieder an, ging ins Bad, das ich eben geputzt hatte, und machte mich wieder frisch. Als ich herauskam, stand die Frau mit einem Umschlag da.

»Vielen Dank! Vielen Dank!« sagte sie.

Ich nahm den Umschlag, nickte und steckte ihn ein. Dann ging ich zur Eingangstür. Die Frau holte mich ein. »Nächsten Dienstag wieder? Nächsten Dienstag wieder?« fragte sie. Ich sah sie über die Schulter an. »Okay. Okay«, sagte ich.

Auf der Straße öffnete ich den Umschlag und sah hinein. Dort waren drei Zehnmarkscheine. Zehn Mark für eine Stunde Arbeit. Ich begann zu rechnen. 80 Mark bei acht Stunden Arbeit am Tag. 560 Mark in der Woche – das war ein Anfang.

Ich fuhr mit dem Bus nach Hause. Meine Fahrkarte zahlte ich selber. Ich fühlte mich wie eine Königin.

Dieter sagte, mein Beruf hieß jetzt »Putzfrau«. Ich fand, das Wort hatte etwas Fürstliches. Dieter sagte, er werde schauen, dass ich noch mehr Aufträge bekomme. Ich nickte majestätisch.

Er sagte, ich solle möglichst meinen Mund halten, weil ich keine Steuern zahlte. Aber ich wusste sowieso nicht, wem ich irgendwas hätte erzählen sollen. Ich kannte ja niemanden.

Was schon immer meine Eigenart war: Ich glänzte in allem, was ich tat.

Sauber machen konnte ich natürlich. Ich hatte allerdings noch niemals Geld dafür bekommen. Mir wurde klar, dass man auch zum Putzen Talent brauchte. Ich hatte es zweifelsohne.

Man brauchte sich nur anzusehen, wie ich arbeitete. Ich betrat ein Haus, und ich freute mich, wenn es dreckig war. Ich betrat inzwischen viele Häuser. Die erste Frau, die mich um die Reinigung ihres Hauses gebeten hatte, gab meine Nummer nämlich sehr schnell an ihre Freundinnen weiter, die auch nicht selber aufräumen konnten. Ich lernte mehr Häuser und Wohnungen kennen. Ich hatte inzwischen einen Stadtplan im Kopf. Ich orientierte mich daran: Da war die Toilette, in der es so schlecht roch, und da war die Küche, in der ich rote Spritzer von der Wand wischte.

Ich hatte das Gefühl, diese ganzen Wohnungen und Häuser gehörten mir. Sie warteten darauf, dass ich kam und sie endlich sauber machte. Ich freute mich über Spinnweben, Brotkrümel und Schlieren auf den Spiegeln. Ich besaß inzwischen richtige Arbeitskleidung: Gummihandschuhe, Gummischuhe und einen figurbetonten blauen Overall, den mir einer der Wohnungsbesitzer geschenkt hatte, um meine Stretchhose zu schützen.

Die Leute, für die ich sauber machte, taten mir ein bisschen leid. Sie waren wie die Kinder – nicht in der Lage, sich um sich selber zu kümmern. Ohne mich wären sie nämlich gezwungen, in einer Badewanne zu baden, in der das Wasser stand, weil der Abfluss mit lauter Haaren verstopft war.

Ich begann, meinen Wirkungskreis auszudehnen. Ich putzte nämlich nicht nur brillant, sondern auch sehr schnell. Dann hatte ich Zeit für ein paar Extras. Ich wischte nicht nur den Kühlschrank aus, sondern sortierte auch die Lebensmittel. Das, was bald verfallen würde, stellte ich nach vorn. Das Verschimmelte und Verdorbene warf ich weg. Wenn ich eine geöffnete Flasche Wein im Kühlschrank fand, dann kippte ich sie aus.

Manchmal nahm ich ein paar Lebensmittel mit, wenn ich das Gefühl hatte, sie waren gerade noch gut, würden hier aber sowieso nicht mehr gegessen werden. Ich nahm Äpfel aus Obstschalen mit, Tütchen mit Studentenfutter, wenn sie kurz vor dem Verfallsdatum waren, Vitamintabletten auch.

Das liebte ich nämlich an Deutschland: dass man

hier so viele Vitamine kaufen konnte und sogar Spurenelemente. Ich fand viele davon in den Küchen- und Badezimmerschränken. Ich füllte mir etwas ab in leere Plastikröhrchen, die ich jetzt immer dabeihatte. Wenn ich Aspirintabletten fand oder Zäpfchen gegen Übelkeit oder andere sinnvolle Sachen, dann nahm ich auch davon welche mit. So sammelte sich bei mir eine kleine Hausapotheke an, und ich fühlte mich noch zufriedener.

Noch nicht Deutschland

⚒ Aminat fragte immer nach Sulfia. Da war sie schon in Deutschland, und ich war bei ihr, sie ging zur Schule, sie machte ihre Hausaufgaben mithilfe eines Wörterbuchs, sie bekam sogar ein kleines Taschengeld von mir – eine Mark die Woche. Aber trotzdem fragte sie nach Sulfia. Ob sie wiederkommen würde.

Ich sagte, natürlich, wo soll sie auch sonst hin.

Wir konnten nicht viel telefonieren – für Sulfia war es zu teuer, und Dieter wurde nervös, wenn wir eine ausländische Nummer an seinem Telefon wählten. Ich drohte zwar damit, dass ich mit Aminat heimfahren würde, wenn uns etwas nicht passte, allerdings hatte ich meine Zweifel, ob dieses Argument noch zog.

Aminat war unangenehm geworden. Sie nahm zu. Noch nie war eine Frau bei uns in der Familie dick gewesen, und es entsetzte mich, dass sie die Erste sein könnte. Sie stürzte sich auf die Süßigkeiten. Kein Wunder, dass sie Pickel hatte. Jedes Mal, wenn ich sie morgens sah, dachte ich, oh mein Gott, es sind schon wieder mehr geworden.

Natürlich kämpfte ich. Ich glaubte daran, dass irgendwo tief in ihr noch ihre alte Schönheit saß, eigentlich meine Schönheit. Ich musste sie nur hervorgraben unter dieser Schicht aus Fett und Pickeln.

Ich führte einen beständigen Krieg gegen Aminats Pickel. Zweimal die Woche machte ich ihr ein Dampfbad. Ich kochte Wasser mit getrockneten Kamillenblüten auf und zwang Aminat, ihr Gesicht über den Topf zu halten. Danach drückte ich ihr die Pickel aus und desinfizierte alles mit Dieters Rasierwasser.

Ich warf alle Süßigkeiten, die ich finden konnte, in den Müll. Ich strich ihr wieder das Taschengeld von einer Mark, damit sie nicht selber einkaufen konnte. Was ich nicht endgültig verhindern konnte, war, dass Dieter Aminat Süßigkeiten mitbrachte. Es war die einzige zarte Verbindung zwischen den beiden. Die bockige, unbestechliche Aminat konnte ausgerechnet Süßigkeiten nicht widerstehen.

Meine Sorge, Dieter würde uns aufgrund Aminats veränderten Erscheinungsbildes rasch wieder heimschicken, bestätigte sich erst mal nicht. Er kreiste um sie herum wie ein Kind um einen angebundenen Hund, zerrieben zwischen dem Wunsch, sich zu trauen und zu streicheln, und der Angst, dafür die Hand abgebissen zu bekommen. Da ich durch meine Reinigungsarbeit so eingespannt war, begann ich, Dieters Fähigkeiten zur Kenntnis zu nehmen, die mir zuerst entgangen waren: Dass er in der Lage war, allein einen Kühlschrank zu füllen, bei einem

Kind für regelmäßige Mahlzeiten zu sorgen und für saubere Wäsche.

Zuerst hielt ich unsere Wäsche zurück und kümmerte mich darum, wenn ich Zeit hatte. Ich wusch alles mit der Hand im Waschbecken und hängte die Sachen im Bad zum Trocknen auf. Dieter rechnete mir vor, wie viel mehr Wasser ich verbrauchte, wenn ich alles mit der Hand wusch. Ich ließ mir zeigen, wo der Wäschekorb stand und wie die Waschmaschine funktionierte. Es waren sehr viele Knöpfe, aber ich war ja nicht dumm. Unsere schmutzige Unterwäsche sammelte ich aber weiter in unserem Zimmer in einer Plastiktüte.

Was mir klar wurde: Dieters Wohnung war noch nicht Deutschland. Plötzlich fand ich das Haus schäbig. Ich hatte ja inzwischen auch andere Häuser gesehen. Auch Dieter war kein Deutscher, wie ich ihn mir vorgestellt hatte. Jetzt, wo ich einen Vergleich hatte, stellte ich fest, dass einige deutsche Männer, die ich kennen gelernt hatte, viel bessere Schuhe trugen.

Auch Aminat war noch nicht die Enkelin, wie ich sie mir vorgestellt hatte.

Erst gefielen mir die hiesigen Kinder, wie gesagt, überhaupt nicht. Die meisten waren auf den ersten Blick sehr schlecht erzogen. Dann sah ich ein bisschen genauer hin. Mein Blick veränderte sich. Es kam ein Tag, an dem ich mich dabei ertappte, dass ich in der Straßenbahn ein Mädchen ansah, keine Türkin, sondern ein echtes deutsches Mädchen, und es nicht mehr schlampig fand. Ich konnte mich an ihr nicht sattsehen. Das Mädchen sah so entspannt aus, so ganz anders als Aminat mit ihrem starren Gesicht und den hochgezogenen Schultern.

Erst dachte ich, dass Aminat kein Deutsch konnte. Sie hatte immer so ein Gesicht, als verstünde sie kein Wort. Aber das war trügerisch.

Einmal kam ich nach Hause und hörte sie wütend schreien. Ich hatte Sorge, sie hätte Dieter was angetan, und rannte daher sofort zu ihrem Zimmer. Er war aber zum Glück nicht verletzt. Sein erschrecktes Gemurmel legte sich wie eine zweite Tonspur unter Aminats Geschrei. Ich blieb vor der Tür stehen und lauschte. Ich verstand nur wenige Worte. Den Sinn verstand ich nicht. Aminat schimpfte auf Deutsch, in langen, gewundenen Sätzen. Sie sprach nicht nur besser als ich, sie sprach Welten besser. Sie sprach wie die deutschen Kinder. Ich hatte das gar nicht gemerkt.

Als ich reinkam, hielten beide inne. Aminat drehte mir den Rücken zu und begann, auf der Tastatur von Dieters Computer herumzuhämmern.

»Was ist los?« fragte ich.

»Nichts«, sagte Aminat wütend.

»Alles in Ordnung«, sagte Dieter.

»Wann kommt Sulfia?« fragte Aminat. Mich. Auf Deutsch!

»In vier Tagen«, sagte ich. Das bedeutete, dass ich eine Woche später nach Russland flog. Dieter zahlte mir das Ticket, dafür beteiligte ich mich an den Ausgaben im Haushalt. Ich kaufte mir auch meine Kleider selber. Inzwischen kannte ich ein paar Läden, in denen ich günstig einkaufen konnte. Dort wurden getragene Sachen kiloweise verkauft und kosteten fast nichts. Und wenn man lange genug suchte, fand man auch schöne. Am Anfang hatte ich mich noch davor geekelt, doch inzwischen ging ich fast jeden Tag in einen der Läden und guckte, ob was Neues reingekommen war.

Viele Frauen in Deutschland achteten nicht auf ihr Aussehen, sodass es mir leicht fiel, sie auszustechen. Man hätte auf eine beliebige Frau auf der Straße zeigen können – ich war schöner angezogen als sie, besser geschminkt und hatte eine aufregendere Figur, die ich vorteilhafter zur Geltung brachte als die meisten jungen Mädchen hier.

»Endlich bist du weg«, sagte Aminat. Auf Deutsch. Zu mir.

Aber Sulfia kam nicht. Zwei Tage vor der geplanten Anreise rief sie an. Ich hatte schon geahnt, dass sie Probleme bekommen würde. Sie konnte nicht so brillant Dokumente sammeln wie ich. Sie ließ sich zu schnell einschüchtern und abwimmeln. Ich hatte ihr zwanzig Tafeln Schokolade, Vollmilch mit Haselnüssen, mitgegeben, damit sie diese den Beamten im geeigneten Moment überreiche. Aber Sulfia fand es peinlich. Deswegen dachte ich, als ich Sulfias Stimme im Telefon hörte, dass sie mich auf die Arbeit vorbereiten wollte, die mir noch bevorstand. Aber es war anders. Sulfia sagte, Kalganow habe vorgestern einen Schlaganfall erlitten.

»Und?« rief ich aus und begann, mich hastig an das russische Erbrecht zu erinnern. Wir waren ja immer noch nicht geschieden, Kalganow und ich.

»Ihm geht es nicht so gut«, sagte Sulfia.

»Wie, er lebt? Und wenn er bis jetzt nicht gestorben ist, dann wird er wohl erst mal weiterleben?« fragte ich.

»Das ist möglich«, sagte Sulfia, die Fachfrau.

Was ich dann hörte, konnte ich kaum glauben. Sulfia rief an, um zu sagen, dass sie nicht nach Deutschland kommen konnte, weil sie vorhatte, sich um ihren Vater zu kümmern. Die Zustände in den Krankenhäusern waren inzwischen so erschreckend, dass man einen lebenden Angehörigen dort nicht lassen konnte, das wusste sie als Mitarbeiterin des Gesundheitswesens.

»Was?« schrie ich. »Spinnst du jetzt komplett? Er hat mich sitzen gelassen und dich auch! Das kann doch nicht dein Ernst sein!«

Sulfia war dumm, und ich konnte absolut nichts dagegen tun. Es lag nicht in meiner Macht, nach

Hause zu fliegen und sie an den Haaren zum Flughafen zu schleifen. Das bedeutete, dass ich nun doch in Deutschland bleiben musste.

Ich konnte Aminat schließlich nicht allein bei Dieter lassen. Wenn sie ihn für irgendetwas, was ihr nicht passte, erstechen sollte, und sei es aus Versehen, dann konnten wir das mit der Heirat und der Einbürgerung ganz vergessen.

Eine zweite Sulfia

⚒ Dieter war nicht sehr traurig darüber, dass Sulfia nicht kam. Das sah ich ihm an. Mutmaßlich bedauerte er aber, dass ich immer noch da war. In den ersten Wochen telefonierte ich häufig mit Sulfia. Immerhin gelang es ihr, eine Mieterin für ihre und Aminats Wohnung zu finden. Ich leitete Sulfia übers Telefon an – sie sollte darauf achten, dass die Mieterin in der Wohnung nicht rauchen, nicht trinken und keine Feste mit mehr als zehn Personen feiern durfte. Sulfia erstattete mir Bericht über Kalganows Gesundheitszustand. Er lag im Bett, sabberte und guckte in die Luft. Er starb aber nicht.

»Und die Lehrerin?« fragte ich.

»Die hat es doch mit dem Herzen«, sagte Sulfia. Ich vergaß fast, dass auch Sulfia selbst krank war, weil sie über ihre eigene Gesundheit ungern sprach. Sie sagte immer, es sei alles in Ordnung.

Aminat war sauer, und zwar auf mich. Sie ging wohl davon aus, dass ich alle Dinge auf dieser Welt lenkte. Was nicht ganz falsch war. Sie sagte zu mir: »Du bist schuld, dass die Mama nicht kommt!«

Ich erklärte ihr, wie es wirklich war: dass Sulfia nicht kommen wollte, weil Kalganow krank war.

»So wie du damals?« fragte Aminat hasserfüllt. Dabei dachte ich, sie hätte das mit Israel längst vergessen. Inzwischen wussten wir ja alle, dass Israel ein gefährliches Land war. Dort explodierten ständig Busse. Deutschland war viel sicherer, und das Klima war milder.

Hauptsache, Aminat machte ihre Hausaufgaben. Ich hatte ihr klar gemacht, dass sie sehr gut in der Schule sein musste. Sie wollte doch schließlich einen guten Abschluss haben, Medizin studieren, Ärztin werden und viel Geld verdienen. Ich sagte ihr abwechselnd: »Geld verdienen« und »Ein Medikament entdecken, das Sulfia heilen kann«.

Aminat saß viel über Büchern in ihrem Zimmer, denn sie hatte keine Freundinnen. Das fiel mir irgendwann auf – dass es nicht normal war, wenn ein Mädchen immer nur im Zimmer saß und niemals Anrufe oder Besuche kriegte. Gerade weil sie nicht so gut aussah, brauchte sie Freundinnen, sonst würde eine zweite Sulfia aus ihr werden. Ich sagte Dieter, dass Aminat Freundinnen brauchte.

Überhaupt ertappte ich mich dabei, dass ich ihn ein klein bisschen mochte. Vielleicht für seine Treue, was Aminat anging. Es gab viele Sachen, die ihn bei mir aufregten, aber bei Aminat reagierte er geduldig. Mich hatte er einmal angeschrien, als ich die

Spaghetti zum Kochen in kleinere Stücke gebrochen hatte, damit sie in den Topf passten. Wenn Aminat das Gleiche machte (und sie hatte abends oft Hunger und schlich sich in die Küche und kochte Nudeln, die sie mit Ketchup und geriebenem Käse verschlang), dann sagte Dieter nie etwas, nicht einmal, dass sie weniger fressen sollte. Selbst wenn sie beim Zähneputzen das Wasser laufen ließ, anstatt es in einen Becher zu füllen und den Hahn zuzudrehen, hatte er sich unter Kontrolle – anders als bei mir.

Dabei war er wirklich ein Geizkragen. Er sparte an Licht, Wasser, Papier, Heizung und Tüten aus dem Supermarkt, obwohl die nicht einmal was kosteten. Er füllte den Müll in Einkaufstüten und sparte sich damit die schönen, praktischen Abfallsäcke. Sobald ich ein Zimmer verließ, rannte er hinterher und kontrollierte, ob das Licht auch wirklich ausgeschaltet war. Wenn es draußen etwas dunkel wurde, ließ er sofort die Rollläden runter. Damit die Wohnung nicht auskühlte, erklärte er, und damit die Nachbarn nicht in die beleuchteten Fenster gucken konnten.

Kein einziges Mal brachte Dieter eine Frau nach Hause. Er blieb nie lange genug weg, um eine Frau woanders treffen zu können, und er telefonierte niemals. Er hatte offenbar nur uns. Ihn und mich verband, dass wir das gleiche Mädchen liebten, das inzwischen abstoßend geworden war.

Dieter sagte, das sei alles normal. Aminat komme

gerade in die Pubertät. Pubertät, schon dieses Wort fand ich unanständig. Dieter sagte, das passiere jedem Mädchen. Ich versuchte mich zu erinnern, wie es bei Sulfia gewesen war oder bei mir selber, und kam zum Schluss, keine von uns hatte so eine Pubertät gehabt. Man war erst ein Kind, irgendwann wurde man erwachsen. Das war doch kein Grund, um fett, hässlich oder pampig zu werden.

Dafür, sagte Dieter, war Aminat intelligent. Ich sah ihn nur stumm an. Gut, wenn er dieser Meinung war, bitte sehr. Aber das machte es nicht besser. Nur eine attraktive Frau konnte sich Intelligenz erlauben, wenn sie jemals Chancen auf einen Mann haben wollte. Dieter meinte zwar, in Deutschland sei das anders, aber das glaubte ich ihm nicht.

Auf der Straße wurde Aminat oft für eine Türkin gehalten. Ich konnte das nicht nachvollziehen. Ich mochte kleine türkische Mädchen, sie hatten schöne Kleider an und bunte Spangen im Haar. Die Älteren waren nicht mehr so schön und schick, zumindest konnte man das nicht mehr sehen unter ihrer Verkleidung. Das Türkische war dem Tatarischen auch ein bisschen ähnlich. Ich war trotzdem froh, dass Aminat sich von den Türken fernhielt. Von allen anderen aber leider auch.

Einmal kam sie nach Hause und fragte, was ein Tatare sei. Sie musste ein Referat darüber schreiben.

»Wer verlangt denn so was?« wunderte ich mich.

»Der Lehrer«, sagte Aminat. Alle in der Klasse mussten ein Referat darüber schreiben, wo ihre Familien herkamen. Ich hielt das für eine dumme Aufgabe: Warum mussten sich die Kinder mit Dingen beschäftigen, die für sie keine Rolle mehr spielten.

»Schreib, dass du eine Urenkelin von Dschingis Khan bist«, sagte ich Aminat, um sie aufzumuntern.

»Von wem?« fragte Aminat.

Ich versuchte, ihr Dinge zu erklären. Allerdings musste ich feststellen, dass ich mich an vieles nicht mehr erinnerte. Das war wahrscheinlich Kalganows Einfluss. Er wollte nie mit so etwas zu tun haben, und jetzt musste es Aminat ausbaden. Ich wusste nicht viel über meine Familie, weil meine Eltern so früh gestorben waren und mein Bruder dann auch. Ich hatte meine Großmutter Aminat aus den Bergen nie gesehen. Im Kinderheim und in der Schule war das auch nie Thema gewesen. Ich hatte immer Besseres zu tun, ich hatte perfekt Russisch gesprochen und viel gearbeitet, ich hatte immer unter Russen gelebt, und Aminats Fragen ärgerten mich jetzt.

Sie sah mich aus zusammengekniffenen Augen an und ging zu Dieter. Der holte irgendwelche Bücher hervor und dicke, vollgekritzelte Hefte. Ich zuckte mit den Schultern und machte zur Abwechslung mal den Herd sauber.

Abends, als Aminat schon im Bett lag, holte ich

ihren Ordner aus dem Rucksack und las durch, was sie sich aufgeschrieben hatte. Es waren fünf Seiten.

Ich verstand kein Wort.

Ich hatte jetzt viele Einblicke. Ich sprach immer besser Deutsch, weil ich inzwischen so viele Menschen kannte. Ich putzte bei so vielen wichtigen Leuten, dass ich kaum Zeit hatte, bei uns zu Hause sauber zu machen. Zu Hause machte Dieter sauber. Er sagte, er könne sich mich nicht leisten. Das war ein Scherz.

Ich beobachtete die Frauen, deren Betten ich ausschüttelte und deren Toiletten ich sauber machte, und ich beobachtete natürlich auch deren Männer. Überhaupt wusste ich sehr viel über diese Menschen: wer zuckerkrank war und wer was an der Schilddrüse hatte, wer fremdging und welche Frau die Pille nahm.

Manches Haus gefiel mir so gut, dass ich dann die dazugehörige Frau ansah und überlegte, ob Sulfia sie ersetzen könnte. Allerdings sahen selbst deutsche Frauen besser aus als Sulfia.

Deutsche Männer mochte ich, weil sie groß und hell und oft außer Haus waren, alle außer Dieter. Türken mochte ich nicht, sie erinnerten mich an Kalganow, und Polen noch weniger, aus dem gleichen Grund. Aber deutsche Männer sah ich mir gern an. Aber seit Dieter wusste ich auch von der Gefahr, sich etwas schönzureden, nur weil es ungewohnt war.

Einmal putzte ich eine Küche, und mein Arbeitgeber, ein Fahrlehrer mit abstehenden blonden Haaren, kam herein. Ich merkte es daran, dass er mir einen Klaps auf den Hintern gab. Ich hatte meistens mit seiner Frau zu tun, die aber gerade schwanger war. Jetzt lag sie im Krankenhaus, weil ihr eine Fehlgeburt drohte, und der Fahrlehrer stand vor mir und grinste mich an.

Ich besah ihn mir von Kopf bis Fuß. Er roch ein wenig nach Bier, was aber einem Mann nicht schadete, fand ich. Ich drohte ihm spielerisch mit dem Zeigefinger und drehte ihm wieder den Rücken zu. Ich spürte seinen Atem an meinem Ohr, während seine Hand in meine Bluse rutschte.

Ich hatte lange keinen Mann gehabt, und dieser da war ziemlich männlich. Vielleicht sogar zu sehr. Seine Frau tat mir leid. Zur Abwechslung war das ja mal schön. Aber auf die Dauer würde da jede wund werden. Ich machte mir Sorgen um den Saum meines Seidenkleides. Ich hatte meinen Overall gerade in der Wäsche, und ich trug beim Putzen dieses Kleid, dazu eine hautfarbene Nylonstrumpfhose und Pumps. Das mit der Strumpfhose hatte er offenbar nicht verstanden. Jedenfalls konnte ich sie danach wegwerfen, daran dachte ich die ganze Zeit.

Als ich mich wieder umdrehte, verließ er gerade die Küche.

Ich ging ins Bad und brachte mich in Ordnung. Ich warf die Strumpfhose und die Unterwäsche in den

Restmüllbehälter unter dem Waschbecken, nahm die volle Plastiktüte raus und knotete sie zusammen, um sie auf dem Heimweg zu entsorgen. Ich nutzte das vorhandene Bidet, das ich gerade blank gescheuert hatte – es gefiel mir nicht, nach diesem Mann zu riechen. Ich hatte eine zweite Strumpfhose in meiner Handtasche, aber keine zweite Unterhose, also blieb ich, wie ich war. Ich rieb den Saum meines Kleides mit einem Handtuch trocken. Danach ging ich in die Küche und machte weiter, wo ich aufgehört hatte.

Später beendete ich meine Arbeit, hängte die Schürze in den Küchenschrank und sah mich um. Ich hatte das Geld immer in einem mit meinem Namen beschrifteten Umschlag auf dem Tisch gefunden, aber jetzt war die Frau im Krankenhaus, und es war kein Umschlag da.

»Hallo!« rief ich durch das Haus. »Hallo, Herr!«

Ich fand ihn im Schlafzimmer. Der Fahrlehrer lag mit Schuhen auf dem Bett, das ich frisch bezogen hatte, und las in einer Zeitschrift. Sein ganzes Gesicht drückte Missbilligung darüber aus, dass ich mich nicht in Luft aufgelöst hatte.

»Was?« fragte er.

»Ich brauche mein Geld«, sagte ich.

Ich lehnte mich gegen den Türrahmen und sah zu, wie er sich aufrappelte, seine Brieftasche suchte, sie schließlich in der Jacke fand, die er auf den Boden geworfen hatte.

»Wie viel war das noch mal?« fragte er, ohne mich anzusehen.

»Vierhundert Mark«, sagte ich ruhig.

Er ließ die Geldbörse fallen, fing sie aber noch in der Luft auf. Ich wusste, dass das Haus seiner Frau gehörte, weil ich auch in ihrem Arbeitszimmer und auf ihrem Schreibtisch sauber machte und ihre Unterlagen stapelte.

Er fand einen Zwanziger und gab ihn mir.

»Fünfhundert«, sagte ich. Wir sahen uns in die Augen. Ich wandte mich niemals als Erste ab. Er gab mir vier Hundertmarkscheine. Ich wartete. Er gab mir noch einen Fünfziger, drei Zehnmarkscheine. Ich wartete. Er holte das Münzgeld aus den Taschen hervor. Als er alles beisammenhatte, schob er es mir in die Hände und verließ fluchtartig das Schlafzimmer.

Das, dachte ich, wäre also erledigt.

Eiserne Jungfrau

⚒ Aminat und Sulfia schrieben sich Briefe. Sulfia schrieb eher kurz. Sie begann ihre Briefe immer mit den Worten: »Mein geliebtes Töchterchen, liebe Mama und Dieter«. Dann schrieb sie, wie es Kalganow ging: »Immer ein bisschen besser.« Sie schrieb, sie sei in Gedanken oft bei uns und fühle mit, weil wir so allein in der Fremde seien. Ich blieb an den Stellen hängen, an denen es um die Lebensmittelpreise ging, und den Rest überflog ich nur.

Aminats Briefe las ich dagegen umso gründlicher.

Es war praktisch, dass sie die Briefe mir geben musste, weil ich die Hoheit über Umschläge und Briefmarken hatte. Deswegen wusste ich immer, was Aminat schrieb. Es war meist uninteressant. Sie schrieb über ihre Schule, den Stundenplan, die einzelnen Fächer und den Stoff, der im Unterricht durchgenommen wurde. Ich suchte Stellen, in welchen sie mich oder Dieter erwähnte: »Oma arbeitet viel und ist oft nicht da. Uns geht es gut. Ich küsse dich, deine Tochter Aminat.«

Einmal blieb Aminat morgens zu Hause und sagte, es gehe ihr nicht gut. Ich hatte keine Zeit, weil ich zu meiner Arbeit musste. Ich fühlte ihre Stirn, die kühl war, und kam zum Schluss, so krank konnte sie nicht sein. Ich sagte Dieter, er soll ihr einen Kamillentee machen, und ging weg.

Als ich abends nach Hause kam, lag Aminat schon wieder im Bett. Dieter sagte, sie sei heute schweigsam gewesen. Ab und zu sei sie aufgestanden, doch dann hätte sie sich wieder hingelegt. Den Tee hätte sie nicht getrunken. Dafür hätte sie schon wieder einen Brief geschrieben an Sulfia, der ziemlich kurz war und mit den Worten endete: »Ich schreib dir mehr, sobald mir der Bauch nicht mehr so schrecklich wehtut.«

Ich ging ins Zimmer und schaute nach Aminat. Sie lag zusammengekrümmt auf der Seite und war wach, obwohl es schon spät war. Als ich ihre Stirn berührte, war sie immer noch kalt und feucht.

»Geht's besser?« fragte ich.

»Weiß nicht«, sagte Aminat.

Ich sagte ihr, sie solle schlafen. Man schläft sich gesund.

Am Morgen konnte Aminat nicht aufstehen. Ich sagte Dieter, sie bleibt noch einen Tag im Bett. Während ich im Bad war, rief Dieter den Krankenwagen. Als ich angezogen und frisiert aus dem Bad kam, drückte gerade ein Notarzt auf Aminats Bauch herum. Ihre Beine fuhren hoch, und sie schrie auf. Ich verstand, dass das deutsche Wort *Blinddarmentzündung*, von der gerade alle sprachen, eine banale Appendizitis war. Inzwischen hatte Aminat Fieber. Ich musste trotzdem zur Arbeit. Zudem konnte ich Aminat ja nicht selber operieren.

»Ich komme mit«, sagte Dieter, dessen Hände zitterten.

»Ruhig, ruhig«, sagte ich. »Wir sind doch in Deutschland. Hier kann einem nichts passieren.«

Dieter sah mich an, als wäre ich irre. Er sah mich oft so an.

Nach der Arbeit fuhr ich sofort in die Kinderklinik. Ich fragte nach Aminat Kalganowa. Keiner verstand diesen Namen, ich schrieb ihn auf und hielt mir den Bauch, um die Schmerzen zu demonstrieren. Eine Krankenschwester erklärte mir, Aminat sei in der Gynäkologie.

»Was?« fragte ich. Sie schrieb mir irgendwas auf den Zettel, es war der Name der Station und noch irgendein Name, vermutlich von einem Arzt.

Ich eilte mit dem Zettel über die Gänge. Es klopfte nur so in meinem Kopf. Ich war unglaublich wütend. Ich konnte eins und eins zusammenzählen. Ich ahnte, wie rot mein Kopf sein musste: Wenn ich einmal die Fassung verlor, dann neigte ich neuerdings auch zu hohem Blutdruck. Ich riss eine Glastür auf und lief über den Gang. In einer Nische, neben einem Aquarium, saß Dieter und las eine Zeitschrift mit bunten Rezepten.

»Du Schwein!« schrie ich, bevor ich ihm die Zeitschrift entriss, sie zusammenrollte und ihn damit ins Gesicht schlug. Mehr als das konnte ich auf Deutsch nicht sagen, also kehrte ich zu meiner Muttersprache zurück. »Wie wagst du es … Sie ist erst vierzehn … So war das nicht ausgemacht! Ich hab dir doch vertraut. Und du hast Sulfia immer noch nicht geheiratet.«

Dieter schirmte seinen Kopf mit den Händen ab. Aber bald warf ich die Zeitschrift weg und sah mich um auf der Suche nach etwas Festerem. Das Aquarium war zu groß und der Topf mit der Yuccapalme auch. Ich griff in den Topf, nahm mir eine Handvoll Hydrokultur und warf die Steinchen in Dieters Gesicht.

Ich legte erst eine Pause ein, als ich Schritte im Flur hörte. Außerdem packte mich Dieter an den Handgelenken, obwohl ich, wieder das Deutsche aufnehmend, »Lass mich los, du kinderfickendes Arschloch« schrie. Er ließ meine Gelenke los und hielt mir den Mund zu. Gleich zwei Krankenschwestern standen vor uns und sagten, wenn wir nicht sofort das Gebäude verließen, würden sie die Polizei rufen.

Ich setzte mich neben Dieter auf eine Bank im Schatten. Ich zündete mir eine Zigarette an. Wenn ich mich aufregte, rauchte ich gerne eine, aber nur sehr selten, weil ich die Frische meiner Gesichtsfarbe nicht verlieren wollte.

Dieter hatte keine Schuld. Aminat war nicht schwanger. Sie war Jungfrau. Genau das war das Problem – sie war eine eiserne Jungfrau, ein kleines medizinisches Wunder. Sie war in ein Alter gekommen, in dem sie die Plage aller Frauen ereilte. Doch Aminat war undurchlässig und musste auf dem Operationstisch mit Skalpell entjungfert werden. Der Arzt sagte, ihm sei dabei ein halber Liter Blut auf die Hose geschwappt. Das war das, was man vor der ersten Operation noch für eine Blinddarmentzündung gehalten hatte: der harte Bauch und die Schmerzen und die ganze Suppe in der Bauchhöhle, die sich entzündet hatte. Man hatte Aminat also um die entscheidende Öffnung bereichert und ihr danach den Bauch von innen sauber gemacht.

Ich hatte ja schon lange gewusst, dass mit Aminat irgendetwas nicht in Ordnung war. Auf so eine Erklärung war ich aber nicht gekommen. Wer denkt sich auch so was aus. Ein Skalpell war mir aber viel lieber als Dieter, sauberer sowieso.

Mir gefiel der Arzt, der Aminat operiert hatte. Er trug Jeans zu seinem weißen Kittel und hatte graues Haar und ein jungenhaftes Lächeln. Wenn er auf Visite reinkam, scherzte er mit jedem.

Aminat scherzte nicht mit, sie lag da mit dem Gesicht einer baldigen Amokläuferin. Ich schämte mich ein bisschen für sie, weil sie so ungesellig war. Gut, die Umgebung war vielleicht ein bisschen viel für ein junges Mädchen. Aminats traumhafte Zeugung fiel mir wieder ein, und ich fragte mich, wie das alles zusammenhing. Ich fragte den grauhaarigen Arzt, ob sie Kinder haben könnte, und der Arzt antwortete: »Jede Menge«, und Aminat sagte: »Ich kotz gleich.«

Im Flur nahm ich den Arzt am Ärmel seines Kittels und berichtete ihm, wie Aminat auf die Welt gekommen war. Der Arzt hörte mir mit gerunzelter Stirn zu. Es war das erste Mal, dass ich Fremden gegenüber so tief in der Familiengeschichte grub. Der Arzt sagte: »Machen Sie sich keine Sorgen, sie ist gesund«, und dann sagte er noch, ich solle auf ihn warten, er wolle mir etwas geben. Ich wartete im Flur, während er wegging und wieder zurückkam, und dann reichte er mir feierlich ein Faltblatt einer Organisation namens Familienbildungsstätte.

Ich sagte Sulfia nicht, dass Aminat operiert worden war. Aminat sah ein, dass es ihre Mutter nur unnötig beunruhigt hätte. Sulfia ging es auch ohne schlechte Nachrichten aus Deutschland nicht sehr gut. Kalganows Lehrerin rief bei mir an und sagte, ich müsse dringend Medikamente für Sulfia besorgen. Das Medikament, das sie sonst einnahm, wurde nämlich in Russland von einem Tag auf den anderen nicht mehr hergestellt. Wir sollten es in Deutschland besorgen. Sie diktierte den Namen des Medikaments.

Ich nahm es ernst. Ich rief noch mal bei ihnen an, und Sulfia ging ans Telefon. Sie klang matt und hatte keine Lust, über Medikamente zu reden. Sie sagte, das mit dem Medikament stimme zwar, doch es gebe einen Ersatz, den sie jetzt nehme, und deswegen sei alles in Ordnung. Ich solle mir keine Gedanken machen, ich hätte schon genug eigene Sorgen.

Eine junge Frau

⚒ Ich stellte fest, dass ich für Deutschland eine ziemlich junge Frau war. Es war, als hätte ich aufgehört zu altern. Zwar hatte ich mein wirkliches Alter nicht vergessen. In Russland wusste ich, dass ich zwar jung war, aber dass andere Frauen in meinem Alter das längst nicht mehr waren. Hier stellte ich fest: Die Frauen meines Alters waren wirklich jung, auch wenn sie schlechter aussahen als ich.

Auch viel ältere Frauen waren noch jung. Der ersten Greisin, die mich mit ihrem violetten Haar auf dem Fahrrad überholt hatte, hatte ich lange hinterhergeschaut. Eine zweite hatte ich fotografiert, bei der dritten wurde ich nachdenklich. Dann kaufte ich mir ein gebrauchtes Fahrrad über eine Anzeige in der Zeitung.

Ich saß zum ersten Mal auf dem Fahrrad. Das war nicht einfach. Aber was diese Oma konnte, das wollte ich auch können. Erst probierte ich es alleine. Das Fahrrad kippte um. Ich erinnerte mich daran, wie Kinder Rad fahren lernten. Sie hatten immer einen Erwachsenen, der sie anschob.

Ich verpflichtete Dieter. Er hatte ja sonst nichts zu

tun. Abends gingen wir zusammen auf einen leeren Supermarktparkplatz, und ich trat in die Pedale, während Dieter mein Fahrrad stützte. Am Anfang musste er sich sehr anstrengen, ich schrie ihn an, wenn das Fahrrad zur Seite zu kippen begann. Wir trainierten einige Wochen, und ich schwöre, Dieter bekam in dieser Zeit eine gesündere Gesichtsfarbe.

Ich schaffte es schnell, das Gleichgewicht zu halten. Nach wenigen Wochen konnte ich einige Meter ohne Stütze fahren. Ich entband Dieter von seiner Pflicht, er hatte bereits angefangen anzudeuten, dass ich für ihn zu schwer war und er einen schwachen Rücken hatte. Jedenfalls übte ich allein weiter. Ich drehte meine Runden auf dem Parkplatz und bald auch auf den Bürgersteigen.

Ich fuhr immer auf dem Bürgersteig, egal wie voll er war. Den Autofahrern vertraute ich nicht.

Als Nächstes lernte ich nämlich Autofahren.

Ich kannte ja schon einen Fahrlehrer, denjenigen, dessen Frau das Kind inzwischen zur Welt gebracht hatte und den ich nicht mehr zu Gesicht bekam, seit sie rund um die Uhr zu Hause saß und als beständiges Accessoire ein sauer riechendes Spucktuch auf der Schulter trug. Ihr Kind vertrug wohl die Milch nicht so gut, und das ganze Haus war jetzt voller Flecken.

Am Abend ging ich in die Fahrschule. Das war für eine berufstätige Frau wie mich sehr praktisch, dass die Fahrschule abends aufhatte. Es gab hier in Deutschland viele Frauen, die nicht arbeiteten, und die Welt drehte sich um sie. Jedenfalls fand ich in der Fahrschule den Mann vor, dessen Frau mich fürs Saubermachen bezahlte, er füllte irgendwelche Zettel an einem Tisch aus. Als er mich sah, sagte er nur: »Ah! Und jetzt?«

»Ich will Auto fahren«, sagte ich.

»Schon mal probiert?« fragte er.

»Nein«, sagte ich.

Er holte eine Anmeldung hervor und begann sie auszufüllen. Ich kam näher und beugte mich zu ihm hinunter.

»Zum Sonderpreis«, sagte ich vertrauensvoll in sein haariges Ohr.

Wir sahen uns in die Augen. Ich war mir sicher, dass er mich nicht umbringen würde. In Deutschland kam man dafür ins Gefängnis. Er schob mir einen Zettel zum Unterschreiben hin und gab mir einige Broschüren. Zwei Tage später sollte ich zum theoretischen Unterricht erscheinen.

So saß ich bald zwischen zehn Siebzehnjährigen auf einem Plastikstuhl und hörte mir die Vorfahrtsregeln an. Der Besitzer der Fahrschule stand vor einer Tafel und verschob Magnete in unterschiedlicher Farbe und kritzelte Pfeile dazu. Ich las die Regeln lieber in meinen Büchern nach, ich war mir nicht sicher, ob er mir das Richtige erzählte.

Ich bestand die theoretische Prüfung mit wenigen Fehlern (Aminat hatte mich vorher mehrmals abfragen müssen), und dann hatte ich meine erste praktische Fahrstunde.

Mein Fahrlehrer war ein kleines Onkelchen mit großen Ohren und traurigen Augen hinter dicken Brillengläsern. Ich setzte mich ans Steuer und er sich neben mich. Er zeigte mir die Spiegel und die Pedale und den Blinker. Ich wollte aber losfahren und drehte den Zündschlüssel. Das Auto hüpfte. Der Fahrlehrer zog den Schlüssel heraus und steckte ihn in die Tasche und begann alles von vorn. Aber ich war hier Kunde, wir waren hier in Deutschland, und ich sagte: »Ich bin hier, um zu fahren.«

Der Fahrlehrer erzählte mir, dass ausgerechnet ältere Frauen große Probleme beim Erlernen des Autofahrens hatten. Selbst diejenigen, die in der Lage waren, den Prozess intellektuell zu begreifen, waren meist viel zu ängstlich. Sie konnten nicht Auto fahren, weil sie dabei zu viel fühlten. Deswegen musste man die Vorgänge mehrmals durchsprechen, dann lange auf einem Parkplatz üben, bis eine ältere Frau sich für nervenstark genug hielt, sich in den echten Straßenverkehr einer verkehrsberuhigten Zone zu wagen.

»Schlüssel her, du Besserwisser«, sagte ich und

deutete mit dem Finger auf die Tasche, in der er den Schlüssel hatte.

Daraufhin hatten wir ein kurzes Gerangel. Er war leider schwer von Begriff. Aber ich bekam den Schlüssel, steckte ihn rein, trat in die Pedale, zerrte an der Kupplung. Das Auto war vermutlich etwas kaputt, es bewegte sich nur in Hüpfern, bevor es hustete und ausging.

Ich probierte es weiter, mit einem Ellbogen den Fahrlehrer abwehrend, der versuchte, an den Schlüssel zu kommen. Er jammerte und schimpfte mit seinem leisen Stimmchen.

»Psst, Opa«, bat ich, »sag mir lieber noch mal die Reihenfolge.«

Er trocknete sich mit einem Stofftaschentuch die Stirn ab. Seine Knie waren etwas verkrampft. Er hatte auch Pedale auf seiner Seite, auf denen er die ganze Zeit stand – wahrscheinlich kam ich deswegen nicht vom Fleck.

Er war sehr erstaunt, als es mir gelang, das Auto über den Parkplatz zu steuern. Ich streichelte das Lenkrad, trat fester in die Pedale, spürte am eigenen Leib, was nun die Bremse und was Gas war, und ich fuhr. Ich fuhr vom Parkplatz auf die Straße. Hier war es laut, viele Autos hupten. Der Fahrlehrer neben mir zuckte immer wieder zusammen und griff mir ins Lenkrad. Ich ließ ihn, wenn es ihm damit besser ging. Hauptsache, ich fuhr.

Ich lernte schnell. Meine Nerven waren wie Drahtseile. Leider fiel ich bei der praktischen Prüfung zweimal durch, was verständlich war: Auch in Deutschland gab es Mafia, der Prüfer wollte vermutlich Geld, und ich hatte es nicht verstanden. Ich meldete mich wieder an, machte erneut die vorgeschriebene Anzahl der Stunden und hielt bald einen Führerschein in den Händen. Als ich mir später die Rechnungen noch mal durchsah, stellte ich fest, dass ich nur die Prüfungsgebühren gezahlt hatte.

Alles Geld, das ich verdiente, legte ich in Umschläge und steckte sie zwischen meine Unterwäsche. Gelegentlich zählte ich nach, aber meist hatte ich den jeweiligen Betrag im Kopf. Ich verdiente sehr viel Geld, weil ich so gut war. Ich brauchte nur ein Wort zu sagen, und die Arbeitgeber erhöhten meinen Lohn um ein paar Mark. Ich gab nicht sehr viel aus.

Zum Haareschneiden ging ich nicht in einen Salon, weil die Preise dort horrend waren. Eine meiner Arbeitgeberinnen ließ eine Friseurin nach Hause kommen, die der ganzen Familie die Haare schnitt, und ich durfte auch kommen. Ich hatte ausgezeichnetes Haar, sehr gute Gene, nichts war grau. Bei einer anderen Kundin ließ ich mir nach dem gleichen Prinzip die Nägel machen. An den Fingern ging es leider nicht, die brauchte ich zum Arbeiten. Aber meine Fußnägel waren perfekt. In Form gefeilt und kirschrot lackiert. Überhaupt hatte ich schöne Füße, schmal, nicht zu groß, nicht zu klein, sehr gepflegt, zum Liebhaben.

Dieter wollte mich nicht ans Steuer seines Autos lassen. Inzwischen war mir klar, wie alt und hässlich es war – ich hatte schon ganz andere gesehen. Jedenfalls fing ich an, es einfach zu nehmen. Er war meistens zu Hause, und wenn ich das Auto brauchte, dann nahm ich mir den Schlüssel aus der Schublade und fuhr weg.

Ich holte Sulfia mit Dieters Auto vom Flughafen ab. Ich fuhr zum ersten Mal allein eine solche Strecke. Streng genommen war ich zum ersten Mal allein auf der Autobahn. Mein Herz pochte vor Stolz und Aufregung. Ich verfuhr mich ein paarmal, kam aber rechtzeitig an.

Ich hatte Sulfia nicht vermisst, ich war so beschäftigt gewesen. Trotzdem war es sehr gut, dass sie jetzt da war. Sulfia hatte Sehnsucht nach uns gehabt. Ich konnte nicht zu ihr, weil ich Aminat nicht mit Dieter allein lassen wollte, und ich konnte nicht mit Aminat hin, weil ich sie nicht aus dem Eingewöhnungsprozess, in dem sie mir so hinterherhinkte, rausreißen wollte. Jetzt stand Sulfia vor mir, mit einem Koffer, mit dem ich sie damals zur Abreise ausgestattet hatte. Er hatte Rollen, aber sie konnte ihn trotzdem kaum ziehen. Ihr Gesicht war aufgedunsen, die Haut teigig, und unter den Augen lagen tiefe Schatten.

Ich sah Sulfia an und spürte einen heftigen Hass auf Kalganow.

Der dritte Ehemann

⚒ Sulfia wollte zwei Wochen bleiben. Sie sagte, mehr ginge nicht, sie könne Kalganow und seine Lehrerin für Russisch und Literatur nicht im Stich lassen. Sie hatte aber alle notwendigen Unterlagen für die Hochzeit dabei. Sie fiel Dieter um den Hals, streichelte seine Wangen und rief, wie sehr sie ihn vermisst hatte. Aminat fiel ihr ebenfalls um den Hals und blieb eine Weile so hängen, bis ich sie ermahnte. Auch ein Blinder konnte sehen, wie müde Sulfia war. Sie hielt sich kaum auf den Beinen.

Ich hatte gekocht, Hähnchen, Kartoffeln und Gemüse, dazu Salat, zum Nachtisch Torte. Sulfia aß wenig. Sie lächelte die ganze Zeit, aber ich fand ihr Lächeln kläglich.

Ich wollte, dass Sulfia erstens heiratete, zweitens sich ein wenig erholte. Sie hatte ja so lange keinen Urlaub mehr gehabt. Ich gab ihr meine ganzen Vitamine. Sulfia sagte zu allem Danke. Aber sie war sehr matt. Selbst ihre eigene Hochzeit interessierte sie wenig. Sie legte sich oft hin. Und plötzlich sagte sie zu mir, dass sie Dieter nicht heiraten wollte, weil sie keine gute Ehefrau sein könnte.

»Du spinnst wohl«, sagte ich. »Du bist die beste Ehefrau von allen.«

Sie blinzelte nur.

Zwei Tage vor ihrer Heimreise war der Termin beim Standesamt.

Vorher hatte ich ein bisschen in Sulfias Koffer rumgewühlt. Er war sehr unordentlich gepackt, ich hatte die Sachen rausgenommen, gewaschen, gebügelt und schön gefaltet. Bei der Gelegenheit hatte ich auch einen Kosmetikbeutel gefunden, in dem Sulfia ihre Medikamente aufbewahrte. Es war mindestens ein halbes Kilo eines bestimmten Präparats und ein paar andere auch. Ich notierte mir, was auf den Packungen stand. Damit ging ich zu einem meiner Kunden, der Internist war, und zeigte ihm, was Sulfia einnahm.

Mein Kunde, ein ziemlich gut aussehender Mann mit einem Ziegenbärtchen, das ihn jünger als seine 55 Jahre aussehen ließ (Ich hatte oft in seinem heimischen Büro aufgeräumt und wusste, wann er Geburtstag hatte), schüttelte den Kopf und sagte, eine solche Medikation sei fahrlässig. Sie könne das ursprüngliche Medikament, das in Russland nicht mehr hergestellt wurde, nicht ersetzen. Da sei es kein Wunder, wenn Sulfia so schlaff sei.

»Ich brauche das richtige Medikament!« sagte ich. »Gibt's das in Deutschland?«

In Deutschland gab es ja bekanntlich alles. Mein Kunde stellte mir ein Rezept für eine Jahresdosis aus.

Ich nahm seine Hand und küsste sie. Ich war so glücklich über meine Arbeit, die mich mit solchen Menschen zusammenführte.

Dann sagte er noch, dass es gut wäre, Sulfia gründlich zu untersuchen. Ich fragte ihn, ob er das machen könnte. Er fragte nach ihrer Krankenversicherung. Ich fragte, ob sie vielleicht einfach so in seine Praxis kommen könnte. Abrechnen könnten wir ja später immer noch, und er sollte sie sich einfach angucken. Der Mann zog an seinem Ziegenbärtchen. Das mit dem Handkuss war voreilig, dachte ich. Ich bat Gott um Hilfe. Es wirkte: Der Mann gab mir seine Visitenkarte und sagte, ich soll mir in der Praxis einen Termin geben lassen.

Die Jahresdosis des Medikaments kostete mehr als der Führerschein und der Flug zusammen. Sie musste in der Apotheke vorbestellt werden. Ich war sehr glücklich über meine Arbeit, bei der ich so viel Geld verdient hatte. Ich leerte meine ganzen Umschläge. Egal, ich konnte ja noch viel mehr verdienen, denn im Gegensatz zu Sulfia war ich gesund.

»Das hättest du nicht machen sollen, Mutter«, sagte Sulfia. Aber sie fing sofort an, diese Tabletten zu nehmen, und sagte, damit ginge es ihr schon viel besser.

Was sie nicht machen wollte: zum Arzt gehen. Sie

sagte, sie hätte keine Zeit und ihre Reiseversicherung würde nur Notfälle abdecken.

»Guck dich an, du bist ein wandernder Notfall«, sagte ich. Aber sie war stur wie zehn Maulesel. Ich schaffte es nicht, sie zu zwingen, zum Arzt zu gehen. Ich hätte es tun sollen, aber es gelang mir einfach nicht. Es war schon schwierig genug, sie zur Heirat zu bewegen. Hier argumentierte ich mit Aminat. Aminat sollte doch in Deutschland bleiben, und das hatte alles seinen Preis.

Für die Hochzeit wollte ich mit Sulfia einkaufen gehen. Aber sie sagte, sie würde es nicht schaffen. Sie lag viel auf der Couch und atmete schwer. Ich sah sie an und fragte mich, wie sie es dann zu Hause schaffte, einen Bettlägerigen zu pflegen. Ich hatte große Lust, nach Russland zu fliegen und Kalganow ein Kissen aufs Gesicht zu drücken, denn vorher, das ahnte ich, würde Sulfia nicht zur Ruhe kommen.

Ich ging in eine Secondhand-Boutique und kaufte für Sulfia einen cremefarbenen Seidenanzug. Es war ein hochwertiges und edles Kleidungsstück. Für mich selber kaufte ich nichts. Ich wollte mein rotes, sehr effektvolles Kleid anziehen, das meine hervorragenden Beine zeigte.

Die Trauung war für zehn Uhr angesetzt. Wir standen um sieben Uhr auf. Ich kämmte Sulfia die Haare und steckte sie hoch, trug Make up auf ihre fahle Haut auf, etwas Rouge auf ihre Wangenknochen.

So sah sie etwas lebendiger aus. Ich tuschte ihre Wimpern.

»Du bist schön, Mama«, sagte Aminat.

Sulfia lächelte.

Dieter zog einen grauen Anzug an, den er wahrscheinlich von seinem Großvater geerbt hatte. Wir liefen zu Fuß zum Rathaus in dem kleinen Dorf, in dem Dieter immer noch wohnte und wir gezwungenermaßen auch. Es war eine kleine Hochzeit. Wir waren zu viert, und es dauerte zehn Minuten.

Danach gingen wir ins Eiscafé. Aminat aß einen großen Eisbecher mit Erdbeeren, alle anderen tranken Kaffee.

Ich war stolz auf mich. Meine Tochter Sulfia, einmal das hässlichste Mädchen der Straße, hatte ihren dritten Ehemann.

Zwei Tage später brachte ich Sulfia, Ehefrau eines Deutschen, mit Dieters Auto zum Flughafen. Sie wirkte sehr traurig. Sie sagte, seit sie die Medikamente von mir hätte, ginge es ihr viel besser. Ich umarmte und küsste sie, fast ohne Widerwillen.

»Na, Strohwitwer«, sagte ich zu Dieter, als ich vom Flughafen nach Hause kam. Aminat lag auf dem Bett und drückte ihr Gesicht ins Kissen. Ich fragte mich, wofür sie Sulfia so liebte. Sie konnte doch alles von mir haben.

Dieter setzte sich zu Aminat und legte ihr die

Hand auf den Kopf. Ich beobachtete das aus dem Flur. Ich wollte sichergehen, dass er nicht vergaß, wen er geheiratet hatte.

Ich arbeitete wieder wie ein Tier. Ich hatte ein Ziel. Nur ein Blinder hätte übersehen können, wie krank Sulfia war. Ich brauchte Geld für ihre Behandlung.

Ich hatte die Adresse eines neuen Kunden. Er hatte einen sehr schönen Namen: John Taylor. Dieters Namen fand ich nicht mehr schön. Ein gewöhnlicher deutscher Name. Manchmal dachte ich sogar, ich hätte das mit Sulfias Hochzeit nicht so überstürzen sollen.

Tutyrgan tavyk

⚒ John Taylor war nur zehn Jahre älter als ich, aber ein alter Mann. Witwer. Seine Frau war gerade gestorben. Das war ein Problem für ihn. Seine Tochter hatte mich angeheuert, weil er nichts mehr machen konnte. Aber nicht etwa körperlich, da war er noch kräftig. Er war psychisch nicht in der Lage dazu.

Er war Englischlehrer und gerade krankgeschrieben, weil er Depressionen hatte. Ich interessierte mich für ihn, weil er Engländer war und einen schönen Namen hatte.

Er war ein gebildeter Mann und hatte viele Bücher. Regale vom Boden bis zur Decke, und viele Bücher waren nicht mehr neu. Die Buchrücken waren staubig. Da wäre ich auch depressiv geworden. Ich fing sofort mit dem Abstauben an. John sagte nur: »Seien Sie vorsichtig mit den Büchern. Ich liebe sie.«

Er hatte so einen schönen Akzent. War ein bisschen schwer zu verstehen. Ich fragte: »Wen lieben Sie, mich?«

Er sah mich mit einem schweren Blick an und sagte: »Noch nicht.«

Ich sah nicht viel von ihm, während ich aufräumte.

Er war meistens in seinem Schlafzimmer. Die Tochter sagte, er sei menschenscheu. Oh ja, das bin ich auch, dachte ich. Man sieht es mir bloß nicht so an. Ich kam zweimal die Woche für jeweils vier Stunden. Das Haus war vernachlässigt. Johns Tochter sagte, ich sei Gold wert. Das wusste ich natürlich selbst.

Erst machte ich einfach nur sauber. Arbeit war genug da. Johns Frau war lange krank gewesen. Ich war neugierig, wie sie ausgesehen hatte, aber nirgends waren Fotos. Johns Tochter sagte, sie hätten alles weggeräumt, weil es John davon noch schlechter ging.

Eines Tages kam John heraus aus seinem Schlafzimmer. Er fragte mich, ob es mich stören würde, wenn er sich ins Wohnzimmer setzte. Ich sagte: »Nein, es ist doch Ihr Wohnzimmer.«

Er setzte sich auf die Couch. Ich wischte Staub und dann die Holzdielen. Es störte mich nicht, dass John mich anschaute. Als ich mich zu ihm umdrehte, stellte ich fest, er schaute mich gar nicht an. Er hatte sich unbemerkt ein Buch genommen und las darin.

Er sah nicht einmal von seinem Buch auf, als es an der Tür klingelte. »Wollen Sie aufmachen?« fragte ich. Dann ging ich selber. Vor der Tür stand ein sehr junger Mann und reichte mir ein Tablett, offenbar mit Essen, so ähnlich wie im Flugzeug.

»Essen auf Rädern«, sagte er, während er mir das alles in die Arme drückte. Wahrscheinlich sah ich etwas ratlos aus.

»Ah«, sagte ich, als wäre ich bestens informiert. Ich wollte ins Haus zurück, um Trinkgeld zu holen, aber der Junge hatte es sehr eilig.

»John, hier ist Essen auf Rädern für Sie«, sagte ich und stellte das Tablett vor ihn auf einen kleinen Holztisch. Er sah von seinem Buch auf. Ich hob den Plastikdeckel.

»Hier ist … äh … Suppe und hier … ähh … wahrscheinlich Fleisch.«

»Was soll ich damit?« fragte er.

Das wusste ich auch nicht so genau.

Später erfuhr ich: Seine Tochter hatte es für ihn arrangiert. Sie konnte ja nicht täglich für ihn kochen. Und er musste etwas essen. Essen auf Rädern war so etwas wie ein Pizzaservice für ältere Menschen in Deutschland. Ich sprach John darauf an. »Ja, nur ohne Pizza und ohne Service«, sagte John und lachte zum ersten Mal.

Die Joghurts von seinem Tablett rührte er nie an. Ich nahm sie immer mit nach Hause, denn Aminat aß so was gerne.

»Wenn Sie wollen, koche ich etwas für Sie«, sagte ich.

»Nicht nötig«, sagte John.

»Sie haben ja noch gar nicht probiert«, sagte ich.

Wenn ich mir etwas vornahm, dann setzte ich es auch um. Das war meine Art.

Am Sonntag um elf stand ich mit einer Tasche voller Lebensmittel vor Johns Tür. Ich klingelte. Keiner machte auf. Ich klingelte lange. Dann rüttelte ich an der Tür. Ich hatte einen Schlüssel. Ich hatte ja angekündigt, dass ich kommen würde. Ich schlug mit der Faust gegen die Tür. Dann schloss ich sie auf, was war schon dabei.

Hier war alles aufgeräumt, ich war erst vor zwei Tagen da gewesen. Ich ging in die Küche. Dort standen mehrere Tabletts, ich hob die Deckel an – das Essen war nicht angerührt worden. Ich stellte meine Tasche ab.

»John, Rosa ist hier!« rief ich.

Stille. Ich rannte die Treppe hoch, riss die Tür zu Johns Schlafzimmer auf. Es war der einzige Raum, zu dem ich keinen Zutritt hatte. Noch nicht. Das merkte man gleich: Es war ein furchtbarer Raum, voller Bücher, Papier und Müll. Ein leeres Bett mit nicht allzu frischen Laken. Ich hätte hier schon längst mal vorbeischauen sollen.

»John!« rief ich. Als Nächstes lief ich zum Badezimmer. Die Tür war abgeschlossen. Ich rüttelte daran und presste mein Ohr ans Schlüsselloch. »John!« schrie ich in die Stille hinein.

Zum Glück behielt ich in jeder Situation die Nerven. Ich kannte viele Häuser und wusste, in welchen man die verschlossenen Türen leicht von außen aufmachen konnte. Das hier war Gott sei Dank so eine. Ich fand eine Münze in meiner Tasche, steckte sie in den Spalt und drehte. Die Tür ging auf.

John lag in der Badewanne, sein langer Körper passte kaum hinein. Sein Kopf war noch über Wasser, neigte sich aber gefährlich zur Seite. Das Wasser war nicht blutig. Aber er sah nicht gut aus. Ich umfasste seinen Kopf und zog an ihm. Dann hielt ich ihm plötzlich, einer Eingebung folgend, die Nase zu. Damit belebte ich ihn wieder. John hustete, schüttelte seinen Kopf, versuchte sich aus meinem Griff zu befreien und schimpfte erst auf Englisch, dann auf Deutsch.

»Was machen Sie hier?« fragte er. »Sind Sie ein fleischgewordener Alptraum?«

Er drückte sich immer etwas unklar aus. Ich griff ins Wasser, es war kalt. Ich erwartete keinen Dank dafür, dass ich ihn gerettet hatte. »Kommen Sie mal raus«, sagte ich, sah mich um, entdeckte ein großes Handtuch und hielt es ihm ausgebreitet hin.

Er richtete sich langsam auf. Ja, sein Gesicht war das Älteste an ihm. Ich konnte es nicht vermeiden, ihn anzusehen. Ich hatte schon lange keinen Mann mehr gesehen. Und einen Engländer – noch nie. Er stand da, und das Wasser floss an ihm herunter. Dann stieg er stark tropfend aus der Badewanne. Es bildete sich eine Pfütze um seine Füße. Er riss mir das Handtuch aus der Hand und wickelte es um sich.

»Ich war eingeschlafen. Tun Sie mir einen Gefallen und gehen Sie raus«, sagte er.

»Ich muss hier aufwischen«, sagte ich.

Ich holte einen Putzlappen und schrubbte den Fußboden trocken. John war längst nicht mehr da. Er war in seinem Schlafzimmer und fragte von dort aus: »Was machen Sie überhaupt hier?«

»Hab ich doch gesagt. Ich koche heute was für Sie.«

»Sie sind eine Nervensäge«, sagte John. »Verschwinden Sie.«

»Nach dem Kochen.«

Er schloss die Schlafzimmertür. Ich hörte, wie sich der Schlüssel umdrehte. Er war stur, aber was war seine Sturheit gegen meine.

Ich ließ das kalte Wasser ablaufen und schrubbte die Badewanne sauber. Und das ganz umsonst.

Danach ging ich in die Küche und fing an zu kochen. Ich hatte schon so lange keine Küche mehr zu meiner eigenen Verfügung gehabt. Heute gehörte Johns Küche mir. Hier war schon jahrelang keine Frau mehr gewesen. Es war alles sauber, von mir geputzt, aber schon länger nicht mehr liebevoll berührt worden. Das hatte die Küche mit mir gemeinsam. Ich wollte sie wieder warm machen, mit meinen Händen wiederbeleben.

Ich wusch ein Huhn unter kaltem Wasser ab, nahm die mitgebrachte Nadel heraus und nähte den Hühnerbauch zu. Ich trennte vorsichtig die Haut vom Fleisch ab und pustete hinein. Dort, wo die Luft pfeifend entwich, nähte ich die Löcher zu. Ich verrührte Eier mit Sahne, Salz und Pfeffer und füllte das alles unter die Hähnchenhaut. Ich band den Hals des Huhns ab, wickelte es in eine Stoffserviette und legte es in kochendes Salzwasser.

Dieses Huhn hieß Tutyrgan tavyk, ein Gericht, das Kalganows Verwandten auf dem Land zubereitet hatten und das mir heute so passend eingefallen war. Und zwar nicht zufällig, sondern weil ich mich mit Dieter darüber unterhalten hatte. Genauer gesagt erinnerte mich Dieter an dieses Rezept, er wusste nicht nur, wie es hieß, sondern auch, wie man es machen musste. Die Dinge, die er mir erzählte, hatte ich natürlich früher auch selbst gewusst, aber zwischendrin einfach vergessen.

Das Huhn brauchte anderthalb Stunden und war ein echtes tatarisches Nationalgericht. Ich deckte den Tisch im Wohnzimmer. Ich wusste längst, wo was lag. Ich holte gestärkte Servietten hervor und verstaubte Gläser, die ich, während das Huhn kochte, von Hand spülte und polierte. Ich schaltete den Herd aus und machte mich im Badezimmer frisch. Vom Kochen war mein Gesicht leicht gerötet, ich kühlte es mit Wasser und schminkte mich nach. Dann klopfte ich an Johns Schlafzimmertür.

»Verschwinden Sie«, sagte John.

Ich ging und ließ alles so zurück, wie ich es hingestellt hatte. Ja, es klappte nicht alles beim ersten Mal.

Elegant und leichtfüßig

⚒ Mir fiel auf, dass mir noch einiges fehlte. Zum Beispiel konnten hier alle schwimmen, selbst die kleinen Kinder. Auch wenn sie mit vier Jahren noch Windeln trugen und mit fünf einen Schnuller im Mund herumschoben, auch wenn sie bis zur Einschulung weder lesen noch rechnen konnten, selbst diese verzogenen Kinder konnten schwimmen. Sie wurden von ihren Müttern, die meine Kundinnen waren, zum Schwimmunterricht gefahren, den Kofferraum voll mit Badehosen, Badetüchern, Schwimmflügeln, Brettern und Schwimmnudeln. Und im Sommer fuhren sie alle ans Meer.

Ich sagte zu Dieter, er soll mit unserem Kind auch ans Meer. Aminat konnte nur sehr schlecht schwimmen und ich gar nicht. Das war kein Zustand. Wir sollten nicht schlechter sein als die anderen.

Dieter sagte, vielleicht übernächstes Jahr, denn so kurzfristig gehe es gar nicht. Es war Winter.

Gott tröstete mich, denn kaum hatte mir Dieter das gesagt, fragte mich eine Kundin, ob ich nächste Woche Zeit hätte, um mit ihrer Familie in die Berge zu fahren. Sie wollte mit ihren zwei Kindern und dem Mann in die Schweiz. Eigentlich hatte sie ihre Schwiegermutter mitnehmen wollen, damit diese nachmittags nach den verzogenen Gören schauen konnte. Aber die Schwiegermutter hatte Darmpolypen und musste operiert werden.

Als ich jünger gewesen war, war Kalganow jedes Wochenende auf Langlaufskiern in den Wald gegangen. Manchmal war ich mitgekommen, obwohl ich für solchen Unsinn selten Zeit gehabt hatte. Ich konnte also Ski fahren, aber ich war noch nie in den Alpen gewesen. Und Aminat konnte gar nichts und war auch noch nie in den Alpen gewesen.

Meine Kundin und ihr Mann waren einverstanden, dass Aminat mitkam. Sie waren mit allem einverstanden.

Sie fuhren mit dem Auto voraus, unser Gepäck nahmen sie mit. Meine Kundin hatte mir einen Overall geschenkt, in den sie nicht mehr reinpasste, und eine rote Skijacke für Aminat. Ich kaufte Sonnenbrillen und zwei Paar Hosen, und schon waren wir ausgestattet. Wir fuhren mit dem Zug, mussten umsteigen in Basel und in Chur. In Chur sah ich die Berge, sehr hoch, grau, mit weiß bedeckten Spitzen. Wir stiegen in einen Bus, der eine Serpentine hochfuhr. Wir saßen direkt hinter dem Fahrer, das war der Platz mit den höchsten Überlebenschancen, wenn der Bus den Abgrund hinunterstürzen sollte.

Aminat war ganz grün unter ihren Pickeln, sie

vertrug Bus- und Autofahrten schlecht. Sie hatte zu viel von ihrer Mutter Sulfia. Wir fuhren durch Wälder, Schneeverwehungen und kleine beleuchtete Dörfer. Als der Bus im vorletzten Dorf hielt und wir ausstiegen, übergab sich Aminat in den Schnee. Dankenswerterweise war sie damit fertig, bevor meine Kundin auftauchte, um uns zur Ferienwohnung zu bringen.

Ich hatte schon vergessen, wie so viel Schnee auf einmal aussah. Er glitzerte und duftete nach Wassermelone, wie in meiner Kindheit.

In der Ferienwohnung gab es zwei Schlafzimmer: eines mit einem Doppelbett für die Kundin und ihren Mann, einen Oberstaatsanwalt, und eines mit zwei Stockbetten. In den oberen Betten schliefen die Kinder, Julius und Justus, und unten schliefen Aminat und ich.

Meine Kundin war froh, dass ich da war. Sie hatte ihre Kinder nicht im Griff. Am Morgen gingen Julius und Justus zum Skikurs. Der Oberstaatsanwalt stülpte den Kindern Helme auf den Kopf, steckte ihre Füße in Skischuhe und zog sie am Skistock zum kleinen Iglu, wo noch mehr Bälger auf winzigen Skiern standen.

Es gehörte zu meinen Aufgaben, Julius nach drei Stunden wieder abzuholen, Mittagessen zu kochen und ihn schlafen zu legen. Seinen älteren Bruder holten wir später zusammen ab. Nach dem Mittagsschlaf setzte ich Julius auf den Schlitten und fuhr ihn herum. Wir gingen zum Skilift und schauten zu, wie andere Menschen den Hang herunterrauschten. Ich konnte mich daran nicht sattsehen. Ich begriff, dass das mit Langlauf wenig zu tun hatte. Sie sahen alle so schön und so geschickt aus. Vor diesem Hintergrund störte mich plötzlich Aminats Anblick. Ihr Gesichtsausdruck verdarb mir den Aufenthalt und meiner Kundin sicher auch. Ich sagte Aminat, sie soll ein anderes Gesicht machen.

Am ersten Abend kochte ich Gulasch mit Spätzle. Meine Kundin und ihr Oberstaatsanwalt saßen da mit roten Wangen, und selbst die Kinder waren zu müde zum Quengeln. Satte Zufriedenheit hing in der Luft.

»Sie sind ein Goldstück«, sagte mir meine Kundin.

»Ich weiß«, sagte ich. Jetzt fehlte mir nur noch eines: Ski fahren.

Ich stand am Morgen als Erste auf, kochte Kaffee, toastete Brotscheiben und deckte den Tisch. Die Kinder ließen sich sehr schwer wecken. Sie schliefen fest und waren noch müde, mussten aber zum Skikurs. Ich erledigte meine Aufgaben dennoch immer tadellos: Als die Eltern aus dem Schlafzimmer kamen, saß ich mit den Jungen und Aminat am Tisch.

»Können Sie eigentlich Ski fahren?« fragte mich meine Kundin.

»Ich werde sehr schnell lernen«, sagte ich in meinem tadellosen Deutsch. »Und Aminat hier auch.«

Ich hatte sie um nichts gebeten. Sie machten von alleine einen Termin in der Skischule aus. Wir liehen uns Skier aus und trafen uns mit unserem Skilehrer am Lift. In der Jackentasche hatte ich das Handy des Oberstaatsanwalts. Wenn die Kinder sich was brechen sollten, würde man mich anrufen und nicht die Eltern.

Mir war längst aufgefallen, dass die Männer hier sehr gut aussahen, alle sehr gesund. Es waren Männer, die nicht im Büro rumsaßen, sondern viel Sport an der frischen Luft trieben: nicht sehr groß, drahtig, mit schwarzen Locken und blauen Augen. Unser Skilehrer hieß Corsin und führte uns an einen Kinderhang und zeigte uns, wie wir fahren sollten. Bei mir klappte es sofort.

»Du hast Talent«, sagte Corsin zu mir. Ich fand ihn charmant. Er duzte mich, was ich normalerweise nicht mochte. Wahrscheinlich begriff er nicht, dass ich viel älter war als er.

Ich schämte mich für Aminat. Hier konnten alle Mädchen in ihrem Alter sehr gut fahren. Sie sahen gut aus, und Aminat war eine tollpatschige Anfängerin, deren Grobmotorik sofort ins Auge sprang. Sie hatte keine so gute Körperhaltung wie ich.

Meine Kundin war bereit, uns drei Vormittage Privatunterricht zu bezahlen. Danach wollte ich fahren können wie alle anderen.

An unserem letzten Vormittag nahm uns Corsin

zum ersten Mal mit dem Skilift auf den Berg. Ich teilte mir einen Bügel mit Corsin, und Aminat hatte einen für sich. Wir konnten sie von hinten sehen. Mehrmals wäre sie beinahe aus dem Lift herausgefallen. Ich wünschte, es wäre endlich passiert, aber sie klammerte sich mit letzter Kraft an den Bügel, zappelte mit den Beinen, ihre Skier verfingen sich ineinander, es war ein Wunder, dass sie nicht runterfiel. Die Fahrt hinunter verlief bei ihr genauso elend. Ich fuhr voran, elegant, leichtfüßig.

Nach der letzten Stunde gab mir Corsin einen Zettel mit seiner Telefonnummer. Der sah aus, als hätte sich ein Kind eine Visitenkarte gebastelt.

»Ruf an, wenn du nächstes Jahr wiederkommst«, sagte er.

Ich erlaubte es mir nicht, traurig zu sein. Ich war fröhlich: in den Bergen, auf den Skiern, sehr nah an einem Leben, das ich für angemessen hielt.

Der Berg wollte mich nicht

Am nächsten Morgen weigerte sich Aminat weiterzuüben. Ich war sehr nah dran, ihr eine Ohrfeige zu geben, aber meine Kundin und ihr Oberstaatsanwalt waren noch in der Wohnung, und ich wollte nicht, dass sie einen schlechten Eindruck bekamen. Ich ließ Aminat mit einem Buch in der Ferienwohnung zurück.

Ich zog mich an, nahm meine Skier und ging allein zum Lift. Ich war genauso elegant und sicher wie die arroganten Weiber, die jedes Jahr hierherkamen und sich ihre verspiegelten Sonnenbrillen in die Stirn schoben.

Oben angekommen, glitt ich mit sicheren Parallelschwüngen dem Vordermann hinterher. Unter mir war alles weiß, um mich herum auch. Dann merkte ich, dass auch über mir alles weiß war. Ich bremste und fiel beinahe hin. Ich war überrumpelt, weil es zu schneien begann. Die Schneeflocken kreisten über mir, der Himmel war nicht mehr zu erkennen. Der Wind blies mir kleine Eisbrocken ins Gesicht und ließ die Augen tränen.

Ich konnte nichts mehr sehen. Die Tränen froren

an meinen Wimpern fest, jetzt war ich blind. Der Berg wollte mich nicht. Ich war ihm zu dreist gewesen, und jetzt war er dabei, mich umzubringen.

Ich hielt gerade noch rechtzeitig an, um zu erkennen, dass sich vor mir kein Hang, sondern ein Abgrund auftat. Meine Beine zitterten vor Anspannung. Ich fragte Gott, ob meine Stunde geschlagen hatte, und Gott antwortete mit einem Geistesblitz: Corsin!

Ja, Corsin, der sogar noch besser Ski fuhr als ich, der behauptete, jeden Berg in dieser Gegend wie seine Westentasche zu kennen. Ich streifte den Handschuh ab und holte das Handy des Oberstaatsanwalts hervor und den kleinen Kinderzettel mit der Telefonnummer. Meine Hände wurden augenblicklich steif. Ich zog die Antenne heraus. Es war das erste Mal, dass ich mit einem Handy telefonierte. Ich pustete auf die Fingerkuppen und begann die Nummer einzutippen. Mit der Schweizer Vorwahl, das würde wahrscheinlich ein Vermögen kosten, dachte ich.

Es tutete im Hörer, dann meldete sich eine Stimme, von der nicht klar war, ob sie einer Frau oder einem Kind gehörte. In diesem Moment hatte ich vergessen, dass Corsin zwar Ski fuhr wie ein Gott, dafür aber sprach wie ein Fünfjähriger.

»Hilf mir!« schrie ich, ich rief den Namen des Skilifts in den Hörer, aber Corsin, wenn er es denn war, verstand mich nicht. Er fragte immer nur:

»Was? Wer ist dran?« Der Wind blies in den Hörer,

wahrscheinlich war ich schwer zu verstehen, hinzu kam, dass das Verstehen sowieso nicht Corsins Stärke war. Jedenfalls war ich jetzt verloren. Ich schrie: »Dann krepier doch!« in den Hörer, eine Aufforderung, die mir der Berg auch gerade ins Gesicht schmiss, ich warf Corsin aus der Leitung und versuchte, meine Kundin zu erreichen, was aussichtslos war.

Ich steckte das Handy in die Jackentasche, zog die Handschuhe an und griff mir die Skistöcke. Ich schaute die glatte, vereiste Wand hinunter, wahrscheinlich war es das, was man als schwarze Piste bezeichnete. Ich rechnete mir im Kopf aus, mit wie vielen Schwüngen ich sie bewältigen konnte, genauer, wie viele davon ich überleben würde.

Als ich mich mit der verkrampften Faust bekreuzigt hatte, tauchte etwas Rotes aus dem Schneegestöber auf. Ein Mensch, ein Mann vielleicht sogar – ich war bereits dabei zu rutschen und drehte meine Skier mit übermenschlicher Kraft parallel zum Hang, um rufend und mit Stöcken winkend auf meine Notlage aufmerksam zu machen. Das Rote bremste knapp unter mir, blieb an der Eiswand haften wie eine Fliege am Fenster, die Zähne blitzten durch die Schneesuppe, und Corsins sanfte Mädchenstimme sagte: »Halt dich an mir fest, ich bring dich runter!«

Ich konnte mich vor Glück und Erleichterung kaum rühren. Corsin nahm mir die Skistöcke aus der Hand und steckte die Enden in seinen Hosenbund, stellte sich breitbeinig hin und reichte mir seine Hände nach hinten. Ich rutschte mit meinen Skiern in seinen Pflug hinein, meine Beine entkräftet und zitternd. Und dann sauste der Wind in meinen Ohren, während ich hinter Corsins breitem Rücken nur gerade so viel bremste, dass ich nicht mit dem Gesicht auf seiner roten Jacke aufschlug. Ich hatte das Gefühl, es dauerte eine Stunde oder zwei, und als wir unten auf dem Parkplatz ankamen, tropfte das Blut aus meiner durchgebissenen Lippe in den Schnee. Corsin lächelte, er war nicht einmal verschwitzt.

»Mutige Frau«, sagte er. »Nicht fahren können, aber allein auf den Berg.«

»Woher hast du gewusst, wo ich bin?« fragte ich, und er legte seine Hand auf die linke Brusttasche seiner Jacke und sagte: »Gespürt.«

Ich kam wie eine Siegerin zurück aus den Bergen, mit einer sanften Bräune und der Körperhaltung einer Königin auf Skiern. Ein Wermutstropfen war, dass ich das Gleiche von Aminat nicht behaupten konnte.

Corsin schickte mir Postkarten, die kleine leuchtende Häuschen in den Bergen zeigten. Bei der Gelegenheit erfuhr ich, dass das, was ich bei ihm für ein komisches Deutsch gehalten hatte, in Wirklichkeit eine ganz andere Sprache war. Er und sein ganzes

Dorf sprachen die Sprache der alten Römer, und in dieser Sprache schrieb er auch seine Postkarten.

Er schrieb mir »Gronda buna a mia amur e splendur al firmament«, »vaiel tei fetg bugen« und »far lamur in cun lauter, leinsa?«. Ich konnte nicht einmal raten, was es bedeutete.

Corsin war in seinem Land eine Art Tatare, er hatte andere Wurzeln, andere Gerichte, eine andere Sprache und vor allem ein viel schöneres Aussehen als der Rest der Bevölkerung. Aber während bei uns kein wohlerzogener Tatare auf die Idee gekommen wäre, Wörter zu verschicken, die andere nicht verstanden, fand Corsin offenbar gar nichts dabei. Ich hatte ein paarmal versucht, mich mit ihm darüber zu unterhalten. Irgendwann begriff ich: Dass er so gern darüber sprach, dass er anders als die normalen Schweizer war, war kein Mangel an Erziehung. Es war einfach eine Sache, die ganz tief in seinem Kopf saß und da nicht mehr auszutreiben war. Er hatte eben keine sowjetische Erziehung genossen, sondern eine etwas primitivere. Seine Neigung, mit seinen Wurzeln anzugeben, erinnerte mich an die Art kleiner Kinder, ihr Röckchen hochzuheben, damit alle die neue Unterhose sehen konnten.

Einmal schickte mir Corsin eine Postkarte auf Deutsch: dass er mich vermisse und nächsten Dienstag besuchen komme, mit seinem Auto direkt aus den Bergen, fünf Stunden Fahrt.

Sein Besuch brachte mich in die Bredouille. Zum Glück war eine meiner Kundinnen gerade im Urlaub. Ich führte Corsin in ihre Altbauwohnung, in der Hoffnung, von den Nachbarn nicht gesehen zu werden. Mir fiel verspätet auf, dass ein Mann wie Corsin eine Frau jenseits der Skipiste eher lächerlich machte als schmückte. Ich fand ihn zwar sehr muskulös, vielleicht ein bisschen zu dünn, doch er schaute um sich wie ein verschrecktes Kaninchen, und unter der Decke bestätigte sich mein Verdacht: Er kannte sich nur im Gebirge aus.

Ich überprüfte es noch weitere drei Male, bis ich zu dem Schluss kam, dass ich zu beschäftigt war für jemanden, dem man alles erklären musste. Ich brachte Corsin zu seinem Auto. Zu Hause warf ich seine Postkarten ins Altpapier.

Die besten Töchter

⚒ Ich war zufrieden mit mir. Ich arbeitete viel, denn im Sommer wollte ich mit Aminat ans Meer, ohne Dieter, dafür vielleicht mit Sulfia – sie sollte auch mal ein bisschen Sonne sehen. Dann klingelte in einer Nacht das Telefon, und Kalganow war dran. Jener Kalganow, den Sulfia nach seinem Schlaganfall schon das vierte Jahr pflegte. Ich erkannte Kalganow nicht an der Stimme – denn sie war anders, als ich sie in Erinnerung hatte, und es war mir auch völlig egal, wem die Stimme gehörte, die da sagte, Sulfia sei tot.

»Was?« fragte ich. »Wozu?«

Ich hielt es für einen geschmacklosen Scherz und legte auf.

Es klingelte erneut. Ich sah auf den Hörer, die lange Nummer mit der 007-Vorwahl auf dem Display, und bewegte mich nicht. Es klingelte und klingelte, bis Aminat aus ihrem Zimmer auftauchte, verschlafen, sie sah die Nummer und griff nach dem Hörer.

»Mama?« rief sie, sie hatte gerade den Skiurlaub verarbeitet und bekam wieder etwas bessere Laune, und ich sah zu, wie sie den Hörer ans Ohr drückte, wie sich ihr Gesicht veränderte. Ich starrte sie voller Hoffnung an: Sie sollte mir gleich sagen, dass nichts von dem, was ich zuerst gehört hatte, wahr war. Aber daran, wie Aminats Gesicht in einem denkbar ungeeigneten Ausdruck erstarrte, in einem schiefen Lächeln nämlich, daran erkannte ich, dass meine Auffassungsgabe mich nicht getäuscht hatte.

Ich flog nach Russland, und Aminat blieb bei Dieter.

Ich musste mich um die Trauerfeier kümmern, wer konnte das besser als ich. Als ich dort ankam, traf ich Menschen an, aufgelöst wie verwaiste Kinder. Das größte Kind war Kalganow, der, ich sagte es ihm sofort, Sulfia auf dem Gewissen hatte. Nur seinetwegen war sie meiner Aufsicht und Fürsorge ferngeblieben. Jetzt stand Kalganow unter Schock, was bedeutete, dass es ihm plötzlich besser ging. Er konnte aufstehen und wieder sprechen – seine ersten zusammenhängenden Worte waren die Todesnachricht am Telefon gewesen.

Seine Lehrerin für Russisch und Literatur, diese alte, ganz aus der Form geratene Person, ging mir mit ihrem permanenten Schluchzen auf die Nerven. Ich sah sie zum ersten Mal und hatte das Gefühl, sie würde mich dunkel an irgendjemanden erinnern. Zwischendurch griff sie sich ans Herz, bis ich ihr sagte, sie soll sich in ihrem Zimmer einschließen und andere Menschen nicht behindern.

»Solche wie du leben doch ewig«, sagte ich. »Dafür bringen sie die besten Töchter anderer Leute um.«

In meinem alten Land hatte sich vieles verändert. Es trug einen neuen Namen. Auch meine Stadt hieß inzwischen anders. Alles war sehr dreckig, und jeder verkaufte irgendetwas. Buden und Kioske drängten sich nebeneinander, auf Pappkisten wurden Lebensmittel, Kleider, Bücher und leere Coca-Cola-Dosen verkauft.

Die Menschen waren schlimm angezogen und hatten Elend im Blick. Alle Mädchen sahen wie Nutten aus, und offenbar waren die meisten auch welche. Alte Frauen zählten mit zitternden Händen Münzen ab. Öffentliche Toiletten konnten von einer anständigen Frau nicht betreten werden.

Kalganows Verwandtschaft auf dem Dorf bei Kasan meldete sich mit dem Vorschlag, Sulfia nach tatarischer Tradition zu begraben, in ein Tuch gehüllt, ohne Sarg. Ich reagierte nicht auf diese Schnapsideen, ich hatte auch so genug zu tun. Sie versuchten es bei Kalganow, der »Röschen weiß alles besser« sagte. Dann gaben sie es auf und trugen während der Trauerfeier vorwurfsvolle Mienen zur Schau.

Im Sarg hatte Sulfia ein weißes Kleid und weiße Seidenschuhe an. Ich schmückte ihre Stirn und ihr Kissen mit Blumen und wies den Bestatter an, sich beim Schminken Mühe zu geben. Es waren sehr viele Leute gekommen, mir war neu, dass so viele Sulfia gekannt hatten. Ihre alten Mitschüler, Kollegen, Nachbarn, es waren Hunderte von Menschen, und jeder sollte sehen, was für eine schöne Frau sie war: Die langen schwarzen Haare, das weiße Gesicht, ebenmäßig wie bei einer Puppe, die feine, geschwungene Nase, die schwarzen Wimpern, die lange Schatten auf die Wangen warfen. Sie hatte dann doch ziemlich viel von mir.

Es stellte sich heraus, dass Sulfia kein eigenes Zimmer gehabt hatte. Sie hatte ein Feldbett bei Kalganow und seiner Frau, im Wohnzimmer, abgetrennt durch einen Paravent. Kalganow und seine Lehrerin hatten ein Schlafzimmer mit einem Doppelbett, das sie zu einem doppelten Krankenlager umgebaut hatten. Links und rechts standen Nachttischchen voller Medikamente.

Nach der Trauerfeier legte ich mich auf Sulfias Feldbett, es war durchgelegen, die Decke war zerschlissen. Ich biss die Zähne zusammen. Die Blutsauger hinter der Wand unterhielten sich leise, dazwischen waren laute Schluchzer zu hören. Ich zog meinen Schuh aus und warf ihn gegen die Wand. Dann war Stille.

Es war eine Sauerei, in Kleidern und einem Schuh im Bett zu liegen, aber ich tat es trotzdem. Ich blickte zur Decke. Irgendwann hatte der Nachbar von oben eine Überschwemmung verursacht, die Decke war voller Flecken, die wie exotische Blumen aussahen. Wenn mir jemand so etwas beschert hätte, ich hätte ihn so lange an den Füßen aus dem Fenster gehängt, bis er mir eine Renovierung und einen neuen Teppich bezahlt hätte, und sei es um den Preis seiner Goldzähne. Aber Sulfia war eine Blume im Wind. Spuckte man sie an, hielt sie es für frischen Regen und streckte sich dem entgegen.

Mein Kopf begann sich von innen auszudehnen. Wahrscheinlich war er zu voll. Die Gedanken knäulten sich zusammen, verfingen sich ineinander, zogen andere an: Es war eine unvorstellbare Enge. Es drückte von innen gegen die Schläfen, drückte meine Augen und Zunge regelrecht hinaus. Ich hielt meinen Kopf von außen mit den Händen zusammen. Sulfia, dachte ich plötzlich. Sulfia wusste immer, wann es einem schlecht ging. Sie spürte, wenn man sie brauchte. Man musste ihr nichts sagen: Sie wusste, wo es wehtat. Sie spürte es über Tausende von Kilometern hinweg. Und sie wusste, was sie dagegen tun konnte. Sie konnte den Schmerz verjagen. Sulfia, dachte ich, war eine Zauberin gewesen.

»Sulfia«, flüsterte ich mit steifen Lippen, die mir nicht gehorchten. »Sulfia!«

In meinen Augen pochte und brannte es. Ich fürchtete, dass sie platzen könnten, so stark war der Druck. Ich schirmte sie mit der Hand ab.

Dann ließ der Schmerz nach. So langsam und unauffällig, dass ich es erst merkte, als ich die Augen wieder öffnen konnte, noch voller Sorge, dass sie gleich aus den Höhlen springen würden. Meine verlängerten, dichten Wimpern, die ich noch nicht abgeschminkt hatte, kitzelten beim Öffnen meine Handflächen. Ich nahm die Hände weg und setzte mich auf. Das Zimmer war dunkel, eine Laterne schien ins Fenster hinein. Die Scheinwerfer der vorbeifahrenden Autos schickten leuchtende Flecken ins Zimmer und spielten mit den Mustern der Decke.

»Sulfia«, sagte ich. »Setz dich gerade.«

Sulfia saß neben mir, aber nicht die Sulfia, die eben im Ofen des Krematoriums verschwunden war. Es war eine Sulfia, die ich bei unserer letzten Begegnung gesehen hatte, erschöpft, aber lächelnd, mit müden, aufmerksamen Augen. So normal, dass ich schon wieder begann, mich über sie aufzuregen. Doch dann bremste ich mich und hielt mich mit den Händen am Bett fest, um nicht der Versuchung nachzugeben, meine Hand nach einem Gespenst auszustrecken.

»Sulfia«, sagte ich. »Ich …«

Sulfia sah mich an und lächelte. Sie war zu müde, um zu sprechen, sie arbeitete immer so viel. Sie legte den Finger an ihre Lippen. Und dann lag ich wieder im Bett, voll angekleidet, nicht abgeschminkt – Sulfia meinte, nach einem Tag wie heute könnte ich mir so etwas erlauben –, nur der zweite Schuh fiel neben den ersten auf den Boden. Die leichte, nach Sulfia duftende Decke verbarg mich vor der Einsamkeit und Leere dieses Zimmers und hielt den Kummer von mir fern.

»Bleib bei mir«, bat ich, bevor ich einschlief.

Sulfia tat, worum ich sie gebeten hatte. Das tat sie immer. Ich konnte sie nicht zwingen, aber worum ich sie einfach nur *bat*, das blieb nie unerfüllt. Sulfia ließ niemanden in Not zurück, das war nicht ihre Art.

Als ich aufwachte, schmerzte mein ganzer Körper. Die künstlichen Wimpern hatten sich gelöst und lagen auf dem Kissen, mein Gesicht war mit Krusten aus getrockneter Schminke und Tränen überzogen. Die schwarzen Kleider, die meine Figur so vorteilhaft umspielten, rochen nicht gut.

Ich betrat die Küche. Kalganow und seine Lehrerin waren dort. Sie saß auf dem Hocker, und er stand am Herd und rührte in einem Topf. Ich empfand sie plötzlich als eine Einheit, wie zwei Fettaugen auf der Suppe, die zu einem verschmolzen. Später würde ich ihnen noch sagen, was ich von ihnen hielt.

Ich ging ins Bad und brachte mich in Ordnung, ließ kaltes Wasser über mein Haar laufen, damit es glänzte, reinigte mein Gesicht und erfrischte es ebenfalls mit kühlem Wasser. Ich wickelte mich in einen Bademantel, der an der Tür hing und von dem kein Geruch ausging – mir war klar, dass er Sulfia gehört hatte und damit jetzt mir.

Kalganow stellte einen Teller mit Grießbrei vor mich. Ich probierte: Der Brei war klumpig, aber ich sagte nichts. Ich betrachtete die Küchenfliesen, jede mit Sulfias Gesicht verziert, mit einem wundervollen Porträt, so echt, als hätte man eine Fotografie eingearbeitet. Ich betastete sie. Sie waren warm und glatt.

»Wie habt ihr das gemacht?« fragte ich Kalganow.

»Was?«

»Dieses … Muster auf den Fliesen.«

»Welches?«

»Dieses da«, ich deutete mit dem Finger auf eines von Sulfias Gesichtern.

Kalganow blinzelte angestrengt in die Richtung, in die ich zeigte.

»Sie sind weiß«, sagte er.

Wir mussten einige Dinge regeln. Materielle Dinge. Sulfias Sachen – sie hatte nicht viele gehabt. Sie hatte zwei Regalfächer im Schrank zu ihrer Nutzung. Sie hatte keinen Besitz – die vermietete Wohnung hatte sie auf Kalganows Namen umschreiben lassen.

»Ihr habt ihr alles weggenommen!« schrie ich.

»Röschen«, flüsterte Kalganow. »Sie wollte es so.«

»Aber warum? Ihr seid zwei alte Säcke. Und sie war jung und … hatte ihr Leben noch vor sich.«

Jedenfalls war es nicht mehr zu ändern mit der Wohnung. Außer, ich wollte sie beide deswegen verklagen. Ich hatte das zuerst sogar vor. Ich zwang mich dazu, in Sulfias Namen, aber es fiel mir schwer: Ich hatte keine Lust. Ich war sehr müde. Sonst war ich ja nie müde. Ich schlief immer wenig: Fünf Stunden waren okay, nach sechs Stunden war ich komplett ausgeruht. Aber jetzt war mir nach Schlafen. Ich bedeckte meinen Mund mit der Hand, um nicht direkt in das aufgedunsene Gesicht der Lehrerin für Russisch und Literatur zu gähnen.

»Ich bin müde«, sagte ich der Lehrerin. Sie sah mich an, als wäre ich wahnsinnig.

»Dann legen Sie sich hin«, sagte sie. Ich fand es gut, dass sie mich wieder siezte. Während der Trauerfeier hatte sie immer wieder den Versuch unternommen, zu mir Du zu sagen, was ich jedes Mal abbügelte. Ich fand es unanständig, dass sie einen Moment meiner Schwäche für eine Annäherung ausnutzen wollte.

»Ich kann mich nicht hinlegen«, sagte ich. »Ich habe, im Gegensatz zu Ihnen, viel zu tun.«

Ich wollte Sulfias Habseligkeiten sortieren. Ihre wenigen Sachen, Kleider, Briefe, Dokumente.

Stattdessen ging ich zu meinem Feldbett zurück und schlief wieder ein.

Solange du hier bist

⚒ Ich wachte erst am nächsten Tag auf. Ich hatte fast 20 Stunden geschlafen. In dieser Zeit hatte Kalganow, wie er mir mitteilte, immer wieder überprüft, ob ich noch atmete. »Wir dachten nämlich schon, du wärest auch tot«, sagte er. Aber da hatte er sich zu früh gefreut.

Dann stellte ich fest, dass die Lehrerin für Russisch und Literatur Sulfias Sachen angefasst hatte. Sie hatte ihre wenigen Kleider genommen und auseinandersortiert.

Mir blieb vor Empörung die Luft weg. »Was machst du hier, du zerrupfte Henne? Und warum berührst du mit deinen dreckigen Pfoten die Sachen meiner Tochter?«

»Ich wollte sie waschen«, sagte sie kläglich.

Ich schob sie aus dem Zimmer, setzte mich auf das Feldbett und nahm ein Unterhemd in die Hände. Es war grau und verwaschen und ausgeleiert, und wäre es etwas kleiner gewesen, hätte es einem Kind gepasst. Ich wischte mir damit die Tränen weg.

Während ich mein Gesicht gegen das Unterhemd drückte, fiel mir ein, dass die Lehrerin irgendwo eine Nichte hatte. Dieses Wissen drängte sich in die Mitte meiner Gedanken durch, ich sah sie plötzlich vor mir: eine unbekannte Nichte, die ich noch nie gesehen hatte, eine kleine Schlampe mit einem Kind, ohne Mann, in einer Einzimmerwohnung mit ihren alten Eltern. Plötzlich verstand ich, warum die Lehrerin die Wäsche waschen wollte.

Ich saß ziemlich lange da, das graue Unterhemd gegen das Gesicht gedrückt. Dann stand ich auf und packte die Wäsche in einen leeren Karton. Die schmutzige trug ich ins Bad und häufte sie in die Badewanne. Ich klopfte an die Schlafzimmertür. Die Lehrerin saß auf dem Bett und schnäuzte sich in ein Taschentuch.

»Sitz gera…!« begann ich und drückte mir die Hand gegen den Mund. Die Dinge begannen sich merkwürdig zu verwischen.

Ich schob den Karton mit dem Fuß ins Schlafzimmer.

»Nimm«, sagte ich. »Schenk's halt deiner Nichte.«

Die Lehrerin nahm das Taschentuch weg vom Gesicht. Ich wünschte, sie hätte es nicht getan.

»Sulfia braucht es ja nicht mehr«, sagte ich und ging zurück zu meinem Feldbett.

Sulfia hatte nichts. Sie besaß praktisch keine Sachen. Was ich an Hosen und Pullovern noch finden konnte, gab ich der Lehrerin für ihre Nichte mit. Um das Waschen kümmerte ich mich nicht – es schadete nichts, wenn auch diese Art von Mensch einmal einen Finger rührte. In einer Schrankecke entdeckte ich ein kleines Kästchen mit einem billigen Ring und einer Kette und eine Kiste mit Briefen. Es waren Aminats Briefe, gesammelt über die Jahre. Ich legte die Briefe in meinen Koffer.

Drei Tage vor meinem Rückflug holte Kalganow die Urne ab. Es war klar, dass ich sie mitnehmen würde. Sie war sehr schön, die Wände aus marmoriertem Stein und der Name in Goldbuchstaben – so gehörte sich das. Sie hatte einen schönen Namen, jetzt würde ihn nie wieder jemand verhunzen.

Kalganow ging gebeugt. Er wollte die Urne eigentlich in seiner Nähe bestatten, und er hatte die Dreistigkeit, mir das zu sagen. Ich wollte mit der Urne eigentlich auf seinen Kopf einschlagen, hatte aber die Pietät, es nicht zu tun.

Ich umhüllte die Urne mit einem Wollschal und steckte sie in eine Tragetasche. Die wollte ich ins Handgepäck nehmen. Ich wollte nach Hause, zu Aminat. Ich sortierte die Unterlagen: meinen Pass, Sulfias Todesurkunde, die Geldscheine in einem Umschlag. Ich hatte viel Geld mitgenommen, mehr, als ich verbraucht hatte. Ich hatte nicht damit gerechnet, dass Sulfias Freunde Geld einsammeln würden, so viel, dass davon die Trauerfeier bezahlt werden konnte. Ich fragte mich, warum die Leute so etwas taten. Schließlich war Sulfia tot, und mich kannten sie nicht, und es gab keinerlei Grund, sich bei Kalganow einzuschleimen. Er war inzwischen bedeutungslos.

Der einzige mögliche Grund war – Sulfia war nicht tot. Andere konnten vielleicht sterben, aber sie nicht. Ich wurde mir dessen immer sicherer.

Ich nahm die Geldscheine aus dem Umschlag. 20 Hundertmarkscheine, die ich mitgenommen hatte. Ein Vermögen. Ich nahm die Scheine wie einen Fächer in die Hand. Sie waren neu und dufteten gut. Ich ging in die Küche. Kalganow und die Lehrerin saßen sich gegenüber und schwiegen. Sie freuten sich komischerweise überhaupt nicht, dass ich wieder abreiste. Sie drehten ihre Gesichter zu mir, zwei Mienen, die sich in ihrer Hoffnungslosigkeit immer ähnlicher wurden. Ich legte die Scheine zwischen sie auf den Küchentisch und ging, diesmal für immer.

Es gab keine Komplikationen. Am Flughafen interessierte sich niemand für die Tragetasche. Man winkte mich überall durch.

»Siehst du, Sulfia«, sagte ich. »Und du hattest dir schon Sorgen gemacht.« Obwohl das nicht stimmte – Sulfia hatte sich keine Sorgen um den korrekten Transport der Urne gemacht. Sie stand neben mir und lächelte, warum war mir noch nie aufgefallen, wie schön ihr Lächeln war?

Zu meinem großen Erstaunen holte mich Dieter am Flughafen ab. Aminat stand neben ihm, und darauf war ich nicht vorbereitet. Sie hatte abgenommen. Bevor ich sie erkannte, dachte ich sogar: »Was für ein hübsches Mädchen. Könnte eine Tatarin sein.«

Dieter umarmte mich kurz. Aminat hielt Abstand.

»Was ist?« fragte sie mich, als wir in Dieters Auto saßen.

»Alles ist gut«, sagte ich zu ihr.

Zu Hause holte ich die Kiste mit den Briefen aus dem Koffer und gab sie ihr. Ich war mir nicht sicher, wie sie reagieren würde. Aber sie riss mir die Kiste aus den Händen und öffnete den Deckel: »Hast du sie etwa gelesen??«

»Ich hatte Besseres zu tun!« schrie ich zurück, und sie drehte sich um und ging in ihr Zimmer.

Am Abend, als Aminat im Bett lag, holte ich zwei Gläser und eine Flasche Wodka. Ich setzte mich neben Dieter, er nahm die Flasche in die Hand.

»Wie viel soll ich einschenken?« fragte er.

»Siehst du den Rand nicht?« fragte ich, nahm ihm die Flasche weg und füllte die Gläser.

»Los!« sagte ich. »Nicht anstoßen.«

Er nippte kurz und verzog das Gesicht.

»Du musst es runterkippen«, sagte ich. »Bist du jetzt Witwer oder was?«

Nach einer halben Stunde weinte er bitterlich. Ich verstand nicht, was er plötzlich hatte. Es brach nur so aus ihm heraus. Er war blass und faltig. Er war zu wenig an der frischen Luft und machte keinen Sport.

Ich wollte gern über Sulfia reden. Ich war sicher – er wollte das Gleiche. Vielleicht war er gerade dabei zu begreifen, wie wichtig sie für ihn gewesen war. Er versuchte mir etwas zu sagen, aber ich kam mit seiner Artikulation nicht klar.

»Warte«, sagte ich und ging in mein Zimmer. Die Tragetasche stand auf meinem Kissen. Ich griff hinein und holte die Urne hervor, schwer, wunderschön. Ich trug sie in die Küche und stellte sie auf den Tisch zwischen uns. Zwinkerte Sulfia zu und hob mein Glas.

»Nicht anstoßen!« sagte ich, ich hatte vergessen, dass ich es schon mal gesagt hatte.

Dieter legte die Stirn in senkrechte Falten und las die goldene Aufschrift. Dann verschüttete er den Wodka.

»Was ist das?«

Er fuhr mit dem Stuhl einen Meter zurück.

»Ist sie da drin?«

Ich warf den Kopf zurück, weil mich der Anblick der weißen Decke beim Nachdenken bestärkte.

»Teilweise«, sagte ich.

»Tu sie weg«, sagte Dieter. »Das kannst du doch nicht ins Haus bringen! Wie soll ich heute Nacht hier schlafen?«

»Liegend«, sagte ich. Jetzt widerte er mich an. Hysterische Männer waren eine Strafe Gottes.

»Das ist doch … Das kann man doch nicht hierbehalten!«, rief er. »Bring's in den Keller.«

Ich nahm die Urne fest in meine Arme, ich hatte das Gefühl, sie vor ihm schützen zu müssen.

»Tu sie weg«, bettelte er.

»Das ist die Urne mit der Asche deiner Frau!« schrie ich.

»Das macht's nicht besser!« brüllte er zurück.

Ich nahm die Urne unter den Arm und drängte mich an ihm vorbei. Er wich zwar zurück, aber in die falsche Richtung, sodass ich ihn kurz mit einer Kante der Urne am Bauch berührte. Eine Sekunde lang überlegte ich, ob ich ihm einen festen, seinen Verstand klärenden Schlag versetzen sollte. Aber Sulfia legte mir ihre kühle Hand auf die Schulter.

»Keine Sorge, Liebling«, sagte ich. »Nicht, solange du hier bist.«

Dieter sah mich entsetzt an.

»Ich mein nicht dich«, sagte ich. »Krepier doch.«

Ich ging in mein Zimmer, stellte die Urne auf meinen Nachttisch und schlief fest ein.

Das Nächste, was ich von Aminat mitkriegte, war Brandgeruch. Ich brachte Dinge durcheinander: Ich dachte an die Asche, die angeblich in der Urne war, falls man mich im Krematorium nicht beschissen hatte. Ich sah ein Bild von Sulfia, die lachend in Flammen stand, und bevor ich aufwachte, dachte ich noch, das Feuer steht ihr aber gut. Dann wachte ich endgültig auf und rannte den Rauchschwaden entgegen. Sie kamen aus der Küche. Aminat verbrannte eine Menge Papier im Spülbecken.

»Ja, bist du denn verrückt geworden?« schrie ich.

Ich griff über ihre Schulter und hob eine lodernde Ecke hervor, an der eine Briefmarke klebte. Aminat verbrannte ihre Briefe, die ich aus Russland mitgebracht hatte. Ich drehte den Wasserhahn auf, sie drehte ihn wieder zu.

»Das darfst du nicht tun!« rief ich. »Du musst sie doch aufbewahren! Was ist, wenn du mal berühmt wirst?« Wir hatten lange nicht mehr darüber gesprochen, dass sie mal berühmt werden sollte oder wenigstens erfolgreich oder mindestens sehr reich.

»Ich will aber nicht«, sagte sie.

»Dann werd halt Ärztin«, sagte ich.

»Warum immer ich?« fragte sie.

»Sulfia fände das schön«, sagte ich.

Aminat sah ins Waschbecken. Es war ein wenig Wasser reingelaufen, und die Papierfetzen schwammen zwischen Aschehäufchen hin und her.

»Ich räum's für dich auf«, sagte ich. »Geh du in dein Zimmer und denk nach.«

»Worüber?« fragte sie.

»Darüber, wie du dich bessern kannst. Damit Sulfia zufrieden mit dir ist.«

Ich fühlte mich für den Bruchteil einer Sekunde unwohl unter ihrem Blick. Doch dann zog sie davon, und ich atmete erleichtert auf.

Mit Sulfias Stimme

⚒ Die erste Zeit war ich sehr beschäftigt. Ich rief bei der Friedhofsverwaltung an und beantragte einen Platz für die Urne. Ich rief bei Steinmetzen an, die Gräber gestalteten. Sulfia sollte anständig beigesetzt werden und einen hübschen Grabstein bekommen. Ich nahm einen Stift zur Hand und skizzierte, wie ich alles haben wollte. Mir ging es nicht ums Geld, aber ich ließ mir trotzdem Kostenvoranschläge schicken. Wenn es mir zu lange dauerte, rief ich an und sagte, dass es sich hier nicht um *irgendeinen* Auftrag handelte und dass Gott alles sah.

Wenn ich mich zu sehr aufregte und laut wurde, spürte ich Sulfias kühle Hand auf meiner Schulter. Ich merkte, dass mein Geschrei sie störte, und wurde ruhiger. Sulfia mochte Stille, und ich tat alles, damit sie sich wohl fühlte.

Es gelang mir nicht, die Urne zu bestatten. Die Stümper, die Gräber gestalteten, kapierten einfach nicht, wie ich es haben wollte. Auch für viele Tausend Mark nicht. Ich hatte das Gefühl, sie wollten mich nicht verstehen. Es war das erste Mal, dass ich an irgendetwas scheiterte, und Sulfia sagte, es sei doch egal.

Ich gab ihr Recht – die Urne war hübsch und handlich, sie brauchte kein Grab. Ich ließ sie auf dem Nachttisch stehen, daneben einen Strauß weißer Rosen, den ich alle paar Tage erneuerte. Dieter wiederholte nervös, dass es gesetzlich verboten war, und ich sagte ihm, er könne sich seine Gesetze sonst wo hinschieben.

Ich arbeitete weiter. Ich musste meine Enkelin aufziehen. Sie war jetzt Vollwaise, und ich musste ihr Vater und Mutter ersetzen. Nicht, dass mir das neu gewesen wäre. Aber etwas hatte sich verändert. Früher hatte ich immer für mich gesprochen – jetzt wirkte ich in Sulfias Auftrag.

Ich sprach mit Sulfias Stimme. Und, was noch ungewöhnlicher war: Ich sprach mit Sulfias Tonfall. Als Aminat eines Tages nicht aufstehen wollte, obwohl sie in die Schule musste, sagte ich nicht: »So wirst du aber in der Gosse enden! Deine deutschen Mitschüler sind alle längst aufgestanden!« Sondern ich sagte: »Ja, bleib im Bett, mein Kind.« Ich sprach diesen Satz aus und biss mir auf die Zunge. Was würde noch aus ihr werden, wenn ich immer so reagierte? Eine Sulfia?

Ich begann also einen zweiten Satz, in dem das Wort »Gosse« vorkam, aber mittendrin stellte ich fest, dass ich keine Lust hatte, ihn zu Ende zu sprechen. Stattdessen ging ich in die Küche, kochte einen starken, süßen Kakao und stellte ihn an Aminats Bett. »Bleib liegen, mein Kind«, sagte ich. »Du hast so viel mitgemacht in den letzten Jahren.«

Dann würgte ich an noch mehr solchen Sätzen, schob sie mit gigantischer Willensanstrengung in die Kehle zurück und ging zur Arbeit.

John hatte seit Längerem die Angewohnheit, sich im Schlafzimmer einzuschließen, sobald ich zum Aufräumen kam. Selbst als ich das erste Mal nach der Pause wieder bei ihm war, versteckte er sich vor mir. Ich klopfte nicht an seine Tür, eigentlich dachte ich überhaupt nicht an ihn. Ich dachte an nichts, wischte vor mich hin und war eigentlich ganz zufrieden. Deswegen zuckte ich zusammen, als er mich mit gefurchter Stirn fragte, wo ich denn die ganze Zeit gesteckt hätte.

Ich putzte weiter, erzählte aber gleichzeitig, welches Kleid Sulfia im Sarg angehabt hatte und dass ich ihr einen Strauß Schneeglöckchen in die Hände gelegt hatte, damit sie wie eine Prinzessin aussah. John folgte mir durch die Zimmer, und als ich den Staubsauger einschaltete, zog er den Stecker aus der Steckdose und beschwerte sich, bei dem Lärm könne er nichts hören.

Am Ende fragte er, ob er mich nach Hause fahren sollte, aber ich dachte, ich hatte jetzt genug geredet, sagte »Nein, danke« und fuhr mit dem Bus.

Natürlich war es nicht gut, Aminat zu verwöhnen. Ich hatte es ja immer gewusst, und es war nicht gut, dass Sulfia mich dazu brachte, dem Mädchen alles durchgehen zu lassen. Denn Aminat, deren Leben eine Achterbahnfahrt gewesen war, sauste jetzt schnell in den Abgrund, und Sulfia hielt mich davon ab, meine Kraft anzuwenden. Ich machte es wie sie: zuschauen und mitleidig seufzen.

Aminat wurde in der Schule nicht versetzt. Auch meine Fürsprache beim Rektor ihrer Schule, meine Hinweise darauf, dass sie hochbegabt war, bewirkten nichts. »Lass sie doch einfach«, sagte Sulfia. Ich sah das Bild der Gosse vor mir: dunkel, verunreinigt, stinkend. Ich wies Sulfia darauf hin, dass Aminat auf die Art und Weise niemals eine berühmte Ärztin werden würde. Sulfia zuckte in ihrer unnachahmlichen Art mit den Schultern.

Ich ging zu Aminat, die seit Tagen im Bett lag und Comics las. Ich sprach: »Aminat, meine Enkelin und Tochter deiner Mutter Sulfia, wenn du nicht sofort aufstehst und versuchst, ein paar Wissenslücken aufzufüllen, wirst du nie eine berühmte Ärztin werden. Du wirst nie eine strahlende, nach Desinfektionsmitteln riechende Praxis haben, in der viele Patienten warten.«

»Mir doch egal«, sagte Aminat.

Ich schob Sulfia mit dem Ellbogen beiseite: »Aber ich will, dass du eine Ärztin wirst!«

»Wenn's dir so wichtig ist, werd doch selber eine«, sagte Aminat und blätterte um.

Ich dachte zwei Tage und fünf Stunden darüber nach. Aminat hatte recht: Mein Problem war immer gewesen, dass ich mir zu viele Sachen für andere vornahm. Sie kamen nicht mit. Dafür konnte ich alles verwirklichen, was ich mir für *mich* vorgenommen hatte. Ich holte also meinen alten Koffer aus dem Keller, in dem viele wichtige Dokumente meines Lebens lagen. Sie waren auf Russisch und schon sehr vergilbt, aber man konnte die Stempel noch sehr gut sehen.

Ich nahm mir einen blauen Plastikordner von Aminats Schreibtisch, auf dem »Biologie« stand, und legte meine Zeugnisse hinein, vorsichtig, damit sie nicht auseinanderfielen. Mit dieser Mappe begab ich mich in die Praxis meines Kunden, des Internisten.

Seine Sprechstundenhilfe konnte lange nicht verstehen, was ich von ihr wollte. Dann ging eine Seitentür auf, ich sah die Nickelbrille meines Kunden und ging einfach hinein. So saß ich bald im Sprechzimmer und schilderte ihm meinen Plan: Er sollte mir einen Platz an einer medizinischen Hochschule verschaffen.

Er lachte kurz auf, wurde wieder ernst. Er sagte, mir fehle die Hochschulreife. Auf meinen Einwand, ich sei studierte Pädagogin, erwiderte er, meine alten russischen Zeugnisse könne man leider in der

Pfeife rauchen. Ich musste das Abitur nachmachen, und das sei in meinem »fortgeschrittenen Alter eine ambitionierte Aufgabe«. Ich sagte, dass ich unbedingt im Krankenhaus arbeiten wollte.

Er hätte da eine Idee, sagte er, aber er wisse nicht, ob's das ist, was ich wirklich will. Er polierte seine Brille mit einem Tuch und druckste herum. Dann sagte er, er könne nichts versprechen, wolle sich aber dafür einsetzen, dass ich als Putzfrau auf der Station arbeiten könnte, auf der er Belegbetten hatte.

Meine Frauen

⚒ Es war eine gemischte Frauenstation, und man musste sehr früh anfangen. Das war mir recht, denn Aminat ging nicht mehr in die Schule, und sonst hätte ich mich jeden Morgen und dann den ganzen Vormittag darüber aufgeregt. So war ich aber durch die Arbeit abgelenkt. Es gab wenig Geld, dafür eine Festanstellung. Meine erste in Deutschland.

Ich unterschrieb einen Vertrag, bekam einen weißen Kittel, weiße Hausschuhe musste ich mir mitbringen. Ich war sehr stolz: Nun war ich Angestellte eines Krankenhauses.

In manchen Zimmern lagen drei Frauen, in anderen jeweils nur eine. Ich putzte schnell und brillant, und während meine Hände die Arbeit machten, fragte ich die Frauen in ihren Betten, was ihnen nun fehlte. Einige antworteten mir gar nicht. Aber ein paar erzählten. Es gab welche, die Myome hatten, noch andere hatten Zysten, einige wollten unbedingt ein Kind, und einige waren schwanger und mussten im Krankenhaus liegen, um das Kind nicht zu verlieren.

Bald kannte ich sie alle, die gesprächigen und die stummen, und da ich sehr schnell arbeitete und auch im Besprechungszimmer der Krankenschwestern putzte, sah ich mir die Unterlagen aller Patientinnen an, die in großen schwarzen Mappen in einem Rollcontainer untergebracht waren. Da wusste ich, wie alle Frauen hießen, wann sie Geburtstag hatten und wo sie wohnten – manche Adressen kamen mir bekannt vor, weil ich in der Nähe schon geputzt hatte.

Ich las die Krankengeschichten, obwohl die Schrift kaum zu entziffern war. Ich guckte in den Medikamentenschrank, sah nach, wer wie viel wovon bekommen hatte, und merkte mir das alles. Ich hatte ein klares Gedächtnis und einen wachen Verstand. Ich blieb den ganzen Vormittag im Krankenhaus. Nach dem ersten Durchgang durch alle Zimmer wurde ich losgeschickt, um Betten neu zu beziehen oder irgendwelche Schweinereien zu beseitigen, die sich im Laufe des Vormittags ergeben hatten. Ich schob auch schon mal Patientinnen in den OP, wenn die Krankenschwestern keine Zeit hatten. Einige von ihnen hatten Angst vor der Operation. Ich sagte ihnen, dass alles gut gehen würde, und da ich genau wusste, was welcher fehlte, konnte ich auch genau sagen, *was* bei jeder persönlich gut werden würde.

Nach drei Wochen fühlte ich mich im Krankenhaus wie zu Hause.

Ich stellte meine Pläne, an eine medizinische Universität zu gehen, zurück. Es gab auch hier genug zu lernen. Ich konnte die Schriften der Ärzte und

Krankenschwestern, die die Patientenakten ausfüllten, immer besser entziffern, und ich wusste genau, wo welches Medikament lag. Dann passierte es das erste Mal, dass eine frisch operierte Frau wegen Schmerzen stöhnte und ich niemanden auf der Station finden konnte, der ihr hätte helfen können. Also holte ich das richtige Fläschchen und füllte den Inhalt in die Infusionsflasche, so wie ich es oft gesehen hatte. Danach hörte die Frau auf zu stöhnen. Ich beobachtete sie eine Zeit lang, um sicherzugehen, dass ich mich nicht geirrt hatte und die Frau nicht gestorben war. Einen halben Tag später wurde sie von ihrem Mann abgeholt und ging davon, auf seinen Arm gestützt.

Zu Hause unterhielt ich mich mit Dieter über die Krankengeschichten der Frauen auf meiner Station. Ich sprach von »meiner Station« und bald auch von »meinen Frauen«. Manchmal kam Aminat dazu und lümmelte sich in einen Sessel. Sie begann wieder zu duschen, bügelte ihre T-Shirts und ging zum Friseur. Ich ignorierte sie weiterhin. Sie ging wieder aus dem Haus. Sie sagte nicht, wo sie gewesen war, und ich fragte sie nicht. Ich ignorierte sie. Sie nahm ihr Biologiebuch wieder in die Hand. Ich kümmerte mich um meinen eigenen Kram. Ich hatte mir aus dem Ärztezimmer ein Lehrbuch genommen und las es zu Hause durch. Einmal fiel mir auf, dass auch Aminat dieses Buch durchblätterte. Ich ließ sie. Vielleicht würde sie ja doch noch eine berühmte Ärztin werden.

Als ich das Gefühl hatte, ihr Leben würde eine Richtung annehmen, die nicht in die Gosse führte, verschwand Aminat und mit ihr zusammen eine größere Summe Bargeld aus meiner Schublade, die ich für ihr Medizinstudium gespart hatte.

Dieter wollte zur Polizei gehen und sie als vermisst melden. Sulfia hinderte mich daran, und ich hinderte Dieter. Ich solle Aminat einfach in Ruhe lassen, verlangte Sulfia. Das war ein Kunststück, jetzt, wo ich sie für immer verloren hatte. Ich sah sie zerstückelt in irgendeinem Kofferraum liegen, aber Sulfia lächelte, wie immer im unpassendsten Moment, und schüttelte den Kopf.

Aminat war achtzehn, und sie war von zu Hause fortgelaufen: Es war eine Schande, denn einer guten Großmutter liefen die Enkelinnen nicht weg. Erst lauerte ich jede Nacht auf Geräusche im Treppenhaus und kontrollierte mehrmals am Tag, ob das Telefon auch funktionierte.

Sulfia nahm alles auf sich: Sie sagte, sie sei eine miserable Mutter gewesen, dagegen hätte ich auch nichts ausrichten können. Da hatte sie natürlich Recht. Nun hatten wir den Salat. Dieter tobte, aber ich sagte ihm, wenn er eine Vermisstenanzeige erstatten würde, dann würde ich auch zur Polizei gehen und eine ganz andere Anzeige erstatten. Dann war er still.

Um nicht wahnsinnig zu werden, stürzte ich mich in die Arbeit im Krankenhaus. Ich sah mir die neuen Frauen auf meiner Station genau an und versuchte, an ihrem Gesichtsausdruck und der Körperhaltung festzustellen, was ihnen fehlte. Daraus entwarf ich ein Krankheitsbild, und dann las ich nach, was meine studierten Kollegen in die Akte geschrieben hatten. Erst irrte ich mich viel, doch bald wurden meine Diagnosen genauer. Ich wusste sofort, wenn eine kam, die kein Kind bekommen konnte, denn sie guckten alle gleich. Aber ich wusste auch, ob bei ihr die Eileiter dicht waren oder ob sie zu männlich war, zu dünn oder den falschen Mann hatte. Ich wunderte mich, dass andere das nicht sahen. Und irgendwann kam ein Tag, da näherte ich mich einer Patientin, die sich gerade Antithrombosestrümpfe für die OP anzog, und sagte ihr ins Ohr: »Wenn ich du wäre, würde ich mir die Gebärmutter nicht rausnehmen lassen. Du könntest sie noch brauchen.«

Ihre Finger, die mit dem Strumpf kämpften, wurden ganz steif.

»Es ist dein Körper«, sagte ich. »Hör nicht auf deren Quatsch. Bei dir ist alles okay.«

Während ich im Flur die Fensterbank wischte, hörte ich eine Tür zufallen. Die Patientin hatte sich wieder angezogen und rannte mit ihrer Tasche über den Flur. Die Strümpfe und das OP-Hemdchen lagen auf dem Boden in ihrem Zimmer. Ich hob sie auf und warf sie in den Müll und begann, die Bettwäsche abzuziehen.

Am nächsten Morgen flog ich raus.

Nun hatte ich Zeit. Zeit, die ich mit Sulfia verbrachte: Ich lag im Bett und unterhielt mich mit ihr. Dann stand ich wieder auf und ging auf die Suche. Ich fuhr zum Park, den ich sonst mied, weil dort die Penner herumlungerten. Ich sprach sie an, fragte sie, wie sie hießen und ob sie mein Mädchen gesehen hatten. Ich fuhr zum Bahnhof und dann ein bisschen mit dem Zug zum nächsten Bahnhof, nicht wissend, ob Aminat die Stadt nun verlassen hatte und wenn ja, in welche Richtung.

Sulfia lief hinter mir her, sie beteiligte sich nicht an der Suche. Manchmal hatte ich das Gefühl, Aminat in einer Menschenmenge wiederzuerkennen, von hinten, ich eilte hin, griff atemlos nach ihrem Arm – und eine völlig Fremde drehte sich zu mir um. Ich hatte Fotos bei mir: von Aminat als jüngerem Mädchen, mit gepflegten Haaren und damals schon etwas seltsamem Lächeln, und von Aminat, wie sie zuletzt gewesen war, eine unangenehme Erscheinung mit strohigen Haaren und entzündeten Pickeln auf der Stirn. Jeden Tag holte ich bis zu hundertmal Aminats Fotos hervor.

Nach meinem Rauswurf aus dem Krankenhaus verlor ich fünf wichtige Kunden nacheinander. Ich hatte irgendwann nur noch zwei Putzstellen, eine davon bei John. Dann nur noch die eine bei John. Aber ich machte meine Arbeit nicht mehr gründlich. Wenn ich zu John kam, hatte ich überhaupt keine Lust, irgendwas zu tun. Es wäre ehrlicher gewesen zu kündigen.

Ich versuchte es auch – aber er akzeptierte es nicht. Ich kam also zu ihm, eine Viertelstunde später als verabredet (ich, die ich immer so pünktlich war!), und anstatt meine Stiefel gegen die Gummischuhe auszutauschen, ging ich mit Straßenschuhen über Johns Perserteppich direkt in die Küche und setzte mich an den Tisch. Ich versuchte erst gar nicht, den Putzlappen zu nehmen – er wäre mir nur aus der Hand gerutscht.

Während ich also dasaß und den Speiseplan von Essen auf Rädern durchlas, der an Johns Kühlschrank klebte, kochte John schwarzen Tee mit Milch, nach allen Regeln der Kunst, die ich einst so geachtet hatte. Vorgewärmte Kanne, lose Blätter aus einer alten, teuer aussehenden Dose, kochendes Wasser, warme Milch, die John zuerst in die Tassen goss. Dazu gab es englische Kekse mit Zuckerkrümeln, die ich in den Tee stippte. Ich trank zwei oder drei große Tassen, in dieser Zeit berichtete mir John von Ereignissen in der Welt. Er las neuerdings wieder Tageszeitung und sah Nachrichten im Fernsehen. Ich tat, als würde ich zuhören. Ich bat ihn auch, darauf zu achten, ob irgendwo Aminats Gesicht oder ihr Name auftauchte, wenn es ging, lebend. Er versprach es mir. Ich gab ihm Fotos von Aminat. Er befestigte sie mit Magneten an seinem Kühlschrank.

Als ich ausgetrunken hatte, erhob ich mich von Johns Küchenhocker, und er reichte mir den Umschlag mit meinem Putzfrauenlohn. Ich schob die Hand mit dem Umschlag beiseite, aber dann fand ich ihn zu Hause in meiner Handtasche.

Übrigens war es immer ziemlich sauber bei John. Seine Tochter war ja auch ganz zufrieden. Ich fragte ihn, wer bei ihm so gut putzte, und er lächelte ein stolzes Gentlemanlächeln und sagte: »Ich selbst.«

Die Schönste auf der Intensivstation

✂ Die nächsten Jahre vergingen sehr schnell, obwohl nichts passierte.

Ich suchte immer noch nach Aminat. Was blieb mir auch übrig? Aber ich suchte inzwischen halbherzig. Wenn es mir jetzt schien, sie stünde in der Warteschlange an der Kasse vor mir, dann rannte ich nicht mehr hin und fasste keine wildfremden Menschen mehr am Ärmel. Ich trug ihre Fotos immer noch in der Handtasche bei mir, aber ich zeigte sie nicht mehr.

John fuhr nach England zu seinem Bruder und blieb dort. Sein Haus stand verschlossen und menschenleer in der Straße wie ein toter Zahn im Gebiss. Ich hatte einen Schlüssel, weil John mich gebeten hatte, regelmäßig nach dem Rechten zu schauen und abzustauben, und mir eine runde Summe Geld dafür daließ. Ich tat, was ich noch nie getan hatte: Ich brach mein Versprechen und vernachlässigte meine Pflicht, weil es mir zu anstrengend war, zu Johns Haus zu fahren.

Eigentlich sprach ich mit niemandem, nur mit Sulfia. Dinge ereigneten sich, von denen ich nicht mehr genau wusste, ob sie wirklich passiert waren oder ob ich nur gedacht hatte, es wäre gut gewesen, wenn sie passiert wären. Zum Beispiel war ich nicht sicher, ob mich Aminat im ersten Jahr nach ihrem Verschwinden wirklich angerufen und zwei Sätze in den Telefonhörer gesprochen hatte: »Mir geht's gut, lass mich in Ruhe. Reicht schon, dass du meine Mutter umgebracht hast.« Und ob sie mir im dritten Jahr wirklich zum Geburtstag gratuliert hatte. Sulfia sagte, ich solle mir nichts draus machen. Sie versicherte mir: Aminat liebte mich noch, aber eben auf ihre Art, aus der Entfernung.

Ja, das war Sulfia, sie sah in allem nur das Beste. Ich tat inzwischen, was mir früher sehr fremd gewesen war: Ich blieb einfach im Bett. Meine Zimmertür schloss ich ab, und eines Abends schob ich noch eine Kommode davor, um garantiert nicht gestört zu werden.

Dieter klopfte an meine Zimmertür, ich schickte ihn vom Bett aus zum Teufel. Sulfia redete mir zu, ich solle aufstehen und mir etwas zu trinken holen. Ich bat sie um Ruhe. Das hatte ich mir doch wenigstens verdient. Sie setzte sich an meinen Bettrand und weinte, das ging mir auf die Nerven, und ich drehte mich mit dem Gesicht zur Wand.

Ich bat Gott, Aminat an meine Seite zu holen, denn meine letzte Stunde hatte geschlagen. Ich flüsterte es in die weiß gestrichene Wand, als wäre hier Gottes

Ohr, und dann hörte ich plötzlich Johns Stimme – auf der anderen Seite der Tür. Er rief meinen Namen – laut, tief, unfreundlich. Er fragte mich, warum ich nicht, wie vereinbart, in sein Haus gekommen war. Er fand es nicht in Ordnung, dass ich meine Pflichten so vernachlässigte, schließlich wurde ich dafür bezahlt.

»Verschwinden Sie!« rief ich, es sollte laut klingen, aber ich hatte keine Kraft mehr: Aus meinem Mund kam nur ein Zischen.

Ich hatte ganz vergessen, was für einen starken Bass John hatte, eine echte Lehrerstimme, die selbst durch die verschlossene Tür hindurch mein Zimmer füllte. Dieters Quaken ging da hoffnungslos unter.

Ich rührte mich auch dann nicht, als die Tür mit einem fürchterlichen Krachen auseinanderbarst und John über meine Kommode fiel, meinen Versuch, die Außenwelt am Eindringen zu hindern. Ich machte mir flüchtig Gedanken über den Eindruck, den ich gerade bei John hinterließ. Mein Seidennachthemd war zum Glück noch recht frisch und der Spitzenbesatz war noch gebügelt, weil ich mich im Bett nicht bewegt hatte. Allerdings hatte ich nicht mit Herrenbesuch gerechnet und mich nicht geschminkt, bevor ich mich hingelegt hatte (Dieter hielt ich schon lange nicht mehr für einen Mann). Deswegen behielt ich meine ursprüngliche Position, damit John mein nacktes Gesicht nicht sehen konnte, nur den langen Zopf, den ich vor dem Hinlegen geflochten hatte.

Er rüttelte mich unsanft an der Schulter und fragte, ob ich krank sei. Dafür, dass wir uns so lange nicht gesehen hatten, verhielt er sich sehr familiär. Obwohl ich mich sperrte, schaffte er es, mich auf den Rücken zu drehen. Daraufhin bekam er einen Schock.

»Sie ist ja leichenblass«, rief er Dieter zu. John hatte mich eben noch nie ohne gekonnt aufgetragenes Rouge gesehen. Dieter erstattete ungefragt Bericht, dass ich schon seit zwei Wochen ausschließlich im Zimmer war, ohne Nahrung oder Flüssigkeit zu mir zu nehmen, vorausgesetzt natürlich, ich hätte mich in seiner seltenen Abwesenheit nicht doch heimlich in die Küche geschlichen (Frechheit!).

John rüttelte an mir, als wäre ich ein Kissen, das er ausschütteln wollte. Ich stöhnte, das Elend meiner Situation drang mir schmerzhaft ins Bewusstsein. Den Eindruck, den er gerade von mir gewann, würde ich sicher mein Leben lang nicht wieder geraderücken können (wobei ich kurz vergaß, dass mein Leben gerade zu Ende ging). Musste er ausgerechnet jetzt auftauchen, konnte er mich nicht einfach als die strahlende Rosalinda, die ich einmal gewesen war, in Erinnerung behalten?

John verschwand im Flur, wofür ich ihm sehr dankbar war. Da wusste ich noch nicht, dass er den Rettungswagen gerufen hatte, der mich mit Blaulicht und Martinshorn auf die Intensivstation der städtischen Kliniken transportierte.

Ich war die schönste Patientin auf der Intensivstation und auch die lauteste. Es langweilte mich, verkabelt im Bett zu liegen: Die Maßnahme war übertrieben. Ich musste zur Toilette und klingelte nach einer Krankenschwester im lila Kittel. Sie brachte mir eine Bettpfanne, ich schrie sie an, ich war doch kein Kleinkind. Sie sah mich erstaunt an. Auf der Intensivstation wurde sonst nicht geschrien, höchstens geröchelt: Ich kannte mich aus, ich hatte ja mal in einem Krankenhaus gearbeitet. Die Krankenschwester sprach sehr langsam mit mir, in kurzen Sätzen, jedes Wort zweimal, als wäre ich geistig behindert.

Zwei Tage später wurde ich auf die normale Station verlegt, ich ging selber, während ein schlecht rasierter Krankenpflegehelfer meine Sachen in einem Rollstuhl hinterherschob. Ich legte mich ins Bett, hier gab es zum Glück einen Fernseher. Ich wollte die Nachrichten sehen – vielleicht kam ja Aminat drin vor, ich war überhaupt nicht mehr auf dem Laufenden. Dann wollte ich das Gespräch mit dem Arzt abwarten und Dieter anrufen, damit er mich abholte.

Es kam eine junge Ärztin, eine Asiatin mit glattem schwarzem Haar. Sie war sehr jung, vielleicht sogar jünger, als Aminat inzwischen sein musste, und ihr weißer Kittel stand ihr ausgezeichnet. Sie trug ihr Stethoskop um den Hals, elegant wie eine Federboa. Auf ihrer Brusttasche standen ein paar Silben, die wie Vogelgezwitscher klangen. Eine Chinesin war das.

Ich seufzte, weil diese Chinesin nicht meine Enkelin war. Sie sah so fleißig aus, es war klar, dass sie bald eine eigene Praxis haben würde: Chinesen erreichten immer, was sie wollten.

Und jetzt sagte sie mir auch noch, ich müsste dableiben, weil meine Nieren dabei waren zu versagen. Ich lachte laut und tippte mir mit dem Finger gegen die Stirn. Da musste sie wohl doch noch ein bisschen nachsitzen, die Chinesin. Meiner Aminat wären solche Fehler sicher nicht passiert.

Ich sagte, ich wollte heute Abend gehen, spätestens morgen. Die im weißen Kittel rollte ihre Schlitzaugen. Sie erinnerten mich ein wenig an Aminats Mandelaugen. Meine Laune wurde schlechter.

Die Anfängerin zog ab und nahm die Ergebnisse meines Bluttests wieder mit. Ich schaltete den Fernseher ein. Im anderen Bett lag eine Greisin und röchelte. Ich drehte den Ton lauter, damit sie auch was hörte, und vor allem, damit es ihr Röcheln übertönte. Ich sah immer wieder zu ihr hin, irgendjemand sollte sie aufrichten, dachte ich, damit sie besser Luft kriegt. Ich wollte schon nach einer Schwester rufen, da hörte ich eine Stimme aus dem Fernseher und vergaß die Greisin.

Auf dem Fernsehbildschirm war Aminat. Erst war ich überrascht, dann schockiert, schließlich beschämt. Aminat war im Fernsehen – das war mehr, als ich mir je hätte träumen lassen. Aber mein Gott, wie sah sie aus! Warum hatte ihr niemand gesagt, was sie anziehen sollte? Warum ließ man sie mit solchen Haaren vor die Kamera ? Warum hatte man sie nicht geschminkt, warum ließ man es zu, dass sie sich vor den deutschen Fernsehzuschauern derart blamierte?

Aminats schwarzes Haar war zu einem dürren Pferdeschwänzchen zusammengebunden. Das sah man, weil die Kamera um sie herum fuhr. Man sah auch sehr gut, was für eine schlechte Haltung sie hatte. Ich schämte mich in Grund und Boden. Sie trug ein blaues T-Shirt, auf dem mein Adlerauge winzige Schmutzflecken erspähte, sie trug Jeans, die tief auf den Hüften saßen. Wenigstens war sie schlank. Sehr dünn eigentlich. Sie sah sehr jung aus, als hätte es all diese Jahre nicht gegeben. Sie sah aus, als hätte sie in diesen ganzen Jahren nichts zu essen bekommen. Sie war immer noch ein Kind, obwohl fast zehn Jahre vergangen waren.

Und sie sang. Sie sang im Fernsehen, und jeder konnte sehr gut hören, dass sie zu wenig geübt hatte. Ich hätte sie in die Musikschule schicken sollen – dann hätte sie vielleicht jetzt etwas besser gesungen und sich nicht so blamiert. Sie trug ein Lied auf Englisch vor, eins, das oft im Radio lief. Ich glaube, es ging um die Liebe, jedenfalls war die Melodie sehr traurig.

Aminat sang ein bisschen leise. Man konnte sie schlecht hören. Jetzt fiel mir auch auf, dass in dem Raum, in dem sie aufgenommen wurde, drei Menschen an einem langen Tisch saßen, eine Frau, zwei Männer. Sie hörten meinem Mädchen zu. Und obwohl es mir nicht gefiel, wie sie sang, war klar, wie unendlich traurig ihr Lied war. Selbst die Greisin in ihrem Bett hörte auf zu röcheln.

Aminat war fertig. Ihre Unterlippe war geschwollen. Vielleicht lebte sie mit einem Mann zusammen, der sie verprügelte. Sie musste ja von irgendwas gelebt haben in dieser ganzen Zeit, und da sie nichts konnte, hatte sie wahrscheinlich einen Mann gefunden, der sie aushielt, vermutlich einen alten Sack, der gierig war auf ihr junges dünnes Fleisch. Schade nur, dass er ihr keine besseren Klamotten gekauft hatte. Die Kamera strich über Aminats Augen, schwarz, nervös blinzelnd in Großaufnahme, sodass jeder sehen konnte: Sie hatte versucht, sich einen Lidstrich aufzutragen, hatte ihn dann aber wieder weggewischt, sehr schlampig.

Der Name, der eingeblendet war, war ihrer: Aminat K., 19 Jahre alt. Es wäre schöner gewesen, wenn sie den Namen ausgeschrieben hätten, damit ihn jeder hätte lesen können.

Wir hatten uns neun Jahre nicht gesehen. Sie musste fast dreißig sein, aber das sollte ihr Geheimnis bleiben, dachte ich, und meins auch. Sie hatte völlig Recht – sie sah sehr jung aus, und wer wollte schon eine Dreißigjährige im Fernsehen?

»Wie alt bist du, Anita?« fragte ein Glatzkopf am Tisch.

Aminat schaffte es erst im dritten Anlauf, die Zahl 19 auszusprechen. Sie war nervös, man konnte sehen, dass sie log. Reiß dich zusammen, flüsterte ich. Und halt den Rücken gerade! Und als könnte sie mich hören, straffte sie ihre Schultern und wiederholte: »Ich bin 19 Jahre alt.«

»Und gehst du noch zur Schule?« fragte der Glatzkopf.

Sie schüttelte den Kopf.

»Und du möchtest eine berühmte Sängerin werden?«

Die Kamera fing Aminats Mund ein, jeder konnte sehen – ihr fehlte ein Schneidezahn. Der Mund öffnete sich, die Zunge fuhr über die trockenen Lippen, und Aminat sagte heiser: »Ja. Ich werde eine berühmte Sängerin.«

Ich klatschte in die Hände, während die drei Leute am Tisch die Köpfe zusammensteckten. Dabei ließen sie Aminat nicht aus den Augen, die weiter allein mitten im Raum stand.

»Du bist weiter«, sagte die schöne Frau mit glattem blondem Haar und in einem glänzenden Kleid. Sie sah sehr schick aus, genau richtig fürs Fernsehen.

Du bist weiter, flüsterteich, während die Kamera zu wackeln begann und der Glatzkopf aufsprang. Dann sah es die ganze Fernsehnation: Aminat war bewusstlos zu Boden gesunken.

Ich fühlte mich absolut gesund, seit ich Aminat im Fernsehen gesehen hatte. Ich sagte es der Chinesin und ihren Kollegen, zwei älteren Ärzten, die sie zur Verstärkung herbeigeholt hatte – sie hatten es alle auf meine Nieren abgesehen, vielleicht brauchten sie Spenderorgane. Ich ließ fallen, ich hätte meine verschollene Enkelin gerade im Fernsehen gesehen, sie werde bald eine berühmte Sängerin. Die Weißkittel wechselten Blicke. Schließlich unterschrieb ich ein Papier, auf dem stand, dass ich das Krankenhaus gegen den ärztlichen Rat verließ.

Ich hatte bei Dieter angerufen und verlangt, er solle mich abholen. Er klang so schwach am Telefon, als käme er gerade von der Intensivstation und nicht ich.

Ich ging zum kleinen Waschbecken in der Ecke des Raums und besah mich im Spiegel. Holte meine Tasche hervor und begann, mein Gesicht in Ordnung zu bringen. Die bleichen Zeiten waren vorbei. Im Krankenbett hatte ich nur etwas Mascara und Lippenstift aufgetragen, nun zog ich alle Register, als hätte mir jemand zugeflüstert, dass sich gleich die Tür öffnen und nicht Dieter, sondern John auf der Schwelle stehen würde.

Er war wirklich da, dieser große Mann mit sehr gerader Haltung und grauen Haaren, ein echter britischer Gentleman. Ich war verlegen wie ein junges Mädchen.

»Wo ist Dieter?« fragte ich, und John zuckte mit den Schultern. Er trug meine drei Reisetaschen über den Krankenhausflur, ich eilte auf hohen Absätzen hinterher, und die Krankenschwestern reckten die Köpfe. Ich sah zum ersten Mal, welches Auto John fuhr. Einen alten sandfarbenen Mercedes. Ein Auto, das zu ihm passte. Er hielt mir die Tür auf.

»Wo fahren wir hin?« fragte ich, als er an der dritten Kreuzung in Folge so abbog, dass ich aus der Fahrstrecke nicht mehr schlau wurde.

»Nach Hause«, sagte er.

»Ach so«, sagte ich, und erst als er meine Reisetaschen ins Haus trug, begriff ich, dass er sein Zuhause gemeint hatte.

Meine ist die Schönste

⚒ Ich fragte mich nicht, ob John ehrenhafte Absichten hatte. Mir war es egal. Ich hatte lange nicht mehr gearbeitet, ich hatte kein Geld mehr, und John hatte einen Fernseher direkt im Schlafzimmer, in dem ich jetzt lebte. Ich schaltete ihn ein und suchte auf allen Kanälen die Sendung mit Aminat. Zwischendrin kam John rein und maß mir den Blutdruck und brachte einen Tee.

Sulfia saß am Bettrand und lächelte. Aminat sang im Fernsehen, die schöne Frau mit dem langen glänzenden Haar sagte ihr, sie sollte sich anders anziehen. Aminat hörte ihr mit gerunzelter Stirn zu, ich klatschte in die Hände: Genau das hatte ich Aminat auch schon immer gesagt. Aber Aminat schüttelte den Kopf, dummes Mädchen, sie hörte auf niemanden.

John kam gerade rein, mit einer Tasse grünem Tee auf einem Silbertablett. Ich guckte ihn über meinen Brillenrand an, ich trug jetzt öfter eine Brille.

»Was schauen Sie da für einen Quatsch?« fragte John.

»Das«, sagte ich stolz, »ist meine Enkelin.«

John setzte sich – nicht an meinen Bettrand, sondern in einen Sessel, der in der Ecke stand. Ich begann zu ahnen, dass ich wohl das Schlafzimmer seiner toten Frau bezogen hatte. Ich lag in einem Himmelbett auf cremefarbener Bettwäsche, die Möbel hatten geschwungene Beine und alle Polster pastellfarbene Blumenmuster.

»Das ist Aminat«, sagte ich. »Sie ist sehr begabt.«

Sie war jetzt ganz schön oft im Fernsehen. John sah stumm auf den Bildschirm. Er wusste nichts von alldem – wie ich Aminat aufgezogen hatte, wie viel Mühe ich mir gegeben hatte, wie sie sich immer wieder meinem guten Willen entrissen hatte, wie sie mir schließlich weggelaufen war. Er wusste gar nichts über mich, und ich hatte keine Lust, ihm davon zu erzählen.

»Schönes Mädchen«, sagte John. »Nur viel zu dünn. Aber die Stimme ist unglaublich.«

»Finden Sie?« fragte ich.

Im Gegensatz zu mir hatte er keine Enkel. Ich fand es galant von ihm, dass er die Sendung, in der Aminat mit den Noten kämpfte, mit mir zusammen anschaute und nichts weiter dazu sagte, auch nicht am nächsten und übernächsten Tag.

Plötzlich hatte ich alles, was ich brauchte, ohne dafür kämpfen zu müssen. Das war ein ungewohntes Gefühl. Ich brauchte morgens keinen Wecker, ich konnte ausschlafen. Ich musste kein Frühstück machen, darum kümmerte sich John. Er kaufte auch ein. Es stellte sich heraus, dass er kochen konnte. Zwar einfache Gerichte aus der italienischen Küche, aber sie schmeckten gut. Er servierte das Essen im Wohnzimmer und hinterher räumte er alles selber auf. Ich betrat die Küche nicht. Ich war hauptsächlich in meinem Schlafzimmer, gelegentlich unten im Wohnzimmer (am Esstisch und im Sessel) und auch sehr gern im Garten. Johns Haus hatte einen prächtigen Garten: riesig, mit Rosenstöcken ums Haus, einem sanft abfallenden Hang und Obstbäumen, die bereits Früchte trugen.

»Warum pflanzen Sie kein Gemüse?« fragte ich.

»Das kann ich nicht«, sagte John. Ich zog mir die strassbestickten Hausschuhe mit den hohen Absätzen aus und ging barfuß über die Wiese. Auch die Wiese gehörte John. Er war ein echter englischer Gentleman.

Das Gras streichelte meine Fußsohlen. Hinter den Bäumen entdeckte ich ein Gewächshaus, das Glas matt vor Blütenstaub, ich fuhr mit dem Finger darüber. Hier war ich noch nie gewesen. Wahrscheinlich hatte Johns Frau hier Tomaten gezogen.

»Ich kann gut mit Tomaten umgehen«, teilte ich John nachmittags beim Tee mit. Da saßen wir auf der Terrasse vor unseren Tassen und einer Dose mit Ingwergebäck. »Ich habe einen grünen Daumen«, sagte ich.

Und John antwortete: »Pflegen Sie ihn bis zum nächsten Sommer.«

Wir gingen einkaufen, in Läden, die ich noch nie betreten hatte. Die Verkäuferinnen brachten mir Kleider und Spitzenunterwäsche, John trank Espresso auf einer gepolsterten Bank in der Ecke und hob nur gelegentlich die Augenbraue, wenn ich die Kabine verließ und vor einem Spiegel auf und ab lief, um zu prüfen, ob die Kleider gut saßen.

Johns Gesicht war undurchdringlich, und ich fragte ihn nicht nach seiner Meinung. Ich wusste, dass ich gut aussah, ich wusste, dass ich eine schöne Figur hatte, ich hatte zudem einen fabelhaften Geschmack – ich verließ die Kabine nur in Sachen, die die Zartheit und sanfte Geschwungenheit meines Körpers betonten. Hier und da verloren die Muskeln und die Haut ihre Straffheit, das sah ich im gnadenlosen Licht der Kabine. Aber ich wusste, dass ich das schnell in den Griff kriegen würde. Mir kam zugute, dass ich gerade sehr schlank war, mein sonst so guter Appetit hatte mich in der letzten Zeit verlassen, und ich ernährte mich hauptsächlich von Tee mit Milch und Ingwerkeksen.

Ich dankte nicht, als John mit seiner Kreditkarte bezahlte und die Tüten zum Auto trug. Ich wusste, ich hatte das alles verdient. Zu Hause zog ich mich um, und wir guckten wieder Aminat. Sie sah ebenfalls besser aus, das ständige Zittern hatte sich gelegt, die Panik wich aus ihren Augen, die Haare waren gewaschen und fielen derart natürlich auf die Schultern, dass mir sofort klar wurde, wie viel Arbeit darin steckte. Sie war jetzt eins von zwanzig Mädchen und wurde von drei Choreografen gleichzeitig angeschrien, zwischendrin wurden immer wieder Szenen eingeblendet, in denen die Mädchen einzeln sangen, und ich dachte: Meine ist trotzdem die Schönste.

Und John sagte sehr selten: »Was für eine furchtbare Sendung.«

Und noch seltener: »Mein Gott. Was für eine Stimme.«

Ich fand nicht, dass Aminat schön sang. Ich hatte sie oft gehört, es hatte mir noch nie gefallen. Es war nicht kraftvoll, nicht melodisch. Aber es stimmte schon, es drehte einem das Herz in der Brust um. Das musste ich mir eingestehen. Wahrscheinlich hatten sie Aminat deswegen ausgewählt. Die Leute mochten es, wenn jemand ihnen das Herz in der Brust umdrehte. Das konnte ich nicht verstehen.

Ich zog einen Hosenanzug aus Seide an, neue brokatfarbene Schuhe, steckte mir das Haar hoch. Ich kaufte Brathähnchen ein, Paprika, eingelegten Schafskäse und eine Honigmelone. Ich fragte John nicht, ob ich seinen Mercedes nehmen durfte, ich sagte ihm einfach: »Heute brauchen Sie mich nicht zu begleiten.«

Er nickte.

Wie oft war ich diese Strecke schon gefahren, mit dem Bus, zweimal umsteigen, an der Haltestelle warten zwischen fünf und 45 Minuten. Ich spürte keinen Triumph, sondern nur eine selige Ruhe.

Ich parkte vor Dieters Haus. Wie lange war es her, dass ich hier ausgezogen war? Wie viele Jahre meines Lebens hatte ich hier verbracht? Ich holte meinen Schlüssel hervor, ging an verbrannten Briefkästen vorbei, in die offenbar jemand Knallfrösche gesteckt hatte. Es roch stickig nach stehen gebliebener Zeit und chronischer Nebenhöhlenentzündung.

Ich öffnete die Wohnungstür mit meinem Schlüssel, mit einer vertrauten Bewegung, und ich spürte das Echo jenen Ärgers, den diese Drehung früher tausendfach in meiner Seele verursacht hatte.

Ich kämpfte ein wenig gegen das Schloss, es klemmte immer noch und wollte meinen Schlüssel nicht wieder hergeben. Jemand schlurfte herbei. So hörte es sich an, wenn meine Patientinnen auf der gemischten Frauenstation nach ihren Bauchoperationen die ersten Schritte über den Flur wagten, sich mit der Hand an der Wand festhaltend. Im Türrahmen erschien ein Gespenst im verwaschenen Bademantel, der den Blick auf magere Beine freigab und einen ebensolchen Hals, der aus dem speckigen Kragen ragte. Dieters Gesicht war nicht mehr ganz Dieters Gesicht, vielleicht lag es auch daran, dass ihm die Haare fehlten.

»Oh!« rief ich betont fröhlich, als ich ihm in die Augen blickte. »Du siehst gut aus, und ich habe dir etwas sehr Feines mitgebracht!« Wenn ich mir jemals erlaubt hätte, mit einer meiner Patientinnen in so einem Tonfall zu sprechen, hätte ich mich selber eine Woche lang verachtet.

Ich deckte den Tisch, schnitt das Gemüse, fischte Teller mit angetrockneten Essensresten aus der Spüle und wusch sie schnell ab. Fegte die Krümel vom Tisch, legte eine saubere Tischdecke drauf.

»Essen!« rief ich. Dieter setzte sich an den Tisch, führte ein Stück Brathähnchen zum Mund, das ich für ihn von der Haut freigelegt hatte. Er kaute daran herum und schluckte. Ich konnte sehen, wie es mühsam seine Kehle hinunterrutschte.

»Und, was ist jetzt?« fragte Dieter.

Er meinte mich und John. Ich zuckte mit den Schultern. Ich aß das ganze Brathähnchen allein, mit frischem Paprika aus ökologischem Anbau, mit abgebrochenen knusprigen Baguettestücken. Dieter hatte keinen Hunger, das Kauen tat ihm weh.

»Alle haben mich verlassen«, sagte Dieter, »alle, alle. Selbst du.«

Ich kaute gründlich und sah an ihm vorbei.

Aber von mir war nicht die Rede

⚒ Ich sagte John nicht, dass Dieter bald sterben würde. Das Gute an John war, man musste ihm nicht viel sagen, trotzdem wusste er alles. Er machte immer das Nötigste. Das klingt nach wenig, ist aber sehr viel: John machte das, was wirklich nötig war, und man musste ihn nicht darum bitten. Alles andere ließ er sein. Und alles andere war auch überflüssig.

Sulfia war jetzt seltener bei mir, sie mochte kein Fernsehen, und ich wollte sie auch nicht an mich fesseln. Ich ließ sie ziehen. Ich guckte mit John zusammen die Sendung über Aminat. John kommentierte sie nicht mehr. Dafür redete ich ununterbrochen. »Schauen Sie mal, John, in welches Kostüm sie das Mädchen diesmal gesteckt haben. Man erkennt sie nicht mehr wieder. Aber vielleicht ist es auch besser so. Und sie bewegt sich auf der Bühne viel sicherer als letztes Mal, dieser Tanzunterricht bringt wirklich was, nicht wahr, John? Sie wird's noch allen zeigen, meine Aminat. Ich denke, dieser Glatzkopf aus der Jury schläft mit ihr, weil er sie immer so lobt, selbst wenn sie keinen einzigen Ton trifft. Und diese schöne Frau aus der Jury, warum hatte sie Tränen in den Augen, als Aminat gesungen hat? Das konnte doch jeder sehen. Und diese Zuschauerabstimmungen, welches Mädchen bleiben und welches gehen soll, das ist doch sicher alles arrangiert, oder? Sonst würde sie nicht immer wieder weiterkommen. John, warum nennen sie alle immer noch Anita und Alina – ist es so schwer, sich ihren Namen zu merken? Hauptsache, sie glauben ihr, dass sie noch so jung ist. Ich hatte in ihrem Alter …«

John sagte selten etwas. Aber eines Tages, als wir beim Frühstück saßen, entschuldigte er sich, stand auf und kam wenig später mit einem Stapel Zeitungen zurück. Er legte sie alle vor mich, und bevor ich ihn nach dem Sinn fragen konnte, sah ich das Foto auf der ersten Seite. Aminat. Diese ganzen Zeitungen hatten über sie geschrieben und ihre Fotos abgedruckt.

»Das tatarische Waisenkind macht Furore«, »Magersüchtiges Missbrauchsopfer singt Konkurrenten in Grund und Boden«, »Die Nachfahrin von Dschingis Khan hat die schönsten Augen im deutschen Fernsehen«, »Mädchen ohne Kindheit singt sich in die Herzen der Zuschauer«, »Ist sie wirklich schon 19? Wir fanden 10 Hinweise, dass Aminat K. noch nicht volljährig ist«.

Ich griff nach den Zeitungen, breitete sie auf dem Tisch vor mir aus, um keine Zeile zu verpassen. Ich begann zu lesen, meine Aminat war schließlich in der Zeitung und nicht nur in einer – sie war offenbar in jeder, und das mehrfach. Es schien, als könnten die Fotografen nicht genug bekommen von ihrem schmalen Gesicht, ihren unergründlichen Augen, ihrem leuchtenden Haar. Ja, sie war schön, sie sah mir so ähnlich, obwohl sie auf manchen Bildern nicht vorteilhaft getroffen war. Ich las, wie Aminat in einem Sowjetghetto aufwuchs, ohne Vater, die wechselnden Männer ihrer Mutter miterlebend. Wie sie hungerte, wie sie geschlagen wurde, weil sie ein ungehorsames Kind war. Wie sie schließlich von ihrer Großmutter an einen deutschen Pädophilen verkauft wurde, der im Gegenzug Aminats Mutter heiratete, und auf diese Art und Weise nach Deutschland kam. Ich las und las, aber von mir war nicht die Rede. Typisch.

»Sehen Sie«, sagte ich zu John. »Alles gelogen. Das machen die Zeitungen immer.«

John nickte.

»Sie wird die Beste sein, sie wird auftreten, sie wird viel Geld verdienen«, sagte ich. »Ich habe nicht umsonst so viel Arbeit und Liebe in sie hineingesteckt. Es wird noch was aus ihr werden. Sie wird berühmt!«

»Berühmt ist sie schon«, sagte John.

Er hatte Recht. Ich, die alles so schnell merkte, hatte verpasst, dass meine Aminat berühmt geworden war. Wahrscheinlich hatte ich mich zu viel mit Sulfia unterhalten. Jeder redete über Aminat. Zeitungen schrieben Sachen über sie, die sich widersprachen.

Sie konnte nicht gleichzeitig in Kasan und in Swerdlowsk aufgewachsen sein. Sie konnte nicht gleichzeitig fließend und kein Wort Tatarisch sprechen. Sie konnte nicht gleichzeitig Jungfrau, aidskrank und schwanger sein. An den Lügen merkte man – sie war längst ein Star.

Lena

⚒ Ich stellte fest, dass ich Aminat vermisste. Ich dachte, ich hätte mich an ihre Abwesenheit gewöhnt, es täte mir nicht mehr weh, es ginge mir gut – bis ich merkte, dass ich ohne sie doch nicht mehr konnte. Einerseits hatte ich sie rund um die Uhr. Ich sah sie immer im Fernsehen und hatte mir Zeitschriften gekauft, in denen es Poster von ihr gab, und eine erste CD, auf der sie mit Konkurrentinnen gesungen hatte. Das war, noch bevor sie gesiegt hatte. Das Lied wurde überall im Radio gespielt.

»Ich will sie sehen«, sagte ich zu John. »Ich will sie sehen, bevor ich sterbe.«

Ich stellte auch fest, dass ich alle Bitten, für die früher Gott zuständig gewesen war, inzwischen an John richtete. Wenn ich etwas Kleines oder Großes wollte, wandte ich mich einfach an John, das war unkompliziert und klappte schnell. Anders als Gott hatte John noch nie etwas missverstanden. Und ich musste mich nicht ständig entschuldigen und im Gegenzug nichts versprechen, wozu ich mich bei Gott verpflichtet gefühlt hatte. Das machte die Sache sehr leicht.

»Ich muss sie sehen«, sagte ich zu John. Er nickte.

Ich hätte mich nicht gewundert, wenn es eine Stunde später an der Tür geklingelt hätte und Aminat in einem Paillettenkleid aus ihrer letzten Show dagestanden hätte mit einem Blumenstrauß für ihre geliebte Großmutter. Aber es passierte nicht, nicht an diesem Tag und nicht am nächsten, sie rief nicht einmal an, und John schnitt seelenruhig die Rosen vorm Haus. Ich bedrängte ihn nicht, er war ja doch kein Gott.

Das Telefon klingelte bei uns sowieso sehr selten, manchmal war Johns Tochter dran und manchmal Dieter, für den ich Lebensmittel kaufte und die Wohnung aufräumte. Auch er sammelte Zeitungsausschnitte mit Aminat und begoss sie mit seinen Tränen, er guckte die gleichen Shows, sah aber immer etwas völlig anderes als ich – dass sie ein Opfer des Fernsehens war.

Doch nun klingelte das Telefon, und dran war ein junges Mädchen, dessen schüchternes Russisch ziemlich gebrochen klang.

»Aminat!« rief ich, kaum bereit zu glauben, dass sie es wirklich war. »Aminat, hat dein glänzendes Tatarisch dein Russisch komplett verdrängt?«

»Ich bin nicht Aminat«, sagte das Mädchen. »Ich bin Lena.«

Lena. Wer war noch mal Lena, fragte ich mich, aber ich machte mir selber etwas vor. Ich wusste es, als wäre es gestern gewesen: das hässliche pausbäckige Kind, die Tochter von Sulfia und Rosenbaum. Lena! Die von Rosenbaum nach Israel entführt worden war, was Sulfia das Herz gebrochen hatte, diese Lena rief jetzt an. Wahrscheinlich hatte sie gehört, dass Aminat ein Star war, und wollte Geld. Ich beschloss, mich dumm zu stellen.

Lena hatte bei Dieter angerufen, diese alte Nummer hatte Rosenbaum noch gehabt, und Dieter hatte ihr meine neue Telefonnummer diktiert. Sie sagte, sie werde nach Deutschland kommen, und bei der Gelegenheit wollte sie gern ihre Schwester kennen lernen und ihre Mutter, die ganze Familie also. Lena wusste nicht einmal, dass Sulfia mich fortan in einer Urne begleitete, und sie tat, als wüsste sie nichts über Aminats Erfolg. Ich tat meinerseits, als würde ich ihr glauben.

»Wie geht's deiner Großmutter?« fragte ich sie, davon ausgehend, dass sowohl die alte als auch der alte Rosenbaum längst tot waren.

»Danke, sehr gut«, antwortete Lena heiter.

An dem Tag, an dem Lenas Flugzeug landete, hatte ich Migräne. John fuhr mit seinem sandfarbenen Mercedes hin. Ich gab ihm Lenas Handynummer und beschrieb sie ihm, wie ich sie in Erinnerung hatte: großer Kopf, kurze Beine, kleine Augen, Fusselhaare.

John nickte und reiste ab.

Keine zwei Stunden später war er wieder da. Er trug einen kleinen Reisekoffer auf Rollen ins Haus. Dann trat er beiseite, um das Mädchen hinter seinem Rücken vorzulassen, und ich erstarrte. Vor mir stand eine 18-jährige Sulfia, leibhaftig, aus Fleisch und Blut, mit krummem Rücken und einem schüchternen Lächeln. Eine Sulfia mit dunkelbraunem mattem Haar, hellbraunen Augen – die Kopie hatte etwas andere Farben, aber alles andere stimmte. Sie war sogar genauso angezogen: Eine unförmige Jeans ließ vermuten, dass die Trägerin Übergewicht an den unvorteilhaftesten Stellen hatte. Sie trug ein dunkelblaues T-Shirt mit einer Aufschrift, die ich nicht lesen konnte, und keinerlei Schmuck bis auf die winzigen goldenen Ohrringe. Weder John noch Lena begriffen, warum ich mich nicht mehr rühren konnte, und dann fiel mir Lena um den Hals. Sie war offenbar ein sehr impulsives Mädchen.

Ich setzte mich aufs Sofa, während John Lena das Haus zeigte. Sie plauderten munter auf Englisch, das ich nicht verstand. Ich beschloss, John zu bitten, es mir beizubringen. Es ärgerte mich, dass Lena es konnte und ich nicht. Ich wollte auch Englisch mit John sprechen.

Sie kehrten zurück, und Lena kniete sich vor mich und sagte mit einem schüchternen Lächeln: »Und wo ist Mama?«

Sie war kein einjähriges Kleinkind mehr, ihr Lächeln gefiel mir nicht. Sollten andere sagten, dass sie Charme hatte, ich weigerte mich schlicht. Ich erhob mich und deutete mit einer Handbewegung an, dass sie mir folgen solle. Lena dackelte fröhlich hinter mir her, ich führte sie in mein Schlafzimmer, nahm sie an der Schulter (sie war kleiner als ich, genau wie Sulfia, und ich trug dazu Hausschuhe mit hohen Absätzen), ich zeigte auf die Urne und sagte schadenfroh: »Da drin.«

Erst begriff sie nicht, dann kam sie näher, las die goldenen Buchstaben auf dem Marmor, den Namen, das Datum. Ihre Lippen begannen zu zittern, sie drehte sich zu mir. »Warum wussten wir nichts davon?«

»Weil es euch einen Scheißdreck interessiert hat«, sagte ich.

Deutschland ist ein kleines Land

Ich war froh, dass John Lena übernahm. Er fuhr sie mit seinem Mercedes durch die Gegend, damit sie sich einen Eindruck machen konnte. Sie hatte die Begegnung mit der Urne offenbar gut verkraftet und quietschte fröhlich durchs Haus. Sie war begeistert, wie grün und aufgeräumt Deutschland war. Sie hatte mir russische Bücher mitgebracht und eine Mohnrolle aus einer Bäckerei in Tel Aviv. Sie war eine etwas andere Sulfia, eine unbeschwerte, mit leuchtenden Augen. Sie hatte meist gute Laune, und sie nahm einem nichts übel. Sie stellte mir tausend Fragen über mich und ihre Mutter, aber ich hatte keine Lust, ihr zu antworten. Und John wusste nichts über unsere Vergangenheit und konnte ihr da zum Glück auch nicht weiterhelfen.

Zu Aminat sagte ich nur, sie sei verreist.

Von John erfuhr ich, warum Lena uns so plötzlich zugeflogen kam. Sie hatte einen Freund, der etwas älter war, und der Freund hatte einen Job, der sich darum drehte, dass Chinesen unzählige Kopien berühmter Gemälde herstellten, Van Gogh,

Rembrandt, solche Sachen. Lenas Freund verkaufte sie in Deutschland weiter. Warum ausgerechnet ein Israeli chinesische Fälschungen verkaufte, war mir nicht klar, und das alles klang in meinen Ohren recht betrügerisch. Lena sagte, er würde nicht viel daran verdienen, aber immerhin konnte er sich damit einen Traum erfüllen – in Deutschland leben. Sie hatte ihn in Hamburg besucht, und jetzt war sie bei uns. Endlich, sagte sie und nahm meine Hand, die ich ihr jedes Mal wieder entzog.

John sagte, sie könne in seinem Haus so lange bleiben, wie sie wolle. Mir blieb die Luft weg. Ich versuchte, mit ihm darüber zu reden, und er sagte: »Das ist kein Problem, ich mag deine Familie.« Die Worte »Diese kleine Schlampe ist nicht meine Familie und wird es nie sein« blieben mir im Hals stecken, als ich Lenas Lachen aus dem Garten hörte, wo sie gerade telefonierte. Sulfia hatte nie so gelacht. Vielleicht hätte sie aber so gelacht – wenn sie jemals etwas zum Lachen gehabt hätte.

Ich wartete auf Aminat, und wer rief an? Kalganow.

Ich erkannte ihn am Röcheln im Hörer – noch lange, bevor er ein Wort gesprochen hatte. Genau in dem Rhythmus hatte er früher immer geschnarcht. »Kalganow«, rief ich gut gelaunt, denn Lena war außer Haus und John hatte eben eine neue Sorte Plätzchen mitgebracht. »Kalganow, rufst du mich gerade im Schlaf an?«

»Röschen«, sagte Kalganow und würgte einen elenden Husten hervor. »Röschen, mein allergrößter Liebling.«

Es stellte sich heraus, dass seine Lehrerin für Russisch und Literatur verstorben war.

»Wann?« fragte ich misstrauisch, und er sagte: »Vor zwei Wochen.«

Diese Zeit reichte ihm, um festzustellen, dass er nicht ohne mich leben konnte – hatte er ja eigentlich noch nie gekonnt.

»Kalganow, ich habe einen Mann!« rief ich. »Ich habe einen englischen Gentleman mit einem großen Garten und zwanzig Sorten Tee im Küchenschrank.«

»Das macht doch nichts, Röschen«, sagte Kalganow. »Wir sind trotzdem für alle Ewigkeiten verheiratet.«

»Du überstehst doch den Flug nicht«, sagte ich, und er antwortete: »Aber dann begräbst du mich, und das reicht mir schon.«

Ich sagte ihm nicht, wie teuer eine Beerdigung in Deutschland war, ich ging direkt zu John. Ich sagte, Kalganow sei ein sehr alter Angehöriger von mir, und er hätte nicht mehr lange zu leben. John küsste mir die Hand. In diesem Moment wünschte ich mir sehr, dass er mich bat, seine Frau zu werden. Ich überlegte sogar, ob ich ihm nicht sagen sollte, wie sehr ich mir das wünschte. Schließlich hatte er mir bis jetzt alle Wünsche erfüllt, von Aminat abgesehen. Aber ich war zu stolz, und es stimmte: Ich war mit Kalganow verheiratet.

Ich schickte Kalganow sein Flugticket und eine Einladung und holte ihn zusammen mit John vom Flughafen ab. Er war komplett ergraut, trug seine uralte Arbeitsjacke und ging am Stock.

Kalganow feuchtete meine Wangen mit seinen Küssen an und sagte, alle um ihn herum wären alt oder tot, nur ich sei noch frisch wie in den Zeiten unserer Jugend. Nun, genauso war es auch. John drückte Kalganows Hand und nahm sein Gepäck, einen mit Draht umwickelten Koffer, dessen Leder löchrig war, und eine große Plastiktüte. Kalganow hakte sich bei mir unter, wir gingen ins Parkhaus und wuchteten ihn mit vereinten Kräften auf den Rücksitz. Den Stock legten wir in den Kofferraum.

Kalganow klebte mit der Nase am Fenster. Die Autobahn gefiel ihm. Er stieß immer wieder begeisterte Rufe aus. Mich erinnerte das an meine Ankunft in Deutschland. Ich schämte mich ein bisschen, für ihn und für meine Erinnerung.

»Du bist so schön, Röschen«, murmelte Kalganow vom Rücksitz. Ich sah aus dem Augenwinkel zu John rüber. Und obwohl sein Gesicht wie immer sehr ruhig war, hatte ich das Gefühl, dass sich irgendwo in seinen Mundwinkeln ein Lächeln versteckte.

Als wir das Haus betraten, spielten Kalganows halb blinde Augen ihm einen bösen Streich. Lena kam die Treppe heruntergerannt, laut »Opa!« rufend, und Kalganow breitete seine Arme aus und hielt geradeso das Gleichgewicht. Allerdings rief er dabei den Namen unserer Tochter. Sie fielen sich in die Arme und sagten sich dumme Sachen. Ich hielt es nicht mehr aus und ging in mein Schafzimmer, schaltete den Fernseher ein und munterte Aminat auf. »Zeig ihnen, was du kannst, mein Kind. Lass mich nicht im Stich.«

Wir saßen zu viert auf Johns Ledersofa, als Aminat durch eine Zuschauerabstimmung zur besten jungen Sängerin Deutschlands gekürt wurde. Kalganow weinte, ich saß starr vor Aufregung, unfähig, mich zu rühren, John daneben mit einem Gesicht klar wie ein wolkenloser Himmel. Lena hatte die Hände zwischen den Knien zusammengedrückt und schüttelte den Kopf.

»Was ist?« zischte ich sie an, denn in ihrer Fähigkeit, mir auf die Nerven zu gehen, übertraf sie sogar Kalganow.

»Armes, armes Ding«, flüsterte Lena. Ich führte ihren unglücklichen Gesichtsausdruck auf puren Neid zurück. Aminat stand mit versteinertem Gesicht auf der Bühne und wurde mit Glitzer überschüttet, weiße Tauben kreisten über ihrem Kopf, sie hatte einen Plattenvertrag, alle Kameras waren auf sie gerichtet, alle Mikrofone harrten ihrer Worte, die Menschen applaudierten stehend, und sie hob ihren steifen dünnen Arm und winkte. Ich hoffte nur, den Fernsehzuschauern würde nicht auffallen, wie sehr sie sich in ihr geirrt hatten. Na gut, dachte ich dann, der erste Schritt zum Ruhm ist getan. Sie hat aber noch vieles vor sich. In Deutschland kennt sie jeder, aber Deutschland ist eben auch ein sehr kleines Land.

Die tatarische Küche

⚒ Am Tag nach Aminats Krönung starb Dieter.

Es wäre pietätlos zu behaupten, dass es mir recht gewesen wäre. Aber der Zeitpunkt war nicht schlecht. Ich kümmerte mich um alles, froh über die Gelegenheit, aus dem Haus zu kommen. Lena und Kalganow saßen auf eine unerklärliche Art in jedem Winkel des Hauses gleichzeitig, sie kicherte, er röchelte, und ich konnte mich schlecht den ganzen Tag im Schlafzimmer einschließen. John schnitt Rosen, beobachtete Wolken und kochte Tee. Ich fragte ihn nicht, ob ihm die neue Gesellschaft eines schlecht erzogenen israelischen Mädchens und eines sabbernden russischen Greises recht war. Das Lächeln, das ich in seinem Gesicht schon immer gespürt hatte, kam neuerdings zaghaft an die Oberfläche. Um mich nicht zu viel damit zu beschäftigen, organisierte ich Dieters Bestattung und räumte seine Wohnung auf. Ich betrat sein Schlafzimmer, in dem noch der Geruch von Krankheit und Angst hing, öffnete die Schubladen und stieß auf Stapel von handschriftlichen Aufzeichnungen.

Auf dem ersten Heft, das ich in die Hand nahm,

stand: »Die tatarische Küche«. Ich schlug es auf. »*Pechlewe* – eine mehrschichtige Süßspeise«, las ich. Dieters Schrift war klein, geschwungen, die Buchstaben waren rund – wenn ich es nicht besser gewusst hätte, hätte ich den Schreiber für eine Frau gehalten. Diese ordentliche Schrift ließ sich sehr gut lesen. Nach den ersten Sätzen hatte ich es wieder vor Augen, mein Leben, wie ich es einmal geführt hatte. Ich hatte bis heute nicht geglaubt, dass Dieter wirklich in die Sowjetunion gereist war, um die Nationalküchen zu erforschen. Nun hielt ich den Beweis in den Händen. Die Beschreibungen seiner Gänge durch halb verfallene Dörfer, die Skizzen irgendwelcher Landschaften und vor allem: Rezepte. »*Kystybyj,* auch *kusimjak* genannt, ist eine Art Pirogge aus ungesäuertem Teig.« »*Katyk* ist die Bezeichnung für die gesäuerte Milch, die bei den Tataren in einem Tontopf langsam erhitzt wird. Sie wird gern mit einer kleinen Beigabe von Kirschen oder Roter Bete zubereitet.« »Für die Füllung der *Gubadia,* das ist ein aus festlichem Anlass gereichter gefüllter Teig, wird auch *Kort,* ein speziell aufgearbeiteter getrockneter Quark, verwendet.«

In einem der Hefte fand ich das Foto der kleinen engelsgleichen Aminat, das ich Dieter vor vielen Jahren, in einem anderen Leben, geschickt hatte.

Dazwischen waren tatarische Wörter eingestreut, er hatte versucht, die Sprache zu lernen, und hatte eine Art Vokabelheft angelegt:

Bolalar – Kinder
Sengel – Kleine Schwester
Oschyjsym kilä – ich habe Hunger
Sin bik sylu – Du bist sehr schön
Schajtan – Dämon
Ischak (z. B. Du bist stur wie ein Ischak) – Esel

Und dann der Hinweis: »Es erweist sich als praktisch unmöglich, ein Kochbuch der tatarischen Küche zu schreiben.«

Ich steckte all diese Hefte in eine große Reisetasche, die ich auf dem Schrank gefunden hatte, grau vor Staub und Spinnweben.

Am liebsten hätte ich Dieters Wohnung verlassen und für immer vergessen. Aber ich war nicht so eine, die abhaute, ich hatte Verantwortung, schließlich hatte ich hier mal gelebt, und Dieter hatte keine Angehörigen außer mir. Ich arbeitete schnell, sortierte, stopfte Unnötiges in Plastiksäcke, trug sie hinunter, organisierte einen Sperrmüll, verkaufte Dieters Ledersofa und zwei Sessel an seine türkischen Nachbarn und putzte die Fenster.

Dieters Geschirr hatte ich schon immer schrecklich gefunden, aber in den Küchenschränken fand ich auch wahre Schätze: zwei schwere gusseiserne Woks, einen echten Kasan, Kessel aus Kupfer, diverse afrikanische Tontöpfe, vermutlich unbenutzt, mit Spinnweben überzogen. Ich wickelte alles in Zeitungen und stellte es in eine Kiste, das wollte ich mir mitnehmen.

Die Einbauküche verkaufte ich sehr günstig an den Vermieter, der mir dafür die Kisten ins Auto trug.

Von da an störten mich Lena und Kalganow nicht mehr. Ich fragte sie nicht, wann sie vorhatten abzureisen, ich bebte vor Neugier auf Dieters Aufzeichnungen.

Ich saß auf einem Seidenkissen auf dem Boden und las. Ich hatte nicht gewusst, dass Dieter so viele Dinge über Aminat aufgeschrieben hatte, die Geschichte ihres Lebens, die längst vor ihrer Geburt begonnen hatte, nämlich mit meiner Geschichte. Mir war nicht klar gewesen, dass Dieter so viel über mein Leben gewusst hatte. Ich konnte mich nicht erinnern, ihm von meiner Familie erzählt zu haben, vielleicht war es Sulfia gewesen, die ihn eingeweiht hatte in Dinge, über die ich nie mit ihr gesprochen hatte. Vielleicht waren Worte auch nicht nötig gewesen, und sie hatte diese Geschichte im Blut gehabt wie Aminat ihre ersten tatarischen Wörter.

Ich betrachtete Aminats Kinderzeichnungen, die Dieter säuberlich eingeklebt hatte, fuhr mit dem Finger über Sätze, die Aminat als Kind gesagt haben sollte, las von Dieters Bemühungen, mit seiner ganzen deutschen Genauigkeit die tatarische Küche von anderen Nationalküchen abzugrenzen, und von seinem Scheitern daran. Von seiner Verzweiflung, wenn er den Gegenstand seines Interesses von baschkirischen, kasachischen, usbekischen, aserbaidschanischen, jakutischen Einflüssen umringt sah und die Grenzen zu verschwimmen begannen – das war sicher etwas, was für ihn schwer auszuhalten gewesen war.

Ich sah Skizzen und Karten, auf denen er versucht hatte, die Verbreitung tatarischer Stämme in längst vergangenen Zeiten nachzubilden, die keinen mehr interessierten. Ich vermutete, dass er sich das alles sowieso ausgedacht hatte. Und wie immer hatte er für das Unwichtigste das meiste Papier verbraucht und wohl auch die meiste Mühe aufgewendet.

John hatte im Sessel Platz genommen. Ich nahm es ihm nicht übel, dass er es nicht geschafft hatte, Aminat zu mir zu holen. Das war das Einzige, das ihm bis jetzt nicht gelungen war, und er hatte immer noch eine bessere Quote als Gott.

Alle Zeit der Welt

⚒ Eines Abends fuhren John und ich in die Oper, weil ich mir ein neues Kleid gekauft und John die Karten besorgt hatte. Ich streichelte die Seide auf meinem Schoß und das Leder meiner neuen Handtasche, da hielt John an einer Ampel, und ich blickte zur Seite. Ich sah eine geöffnete Tür, die in einen schwach beleuchteten Raum führte. Es war eine Kneipe, die »Istanbul« hieß, mit schmutzigen Fenstern, ein paar Tische und Stühle standen direkt auf der Straße, und ich zupfte John am Ärmel: »Können Sie mal anhalten?«

Er parkte vor der Kneipe, wir hatten noch etwas Zeit. Ich nahm meine Handtasche, hakte mich bei John unter, wir betraten den Raum und setzten uns an einen Tisch. Er war mit einer Fettschicht überzogen, ich vermied es, ihn zu berühren, John lehnte sich zurück und schwieg.

Aus einem Nebenraum erschien ein gedrungener Mann mit buschigem schwarzen Schnurrbart und den Augen eines geprügelten Hundes.

»Geschlossen«, sagte er, und ich erkannte es an seiner Nase, er war kein Türke, er war Aserbaidschaner. »Geschlossen«, wiederholte er, aber ich rührte mich nicht, und John bat um die Weinkarte.

»GESCHLOSSEN!« brüllte der Mann. »KEINE WEINKARTE! RESTAURANT GESCHLOSSEN FÜR IMMER.«

Wir blieben sitzen.

Er ging weg, raschelte und donnerte im Nebenraum und kam schließlich mit einer Flasche und drei Gläsern zurück.

»Ihr seid die letzten Gäste«, sagte er. »Ich bin pleite.«

Wir hoben unsere Gläser und tranken sie aus, ohne anzustoßen, wir respektierten seine Trauer. Sein Schnurrbart war schon ganz vollgesogen. Dann stand ich auf und ging in die Küche. Es roch nach verbranntem Öl und einem Gewürz, das mich an eine Kindheit erinnerte, die ich nie gehabt hatte. Ich entdeckte einen Schwamm und eine fast leere Flasche Spülmittel, drückte die letzten Tropfen raus und begann, die Arbeitsoberflächen zu reinigen. Der Kneipenbesitzer kam mir hinterher, er blieb in der Tür stehen, ich hörte ihn atmen, drehte mich aber nicht um.

Er ließ mich wieder allein und unterhielt sich im Nebenraum mit John. Ich hörte nicht zu: Zahlen interessierten mich nicht. Ich weichte verkrustete Flecken ein und dachte an Aminat. Ich hatte in einer Zeitung gelesen, dass sie schwanger von einem Kanadier war, der in Wirklichkeit Inder war und dessen Clan in

Toronto lebte. Ich glaubte ja inzwischen gar nichts mehr – aber das glaubte ich sofort. Aminat hatte nie auf mich gehört, sie machte immer das Gegenteil von dem, was ich von ihr gewollt hatte. Jetzt würde sie mir einen indischen Urenkel schenken, wenn da nicht noch mal etwas dazwischenkam. Ich dachte, dann soll es eben so sein, Hauptsache, das Kind heißt nicht Jacqueline.

Ich hatte alle Zeit der Welt, um auf Aminat zu warten, und ich wollte mir diese Zeit gut vertreiben. John hielt schließlich immer, was er versprach. Drängen war unnötig, außerdem hatte ich ein bisschen Angst, ihn zu fragen, wann denn Aminat nun endlich zu mir zurückkehren würde. Ich hatte Sorge zu hören, Aminat sei schon da gewesen, ich hätte es bloß nicht gemerkt. Lieber befreite ich metallische Oberflächen von verkrusteten Essensresten und schickte einen stummen Dank an Gott, ganz automatisch, aus Höflichkeit, damit er sich nicht ganz unnütz vorkam.